Robert T. Sinclair

Orions Schwert

Space Explorers Edition

Science-Fiction Roman

**Neue, überarbeitete Auflage.
Erste Episode der Terran Starfleet Serie**

AF272676

Bibliografische Information der Deutschen Nationalbibliothek:
Die Deutsche Nationalbibliothek verzeichnet diese Publikation
in der Deutschen Nationalbibliografie; detaillierte bibliografische Daten sind im Internet über http://dnb.dnb.de abrufbar.

Alle Rechte liegen bei Volker Schmid, D-53757 Sankt Augustin
Alle Rechte vorbehalten, All Rights Reserved © 2025
Umschlaggestaltung: David Moretto / Jollycat VFX Studio &
Academy
Verlag: BoD · Books on Demand GmbH, In den Tarpen 42,
22848 Norderstedt, bod@bod.de
Printed in Germany
Druck: Libri Plureos GmbH, Friedensallee 273, 22763 Hamburg

ISBN: 978-3-7583-8190-4

Vorwort

Liebe Leserinnen und Leser,

Sie halten eine neue und komplett überarbeitete Auflage der Terran Starfleet Serie Episode 1 in den Händen. Nach mehr als 25 Jahren haben wir uns entschlossen, den ersten beiden Teilen der Serie einen *Reboost* zu geben. Immerhin liegen die Wurzeln im Jahr 1981 und Episode 1 *„Orions Schwert"* kam schließlich im Jahr 1998 auf den Markt. Das gab uns als freie Autoren und *Independent Series* die Chance, die Episode facettenreicher und noch spannender zu machen. Dazu haben wir die Ur-Manuskripte der Serie aus den 1980er Jahren gesichtet und Elemente aus der Anfangszeit, als dieses „Universum" entstand, wieder einfließen lassen. Diese Neuauflage als *Space Explorers Edition* ist mit der Essenz des ursprünglichen Storyboards der 1980er Jahre angereichert.

Nun aber rasch an Bord. Es ist höchste Zeit für die Zukunft. Wir starten. Beim Lesen und Träumen viel Spaß und herzlichen Dank für Ihre Treue.

Ihr Robert T. Sinclair

www.terran-starfleet.org

Besonderer Dank gilt meiner Frau Christa sowie Jacqueline und Kilian für die Hilfe beim Lektorat und für die Tipps beim Layout.

Den Starfield Voyagers Christian und Cliff für den Spaß rund um unsere gemeinsamen Auftritte.

Herzlichen Dank an David Moretto von Jollycat für die Gestaltung des Covers. Wenn wir es auf die Kinoleinwand schaffen, meine erste Wahl für das Design und die Digital Art.

In der Zukunft, irgendwo im Weltraum, weit außerhalb der Sicherheitszone um den Planeten *Epsilon Arcturus 3*: Jonathan Flint, der mächtigste Oligarch der Erde, fühlte sich sicher. Niemand konnte sein Gesicht erkennen. Er saß als einziger der siebenköpfigen Gruppe im abgedunkelten Teil des Raumes und doch spürte jeder die grimmige, unheimliche Kälte, die von ihm ausging. Gerüchten zufolge war er mehr als zweihundertfünfzig Jahre alt. Alle die seine ursprüngliche Identität kannten, lebten nicht mehr. Modernste, in vielen Welten noch unbekannte Medizintechnik, die sich nur ganz wenige Menschen leisten konnten, ermöglichte dies. Er erfüllte buchstäblich alle Klischees, die einen skrupellosen Oligarchen ausmachten. Sein System lebte von Angst, Terror und Unterwerfung. Flint war eine miese Ratte und spielte Gott. Er zog es vor aus dem Verborgenen heraus zu agieren. Im Raum hing eine ganze Serie mit Porträts der schlimmsten Diktatoren und Autokraten des 20. und 21. Jahrhunderts, die seine Vorbilder waren. Einige hatte er bereits übertroffen. Diejenigen, die seine Anweisungen ausführten, waren von ihm gekauft worden oder hatten durch ihre Position im Syndikat enorme Vorteile. Das Risiko aufzufliegen war gering. Unter dem Deckmantel eines Großkonzerns erstreckte sich ein weitverzweigtes und perfekt organisiertes Netzwerk von industriellen und politischen Strukturen, von globalen Konzernen mit Forschungsbereichen, ohne jede Ethik und Moral, jenseits der Vorstellung eines jeden anständigen und aufrichtigen Erdenbürgers. Das Syndikat hatte Regierungen in der Gewalt, kaufte und verkaufte sie. So entstanden abhängige Regime, durchweg von Despoten geführt. Sie wurden zerstört, wenn sie nicht mehr gefügig waren. Alle legten am Ende nur einer einzigen Person Rechenschaft ab: Flint, der einem Phantom gleich all das beherrschte und steuerte.
Der Oligarch lehnte sich langsam zurück, während der

Sesselbezug aus synthetischem Leder knarzte, unwillig sich zu verformen. Er blickte reihum. An seiner Linken saß Thomas Ashborne, der den Rang eines Admirals bekleidete. Ihm unterstand der terranische Sicherheitsdienst. Neben dem korrupten Admiral langweilte sich Heather de Agostini, die nie ihr wahres Gesicht offenbarte. Ihr schwarzes Haar war nicht ihr eigenes und ihr Antlitz war hinter genügend Medoplast verborgen, das in jede beliebige Form gebracht werden konnte. Keine Gesichtserkennungssoftware konnte sie dadurch entlarven. Durch ihr weißes, sündhaft teures Seidenkostüm, wirkte sie teflonhaft und künstlich, was ihren inneren Wunsch nach Unschuld und einer sterilen „weißen Weste" wiederspiegelte. Die schwarz lackierten Fingernägel ihrer linken Hand krallten sich in die Armstütze ihres Sessels. Ihre Rechte mit der Zigarette, deren graue Ascheraupe sich bisher hartnäckig geweigert hatte auf den Boden zu fallen, bewegte sich endlich auf den Aschenbecher vor ihr zu. Außer ihr selbst kannte nur Flint ihre Herkunft und die Funktion, die sie in ihrem Leben außerhalb des Syndikats innehatte. Der capellanische Mann neben ihr war Ras al Mahar. Mahar hatte in jedem größeren Geschäft auf *Capella 2* seine zwölf Finger im Spiel. Er sah für einen Capellaner recht menschlich aus. Die markantesten Unterschiede waren seine bronzefarbene Haut, sein Knorpelkamm am Hinterkopf, der sich über den Rücken bis zu seinem Gesäß fortpflanzte und eben seine zwölf Finger. Er war mit einem dunklen umhangähnlichen Gewand bekleidet. Im Halbschatten, rechts neben Flint, lehnte ein muskulöser, hochgewachsener Mann mit kurzen blonden Haaren im Sessel. Seine eisigen Gesichtszüge wirkten distanziert, geradezu unmenschlich und schienen unfähig, ein Gefühl oder eine Stimmung zu zeigen. Im Gegensatz zu Heather de Agostini trug er aber keine Maske, wenngleich es so aussah. Der grobschlächtige Eisklotz war nur unter seinen Nachnamen *Soerensen* bekannt. Einzig Flint kannte die Wurzeln des blonden Riesen. Soerensen überragte alle anderen um mindestens einen Kopf und war komplett in Schwarz gekleidet. Er trug immer Handschuhe und Thomas Ashborne wusste, dass er für die speziellen Arbeiten zuständig war. Rechts von Soerensen saß Ziang Li Pang. Der etwa sechzig Jahre alte Mann war im Außenministerium tätig und kontrollierte die Prostitution im Syndikat. Er frönte dieser selbst und war dadurch manipulierbar. Genau genommen war er für die Gruppe in organisatorischen Dingen unbrauchbar, aber seine Informationen waren von größter Wichtigkeit, weil viele Verschlusssachen im Außenministerium über seinen Schreibtisch liefen. Und schließlich gab es noch Eva Johnson. Sie saß am Ende der Reihe neben Li Pang und war eine recht attraktive Frau Mitte fünfzig mit makellosem Gesicht. Meist trug sie ihre kurzen schwarzen Haare verspielt gelockt, nun aber streng glatt nach hinten gekämmt, ergänzt durch einen schlichten, sehr eleganten und teuren Kleidungsstil, was ihrer Person eine ausgesprochen aristokratische Erscheinung verlieh. Li Pang hatte ein Faible für sie. Eva Johnson nutzte diese Schwäche ohne Gnade aus. Li Pang war leicht unter Kontrolle zu halten denn sie war zäh, ehrgeizig und draufgängerisch. Rücksichtslos und brutal verfolgte sie ihre Ziele, was ihr den legendären und gefürchteten Ruf im Syndikat einbrachte. Jeder Unbedarfte würde hinter ihrer äußeren Erscheinung eine Frau von höchstem Format vermuten und nicht jemand, der über Leichen ging. Flint stand zwar auf sie, war sich aber sicher, dass sie ihn benutzte und an seinem Sturz arbeitete. Die, die es bislang versucht hatten, waren auf grausamste Weise exekutiert worden und einfach verschwunden. Evas Geschick und Skrupellosigkeit waren ihm jedoch ebenbürtig, wenn nicht gar überlegen. Sie wurde ihm gefährlich, aber noch hielt er allein alle Trümpfe in der Hand. Flint atmete hörbar und sichtlich genervt aus.

„Es geht um ein Geschäftsvolumen von etwa 800 Milliarden terranischen Währungseinheiten. Ich habe es satt immer nur von Euren Fehlschlägen zu hören. Wieviel bezahle ich Euch jedes Jahr? Ein Vermögen für Eure Inkompetenz! Es ist mir egal, wie die Angelegenheit gelöst wird. Unsere Auftraggeber wollen endlich Ergebnisse sehen. Ich auch. Also bringt mir endlich die Resultate, die ich erwarte, sonst trenne ich mich von Euch." Er pausierte einen Lidschlag lang und hob seine Stimme drohend an.

„Wenn das wieder fehlschlägt, übernimmt Mr. Soerensen!" Bedrücktes Schweigen folgte und kühlte die eisige Atmosphäre im Raum noch weiter ab. Eva Johnson drehte ihren Sessel etwas zur Seite, schlug die Beine übereinander und spielte demonstrativ gelassen mit dem Platinring an ihrem linken Ringfinger.

„John, ich bitte Dich. Der Plan, den ich ausgearbeitet habe, wird alle Schwierigkeiten dieser Mission restlos beseitigen", sagte sie ruhig und selbstbewusst. Alle Augenpaare richteten sich plötzlich auf sie. Flint beugte seinen Oberkörper wieder zur Tischkante und faltete die Finger, die er jetzt in den erleuchteten Teil der blankpolierten Tischplatte aus schwarzem Onyx schob. Jeder konnte sein genervtes, schweres Atmen hören. Nur Eva Johnson und Soerensen kannten ihn. Niemand sonst. Er war für alle nur die *Nummer Eins*, das *Phantom* oder der *Chef*, aber Eva provozierte ihn regelmäßig indem sie ihn mit seinem Vornamen ansprach.

„Fahren Sie fort", forderte Flint sichtlich gereizt.
Eva Johnson holte tief Luft, zog ihre kurze, schwarze, kragenlose Jacke zurecht und erhob sich selbstsicher und mit Stil, der erkennen ließ, dass sie die *Nummer Zwei* im Syndikat war und den Anspruch auf die *Nummer Eins* erhob. Flint bemerkte erneut, dass sie immer noch eine äußerst attraktive Frau war, während sie sich auf den Holoprojektor zubewegte. Normalerweise gab er sich solchen Gefühlen

nur selten hin, ließ sich von seinen geschäftlichen Zielen niemals ablenken. Seine Auftraggeber erwarteten eine erfolgreiche Mission.

„Liebe Kollegin, liebe Kollegen, Sie werden feststellen, wie vollständig durchdacht und umfassend der Plan ist", begann Eva Johnson, „er berücksichtigt alle Gegebenheiten. Wenn sich alle an die Vorgaben halten, wird nichts schief gehen." Sie schaltete den Projektor ein, zog einen Datenchip aus ihrer Jackentasche und legte ihn ein. Dann wandte sie sich wieder der Gruppe zu und fuhr mit der Darstellung ihres Plans fort.

„Sie alle kennen die derzeitige politische Situation auf *Epsilon Arcturus 3*, auch als *Meta* bekannt. Vor gut zwölf Standardjahren trat *Meta* dem Bündnis bei. Der Beitritt und die Öffnung nach außen wurden von der Regentin Thera Ish´dvar initiiert. Sie übernahm die Regentschaft von ihrer Mutter und gehört dem Ish´dvari Clan an. Davor gab es viele Machtwechsel, die durch kurze und blutige Fehden herbeigeführt wurden. Vor den Ish´dvari hatte Sari Kas´aar vom Kas´aari Clan die Macht. Dieser Clan hat uns gebeten, die Regierung von *Meta* zu stürzen und dafür zu sorgen, dass alle Änderungen im politischen System zurückgenommen werden. Wie Sie alle wissen hat die Regentin einen Senat eingeführt, der die Regierung unterstützt und von der Bevölkerung gewählt wird. Verschiedene Clans haben in der Vergangenheit versucht, den Senat unter ihre Kontrolle zu bekommen. All diese Versuche sind gescheitert. Dem Senat gehören fast nur Befürworter der politischen Reform an. Eine Infiltration und Beeinflussung des Senats würde sehr lange dauern, viele unserer Ressourcen binden und ein Erfolg wäre trotzdem nicht garantiert. Sie sehen also, dass diese Möglichkeit für uns ausscheidet." Eva Johnson pausierte, während sich die Darstellung auf der Projektionswand änderte. Jetzt zeigte sie die Regentin Thera Ish´dvar in einem Handgemenge.

„Leider hat die Regentin alle Attentatsversuche unbeschadet überstanden. Bisher waren es fünf und nach jedem Versuch stieg ihre Popularität. Für uns wäre es zwar einfach sie zu liquidieren, aber wir würden dadurch eine Märtyrerin schaffen und das hilft den Kas´aari kein bisschen. Alle Analysen zeigen, dass unsere einzige Chance darin besteht, die Regentin zu entführen und dauerhaft aus dem Verkehr zu ziehen. Wir werden sie und ihren Mann für eine lange Zeit verschwinden lassen, bis unsere Auftraggeber die Situation auf *Meta* unter Kontrolle haben. Unser Vorteil: fast kein Risiko.“

„Das halte ich für ein Märchen. Die Regentin ist so gut abgeschirmt, dass es uns unmöglich sein dürfte, sie zu entführen“, unterbrach Heather de Agostini, während sie ihre Zigarette im Aschenbecher ausdrückte. Eva Johnson hob drohend ihren Kopf, verlagerte ihren Stand, stemmte ihre Linke in die Hüfte und blickte de Agostini direkt in die Augen.

„In exakt drei Tagen gibt es eine Möglichkeit, die nicht wiederkehrt. Die Regentin wird, begleitet von ihrem Mann und einem Teil ihres Stabes, nach *Capella 2* fliegen, um offiziell ein Handelsabkommen zu unterzeichnen. Das metanische Flaggschiff ist nur schlecht geschützt. Wir wissen, wo und wie wir zuschlagen müssen. Die Schiffspläne haben wir von unseren Auftraggebern erhalten und bereits ausgewertet.“

„Was ist mit der Eskorte“, fragte Flint tonlos.

„Die Eskorte wird dieses Mal nur aus zwei terranischen Schiffen bestehen“, erwiderte Thomas Ashborne und kam Eva Johnson zuvor. Sie konnte ihn nicht ausstehen und warf ihm einen bohrenden Blick zu, da er keine Gelegenheit ausließ, sich wichtig zu machen und sich bei Flint einzuschmeicheln.

„Wir entern das Flaggschiff, bringen die Regentin und ihren Mann in unsere Gewalt und zerstören es.“

„Was ist denn nun mit der Eskorte?", wiederholte Ras el Mahar, „außerdem zählt die Besatzung des Flaggschiffes sicher mehr als fünfzig Soldaten."

„Ein oder zwei lassen wir überleben, damit sie die Geschichte erzählen können. Alle anderen werden beseitigt", fuhr Eva Johnson fort, „die anschließende Machtübernahme auf *Meta* ist dann Sache des Auftraggebers. Als Gegenleistung wurde uns ein abgelegenes Gebiet mit völliger Autonomie auf *Meta* zugesichert. Wir haben also sehr bald eine sichere Heimatbasis."

„Können wir uns darauf verlassen?", fragte Ashborne skeptisch. Eva nickte.

„Natürlich können wir das. Wir haben die Kas´aari in der Hand. Außerdem kontrollieren wir wichtige Teile des Import- und Exportgeschäftes und alle Handelswege, sobald sich die neue metanische Regierung aus dem Bündnis zurückzieht. Und der gesamte Waffenhandel obliegt ebenfalls unserer Kontrolle. Zusammen mit dem Schmuggel kommen wir auf ein Volumen von 800 bis 1000 Milliarden terranischen Währungseinheiten, das durchaus noch sehr viel höher ausfallen könnte", erläuterte Eva.

„Ihr seht also, dass wir viel dabei gewinnen, aber es kommt noch besser: wie ich bereits sagte, geht es nur offiziell um ein Handelsabkommen. In Wahrheit wollen die Regierungen von *Erde*, *Capella* und *Meta* massiv gegen uns vorgehen. Das Eis auf dem wir stehen wird dünner und wir werden mehr und mehr unter Druck geraten. Der Plan ist *die* Lösung. Neben einem auf Jahre sicheren Stützpunkt machen wir mehr Geld, als wir je brauchen, und können so endlich neue Kräfte sammeln."

Flint rümpfte sich die Nase und lehnte sich wieder zurück.

„Der Plan ist, von einigen Kleinigkeiten mal abgesehen, halbwegs akzeptabel. Ich meine die Eskorte. Wir müssen es schaffen, dass der Begleitschutz von metanischen Fliegern gestellt wird. Bei unserem Angriff werden wir terranische Waffen und terranische Uniformen verwenden. Ashborne, das werden Sie organisieren! Das wird den Konflikt anheizen und die Erdregierung noch weiter in Misskredit bringen. Der metanische Senat wird aufgrund der vorgefundenen Beweise und Aussagen von den wenigen Überlebenden nur eine Entscheidung treffen können: Abbruch der diplomatischen Beziehungen zur Erde."

„Absolut brillant, John. Genau so soll das ablaufen", pflichtete Eva Johnson bei. Ras al Mahar lehnte sich kopfschüttelnd in seinen Sessel zurück.

„Aber wie wird sich die terranische Flotte verhalten? Ich bezweifle, dass ein Flaggschiff mit solch wichtigen Persönlichkeiten nur von zwei Schiffen begleitet wird", kritisierte er. Admiral Thomas Ashborne schluckte trocken. Alle Augenpaare waren auf ihn gerichtet.

„Ja, ja, es wird natürlich mehr Patrouillen geben, aber man will kein großes Aufsehen erregen. Bedenken Sie, dass nur wenige hochrangige Personen wissen, worum es bei diesem Treffen der Regierungschefs wirklich geht", wiegelte er ab, „wir können also ganz sicher sein, dass wir ein leichtes Spiel haben."

„Das hoffe ich für Sie. Meine Organisation hat sehr viel in das Gelingen dieses Plans investiert. Besser Sie enttäuschen meine Partner nicht", erwiderte Mahar drohend.

„Haben Sie nicht noch wichtige Details vergessen?", fragte Flint schroff. Eva Johnson drehte elegant auf ihrem hohen Metallabsatz und blickte in die Dunkelheit des Raumes, die den dort sitzenden Oligarchen umgab.

„Ach Sie meinen die wenigen Sekundärprobleme? Ja, die gibt es in der Tat. Mit denen werden wir aber fertig, denn ich habe sie in den Plan integriert. Wie Sie alle wissen hatten wir vor zwei Jahren einen Zusammenstoß mit dem terranischen Sicherheitsdienst, dem es gelungen war eine Agentin bei uns einzuschleusen. Ich habe sie zwar selbst liquidiert und wir konnten bei der Aktion beinahe unbehelligt zu unserem Stützpunkt zurückkehren, aber wir haben dabei leider einen fanatischen Gegner geschaffen." Eva Johnson zeigte auf die betreffende Person der dreidimensionalen Projektion.

„Der Lebenspartner der Agentin, ein Offizier der terranischen Flotte, war beauftragt den Zugriff der Behörde zu sichern, folgte uns und griff an. Bei dem kurzen Gefecht konnten wir sein Schiff so schwer beschädigen, dass er aufgeben und umkehren musste. Das Kriegsgericht hat den Offizier wegen seines eigenmächtigen Handelns für ein Jahr strafversetzt. Sein Name: Frank Dorn. Er schmort immer noch auf *Merope 3*, kommt aber in zwei Tagen frei. Wenn er von unserem Überfall hört, wird er sicherlich die richtigen Schlüsse ziehen. Er hat sehr gute Kontakte, denn er war mit dem Mann der metanischen Regentin zusammen auf der Akademie. Sie sind noch immer befreundet. Sicher wird er nichts unversucht lassen, seine Freunde zu befreien." Sie machte eine kurze Pause, da sie die Zweifel in der Gruppe regelrecht spürte. Soerensen zeigte mit einer eindeutigen Geste wie er solche Probleme zu lösen gedachte. Eva Johnson entgegnete mit einem kalten Lächeln.

„Damit diese Gefahr erst gar nicht eintritt, habe ich vorgesorgt. Wir werden den eifrigen jungen Mann bei seiner Jagd auf uns unterstützen. Ich habe eine Spezialistin aus der Randzone auf ihn angesetzt. Sie ist exzellent und wird ihn schnell und leise aus dem Verkehr ziehen und zu uns bringen." Sie machte erneut eine perfekt inszenierte Pause, richtete sich auf und seufzte mit einem eisigen Lächeln: „Zuerst wollte ich ihn beseitigen lassen, aber wir haben eine recht aufwendige und komplexe Analyse gemacht: warum so viel vorhandenes Hasspotenzial verschwenden? Wir verpassen ihm ein hübsches Implantat. Danach gehört er mir und wir können ihn einsetzen, wofür wir wollen."

„Nein! Ich will kein Risiko eingehen. Soerensen soll ihn so schnell wie möglich ausschalten.", befahl Jonathan Flint nach kurzem Zögern.

„Keine Sorge. Das wird nicht nötig sein. Bitte überlass das mir, John. Ich habe ein Faible für diesen naiven Kreuzritter und ich möchte wissen wie gut die Vorhersagemethode unserer künstlichen Intelligenz ist. Du kannst sicher sein, dass er uns aus der Hand frisst, wenn wir mit ihm fertig sind", bat Eva.

„Nur solange unsere Mission dadurch nicht gefährdet ist", drohte Flint.

„Aber ja, Du hast Recht. Wir werden gewinnen. Das verspreche ich Dir. Er wird meiner Spezialistin nicht entrinnen. Ich bin absolut sicher", gab Eva Johnson beschwichtigend, aber selbstsicher zurück, „ich werde Ihnen allen jetzt noch einen Datenchip aushändigen. Er enthält genaue Instruktionen für jeden. Sie können die Information nur ein einziges Mal lesen, dann wird der Chip unbrauchbar. Das ist soweit alles. An die Arbeit. Wir haben nicht viel Zeit und wir können uns keine Fehler leisten."

Eva Johnson ging zu ihrem Platz zurück und ließ die Mappe mit den Chips herumgehen. Jeder der Anwesenden entnahm einen dieser Speicherkristalle. Heather de Agostini drückte ihre neue, halb geraucht Zigarette hastig wieder aus und stand gleichzeitig mit Mahar und Li Pang auf. Die drei verließen den dunklen Raum. Ihnen folgten Soerensen und Ashborne. Flint wartete bis sich die Tür wieder geschlossen hatte. Langsam erhob er sich aus dem Sessel und ging zu Eva Johnson, die geduldig durch die Panoramascheibe in den Weltraum blickte. Sie vermied es ihn direkt anzublicken, sondern sah in sein Spiegelbild.

„Ich will hoffen, dass Du diesen terranischen Offizier unter Kontrolle bekommst", sagte Flint scharf.

„Keine Angst, John. Er wird ihr nicht widerstehen können. Sie wird leichtes Spiel mit ihm haben. Da bin ich mir absolut sicher. Ich bedaure nur, dass ich mir dieses Schauspiel nicht selbst mitansehen kann", erwiderte Eva ruhig.

14

„Ich traue einer fremden Person nicht. Woher kommt sie? Ich habe bisher keine Informationen über sie bekommen."

„Wir haben sie in der Randzone, ziemlich weit draußen, aufgegabelt. Unsere Vorräte waren aufgebraucht. Wir sind auf ihrer Heimatwelt, einem Planeten ohne Namen gelandet, blieben ein paar Tage und versuchten dort auch ein paar Söldner anzuwerben. Wir haben ein paar von ihnen umgebracht, aber leider hat sie das auch nicht motiviert. Wir haben definitiv den falschen Planeten ausgewählt. Alles friedliche Leute voller Angst, die in ziemlich chaotischen Kommunen leben. Kurz bevor wir den Planeten wieder verließen kam sie freiwillig in unser Lager und bat uns darum, sie mitzunehmen."

„Das gefällt mir überhaupt nicht. Wie gründlich hast Du sie durchleuchtet?"
Eva Johnson begann innerlich zu kochen, verbarg es aber geschickt indem sie ihr kaltes Lächeln aufsetzte.

„Nun beruhige Dich endlich, John. Du weißt, dass ich niemandem über den Weg traue. Sie hat zwar alle unsere Tests bestanden, aber Rufus behält sie immer im Auge. Diese Frau hat wirklich eine Menge unglaublicher Talente, die uns bisher äußerst nützlich waren. Ich sage es noch einmal: wir haben alles unter Kontrolle. Nichts kann schiefgehen. Wenn Du willst, werde ich sie beim nächsten Treffen mitbringen. Sie wird dir gefallen", erklärte Eva Johnson überzeugend. Flint blickte sie skeptisch aus den Augenwinkeln an und schüttelte den Kopf.

„Deinetwegen war uns damals der Sicherheitsdienst auf den Fersen. Du hast die Sache seinerzeit nicht konsequent gelöst. Hättest alle ohne großes Aufsehen verschwinden lassen sollen, nicht nur Jessica Allen. Jetzt steht viel mehr auf dem Spiel. Noch ein solcher Fehler und es wird Dein letzter sein. Dann wirst Du lautlos und allein im All treiben. Ich hoffe, das ist Dir klar!", sagte Flint leise mit versteinerter Miene. Durch sein Drohen froren Evas Gesichtszüge ein und jetzt durchbohrte ihr Blick den Oligarchen wie eine Lanze aus Verachtung. Flint wandte sich von ihr ab.

„Soerensen wird sich für alle Fälle bereithalten. Ich fliege jetzt zurück und erwarte Deinen ausführlichen Rapport nach der Aktion."

„Du wirst den Bericht bekommen, John. Wir werden in den kommenden Stunden unsere Position jenseits des metanischen Raumes beziehen. Wenn der Kontakt zum Bündnis abreißt, können wir schnell in sichere Raumsektoren ausweichen. Sorge Du nur dafür, dass die terranischen Waffen rechtzeitig eintreffen und Ashborne die metanische Eskorte organisiert", erwiderte Eva. Sie schluckte den Groll auf Flint hinunter und brannte darauf, ihren Plan endlich in die Tat umzusetzen, als sich die Tür hinter dem Syndikatführer schloss. Eva aktivierte die Kommunikationskonsole und rief die Brücke.

„Steuerkontrolle, wir nehmen Kurs auf den nächsten metanischen Raumsektor. Schickt mir Rufus und diese Amazone in den Konferenzraum."

Sie gönnte sich eine der überlangen, unverschämt teuren, arkturianischen Zigaretten und brauchte nicht lange zu warten. Rufus Ball, auch *der Schlächter* genannt, trat mit der Frau aus der Randzone ein. Sie trug eine leichte, rote Fliegerkombi, die eng an ihrem Körper anlag und mit einem netzartigen Metallgeflecht überzogen war; das Haar hochgesteckt. Rufus hatte bereits einen gepanzerten Wüstenanzug angelegt.

„Rufus, es geht los. Der Plan hat wie erwartet die Zustimmung der Führung gefunden. Ihr fliegt sofort los. Alles läuft wie abgesprochen. Ich will den Offizier lebend und in gesundem Zustand hier sehen. Hast Du das kapiert, Gipsy?" Rufus hasste es wie die Pest, wenn sie ihn *Gipsy* nannte, denn diese Verniedlichung deutete auf seine kriminelle Jugend als Terrorist und Auftragsmörder hin, in der

16

sie ihn kennengelernt und angeworben hatte. Sein sadistisches und brutales Naturell hatte in ihr seine Meisterin gefunden. Wann immer Eva ihn so nannte, wusste er, dass sie keine Interpretation ihrer Befehle gab.

„Geht klar, Boss. Ich halte es aber für Zeitverschwendung. Wir sollten ihn umlegen. Das wäre besser für uns. Ich will ihn zerquetschen, aber keine Sorge: ich werde ihn nicht umbringen." Eva blickte ihn eisig an und blies ihm den Rauch ins Gesicht.

„Danach fliegst Du von dort aus weiter und führst den Angriff auf das Flaggschiff. Terranische Torpedos bekommt Ihr wie abgesprochen beim geplanten Übergabepunkt. Sorgt dafür, dass die richtigen überleben", befahl Eva Johnson.

„Verstanden, Boss", erwiderte Rufus.
Eva Johnson wandte sich an die Frau.

„Nun zu Ihrer Aufgabe, Ariana: Sie werden sich um den Offizier kümmern. Ich überlasse es Ihnen, wann und wo Sie die Falle zuschnappen lassen. Es ist nur wichtig, dass er Ihnen vertraut, aber unterschätzen Sie ihn nicht. Ziehen Sie ihn dann aus dem Verkehr. Keine Fehler! Verstanden?" Die junge Frau verzog keine Miene und nickte knapp.

„Zwei Jagdmaschinen werden zu Ihrem Schutz immer in Ihrer Nähe sein. Greifen Sie mit unserem vereinbarten Signal darauf zurück, wenn es notwendig sein sollte. Wir haben nur diese eine Chance. Einen Fehlschlag können wir uns nicht leisten. Ich hoffe, das ist Euch klar."

„Verstanden", erwiderte die Frau aus der Randzone leidenschaftslos.

„Dann los! Holt sie Euch", befahl Eva Johnson fanatisch.

Während die beiden den Raum verließen, drehte sie sich wieder dem Panoramafenster zu, zog genussvoll an ihrer Zigarette und durchdachte weiter ihre nächsten Schachzüge.

Gedankenverloren blickte Colonel Leslie Draper auf die leuchtende, blauweiße Erdkugel, die wie ein facettenreicher Diamant auf schwarzem Samt vor ihr lag. Sie lehnte sich zurück, verschränkte ihre Arme, und ließ mit geschlossenen Augen die letzten beiden Wochen in ihren Gedanken Revue passieren: Urlaub auf Hawaii. Einen kurzen Moment lang glaubte sie den salzigen Geruch des Meeres und der schäumenden Gischt zu riechen und den Wind zu spüren.

Die brünette, zierliche 35-jährige Frau war eine der jüngsten Stabsoffiziere der terranischen Raumflotte. Vor dem Urlaub hatte sie ihren letzten Lehrgang absolviert und sich für den Posten auf Hawaii beworben. Im Planungsstab war eine Stelle frei geworden und man hatte ihr von höchster Stelle versichert, dass sie diese erhalten würde. Sie verfügte über ein großes Netzwerk im Stab und war daher zuversichtlich. Insgeheim hatte sie sich schon darauf gefreut, nach dem Dienst eine Runde mit dem Surfbrett drehen zu können. Aber das Ministerium hatte ihre Hoffnungen zunichte gemacht. Aufgrund ihrer guten Leistungen auf der Akademie versetzte man sie kurzerhand dorthin, wo sie absolut nicht sein wollte: in den Weltraum.

Die Erde verschwand langsam aus dem Blickfeld ihres Fensters. Die Raumstation *Dädalus 2* stand langsam rotierend im Librationspunkt L4 zwischen Erde und Mond. Leslie Draper kommandierte hier das fünfte Aufklärungsgeschwader. Sie hegte zwar immer noch Groll gegen die Admiräle, die sie mit ihren fadenscheinigen Begründungen auf diesen gigantischen Raumstützpunkt versetzt hatten, aber sie konnte nichts dagegen tun. Leslie beschloss, trotzdem gute Arbeit zu leisten. Sie hoffte auf eine schnellere Beförderung, um so bald wie möglich wieder von diesem Ort wegzukommen. Die Ingenieure hatten sich zwar sehr viel Mühe mit den Freizeiteinrichtungen der Station gemacht, aber reale Wellen, Wasser, Wind und Surfbrett konnte einfach nichts ersetzen.

Dennoch war die mächtige Raumstation eine technologische Meisterleistung, die wie ein überdimensionales Speichenrad am pechschwarzen Himmel hing. Der spindelförmige Zentralkörper enthielt die Reaktoren zur Energieversorgung, die Werkstätten und Lager und die Lebenserhaltungssysteme. Die vier Speichen gewährleisteten die Verbindung zum großen äußeren Rad. Dieser Torus beherbergte die Mannschaftsquartiere, die Bars, Läden, eine Einkaufsmeile mit Restaurants und die Logistikzentren. Auf dem Torus waren in jeweils gleichem Abstand vier riesige Kugeln verschnitten. Darin befanden sich die Hangardecks und die Startanlagen. Acht Raumfluggeschwader samt Besatzungen, Wartungspersonal, Logistik und Verwaltung mit einer Stärke von über fünftausend Personen waren hier ständig stationiert. Die Teile von *Dädalus* und den anderen Raumstationen waren auf dem Mond hergestellt und von dort aus in den Raum gebracht und montiert worden. Die Erde verfügte außer *Dädalus 2* noch über andere Raumbasen. *Dädalus 1* stand im Librationspunkt L5. Auf dem Mond befanden sich drei große Städte mit einer Bevölkerung von mehreren zehntausend Menschen. Die Marskolonie zählte fast eine Million Einwohner. Auf den Jupitermonden Ganymed und Triton lagen Forschungsstationen. Im äußeren Sonnensystem bildete eine Vielzahl von Raumrelais und Messplattformen das Netzwerk für Navigation und Kommunikation der Flotte und der einzelnen Basen. Zwölf Jahre zuvor hatte die Erde zusammen mit fünf benachbarten Sonnensystemen ein Handelsbündnis gegründet. Diplomatische Korps waren um gute Beziehungen zu den jeweiligen Regierungen bemüht. Heerscharen von Ingenieuren, Technikern, Offizieren, Personal und auch Touristen pendelten zwischen den Systemen und sorgten so für einen regen Technologietransfer und Kulturaustausch.

Die Erde verfügte über die größte Raumflotte im Bündnis.

Besonders gute Beziehungen pflegte Terra mit *Epsilon Arcturus 3* auch *Meta* genannt und *Capella 2*. Die Nachbarwelten *Atair 5* und *Wega Prime* waren die jüngsten Mitglieder.

Alles ging seinen gewohnten Gang an diesem Augusttag. Leslie Draper hatte buchstäblich nichts zu tun. Ihr dritter Tag brach auf *Dädalus* an. Schreibtisch und Postfächer waren bis auf die automatische Willkommensnachricht der Personalabteilung leergefegt und die drei Akten in ihrem kleinen Holotablet kannte sie seit vorgestern in- und auswendig. Die ihr unterstellten Leute gingen ihrer Arbeit nach und ihr Vorgänger hatte wirklich alles in korrekter Ordnung hinterlassen. Sie wollte sich gerade wieder den Gedanken an das Surfen hingeben als das Intercom summte.

„Draper, was gibt es denn?"

"Doktor Courtland ist hier, Madam", meldete die Assistentin von Colonel Draper aus dem Vorzimmer.

„Sie möchte bitte hereinkommen", erwiderte Leslie. Gleich darauf trat Doktor Elena Courtland ein. Sie sorgte für die psychologische Betreuung der *Dädalus*-Besatzung. „Guten Morgen, Doktor. Was führt Sie zu mir?" Leslie bat sie mit einer Geste auf der bequemen Sitzecke am Fenster Platz zu nehmen.

„Morgen, Colonel. Ich werde ihre Zeit nicht lange in Anspruch nehmen." Leslie Draper winkte ab.

„Worum geht es denn?"

„Haben Sie den Sondervermerk zur Akte *Frank Dorn* gelesen, den ich Ihnen geschickt habe?" Leslie nickte.

„Über einen der neuen Piloten, den wir kriegen? Ja, das habe ich. Ihr Gutachten ist ziemlich vernichtend."

„Ich habe gute Gründe, Colonel. Dieser Pilot ist verrückt und ein potentieller Selbstmörder. Ein Überbleibsel aus dem *Future Sky* Programm. Wir können es nicht verantworten, ihn je wieder fliegen zu lassen. Ich bitte Sie dringend, das Gesuch abzulehnen. Sie würden uns dadurch eine Menge Ärger ersparen", riet Elena Courtland.

Leslie Draper griff nach ihrem Holotablet, welches die Akte vor ihr gestochen scharf in den Raum projizierte. Ihre Augen wanderten mehr gelangweilt über die Seiten, deren Inhalt sie längst kannte.

„Hm, das *Future Sky* Programm sagt mir leider nichts", bemerkte Leslie.

„Das war ein Sonderprogramm. Es begann vor mehr als fünfzehn Jahren, um talentierte Piloten und andere Spezialisten für die Flotte zu gewinnen. Wir haben außer Dorn noch ein paar von diesen Sauriern hier auf der Station. Alles Chaoten und wahnsinnige Freaks. Die Regierung hat das Programm auf Druck der Medien nach einem Jahrgang aber wieder gestrichen, weil der Aufwand in keinem Verhältnis zum Nutzen stand. Leider sind alle Akten dazu unter Verschluss. Ich bin ziemlich sicher, dass eine ganze Generation von Psychologen darüber promovieren könnte, wenn die Regierung endlich die Akten freigeben würde", erklärte Elena Courtland.

„Ah, ich verstehe", erwiderte Leslie, "prinzipiell stimme ich mit Ihnen überein. Mir ist der Kandidat sehr unsympathisch und ich hätte ihn sofort abgelehnt, aber dummerweise ist dem Gesuch noch ein handschriftlicher Befehl von Admiral Jones beigefügt und der lässt mir keine Wahl. Wir müssen den Commander wieder in das Geschwader aufnehmen." Sie zeigte mit dem Finger auf die Notiz am Rand der Projektion.

Fassungslos las Elena Courtland die Zeilen des Admirals und schüttelte den Kopf.

„Das darf doch wohl nicht wahr sein. Wie hat er das nur geschafft? Ich kann es nicht glauben. Wieso steht der Admiral hinter solchen Psychopaten? Der Typ ist doch komplett durchgeknallt und gar nicht mehr therapierbar. Sehen Sie sich nur mal seine Liste mit den Vorschriftsübertretungen an. Wir müssen einen Weg finden, ihn abzulehnen."

Leslie schloss das Hologramm wieder und legte den kleinen Projektor beiseite.

„Unbestritten, er hat einige herausragende Auszeichnungen, aber die schlechten Seiten überwiegen eindeutig. Selten habe ich so viele Dienstvergehen auf einem Haufen gesehen. Dieser Mister Dorn hat ganz offensichtlich eine Vorliebe für halsbrecherische Sonderveranstaltungen und zeigt besonderen Ehrgeiz beim Interpretieren von Befehlen, wenn wir einmal von Ihrem Bericht absehen. Wir sind eine saubere Einheit. Strafversetzte kann ich in meinem Geschwader nicht gebrauchen."

„Erinnern Sie mich nicht daran", erwiderte Elena Courtland, „der Kerl hat sich mit dem Syndikat angelegt und, soweit ich weiß, eine geheime Operation vermasselt. Er ist damals völlig ausgerastet. Ich kann Sie nur noch einmal dringend bitten, den Mann abzulehnen."

„Ich bedaure, Doktor. Der Befehl des Admirals ist eindeutig. Aber es gibt vielleicht einen anderen Weg: wir könnten einen Einstellungstest durchführen. Das ist nach einer so langen Strafversetzung völlig legal. Außerdem benötigt der Commander ohnehin eine neue psychologische Beurteilung. Beides ist nach der Vorschrift ausdrücklich angezeigt. Wenn er beides besteht, wird er meiner Staffel zugeteilt. Und dann ist er beim geringsten Ausrutscher fällig. Ich dulde weder Disziplinlosigkeit noch Vorschriftsverletzungen. Soviel versichere ich Ihnen. Das psychologische Gutachten ist Ihre Sache, eine Kündigung bei Nichteignung dann nur eine Formalität."

Elena Courtland nickte erleichtert.

„Mit anderen Worten: wir kriegen ihn diesmal raus, wenn er Mist baut. Ich hatte die Hoffnung schon aufgegeben. Vielen Dank, Colonel." Sie erhob sich.

„Keine Ursache, Doktor. Ich benachrichtige Sie, sobald

der Commander hier eintrifft." Leslie erhob sich und drückte ihr die Hand zum Abschied.

Als sich die Tür hinter Elena Courtland geschlossen hatte, betätigte Leslie die Sprechtaste zum Vorzimmer.

„Informieren Sie die Flugkontrolle und den Offizier vom Dienst, dass sich Commander Dorn sofort nach seiner Ankunft bei mir zu melden hat."

„Ja, Colonel, geht klar", erwiderte die Assistentin. Colonel Draper griff nach dem Holo-Terminal an ihrem Schreibtisch und klappte es auf. Sie überlegte kurz und entschied sich anders. Eigentlich wollte sie den Statusbericht über ihr Geschwader abrufen, aber jetzt wählte sie einen Rundgang. Es konnte nicht schaden, ihren Leuten etwas auf die Finger zu sehen und Präsenz zu zeigen. Vielleicht gab es ja auch ein paar Probleme, mit deren Lösung sie sich die Zeit vertreiben konnte. Ihr Arbeitspensum würde sich in den nächsten Wochen gewaltig steigern. Dessen war sie sich sicher, aber sie hatte keine Lust so lange zu warten. Sie erhob sich, zog ihre Uniformjacke straff und ging schnellen Schritts aus ihrem Büro.

„Ich bin auf den Hangardecks. Danach gehe ich frühstücken. Kann eine Weile dauern", sagte sie zu Ihrer Ordonanz im Vorzimmer.

„Ist gut, Colonel. Ich rufe Sie über das Intercom aus, wenn Sie hier gebraucht werden", erwiderte sie.

Chefingenieur James McGinney hatte alle Hände voll zu tun. Zur gleichen Zeit wie Leslie Draper war eine fabrikneue *Hawk 6* angekommen. Leslies erster Befehl an McGinney und seinen Trupp war die Eingangsprüfung der Maschine. Dann sollte sie einsatzbereit gemacht werden. Leslies Anordnung passte ihm ganz und gar nicht, denn es gab laut Wartungsplänen noch genug andere Maschinen,

die an der Reihe waren. Jetzt brummte sein Team Überstunden. Auf dem Wartungsdeck sah es aus wie nach einem
Orkan. Überall lagen Werkzeuge, Vorrichtungen und
ganze Stapel verschiedener Baugruppen herum, die der
Hawk entnommen worden waren. Die Prüfung und Ab-
nahme von Prototypen verlief immer hektisch, aber
McGinney hatte noch alles unter Kontrolle. Das irische Ge-
müt des sechzigjährigen Ingenieurs konnte alles verkraften
bis auf zwei Dinge. Das waren stumpfe, bürokratisch-aka-
demische Heißlufterzeuger und Besserwisser wie Leslie
Draper und nichts zu Rauchen. Seine Gruppe vermisste den
alten Kommandeur am meisten. Admiral Willard Jones
war vor zwei Wochen überraschend zum Generalinspekteur berufen und ins Hauptquartier auf der Erde versetzt
worden. An seine Stelle war Leslie Draper getreten. All
dies geschah im Zuge der Flottenumstrukturierung, die
McGinney für den größten Schwachsinn aller Zeiten hielt.
Sie waren elf Tage ohne vorgesetzten Offizier, aber die Arbeit lief trotzdem glänzend. Niemand hielt sich mit über-
flüssigen Bestimmungen auf. Seit sie das Kommando hatte,
dauerten alle Arbeiten doppelt so lang, nichts klappte mehr
und der Druck wuchs ständig. Die Zahl der Meetings hatte
sich durch die kontrollsüchtige Leslie Draper verdreifacht.
Der Job machte keinen Spaß mehr. Augenmaß war nicht
mehr erwünscht. Stattdessen wuchs die Blindleistung
durch die Bürokratie. Vorschriften und Haftungsfragen waren jetzt allgegenwärtig. Alles musste peinlich genau abge-
hakt, bestätigt und dokumentiert und gefühlt zwanzigfach
abgesichert werden. McGinney und seine Leute waren
frustriert und mit den Nerven am Ende. Es war offensichtlich, dass die neue Kommandeurin keine technische und
praktische Erfahrung mitbrachte. Sie redete überall mit,
wusste alles besser und manifestierte sich als das wan-
delnde Diensthandbuch mit einer Arroganz, die nicht mehr
zu überbieten war. Rolf Hansen, einer der Techniker

bemerkte ihr Kommen.

„Achtung Chefin im Anflug", flüsterte er McGinney im Vorbeigehen zu. Dieser hustete spontan den Rauch seiner Zigarre heraus.

„Mist, die fehlt mir heute noch. Wir sind sowieso schon in Verzug."

„Morgen Leute", grüßte sie knapp.

„Ah, guten Morgen, Colonel", sagte Jim McGinney und blies ihr eine beißend bläuliche Rauchwolke entgegen.

„Wie kommen Sie voran", fragte sie gespielt unbeeindruckt von McGinneys Qualmpilz.

Der Ingenieur sah auf seinen ölverschmierten Monitor, der die Checkliste wiedergab.

„Madam, geben Sie mir die drei Tage. Dann haben wir den Vogel einsatzbereit, inklusive aller notwendigen Tests", erwiderte er genervt und behielt seine Havannaimitation dabei im Mund.

„Das können Sie gleich vergessen. Wir bekommen ab morgen drei neue Piloten. Ich brauche also morgen früh um neun Uhr Lokalzeit die Maschine. Ich hoffe, ich war deutlich genug", antwortete Leslie.

„Das meinen Sie doch nicht ernst, Madam? Wenn wir Glück haben, schaffen wir bis morgen gerade die Hälfte der Checkliste."

„Sie haben Zeit bis morgen früh um neun. Das ist ein Befehl. Und das Rauchen ist verboten!"

„Da werden wir aber kaum alle Vorschriften einhalten können", erwiderte der Chefingenieur mit geballter Faust in der Tasche.

"Ich erwarte von Ihnen die korrekte und vorschriftsgemäße Ausführung meiner Befehle, Sergeant Major", erwiderte sie entschlossen. Verärgert warf McGinney sein Diagnoseinterface auf den Tisch.

„Wir versuchen unser Möglichstes, Madam."

Leslie Draper wandte sich ab und verließ das Wartungsdeck wieder, während der Chefingenieur lautstark vor sich
hin fluchte. Leslie hatte bemerkt, dass sie McGinney und
seine Leute nur gestört hatte und gänzlich unerwünscht gewesen war. Weil ihr Geschwader momentan auch die Flug-
bereitschaft stellte, beschloss sie, als nächstes zum Startdeck zu gehen, um auch dort nach dem Rechten zu sehen.
Zu ihrer Enttäuschung gab es keine Probleme. Alle kamen
bestens ohne sie zurecht und so war sie bereits nach drei
Minuten wieder fertig. Irgendwie fühlte sie sich noch nutz-
loser und überflüssiger als zuvor. Frustriert machte sich
Leslie auf den Weg zur Kantine. Vielleicht vermochte ein
kräftiges Frühstück den verdorbenen Vormittag zu retten.

Der heiße Wüstenwind von *Merope 3* fegte un-
barmherzig über die Einöde und erzeugte einige Staubteu-
fel, die sich über dem betonharten und mit Rissen übersäten
Boden in die Höhe schraubten. Der ganze unwirtliche Planet bestand mehr oder weniger aus einer großen Wüste.
Nur an einigen geschützten Stellen und in den wenigen Oa-
sen wuchs eine spärliche Vegetation. Der Sauerstoffgehalt
der Atmosphäre war drei Prozent niedriger als auf der Erde.
Er nahm von Jahr zu Jahr ab, da die Wälder von *Merope 3*
längst der Vergangenheit angehörten. Die Umlaufbahn des
Planeten war durch einen relativ nahen Stern des Plejaden-
haufens instabil geworden. *Merope 3* geriet in solchen Pe-
rioden näher an seine eigene Sonne heran. Dadurch war der
Planet verödet. Durch die instabile Umlaufbahn wirkten
gewaltige Gezeitenkräfte, die starke planetenweite Beben
auslösten. Dennoch war der Himmelskörper für das Bündnis äußerst wichtig. Es gab hier im Vergleich zu anderen
Planeten große Vorkommen an seltenen Erzen und Mine-
ralien. Die Rohstoffe wurden von einer capellanischen und

einer irdischen Gesellschaft abgebaut und direkt verhüttet. Riesige Transportschiffe flogen die gewonnenen Metalle und Rohstoffe zur Weiterverarbeitung auf die verschiedenen Bündniswelten. Als Arbeitskräfte dienten Strafgefangene. *Merope 3* beherbergte einen zusammengewürfelten Haufen Abschaum aus allen Ecken der Galaxis. Der Planet war weitgehend unerforscht. Die Minengesellschaften hatten nur Geld für die Erschließung der Erzvorkommen und deren Ausbeutung investiert. Jede Woche kamen neue Strafgefangene. Die Menschen, die hier arbeiteten, waren entbehrlich und die wenigsten erlebten das Ende ihrer Haft. Überall mischte und verdiente das Syndikat mit, entschied über Sklaverei oder Tod.

Die mächtigen Tore des Walzwerkgeländes öffneten sich fürchterlich quietschend. Steine flogen und trafen den Mann. Am Tor hatte sich ein Spalier von Häftlingen gebildet, die mit Stöcken und Metallstangen bewaffnet, darauf warteten, ihm vor dem Passieren den Rest zu geben. Der Wachposten entfernte das Überwachungsimplantat unter der Haut am Nacken des Mannes nicht gerade behutsam und ließ ihn passieren. Commander Frank Dorn hatte diesen Tag herbeigesehnt. Seine einjährige Strafversetzung war endlich vorbei. Die letzte Hürde war das Tor. Er holte tief Luft, nutzte seinen Rucksack als Schild, griff einen Stein vom Boden auf und rannte los. Sein Wurf traf den Gegner mit der Eisenstange. Der Schläger fiel um und riss einen anderen mit. Die Peiniger grölten voller Blutdurst und Zorn, lösten das Spalier auf und wollten ihn einkreisen. Frank schützte sich mit dem Rucksack vor den Schlägen, aber es waren zu viele. Er schlug einen Haken, und rutschte unter zwei der Gegner durch, brachte sie dabei zu Fall, rollte ab, kam auf die Beine und rannte um sein Leben. Das Tor schloss sich gleichzeitig. Mit dem letzten Atemzug schaffte er es durch die letzten sechzig Zentimeter Öffnung. Der dumpfe, metallische Klang gestattete ihm ein

Aufatmen. Endlich war er wieder frei, nahm die Beine in die Hand und ließ das Tor schnell hinter sich. Frank marschierte auf der einzigen Straße nach Norden, welche Hüttenwerk und das Straflager mit einem kleinen, etwa vier Kilometer entfernten Raumfrachthafen verband. Der nächste Frachter war für den Nachmittag angemeldet. Die Gefängnisleitung hatte ihm verboten, die Containerbahn zu benutzen, die neben der Straße entlangführte. Mit ihr wurden die schweren Frachtcontainer zum Verladepunkt am Landeplatz gefahren. Ein letzter Versuch, ihn für seine Unbeugsamkeit zu bestrafen. Ein ganzes Jahr hatte er in den Minen geschuftet. Sein täglicher Knochenjob dauerte zwölf Stunden, oft länger. Frank hatte die Worte seines unmotivierten Pflichtverteidigers noch im Ohr. Er werde das Jahr ganz locker auf einer Backe absitzen. Einfache Arbeit. Nur volle Frachtcontainer in die Umlaufbahn fliegen und die leeren wieder zurück, hatte er ihm im Schnellverfahren gesagt. Betrug oder Unwissen: das Gegenteil war der Fall. Längst hatten die Gesellschaften den Transport automatisiert. Nur eines war kein Betrug: als Pilot war er ein Außenseiter. Jeden verfluchten Tag hatte er in den, nach allen biochemischen Ausdünstungen der einsitzenden Lebensformen zum Himmel stinkenden Baracken, zusammen mit über fünfhundert anderen Strafgefangenen vegetiert, versuchte Konflikten aus dem Weg zu gehen, aber fast täglich geriet er zwischen die Fronten und musste um sein Leben kämpfen. Hinter jeder Ecke zu jedem Moment lauerte der Tod. Auch an eine Flucht war nie zu denken, da die Wüste schnell und sicher alles umbrachte, was ihr schutzlos überlassen wurde. Frank schwor sich diesen Ort nie mehr zu betreten. Er marschierte weiter auf der Straße so schnell er konnte, doch in einigen hundert Metern zeichneten sich plötzlich flirrende Silhouetten ab, die von den erhöhten Rändern auf die Straße strömten. Keine Fata Morgana, sondern todsicher ein weiterer Mördertrupp des Syndikats, der das Kopfgeld kassieren wollte. Frank lachte innerlich. Nach zwanzig Schritten bog er plötzlich ab, überwand den niedrigen Rand der Straße, der vor den Verwehungen der Sandstürme schützen sollte und ging mitten in die offene Wüste. Die Sonne brannte seit gut drei Stunden und es entbehrte dem normalen, gesunden Menschenverstand sich um diese Zeit hier herumzutreiben. Die Mittagszeit war nicht mehr fern und die Temperaturen würden mörderische Werte erreichen. Frank blieb auf dem Kamm einer Düne stehen und wischte sich mit dem Ärmel seines ausgeblichenen Overalls den Schweiß von der Stirn. Er sah sich um. Noch sah es nicht so aus, als wären ihm die Schläger gefolgt. Frank nahm seine zerbeulte Feldflasche aus dem Rucksack und trank ein paar Schlucke. Ein ganzes, elend langes Jahr hatte er auf *Merope 3* verbracht, aber an die Hitze und den bestialischen Gestank in den Baracken, der noch schlimmer war, hatte er sich nie gewöhnen können. Nach einem Blick auf seine völlig zerkratzte, aber noch funktionierende Uhr, die er mehr als einmal mit seinem Leben verteidigt hatte, nickte er zufrieden. Er war gut vorangekommen und orientierte sich kurz. In etwa dreihundert Metern Entfernung zeichneten sich fünf Steinsäulen, für ein ungeübtes Auge kaum wahrnehmbar, zwischen den Ockertönen der Wüste ab. Frank befestigte die Feldflasche am Hosenbund und lief die Düne hinab. Er steigerte sein Tempo soweit es der feine Sand zuließ und erreichte die verwitterten Stelen. Sie hatten wohl einmal das Dach eines Brunnens gestützt, der aber längst versiegt war. Von der einstigen Oase zeugten nur noch einige ausgeblichene Reste von größerem Buschwerk, welches von den häufigen Sandstürmen gnadenlos zerfetzt worden war. Etwa dreißig Meter weiter südlich befand sich ein kleines kuppelförmiges Gebäude aus Natursteinen, das tief im Sand steckte. Die angrenzende Düne drohte es beim nächsten Sandsturm völlig unter sich zu begraben. Frank machte einen Schritt darauf zu, blieb aber im nächsten Augenblick abrupt stehen. Vor ihm waren frische Reifenspuren. Er bewegte sich zurück und suchte sofort hinter einer der Steinsäulen Deckung. Frank war sich sicher, dass niemand von diesem Ort wusste. Vorsichtig kroch er bis zu einem größeren Stein. Von hier konnte er in den Schatten des Steiniglus sehen. Dort stand ein Geländefahrzeug unter einem Tarnzelt. Er beschloss nachzusehen und wollte sich gerade erheben, als er den Schatten eines Menschen neben sich bemerkte und gleichzeitig das bedrohlich surrende Geräusch einer geladenen Impulswaffe an seinem Kopf wahrnahm.

„Wen haben wir denn da? Und jetzt komm ganz langsam hoch und versuch ja keine Tricks", sagte eine Stimme hinter ihm. Frank kam der Aufforderung nach. Der Bewaffnete schob ihn vor sich her bis sie das Fahrzeug erreichten. Ein großer glatzköpfiger Mann, bekleidet mit einem grauen Tarnanzug, stieg aus. Er strich sich über seine, den Kopf zierende, lange Narbe.

„Das nenne ich einen guten Fang, Harry", meinte er.

„Na sowas? Wenn das nicht Rufus Ball, der *Schlächter* ist", sagte Frank zu dem Glatzkopf", seit wann bevölkern Ratten die offene Wüste?"

Rufus geballte Faust traf ihn in den Magen. Frank sackte auf die Knie.

„Ah, jetzt vergehen Dir Deine dummen Sprüche", erwiderte Rufus. Bevor Frank sich wehren konnte zog ihn Rufus hoch und schlug solange auf ihn ein bis der Offizier bewusstlos war.

„Du hast schon genug? Schade, ich werde doch erst warm, Du Bastard", schrie Rufus und schickte Frank mit einem letzten Hieb in den Staub.

„Ich versteh nicht was Eva an dem findet. Den Drecksack würde ich nur zu gern umlegen", murmelte Rufus.

„Ist doch egal, Mann. Die Sonne wird ihn schnell erledigen. Ich habe das Signal für unsere Zuckerschnecke aus der Randzone extra lange verzögert. Bis die hier landet ist der Scheißkerl längst tot und verdorrt. Bin mal gespannt wie sie das Eva erklärt. Die wird ausrasten und sie selbst durch die Luftschleuse ins All befördern. Das war es dann für unsere super talentierte Zuckermaus. Dieses Miststück", erwiderte Harry. Rufus Ball grinste zufrieden.

„Gut gemacht, Alter. Damit sind wir die beiden Kakerlaken auf einen Schlag los. Auf Dich ist Verlass. Und jetzt weiter. Binde diesen Hurensohn an einen der Steinpfähle und dann machen wir die Fliege. Wir sind hier fertig", befahl Rufus seinem Helfer. Harry schleifte den Commander an eine der Steinsäulen und fesselte ihn daran. Dann zerschnitt er den Overall des Offiziers und leerte das Wasser aus Franks Feldflasche in den heißen Sand.

„So, Freundchen. Für Dich ist hier Endstation, denn Du wirst hier verschmoren", schnaubte er hasserfüllt und trat Frank brutal in die Seite.

„Komm endlich", rief Rufus. Er hatte inzwischen das Geländefahrzeug gestartet und winkte ihm hektisch zu. Harry beendete seine Aktion in aller Ruhe, indem er Franks Beine und Handgelenke zusätzlich fesselte und dann das Fahrzeug bestieg.

„Die Zeit wird knapp. Wir müssen pünktlich am Treffpunkt sein, um unsere Leute und die Fracht aufzunehmen", maulte Rufus vorwurfsvoll.

„Ja, ja, reg Dich ab. Ich habe ihm nur mein Autogramm hinterlassen", gab Harry zurück. Rufus fuhr los und steuerte das allradgetriebene Fahrzeug zurück auf die Straße in Richtung Frachtterminal. Dort stand ihr Schiff, das die illegalen Torpedos von einem Frachter übernehmen sollte. Stunde um Stunde verging. Die Sonne von *Merope 3* verbrannte die ungeschützten Stellen von Franks Körper erbarmungslos. Spät am Nachmittag landete eine *Centurion* in seiner Nähe. Selbst der infernalische Lärm der Hubmotoren des eleganten Schiffs vermochte ihn nicht aus seiner

Bewusstlosigkeit zu erwecken. Nach einigen Minuten öffnete sich die Luke auf der Backbordseite und eine Rampe fuhr aus dem Rumpf des Schiffs heraus. Eine komplett in helle, kaftanähnliche Wüstenkleidung gehüllte humanoide Gestalt erschien auf der Rampe und blieb stehen. Sie suchte die Umgebung mit einem brillenartigen Bildverstärker ab und prüfte die Informationen, die aus dem Navigationssystem der *Centurion* in die Optik eingespeist wurden: es *war* die richtige Stelle. Abermals ließ sie ihren Blick über das Areal vor ihr streifen. Für einen Moment lang war im Osten ein dunkler Fleck durch die flimmernde Luft zu sehen. Ihr Herz schlug schneller. Sie wählte eine höhere Vergrößerung. Der Fleck entpuppte sich als ein lebloser Körper. Wie von einer Tarantel gebissen rannte die unbekannte Person auf ihn zu. Als sie Frank erreichte, kniete sie nieder, zog ihre Handschuhe aus und fühlte seinen Puls an der Halsschlagader. Er lebte noch. Eine lange Stahlklinge blitzte im Licht der Abendsonne auf und die Fesseln fielen in den Sand. Die Gestalt steckte das Messer wieder weg und öffnete ihre umgehängte Feldflasche. Sie befeuchtete die Lippen des Bewusstlosen und flößte ihm vorsichtig einen Schluck Wasser ein. Frank erwachte aus seiner Ohnmacht und hustete das Wasser sofort wieder heraus. Sie zog ihn mit einiger Mühe unter das Tarnzelt, das Rufus zurückgelassen hatte. Erschöpft wischte sie sich selbst den Schweiß aus dem Gesicht und setzte Frank noch einmal die Feldflasche an die Lippen. Dieses Mal packte er die Flasche und pumpte das Wasser gierig in seinen ausgetrockneten Körper. Noch glaubte er an eine Halluzination. Erst als er das herunterlaufende Wasser auf seinem verbrannten Oberkörper spürte, setzte er die Flasche ab und hustete heiser.

„Trinken Sie langsam, Commander. Es ist genug da." Sie untersuchte ihn und fluchte schockiert, als sie die blau und rot verfärbten Striemen auf seinem Körper sah. Seine Haut war an vielen Stellen heftig verbrannt. Der Mann sah furchtbar aus. Behutsam tastete sie ihn ab. Frank zuckte zusammen, als sie seine Rippen berührte. Die unbekannte Person zog ihr Halstuch ab, befeuchtete es und wischte vorsichtig sein Gesicht und den Oberkörper damit ab, kühlte mit dem restlichen Wasser sein Gesicht. Er versuchte sich aufzurichten, aber er gab keuchend auf. Es schmerzte zu sehr.

„Sie werden es schon überleben, aber wir sollten jetzt von hier verschwinden", riet sie. Sein Gesicht war stark angeschwollen. Er konnte kaum etwas sehen, weil seine Lider mit Sand und Augensekret verklebt waren.

„Kommen Sie, Commander. Versuchen Sie zu gehen. Ich werde Sie stützen. Mein Schiff ist nicht weit von hier." Frank zwang sich stöhnend in die Höhe und umklammerte ihre Hüfte. Er konnte nur verschwommene Konturen wahrnehmen. Er spürte die fremde Person, aber er glaubte zu träumen. Sie griff unter seinen Arm und ging einige Schritte mit ihm, aber Frank sackte nach wenigen Metern erschöpft zu Boden und verlor erneut das Bewusstsein.

Irgendwann erwachte er. Frank spürte die weiche Liege unter sich. Die Schmerzen in seinem Gesicht waren verschwunden. Er fühlte sich entspannt. Die Luft war angenehm kühl und es duftete nach einer fremden exotischen Essenz, die all seine Vorsicht schlicht zerfallen ließ. *Verfluchte Einbildung*, sagte er sich. Seine Arme und Beine waren ebenfalls schmerzfrei. Nur sein Magen brannte, als hätte er einen Ameisenhaufen verschluckt.

Im nächsten Augenblick öffnete sich leise zischend eine Schiebetür. Frank erschrak und öffnete seine Augen schneller, als es gut für ihn war. Ein heftig stechender Schmerz pulsierte durch seinen Kopf. Er sah die Frau nur schemenhaft in verschiedenen Hell- und Dunkelstufen.

„Glaube nicht, dass ich es in den Himmel geschafft habe. Also: für welche Folterabteilung des Syndikats auf Merope 3 arbeiten Sie? Oder doch mein zuständiger Schutzengel?", murmelte er heiser.

„Ich fürchte, dass ich keinem Ihrer Ansprüche gerecht werden kann. Glücklicherweise sind Ihre Verletzungen nicht so schlimm, wie sie aussehen. Ich habe sie mit Heilpaste behandelt. Sie sind in einigen Tagen bestimmt wieder in Ordnung", erwiderte sie ruhig. Der Blick des Offiziers wurde schärfer. Die verschleierte Gestalt im Kaftan hatte sich in eine Frau verwandelt. Ihr langes glattes Haar war schwarz und glänzte im Licht des Raumes leicht bläulich. Der Overall, den sie trug, war aus weichem, schwarzem Leder oder einem ähnlichen Material und wetteiferte mit dem Glanz ihrer Haare. Er saß perfekt wie eine zweite Haut. Hohe schwarze Stiefel, deren Schaftende ein schmales, silbernes Band säumte, ergänzten die Kleidung. Ihre Taille zierte ein breiter Gürtel aus silbernen, fremdartig geformten Metallornamenten, an dem mehrere Ausrüstungsgegenstände befestigt waren. Frank glaubte einen Paralysator zu erkennen. An ihrem linken Handgelenk trug sie ein breites Armband mit einem Kommunikator. Das rechte Handgelenk schmückte ein schlichter Silberreif mit einer kleinen, hieroglyphenartigen Gravur. Sie lehnte mit verschränkten Armen an der Wand ihm gegenüber und musterte ihn sorgfältig.

„Schade, so ein Engel wäre ganz mein Geschmack gewesen", sagte Frank leise. Er drehte sich zur Seite, schwang seine Beine langsam von der Liege, richtete sich auf und fuhr mit einer Hand über sein unrasiertes Kinn.

„Oh Mann, da hat mich jemand ziemlich ins Aus geschickt. Könnte jetzt einen Single Malt gebrauchen."

„Alkohol wäre sehr dumm in Ihrer Verfassung", mahnte sie. Sie stieß sich von der Wand ab und ging zur Versorgungskonsole. Dort entnahm sie eine kleine Kartusche und öffnete den Vakuumverschluss.

„Das war nicht ernst gemeint. Vergessen Sie es." Sie atmete hörbar genervt aus.

„Ich finde Sie ziemlich uncool. Trinken Sie lieber die hier. Das wird sie wieder auf die Beine bringen", empfahl sie und reichte ihm die offene Kartusche. Frank leerte sie mit einem Zug.

„Ich bin Ariana. Leider habe ich bei Ihnen keinen ID-Chip oder ein entsprechendes Implantat gefunden. Das ist gar nicht gut. Ihr Bioscan war zwar negativ, aber eigentlich müsste ich Sie trotzdem unter Quarantäne stellen, zumindest bis ich weiß, wer Sie sind." Ihre rechte Hand ruhte jetzt auf dem Halfter mit dem Paralysator.

„Ach, entschuldigen Sie bitte. Wo bleiben nur meine Manieren? Ich hätte mich längst vorstellen können. Commander Frank Dorn. Fünftes terranisches Aufklärungsgeschwader."

„Was machen Sie hier in dieser Einöde und wer hat Sie so zugerichtet?", fragte Ariana.

„Das ist eine lange und unerfreuliche Geschichte", entgegnete Dorn.

„Erzählen Sie", forderte sie scheinbar interessiert. Frank zögerte einen Moment. Er war es nach einem Jahr in der harten Straflagerumgebung nicht mehr gewohnt, dass sich jemand für seine Geschichte erwärmte. Sein Blick wanderte langsam vom Boden an Ariana hoch und blieb direkt an ihren smaragdgrünen Augen hängen.

„Heute Morgen endete meine Strafversetzung auf diesem Sandhaufen. Ich war auf dem Weg zum Frachthafen und wollte vor meinem Abflug noch ein paar Freunde besuchen. Leider bin ich dabei auf zwei altbekannte Schurken gestoßen", erklärte Frank.

„Freunde besuchen? Hier in dieser Wüste? Ich bitte Sie: haben Sie denn keine bessere Geschichte?", fragte Ariana ungläubig und zog dabei sanft ihre linke Augenbraue hoch.

„Sie können mir schon glauben", erwiderte er gestikulierend, während sie ihn argwöhnisch musterte. Ihren Schuss überlegene Arroganz fand er durchaus attraktiv, aber er war zu kaputt, um darauf einzusteigen. Sie ging um ihn herum und blieb, in sein Spiegelbild blickend, hinter ihm stehen

„Riecht mir sehr nach Schmuggel und illegalen Aktionen, auch wenn Sie offenbar einer Flotte angehören. Liege ich richtig?" Frank schüttelte müde den Kopf.

„Ich bin kein Schmuggler. Fürchte nur, dass der Frachter zur Erde längst weg ist und ich glaube nicht, dass mir die Flotte extra ein Taxi schickt. Das nächste Transportschiff kommt erst in drei oder vier Tagen. Also sitze ich solange auf diesem öden Sandhaufen fest. Kein Wasser und keinen Unterschlupf. Vielleicht wäre es besser gewesen, Sie hätten mich da draußen vertrocknen lassen. Es gibt eine ganze Menge Typen, die Ihnen sehr dankbar dafür wären." Ariana seufzte.

„Habe ich aber nicht. Mein nächster Zwischenstopp ist das Sol-System. Sie können mit mir fliegen, wenn Sie das wollen", sagte Ariana.

„Was? Na, das ist ja prima. Danke, das Angebot nehme ich gerne an", antwortete Frank. Das *wo ist der Haken*, verkniff er sich. Frank stand auf, musste sich aber einen Moment an der Liege festhalten bis ihm nicht mehr schwindelig war.

„Schön langsam, Commander. Vermeiden Sie schnelle Bewegungen. Ich musste Ihnen ein Schmerzmittel geben. Das sind leider die Nebenwirkungen. Möglicherweise ist meine Medizin nicht ganz kompatibel für Menschen", sagte Ariana. Er nickte.

„Haben Sie noch etwas von diesem Getränk. Ein Biostabilisator genügt mir auch"

„Ah, also doch kein Scotch", zog sie ihn auf. Ariana öffnete eine neue Kartusche mit der Aufbaumixtur und reichte sie ihm. Dabei strömte ihr Duft in seine Nase. Diese exotische Essenz war definitiv keine Einbildung gewesen und beglückte ihn wie eine Droge, auch wenn sein Geruchsinn in den Baracken erheblich gelitten hatte. Dazu wirkte diese Substanz unglaublich entspannend. Sie machte ihn im Moment willenlos, denn so leicht und so sicher hatte er sich lange nicht gefühlt. Er trank einen Schluck und betrachtete die behandelten Wunden in seinem Gesicht, welches sich auf der blankpolierten Konsolenabdeckung spiegelte. Sein Oberkörper war von einem weißen, elastischen Stützverband bedeckt.

„Das haben Sie aber verdammt gut hingekriegt", lobte der terranische Offizier zufrieden, „hätte ein Arzt oder ein Medobot bestimmt nicht besser gemacht. Sagen Sie, wie bin ich eigentlich ins Schiff gekommen?"

„Na raten Sie mal? Auf meinem Rücken natürlich", antwortete Ariana.

Frank Dorn sah ihr in die Augen und runzelte erstaunt seine Stirn. Sie hielt seinem Blick stand und zog erwidernd eine Augenbraue hoch.

„Ich werde jetzt den Start vorbereiten. Das wird einige Zeit in Anspruch nehmen. Im Fach dort finden Sie einen neuen Overall. Ich hoffe er passt Ihnen. Am besten Sie legen sich einfach noch eine Weile aufs Ohr und ruhen sich aus." Sie wandte sich zur Tür.

„Das werde ich tun. Vielen Dank für Ihre Hilfe", sagte Frank.

Als Ariana wieder das Cockpit betrat, öffnete sie ihre rechte Brusttasche, holte eine kleine Glasphiole daraus hervor und betrachtete die körperwarme, goldschimmernde Flüssigkeit darin. Vorsichtig träufelte sie je einen Tropfen der Substanz auf die Innenseite ihrer Handgelenke. Ariana massierte die Flüssigkeit, die kaum Oberflächenspannung aufwies, leicht ein. Das reichte aus, um ihre emotionale Balance zurück zu gewinnen. Frank hatte bereits darauf reagiert, aber sie wollte auf Nummer sicher gehen. Die pheromonartige Essenz verteilte sich nach und nach auf ihrem ganzen Körper und sie konnte allein durch die Kraft ihrer Gedanken die Botenstoffe auf ihrer Haut freisetzen. Schließlich strich sie noch einen Tropfen aus der Phiole in ihr Haar und stellte sich mit geschlossenen Augen vor, wie Franks Geist sich unter dem Einfluss des Duftstoffes und ihren körperlichen Reizen vollständig öffnete. Der Schimmer der beinahe lebendigen Flüssigkeit übertrug sich für einen Lidschlag lang auf ihr Haar, als würde das Fluid Besitz von ihr ergreifen.

Frank holte unterdessen den neuen Anzug aus dem Fach und zog sich um. Er leerte seine Kartusche und fühlte sich etwas besser, als er durch das kleine Bullauge sah. Über der Wüste war längst die Nacht hereingebrochen. *Ich sollte mir das Schiff ansehen*, sagte er zu sich selbst, aber Arianas atemberaubende Essenz war immer noch in seiner Nase und verstärkte ihre Worte auf unerklärliche Weise. Er wurde müde und legte sich auf die Liege. Frank atmete langsam und dachte nach. Da war er ein ganzes Jahr auf einem Sandhaufen eingesperrt und isoliert und dann so eine Rettung? Er nahm sich vor, Ariana auf den Zahn zu fühlen. Dann fielen ihm die Augen zu.

Ariana hatte das Schiff schnell startklar und gab den Kurs zur Erde ein. Dann gönnte sie sich eine gute Stunde Verschnaufpause, um ihre weiteren Schritte vorzubereiten. Ihre telepathische Fähigkeit ließ sie spüren, dass Frank nun kurz vor dem Erwachen war. Sie aktivierte eine neue Flut von Pheromonen, was ihr ein überlegenes Lächeln auf ihr Gesicht zauberte. Schließlich startete Ariana die Hubtriebwerke. Ein Zittern ging durch das ganze Schiff. Die *Centurion* hob langsam ab. Frank erwachte und schlug seine Augen auf. Er drehte den Kopf zur Seite und hielt sich instinktiv an der Liege fest, aber die automatischen Sicherheitsbügel fixierten ihn mit allem Komfort. Der durch den Schub der Triebwerke aufgewirbelte Sand prasselte wie Regen gegen das Bullauge und die Schiffshaut. Es war Nacht auf *Merope 3*. Frank spürte wie das Raumschiff abhob. Die Maschine gewann nur langsam an Höhe, überwand fast widerwillig die Schwerkraft. Dann wurde es plötzlich still. Die Hubmotoren stellten ihre Arbeit ein und Ariana nutzte den restlichen Schwung für die Freiflugphase gekonnt bis der Unterlichtantrieb startete und das Schiff weiter beschleunigte. Frank wurde in seiner fixierten Lage etwas durchgeschüttelt, weil Ariana mehrere schnell aufeinander folgende Flugmanöver ausführte. Kurz darauf passierte das Schiff den Terminator, die Tag – Nachtgrenze von *Merope 3* und das Licht vom Zentralgestirn des verödeten Planeten schien durch das Bullauge. Die Unterlichttriebwerke schoben das Schiff endlich aus der Umlaufbahn. *Merope 3* schrumpfte schnell zu einer kleinen, rostroten Christbaumkugel zusammen, während Frank sich entspannte und beschloss nach Ariana zu sehen. Mit wenig Kraft glitten die Sicherheitsbügel zurück. Frank stand auf und öffnete die Tür. Als er auf den Hauptkorridor hinaus trat, erkannte er den Schiffstyp sofort. Die immense, geradezu verschwenderische Geräumigkeit des Ganges und seine luxuriöse Auskleidung ließen in ihm keinen Zweifel mehr offen. Das bot nur eine *Centurion*. Er erreichte die Brücke und betätigte den Öffnungsmechanismus. Ariana saß lässig in ihrem Sessel und überwachte zwei Monitore.

„Habe ich die Erlaubnis auf die Brücke zu kommen?", fragte er.

„Treten Sie ein, Commander. Sie brauchen nicht so förmlich zu sein. Wir sind hier nicht beim Militär", erwiderte Ariana und wies ihm den Sessel neben ihrem zu.

„Danke. Nur Diplomaten fliegen Schiffe der *Centurion*-Klasse", konterte Frank und setzte sich.

„Es freut mich, dass es Ihnen besser geht. Ich habe den Flug angemeldet und auch Ihre Einheit verständigt. Man erwartet Sie dort bereits."

„Danke für Ihre Mühe", erwiderte Frank etwas überrascht. Er hatte nicht damit gerechnet, dass sie sein Geschwader benachrichtigen würde.

„Kein Problem. Der Kurs liegt fest. Sind Sie bereit für
den Hyperraum?", fragte Ariana.

„Ich kann es kaum erwarten. Bin gespannt, was Ihre
Kiste so drauf hat. Also los."

Ariana grinste diabolisch, legte einen Schalter um und aktivierte den Hyperantrieb. Die *Centurion* beschleunigte augenblicklich in den Hyperraum und raste mit vielfacher
Überlichtgeschwindigkeit der Erde entgegen. Sie lehnte
sich entspannt in ihren Sessel zurück und sah Frank heraus-
fordernd an.

„Sie sind also in diplomatischer Mission unterwegs",
begann Frank. Seine Müdigkeit war verflogen.

„Nein, bin ich nicht", erwiderte sie, „meine Landung
auf *Merope 3* war reiner Zufall. Ich hatte einen Defekt an
den Triebwerken. Das Intermix für die Antimaterie funktionierte nicht richtig und ich musste schnellstens irgendwo
runter. Leider bekam ich auf dem Frachthafen keine Landeerlaubnis, also war ich gezwungen in die Wüste auszu-
weichen. Zum Glück konnte ich das Problem schnell lösen,
aber die Landung auf unbefestigtem Boden machte mir
Sorgen. Ich musste feststellen wie tief die Landestützen im
Sand steckten und habe mich danach etwas umgesehen.
Den Rest kennen Sie. Ich hätte nie gedacht in dieser verlas-
senen Gegend hier draußen einen Humanoiden zu finden."
Ariana prüfte einige Werte auf dem rechten Bildschirm vor
ihr und lehnte sich dann wieder in ihren Sessel.

„Was haben Sie denn angestellt, dass man Sie so weit
von der Erde weg strafversetzt hat?", fragte sie.
Frank kratzte sich verlegen am Hinterkopf.

„Naja, ich habe mal eine Dummheit begangen. Man
denkt einmal nicht nach und handelt aus der Emotion

40

heraus. Wie es dazu kam ist eine komplizierte und unschöne Geschichte."

„Wir haben die nächsten Stunden viel Zeit. Ich höre Ihnen zu", bot Ariana an.

Frank zögerte.

„Das ist sehr persönlich und ich rede nicht gerne darüber", wich er aus.

„Hm, muss ja besonders schlimm gewesen sein, dass man Sie ausgerechnet auf diesen höllischen Sandhaufen verbannt hat. Einen kriminellen Eindruck machen Sie auf mich jedenfalls nicht", sagte Ariana.

„Danke für die Blumen, aber wissen Sie denn wie Kriminelle aussehen?", fragte er neugierig.

„Allerdings. Ich sehe das auf den ersten Blick."

Plötzlich gab Frank nach. Ihre Pheromone lösten seine Zunge.

„Vor etwa zwei Jahren unterstützte unsere Einheit den terranischen Sicherheitsdienst bei einer Aktion gegen ein Syndikat. Eine Agentin arbeitete einige Jahre lang verdeckt und war schließlich bis in die Führungsgruppe des Syndikats vorgestoßen. Dieses Syndikat gefährdet den Handel und versucht unser Bündnis zu destabilisieren. Jessica Allens Informationen waren unbezahlbar. Der Sicherheitsdienst plante zuzugreifen und das Syndikat bei einem Führungstreffen auszuheben. Wir sollten die Mission absichern, hatten ein gutes Versteck und konnten alles mitansehen. Jessica Allen hatte zuvor eine Person aus der Führungsriege des Syndikats enttarnt. Ihr Name ist Eva Johnson. Sie können sich denken was passierte: wir wurden verraten und liefen ins offene Messer. Eva Johnsons Gruppe wehrte sich verbissen, während der Rest abtauchte. Wir hatten einfach keine Chance. Vier von unseren Sicherheitsdienstbeamten wurden getötet. Unser Geschwader durfte nicht mehr eingreifen und sollte sich zurückziehen. Die Anweisung kam von höchster Stelle. Ich habe den Befehl missachtet und angegriffen, denn ich kannte Jessica seit der Ausbildung. Wir haben eine ganze Menge zusammen durchgemacht und ich konnte Eva Johnson nicht einfach entkommen lassen. Bei der Verfolgung kam es zu einem erbitterten Kampf. Mein Schiff war viel zu schlecht bewaffnet und ich habe schwere Treffer einstecken müssen. Die konnten alle entkommen, während ich notlanden musste. Die Regierung brauchte natürlich einen Sündenbock für die gescheiterte Aktion. Sie glauben ja gar nicht, was die Führung für einen Tanz mit mir veranstaltet hat. Ich wurde suspendiert, verlor meine Fluglizenz und die Gerichte beschäftigten sich fast ein ganzes Jahr lang mit mir. Das Urteil: ein verdammtes Jahr auf dem übelsten Sandhaufen der Galaxie. Die wollten mich dort verrotten lassen. Sollte mein Grab werden, aber so leicht lass' ich mich nicht abservieren."

Ariana hatte gespannt zugehört, obwohl sie beinahe alle Einzelheiten seiner Geschichte kannte. Sie hatte sich gründlich auf ihren Einsatz vorbereitet und in den Datenspeichern des Syndikats alle Informationen bis ins kleinste Detail studiert. Eva Johnson hatte ein persönliches Interesse an Dorn. Das war ihr schnell klar geworden. Eva verfolgte rücksichtslos ihre eigenen Ziele, die sich nur zufällig mit denen der anderen Syndikatsbosse deckten. Ariana hatte nie an einer Konferenz mit Flint und den Syndikatsmitgliedern teilgenommen, aber sie wusste, dass Eva Johnson an die Spitze der Organisation wollte. Sie war nicht mehr weit von diesem Ziel entfernt.

„Was passierte mit der Agentin?"

Frank bekam einen Kloß im Hals und schluckte trocken. Jede Faser seines Körpers sträubte sich darüber zu sprechen, aber Arianas Essenz in der Luft pulverisierte seinen Unwillen, weiter zu erzählen.

„Sie war eines der vier Opfer. Eva Johnson hat sie umgebracht. Ich musste hilflos zusehen. Sie hat sie eiskalt erschossen. Einfach so", sagte er leise und drehte seinen Sessel in Richtung der Cockpitfenster.

Ariana spürte, dass ihre letzte Frage sein Innerstes aufgewühlt hatte. Sie wandte sich dem Monitor zu und rief einige Werte der Statusanzeige ab. Nach einigen Augenblicken entspannte sich ihr Gesichtsausdruck. Sie hatte soeben die letzten Messwerte von den Triebwerken erhalten und die aktuelle Kurskorrektur der Automatik geprüft. Alles funktionierte perfekt.

„Wissen Sie was das Verrückte dabei war? Ich habe Jessica noch geraten vor der Aktion auszusteigen, aber sie war sich ihrer Sache so sicher", schob er verbittert nach.

„Woher wissen Sie, dass die Kerle, die Sie heute zusammengeschlagen haben zum Syndikat gehören?", fragte Ariana.

„Sie wurden durch Jessica enttarnt. Der eine ist Harry Malik, der andere Rufus Ball, auch *der Schlächter* genannt. Sie haben die anderen Opfer auf dem Gewissen. Dummerweise haben wir nur diese beiden und Eva Johnson enttarnt. Ich würde sonst etwas geben, wenn wir das Syndikat endlich zur Strecke bringen könnten", erwiderte Frank.

„Ihre Situation tut mir sehr leid, Commander. Sie scheinen mir emotional ziemlich aufgewühlt zu sein. Möchten Sie ein Beruhigungsmittel?"

„Nein, lassen Sie nur. Ich brauche keine Drogen", meinte er und winkte ab, „es geht schon. Das ist lange her und ich bin erst mal froh, dass ich diesen Sandhaufen hinter mir habe."

„Was haben Sie vor, wenn Sie wieder bei Ihrer Einheit sind?", fragte Ariana.

„Gute Frage. Vielleicht schmeiße ich den Job hin. Große Lust habe ich sowieso nicht mehr. Ich war lange genug am Gängelband und glaube auch nicht, dass ich meine Fluglizenz nochmal wiedersehe. Mal sehen, wo ich anheuern kann. Die wollen mich alle tot sehen."

Ariana nickte verständnisvoll und schlug entspannt ihre Beine übereinander.

Frank blickte nach draußen. Die Sterne zogen in den Spektralfarben des Hyperraumes an der *Centurion* vorüber. Durch den Dopplereffekt erstrahlten die zu Lichtstäben auseinandergezogenen und wie aus einem unendlich fernen Punkt quellenden Sterne zuerst blau, dann weiß und schließlich rot.

„Sie glauben gar nicht wie sehr ich diesen Anblick vermisst habe. Ich könnte auf vieles verzichten, aber das Fliegen durch den Hyperraum würde mir wirklich fehlen. Es hat etwas Erholsames."

„Was halten Sie von einem Mika? Wir könnten in die Lounge gehen. Dort sitzen wir bequemer und es gibt ein größeres Fenster. Die Automatik wird uns sicher in den SOL-Sektor bringen", sagte Ariana.

„Das ist eine gute Idee. Ich würde wirklich gerne etwas von Ihrem Schiff sehen", erwiderte Frank, ohne zu wissen, was ein Mika war. Beide erhoben sich und Ariana ging voran. Sie passierten die Kabine in der sie ihn behandelt hatte, die Schleusen, die zu den Rettungskapseln führten und erreichten schließlich das Achterdeck mit der Lounge. Der Raum war sehr komfortabel ausgestattet. Während sich Frank flüchtig umsah, öffnete Ariana mit einem exotisch klingenden Sprachbefehl die Abdeckung über der Lounge. Die beiden Schotte schützten das riesige, gewölbte Fenster über ihnen und gaben nun den Blick ins All frei. Frank staunte nicht schlecht.

„Na, habe ich Ihnen zu viel versprochen? Was möchten Sie trinken?", fragte Ariana, während sie das Licht dämpfte.

„Ein starker schwarzer Kaffee wäre prima", antwortete Frank ohne seine Augen vom Firmament über ihnen abzuwenden. Er sog diesen Anblick in sich auf. Hinter ihm zischte der heiße Wasserdampf eines Nahrungszubereiters.

„Ich habe schon viele Schiffe gesehen, aber Ihres ist wirklich beeindruckend", bemerkte er. Sie reagierte gelassen. Wenig später stand sie mit einem Becher nussbrauner, dampfender Flüssigkeit neben ihm.

„Ihr Mika. Jetzt bin ich sehr gespannt wie er Ihnen schmeckt."

„Danke", erwiderte Frank lächelnd und trank langsam einen Schluck. Das kaffeeartige, süße Getränk überraschte seinen Gaumen mit Aromen von gerösteten Mandeln, Karamell und Aprikosen mit einem Schuss Vanille.

„Mika, hm? Das ist das Beste, was ich seit einer Ewigkeit getrunken habe. Schmeckt ausgezeichnet", meinte er anerkennend.

„Ein Rezept von meiner Heimatwelt. Das dürfte Ihrem Kaffee laut Datenbank am nächsten kommen", antwortete sie und berührte fast unmerklich mit einem Fingerdruck ihren Armreif. Plötzlich änderte sich die Farbe und Textur ihrer Kleidung. Aus dem Nachtschwarz wurde metallisch hochglänzendes Silber. Sie blickte einen Moment lang in das Dunkel des Raumes, drehte sich um und bewegte sich an ihm vorbei zur Sitzgruppe der Lounge. Ihr nun gleißendes Outfit in dem sich das Sternenlicht erhaben spiegelte, entlockte im ein *wow* und raubte ihm den Atem. Der nächste Schwall konzentrierter Pheromone aus ihrem Haar, zusammen mit dem aromatischen Mika, erledigte ihn wieder ein Stück. Da war plötzlich Narzissenduft, der ihn umgab, ihn in eine fremde Welt zog. Für eine Sekunde lang sah er sie plötzlich doppelt, fühlte sich dabei als stünde er neben sich oder hätte Watte im Kopf. Wie ferngesteuert folgte er ihr und ließ sich auf einem Sessel nieder, ohne sie aus den Augen zu lassen. Ariana setzte sich leger auf die breite Couch, ihm gegenüber.

„Kommt Kaffee am nächsten. Ich glaube, ich vertraue Ihnen blind", murmelte Frank. Im selben Moment fragte er sich, ob das wirklich seine Worte gewesen waren, oder sie ihm das in seinen Gedanken vorgegeben hatte. Wieder sah er Arianas Gesicht doppelt. Frank fasste sich an die Stirn, atmete tief durch und schloss einen Moment seine Augen bevor er sie wieder ansah. Sie lächelte ihn fragend an.

„Ihr Schiff hat sicher eine beachtliche Reichweite. Aus welcher Ecke der Galaxie kommen Sie?", fragte er und versuchte sich wieder zu konzentrieren.

„Oh, eines nach dem anderen, Commander. Wir waren bei Ihrer Geschichte", erwiderte sie.

„Wovor fliehen Sie?", fragte Frank, als hätte ihm ein zweites, anderes *Ich* diesen Gedanken auf seine Zunge gelegt. Ariana, im innersten berührt, gefror plötzlich das Lächeln. Einen Augenblick später wusste er nicht mehr, was er gesagt hatte.

„Ich glaube, ich fühle mich nicht gut. Vielleicht vertrage ich das Getränk nicht. Was haben Sie da reingetan?", sagte er ablenkend.

„Aber Commander? Was soll das? Ich betäube Sie doch nicht. Mika hat eine natürliche, sehr entspannende Wirkung. Das liegt am Mikaboin. Ist das etwa Ihr erster Mika? Dann ist es völlig normal. Man muss sich daran gewöhnen. Vergeben Sie mir. Ich hätte das vorher erwähnen sollen, aber ich dachte ein Mika wäre das richtige für Sie. Bitte vertrauen Sie mir", antwortete Ariana einfühlsam. Ihre Stimme und ihre ganze Erscheinung waren der reinste Balsam für seine Seele. Sein flaues Gefühl verflog danach so schnell wie es gekommen war und ihre Worte befreiten ihn. Obwohl er dagegen ankämpfte, war er plötzlich mehr als zuvor bereit ihr sein Innerstes zu öffnen.

„Ist lange her, dass ich jemandem vertraut habe. Das verdammte Syndikat hat mir alles genommen", murmelte er. Sie hörte es.

„Erzählen Sie Ihre Geschichte bitte weiter, Commander. Haben Sie herausgefunden, wer Sie verraten hat?"

„Nein, wir haben nur einen Verdacht und den können

wir nicht beweisen", erwiderte er knapp.

„Wir?", fragte sie.

„Die Gruppe, die das Syndikat bekämpft. Ich kann nicht darüber sprechen. Bitte verstehen Sie das."
Ariana zog lasziv ihre Beine auf die Couch, trank langsam einen Schluck Mika und lehnte sich zurück.

„Keine Angst, Commander, ich versuche nur Ihre Lage zu verstehen. Natürlich respektiere ich, wenn Sie das nicht weiter ausführen wollen."

„Tja, wissen Sie, nach zwei Jahren Zirkus, einem Jahr Straflager mit allen Schikanen und dann so eine Rettung? Entschuldigen Sie, aber in meinen Augen ist das ziemlich surreal, denn eigentlich kommt aus einem solchen Lager niemand mehr heraus", erwiderte Frank.
Ariana strich ihr Haar nach hinten und seufzte entwaffnend.

„Das ist verständlich. Mir geht es ebenso. Zuerst die Maschinenprobleme, dann keine Landeerlaubnis, die Sorge auf diesem trostlosen Planeten zu stranden und nun habe ich Sie an Bord. Ganz gleich, was Sie mir erzählen oder nicht: ich profitiere nicht davon, außer, dass ich für die nächste Etappe meines Fluges ganz unerwartet eine angenehme Gesellschaft an Bord habe", antwortete sie.

„Danke. Ist wirklich eine Ewigkeit her, dass jemand so nett zu mir gewesen ist. Verraten Sie mir, wo Sie herkommen?" fragte Frank. Sie blickte ihm in die Augen.

„Oh, Sie sind sehr direkt. Nein, warum sollte ich?", antwortete sie leise und spielte mit dem Verschluss ihres linken Stiefels.

„Da Sie mich ja nun fast in- und auswendig kennen, dachte ich, wir gleichen unser Wissen an. Sie wissen alles über mich, ich weiß nichts über Sie. Finden Sie das nicht unfair?", meinte Frank enttäuscht.

„Ganz und gar nicht", antwortete sie gespielt trocken und ihre Lippen zeigten ein kurzes, aber überlegenes

Lächeln. Frank bohrte trotzdem weiter.

„Hm, dann muss ich raten. Also, Sie kommen nicht von *Epsilon Arcturus 3*. Ich kenne die Bevölkerung dort recht gut. Sie passen nicht in dieses Schema. Die Metaner haben eine ganz andere Mentalität. Die meisten sind sehr impulsiv. Da die Bewohner unserer Nachbarwelten alle anders als wir aussehen, könnten Sie von der Erde kommen."

Ariana seufzte demonstrativ gelangweilt, trank wieder einen Schluck Mika und tat so, als würde sie nicht hinhören.

„Ich kenne natürlich viele weibliche Raumpiloten, aber keine von denen fliegt eine *Centurion*", fuhr Frank fort, „und keine ist auch nur annähernd so attraktiv und trägt eine so atemberaubende Uniform, wie Sie."

„Nett, dass Ihnen das gefällt, aber das ist keine Uniform, sondern die leichte Bordkombination des Expeditionskorps meines Volkes. Allerdings diene ich nicht in einer Flotte. Und nein: so einer, der alle Pilotinnen kennt, sind Sie nicht. Ihr Kompliment nehme ich an, auch wenn Ihre Absicht dahinter offensichtlich ist", sagte sie kühl.

„Wow, die leichte Kombination des Expeditionskorps? Nun haben Sie mich erst recht neugierig gemacht. Ich heiße übrigens Frank."

„Also gut, Frank: nun weiß ich, dass Sie auf leichte Bordkombinationen stehen. Schön, aber jetzt geben Sie Ruhe. Wir waren bei Ihrer Geschichte. Warum fahren Sie nicht damit fort."

„Wenn ich die Reichweite Ihres Schiffes dazurechne, dann tippe ich auf die unerforschte Zone", sagte er unbeeindruckt von ihrer Bitte.

„Sie geben wohl nie auf", erwiderte sie genervt. Der Ton ihrer Stimme und der Blick ihrer Augen verrieten ihm, dass er der Lösung recht nahe gekommen sein musste.

„Es scheint Ihnen ja mittlerweile wirklich wieder prächtig zu gehen, wenn Sie so viel wirres Zeug reden können", lenkte sie ab.

„Danke, es geht mir besser. Der Mika wirkt offensichtlich Wunder. Ich habe das schon ernst gemeint. Vor allem, dass Sie attraktiv sind."

„Wollen Sie Ihre Gastgeberin verärgern und in die Wüste zurück?", fragte sie plötzlich schroff. Frank schluckte verwundert den letzten Rest von seinem Mika hinunter.

„Nein, natürlich nicht."

„Dann hören Sie bitte auf, diese Grenze zu überschreiten, sonst bringe ich Sie gleich wieder nach *Merope* zurück", blaffte Ariana ihn an.

„Schon gut", wiegelte Frank mit erhobener Hand ab, „ich kann meine Komplimente auch für mich behalten", schob er leise nach und ärgerte sich über sein forsches Vorgehen.

Ariana stellte ihren Becher auf dem kleinen Tisch an der Seite der Couch ab, winkelte ihre Beine wieder an und atmete hörbar aus. Sie war mit dem Verlauf des Gesprächs nicht zufrieden und presste einen Augenblick frustriert ihre Lippen zusammen. Keinesfalls hatte sie damit gerechnet derart emotional zu reagieren. Dies erstaunte und verunsicherte sie. Eigentlich hatte sie sich vorgenommen, ruhig zu bleiben, ganz gleich wie sich Frank verhalten würde. Sie hatte geplant, die Informationen scheibchenweise preiszugeben, ihn an der langen Leine zu führen und ihm nur ab und zu ein Erfolgserlebnis zu gönnen. Er spielte nicht so mit wie sie es erwartet hatte. Dabei war ihre Anweisung von Eva Johnson glasklar. Sie hatte sein Vertrauen zu gewinnen. Um jeden Preis. Ariana legte ihren Kopf leicht schräg und strich ihr Haar aus der Stirn. Sie aktivierte neue Pheromone und beugte sich vor.

„Commander, ah Frank, ich wollte Ihnen nicht drohen, aber bitte verstehen Sie, dass auch ich nicht über alles sprechen kann. Ich bin aus rein persönlichen Gründen unterwegs. Mehr kann ich Ihnen nicht sagen. Also belassen wir es dabei. Einverstanden?", erklärte Ariana verlegen. Frank nickte.

„Hm, schade, aber ja, einverstanden. Ist eh alles surreal. Sie sind jedenfalls das netteste Wesen, welches ich seit langem getroffen habe und ich hoffe, dass ich nicht gleich aus einem Traum aufwache und wieder im Straflager bin. Tut mir leid, falls ich eine Grenze überschritten habe. Bitte vergessen Sie das alles einfach." Er atmete tief ein und seufzte.

„Haben Sie etwas dagegen, wenn ich mir das Schiff ansehe?"

„Nein, schauen Sie sich gerne um", erwiderte sie leise. Frank erhob sich, stellte seinen Becher ab und verschwand durch die Tür. Ariana streckte sich und erhob sich ebenfalls, während der kleine Service-Bot vom Nahrungszubereiter heranschwebte und die Becher wegräumte. Vielfach hatte sie solche Fragen mental eingeübt, aber ihre eigene emotionale Reaktion, die für sie einem neuen Universum gleichkam, war ihr bislang fremd. Ariana war nie zuvor innerlich so aufgewühlt und unsicher gewesen. Dieser wahrlich verdammte, ungehobelte terranische Offizier hatte sie so aus der Fassung gebracht, dass ihr Herz raste. Das fühlte sich fremd, aber großartig an, auch wenn sie sich das nur widerwillig eingestand. Dieses Individuum, das sie studiert hatte, verhielt sich nicht so wie in den Simulationen der besten künstlichen Intelligenz des Syndikats. Das lebende Wesen hatte mehr unerwartete Nuancen, als die Datenbanken hergaben. Seine Kraft und seine Beharrlichkeit waren fast ebenso mächtig wie ihre Pheromone. Für einen Moment erlaubte sie es sich, dass dieser emotionale Strudel von ihr Besitz ergriff – etwas was einem Sakrileg oder einer Revolution gleichkam. Ariana fürchtete um ihre gesamte Sozialisierung. Ein tiefes Durchatmen brachte sie zwar mental halbwegs wieder in die Spur, aber ihr Puls wollte sich einfach nicht beruhigen.

Der metanische Starliner *Golden Sun* war auf dem Weg nach *Capella 2*. An Bord befanden sich die metanische Regentin, ihr Mann und der capellanische Botschafter. Die Capellaner waren nach der Erde der wichtigste Handelspartner von *Epsilon Arcturus 3*. Dieser Besuch auf höchster Ebene war nötig, um ein Handelsabkommen gewaltigen Ausmaßes zu unterzeichnen. Die Capellaner waren ein sehr friedliebendes Volk und eigentlich das genaue Gegenteil der impulsiven Metaner, bei denen traditionsgemäß oft die Frauen der verschiedenen Clans regierten. Zudem hatte *Meta* als einziges Bündnismitglied eine Wahlmonarchie als Regierungsform. Dennoch pflegten die Sternnationen enge kulturelle Beziehungen untereinander. Auf der Kommandobrücke der *Golden Sun* verrichteten meist Offiziere aus der Garde ihren Dienst. Alle waren von der Regentin persönlich ausgesucht worden. Zwei metanische Langstrecken–Raumjäger der *Badger* Klasse hatten hier auf das Flaggschiff gewartet und vor einigen Minuten die normale Patrouille abgelöst, um das Flaggschiff auf seinem weiteren Kurs zu eskortierten. Die erste Patrouille befand sich längst wieder auf dem Rückflug nach *Meta*. Der Ablösepunkt befand sich am Rande der metanischen Raumsektoren. Die Hälfte der Strecke nach *Capella 2* war zurückgelegt. Die *Golden Sun* war bereit wieder in den Hyperraum zu springen, als der Nachrichtenoffizier plötzlich aufhorchte.

„Was ist los?", fragte Commander Indra, die dem Clan der Mehet' dvari angehörte.

„Zwei unbekannte Objekte befinden sich auf Gegenkurs. Ich habe für einen kurzen Moment ihre Signale empfangen. Eigentlich müsste dieser Sektor frei von anderen Flugbewegungen sein", erwiderte der Funkoffizier. Indra stand neben ihm und studierte bereits die Werte auf dem Monitor.

„Sie haben Recht und es ist zu früh für die terranische

Patrouille. Können Sie sie identifizieren?"

„Sie sprechen eine terranische Sprache." Der Navigator drehte seinen Kopf in Indras Richtung und bestätigte.

„Es sind terranische Schiffe. Möglicherweise handelt es sich um zwei *Ventura*. Allerdings ist das für eine Patrouillenkonfiguration nach unseren gespeicherten Daten zu urteilen sehr ungewöhnlich." Der Navigator prüfte seine Werte erneut und schluckte.

„Jetzt sind sie verschwunden. Das Hauptsystem empfiehlt Ausweichkoordinaten!" Commander Indra befehligte das Flaggschiff der metanischen Flotte seit mehr als zehn Jahren und war erfahren genug, um misstrauisch zu reagieren. Sie ließ sich wieder auf ihren Sitz nieder.

„Wir gehen kein Risiko ein. Alarmieren Sie sofort unsere Eskorte. Alle Schilde aktivieren und Abwehrmaßnahmen sofort einleiten. Ich werde die Regentin informieren."

„Aye, aye, Madam", sagte der Funker.

Commander Indra aktivierte das Interkom auf ihrer Konsole.

„Regentin, ich habe eine wichtige Meldung."

„Was gibt es, Commander Indra?", fragte Thera Ish' dvar.

„Zwei terranische Objekte befinden sich auf Gegenkurs und kommen schnell näher. Ich habe Alarm gegeben. Ich würde gerne die Ausweichkoordinaten ansteuern."

Noch bevor die Regentin antworten konnte setzte sich Rufus Ball mit seiner getarnten Maschine hinter das erste Eskortenschiff der *Golden Sun*, nahm den metanischen *Badger*–Jäger ins Visier seiner Bordkanonen und feuerte. Die hochenergetischen Strahlimpulse aus vier Geschützen fraßen sich in die Haut des schweren Jägers, bevor dessen Schirme voll aktiv waren. Das große, aber veraltete und mittelmäßig bewaffnete Begleitschiff zerbarst mit einer gewaltigen Explosion. Der *Schlächter* wurde seinem Ruf erneut gerecht. Er hatte leichtes Spiel mit dem ungeeigneten

Eskortenschiff.

„Schnapp' Dir den anderen, Harry", befahl *der Schlächter* über die abgeschirmte Frequenz. Der zweite *Badger* flog eine behäbige Schleife und konnte den Strahlensalven des Angreifers knapp entgehen. Harry Malik löste zwei Raketen aus, die sich mit ihrer Zielsuchautomatik sofort an das metanische Schiff hefteten. Die erste wurde vom Heckgeschütz der *Badger* abgewehrt und detonierte gleichzeitig mit der zweiten, welche einschlug und die Schirme des Schiffs zerstörte. Harry flog die terranische *XL 1* zwar gut und feuerte pausenlos mit seinen Bordkanonen, doch traf er nur zufällig. Der *Badger* leistete mit ihrem Geschützturm erbitterte Gegenwehr. Harry musste sich beeilen. Er bekam die *Badger* nach einigen hektischen Manövern endlich in die Zielsucher. Er feuerte seine letzten beiden Raketen ab, die bei ihrem Einschlag das Schiff in drei große Teile zerrissen. Die glühenden Trümmer flogen an seinem Jäger vorbei. Harry drehte blitzschnell ab und nahm Kurs auf das Flaggschiff.

Rufus hatte währenddessen die automatischen Abwehrgeschütze der *Golden Sun,* die mit ihrem Sperrfeuer brandgefährlich nervten, mit gut gezielten Feuerstößen ausgeschaltet.

Ein Schütteln ging durch das mächtige Flaggschiff der metanischen Flotte. Harry hatte mit einer perfekt liegenden Salve das Backbordtriebwerk am Rumpf des Raumkreuzers zerstört.

„Es sind terranische Schiffe. Sie sind getarnt, aber ich habe ihre Emissionen analysiert. Wir verlieren Energie. Die Waffensysteme sind ausgefallen", rief die Waffensystemspezialistin aufgeregt, während die *Golden Sun* langsam um die Längsachse zu rollen begann.

„Die Regentin sofort in die Rettungskapsel. Evakuierung vorbereiten. Werfen Sie alle Notbojen ab und senden Sie folgende Botschaft an alle Stationen: metanisches

Regierungsschiff wird von terranischen Einheiten angegriffen und erbittet sofortige Unterstützung", befahl Indra. Ein zweiter Treffer ließ die *Golden Sun* erbeben.

„Sie schießen uns in Stücke. Unsere Schutzschilde versagen. Ich habe keine Kontrolle mehr", schrie der Waffenoffizier mit angstverzerrter Stimme.

Das Steuerbordtriebwerk explodierte durch eine gleißende Strahlensalve des *Schlächters*. Die Hauptenergieversorgung brach endgültig zusammen, schlagartig wurde es dunkel. Nach zähen Sekunden flackerte die spärliche Notbeleuchtung fast im Takt zu den heulenden Alarmklaxons.

„Bericht, Commander", forderte die Regentin.

„Meine Regentin, wir müssen Sie sofort evakuieren. Unsere Eskorte wurde vernichtet. Schutzschilde und die Hauptsysteme sind verloren. Die Kommunikation und die Schwerkraftsysteme werden mit der Notenergie betrieben, aber die Speicher werden nicht lange halten. Unsere Lage ist aussichtslos. Wir werden Ihre Flucht decken", befahl Indra, während die Waffenspezialistin Gewehre an die Besatzung ausgeben ließ.

„Aber wir sollten laut den Vereinbarungen das einzige Schiff auf dieser Route sein."

„Eine Seite scheint sich nicht mehr an die Vereinbarung zu halten. Wir dürfen keine Zeit mehr verlieren, Regentin. Ich bringe Sie zur Kapsel", erwiderte Indra.

„Schicken Sie einen Funkspruch an alle nächsten Stationen", befahl Thera.

„Das ist bereits geschehen, Regentin!"

Der Funkoffizier hatte mitgehört und machte sich sofort daran, den Befehl nochmals auszuführen, aber nach wenigen Momenten gab er auf.

„Der Gegner stört unsere Signale vollständig. Wir kommen nicht durch."

Commander Indra zog ihre Waffe und betätigte das

Intercom.

„Kommandant an alle: auf Gefecht vorbereiten. Wir werden geentert! Das Schiff wird bis zum letzten Atemzug verteidigt!" Dann eilte sie zum Quartier der Regentin.

Unter den diplomatischen Passagieren brach Panik aus. Der capellanische Botschafter trat verängstigt auf den Hauptkorridor und wurde von zwei vorbeieilenden Unteroffizieren angerempelt. Er taumelte, fing sich jedoch an der Bordwand ab. Dabei sah er durch das kleine Fenster, wie Rufus' Schiff andockte. Sekunden später explodierte die Kopplungsluke wenige Meter neben ihm. Die elliptische Metalltür wurde unter der Sprengkabeleinwirkung in acht Teile getrennt, die krachend in den Korridor flogen. Die bekannte Entermethode war einfach, schnell und präzise. Ein weißes Gas zischte in den Gang und verteilte sich schnell über die Ventilation. Der Botschafter sackte hustend zusammen und verlor das Bewusstsein. Nachdem das Betäubungsgas jeden Winkel der *Golden Sun* erreicht hatte, kehrte eine gespenstische Stille ein. Rufus Ball und vier seiner Helfer bestiegen in leichten terranischen Raumanzügen das Flaggschiff. Sie fanden zuerst den capellanischen Botschafter. Der *Schlächter* nickte und sofort schleppten zwei seiner Leute den Botschafter auf die angedockte *Ventura*. Rufus kannte den Schiffsgrundriss genau und bewegte sich zielsicher zum Quartier der Regentin, das fast genau in der Mitte des Schiffs lag. Das Schott war verriegelt. Er blickte vorsichtig durch das Fenster in den Raum. Ein Mann lag in der Mitte des Raumes. Das Gas hatte auch hier gewirkt und alles war still. Er fand den Notmechanismus und hebelte die schwere Luke nach und nach auf. Mit gezogener Waffe warf er vorsichtig einen Blick durch die offene Tür. Einer seiner Helfer erreichte ihn. Rufus befahl ihm mit einer Geste durch die offene Luke zu gehen. Der Helfer hatte seine Strahlpistole ebenfalls im Anschlag und betrat den Raum der Regentin. Er machte einen weiteren Schritt. Plötzlich traf ihn der Energieimpuls eines Paralysators. Der Mann ging heftig zuckend zu Boden, während Rufus den Moment nutzte und in den Raum sprang. Gleichzeitig feuerte er auf die Person mit der Atemmaske, die hinter der Sitzgruppe hervor kam und nun ihn ins Visier nahm. Commander Indra duckte sich. Der Schuss brannte sich in die Wand. Rufus stieß einen fanatischen Schrei aus, wich ihrem erneuten Feuer mit zwei riesigen Sätzen aus und hechtete auf sie zu. Indra wehrte sich mit aller Kraft, aber der *Schlächter* packte sie und schleuderte sie mit voller Kraft gegen die Wand. Sie verlor ihren Paralysator, da sie sich mit ihren Armen zu schützen versuchte. Rufus fasste nach. Sie wich aus, bekam ihr Kampfmesser im Stiefelschaft zu fassen, schnellte wie von einer Feder getrieben hoch und griff mit einem markigen Schrei an. Rufus war so überrascht, dass sie seine rechte Seite mit ihrer Klinge traf. Der *Schlächter* biss die Zähne zusammen, schlug ihr brutal ins Gesicht, packte ihre Hand mit dem Messer und drehte das Gelenk mit seinem schraubstockgleichen Griff bis die Waffe auf ihre Brust zeigte.

„Du verfluchtes metanisches Miststück. Schade, dass ich Dich fertig machen muss", sagte er mit fanatischem Grinsen und stieß ihr die Klinge zweimal in ihren Oberkörper. Indra schrie und sackte blutend zu Boden. Sie blieb neben dem Regenten liegen. Mittlerweile kamen die anderen beiden Helfer und beugten sich über Indra, um sie weg zu tragen.

„Nein, die nicht. Lasst Sie verbluten. Nehmt den hier mit. Das ist der Regent", befahl er, „um die Regentin kümmere ich mich selbst."

Thera war es noch gelungen in die Kapsel zu klettern, aber sie war ohnmächtig geworden, bevor Indra die Luke schließen und den Start des kleinen Schiffes einleiten konnte. Rufus packte sie und zog die bewusstlose Regentin aus der Fluchtkapsel. Seine blutende Wunde an der rechten Seite schmerzte, aber er ignorierte es und brachte die Regentin auf sein Schiff.

„Wir brauchen noch Kandidaten für die Fluchtkapseln", sagte einer seiner beiden Männer, die ihm entgegen kamen.

„Nehmt einen oder zwei Offiziere von der Brücke, packt sie in die Kapsel und startet das verdammte Ding endlich", erwiderte Rufus schroff, „und nehmt Juan mit. Der blöde Idiot hat eine volle Paralyseladung abgekriegt", rief er ihnen nach.

Ohne ein weiteres Wort kamen sie seinen Anweisungen nach. Rufus brachte die Regentin in die Kabine mit den anderen Gefangenen. Die Wirkung des Betäubungsgases hielt einige Stunden an. Er begab sich ins Cockpit seines Schiffes und traf die Vorbereitungen zum Abdocken. Einer der drei Helfer holte seinen Kameraden, den Indra paralysiert hatte, während die anderen beiden Rufus' Befehl ausführten. Wenig später waren der Nachrichtenoffizier und der Navigator an Bord von Theras Kapsel. Rufus sah wie die Kapsel davonflog und schließlich von der Schwärze des Alls verschluckt wurde. Seine Mannschaft kehrte zurück, während Rufus auf die Borduhr sah. Die ganze Kaperaktion hatte nur wenige Minuten gedauert. Er löste die Verbindung und die *Ventura* dockte ab. Das terranische Schiff gewann schnell an Geschwindigkeit, während die schwer beschädigte *Golden Sun* führerlos im All trieb.

„Mach sie endlich platt", funkte Harry, der mit seiner Maschine die Aktion gesichert hatte. Rufus sah auf seinem Radarschirm die Fluchtkapsel, die längst gebührende Entfernung erreicht hatte und in den tiefen Raum flog.

„Also, dann bye, bye *Golden Sun*", sagte Rufus verächtlich grinsend, bewegte den Steuerknüppel leicht und feuerte einen Torpedo ab. Die *Golden Sun* verging in einer gewaltigen Explosion, und hinterließ eine glühende Trümmerwolke. Die *Ventura* sprang fast gleichzeitig mit Harry Maliks *XL 1* in den Hyperraum. Sie kehrten zu ihrem

Versteck zurück. Eine entscheidende Etappe von Eva Johnsons Plan war erreicht.

Frank fühlte sich bedeutend besser. Er beendete seine Besichtigung der *Centurion*. Besonders aufmerksam hatte er sich im Maschinenraum umgesehen und dabei sogar die Einstellungen der Antimaterieinjektoren, der Reaktionskammern und des Kühlsystems optimiert. Überraschenderweise waren sie ungesichert und so war es ein Leichtes, die Parameter zu korrigieren. Frank hatte gehofft, Unstimmigkeiten zu entdecken, die seine Zweifel an Arianas Motiven bestätigten und nirgends war er auf einen Anhaltspunkt gestoßen, der auf Arianas Herkunft hätte schließen lassen. Sie war schön, geheimnisvoll und sie gefiel ihm, aber irgendetwas stimmte nicht. Frank vertraute seinem Instinkt und sah durch das kleine Bullauge auf dem Achterdeck hinaus. Die Sterne, die in den Spektralfarben des Hyperraumes vorbeiflogen, hatten eine fast suchtartige Wirkung. Seine Gedanken trugen ihn unwillkürlich mit den vorbeigleitenden Lichtstäben in die Zeit vor seiner Strafversetzung nach *Merope 3* zurück. Er überlegte, was sich wohl verändert haben würde und fragte sich, was aus seinen Kollegen und Freunden geworden war. Da war Sabrina Henderson, sein „Flügelmann" und seine beste Freundin. Da war sein Copilot Sam Wyant und Sabrinas Copilot Akiro Katsuro. Freunde, von denen er viel zu lange getrennt war. Was war aus Admiral Jones geworden? Der 61-jährige Raumflottenveteran leitete das Geschwader und war bei allen sehr beliebt. Frank holte tief Luft. Dann gab es noch offene Rechnungen, die er zu begleichen dachte. Das allgegenwärtige, leise Brummen der Überlichttriebwerke holte ihn wieder in die Realität zurück. Nach einem letzten Blick auf den Statusmonitor beschloss er auf die Brücke zu gehen.

Die Tür öffnete sich automatisch. Frank trat ein und sah Ariana, die lässig mit einem Bein auf dem Sessel kniete. Ihr Oberkörper war über die Lehne gebeugt. Sie stützte sich mit ihren Ellbogen auf die Projektionsplatte, während sie eine holographische Sternkarte studierte. Franks Blick wanderte an ihrer atemberaubenden Figur entlang. Sie änderte ihre Haltung nicht, als er neben ihr stand, sondern starrte immer noch gebannt auf diverse Kursberechnungen im Hologramm.

„Na? Fertig mit der Besichtigungstour?", fragte sie fast beiläufig und ohne ihn anzusehen.

„Ja, Ihr Schiff ist wirklich ein heißer Ofen", antwortete Frank ruhig, „ich habe das Mischungsverhältnis für die Reaktionskammern und das Kühlsystem optimiert. Die Mixtur war ziemlich schlecht eingestellt, so dass die Vorkammer regelmäßig überhitzte. Kein Wunder, dass Sie landen mussten. Die Injektoren sollten Ihnen jetzt so schnell keine Probleme mehr machen. So etwa zwei Prozent mehr Leistung müssten Sie aus dem Antrieb herausholen können."

„Sie haben meine Maschinen gewartet?", fragte sie total überrascht.

„Ja, das ist in meinem *Danke für das Mitfliegen* Service eingeschlossen. Allerdings sollten Sie den Zugang zu der Antriebseinheit sichern. Was, wenn ich keine guten Absichten gehabt hätte?", erwiderte Frank grinsend. Sie schaltete die Projektion spontan aus und richtete sich auf.

„Aha. Für den Fall hätte ich Sie gar nicht erst mitgenommen. Aber gut, dass Sie wieder auf der Brücke sind. Wir werden den Hyperraum bald verlassen. Ich hoffe, Sie hatten eine angenehme Reise", sagte Ariana und ging auf seine Bemerkung nicht ein. Sie drehte schwungvoll auf dem Absatz, warf in ihrer Bewegung den Kopf herum und kehrte zu ihrem Platz zurück. Frank sah eines ihrer Haare auf dem Projektionstisch liegen. Reflexartig und unbemerkt von ihr nahm er es zwischen zwei Finger und ließ es in seiner Hosentasche verschwinden.

„Ja, danke, ich werde Ihre Gesellschaft gerne weiterempfehlen", sagte er lachend und setzte sich auf den Sessel an der benachbarten Station.

„Hm, Sie sind wohl doch sauer auf mich", schloss er aus ihrer distanzierten Haltung.

„Nein, nur ein bisschen angepisst, sagt man wohl in Ihrer Sprache. Ich wollte Ihre Fragen nicht beantworten und ich hoffe, Sie bleiben mir auch jetzt damit vom Hals", entgegnete sie ohne ihn anzusehen.

„Schon gut, kein Problem. Ich respektiere das", wiegelte Dorn mit erhobenen Händen ab, „ich habe nur noch eine letzte Frage, Ariana: wie lange werden Sie im SOL-Sektor oder auf der Erde bleiben?"

„Das weiß ich noch nicht genau. Warum denn?"

„Nun, Sie haben eine Menge für mich getan und ich würde mich gerne bei Ihnen bedanken. Was halten Sie davon, wenn ich Sie zum Essen einlade? Auf dem Mond gibt es ein fantastisches Restaurant. Sie finden keine bessere Pasta im Umkreis von 1000 Lichtjahren. Ich kenne Ihren Geschmack zwar nicht, aber Pasta könnte Ihnen gefallen.", sagte Frank.

Ariana atmete hörbar aus und sah ihn an.

„Ich glaube, es gibt in Ihrer Sprache einen besonderen Ausdruck für das, was Sie vorhaben: Sie wollen mich anbaggern", erwiderte sie spöttisch.

Frank runzelte die Stirn.

„Ich sehe, Sie verstehen mich völlig falsch. Ich habe es wirklich ehrlich gemeint", sagte er enttäuscht.

„Ich bedaure, Commander. Leider zwingen mich meine Aktivitäten zu absoluter Zurückhaltung", antwortete sie.

„Sie machen es mir nicht gerade leicht, Ariana. Tja, Sie verpassen einen bezaubernden Abend auf *Moon City*. Ich hätte Ihnen auch noch ein Frühstück auf Bali spendiert.

Dort gibt es tolle Sonnenaufgänge, das Wasser hat achtundzwanzig Grad und der Shuttledienst von *Moon City* fliegt zweimal pro Tag. Also überlegen Sie sich das nochmal."

Ariana seufzte spontan.

„Sind Sie immer so hartnäckig?"

„Nein, nur bei besonderen Menschen", erwiderte er aufrichtig und blickte tief in ihre grünen Augen. Ariana wandte sich sofort ab und kümmerte sich wieder um ihre Bildschirme.

„Ich bin kein Mensch", erwiderte sie reserviert.

„Ja, aber Sie sind besser, als die meisten Menschen, die ich kenne", konterte er schlagfertig. Ariana warf ihm einen flüchtigen, irritierten Blick zu, schluckte ihre Bemerkung hinunter und konzentrierte sich auf die Anzeigen vor ihr. Das Navigationssystem kündigte das Verlassen des Hyperraums mit einem Countdown in roten Zahlen auf ihrem Monitor an.

„Leider muss ich unsere Unterhaltung abbrechen. Wir erreichen den SOL-Sektor, Commander", bemerkte sie so distanziert, als wären die letzten Stunden nie passiert.

Die *Centurion* verzögerte und fiel in den Normalraum zurück. Ariana bemühte sich um Kontakt zu *Dädalus*.

„AKA 999 an *Dädalus 2* Raumkontrolle. Erbitte Landeerlaubnis und Leitstrahl."

„Hier ist *Dädalus 2* Raumkontrolle. Landeleitstrahl aktiviert. Sie sind frei zur Landung auf Korridor eins, Deck vier."

Ariana schaltete ihre Flugregelung auf den Leitstrahl, der die Centurion nun automatisch führte.

Der elegante Raumkreuzer passierte die Bahn des Erdmondes und näherte sich *Dädalus 2*. Durch das Fenster bot sich ein erhabener Anblick. Der gigantische Raumstützpunkt im Lagrangepunkt L5 erstrahlte im Sonnenlicht. Die Vielzahl erleuchteter Fenster und Positionslichter hoben sich prunkvoll von der allgegenwärtigen Finsternis des

Raumes ab. Die *Centurion* reihte sich in den kleinen Schwarm anderer anfliegender Schiffe ein, die ebenfalls in Korridor eins eine Landeerlaubnis hatten. Sie näherten sich der riesigen Kugel mit den Lande- und Starteinrichtungen. Frank konnte bereits viele Details auf der Oberfläche des kleinen Metallplaneten erkennen. Kaum fünfzig Meter links von ihnen blitzte regelmäßig ein Laserschweißgerät auf. Die abgestumpften Metallplatten der Raumstation reflektierten das Licht jedoch kaum. Ein Bautrupp war mit Arbeiten an der Außenhaut von *Dädalus 2* beschäftigt. Ein kleiner Raumschlepper, der gerade in Richtung der arbeitenden Astronauten einschwenkte, hatte die Flugbahn unterhalb der *Centurion* gekreuzt und brachte den Reparaturmannschaften offensichtlich neues Material.

Gewaltige Schotts gaben den Weg ins Innere der Station frei. Ariana prüfte ihre Anzeigen auf den Bildschirmen. Alles lief planmäßig. Die Automatik hatte längst dafür gesorgt, dass die *Centurion* durch kleine Schubimpulse der Manöverdüsen genau die gleiche Rotationsrate wie *Dädalus 2* annahm. Ariana wirkte angespannt, obwohl ihr die automatischen Systeme die meiste Arbeit abnahmen. Der kleine Schwarm der anderen Schiffe löste sich jetzt auf. Jeder Flugkörper steuerte sein zugewiesenes Landedeck an. Dorn verspürte den Bremsimpuls der vorderen Schubaggregate. Das schwere Schiff der Centurionklasse schwebte majestätisch auf seine Ankerposition an einer der Andockschleusen. Auf dem linken Monitor vor Ariana blinkte der Hinweis in großer roter Schrift: *Nullschub, Verankerung einklinken, Triebwerke auf Stand-by*.

Mit einem Knopfdruck verriegelte sie die Verankerung und schaltete die Reaktoren auf Ruheleistung.

„*Dädalus 2* Kontrolle, hier ist AKA 999. Schubkraft aus. Verankerung ist eingerastet. Alle Systeme auf Stand-by geschaltet. Das Schiff ist gesichert. Bitte koppeln Sie jetzt das Terminal an."

„*Dädalus 2* Raumkontrolle an AKA 999: das Terminal wird in wenigen Sekunden angekoppelt. Ihr Schiff ist bei uns noch nicht registriert. Bitte benutzen Sie Ausgang B und folgen Sie unseren Quarantänehinweisen. Ende."

„Es hat sich nichts geändert", sagte Frank sarkastisch.

„Wie lange wird das dauern?", fragte Ariana.

„Mit ein bisschen Glück haben wir es in ein paar Minuten hinter uns. Es sei denn wir sind mit einem fremden Organismus kontaminiert, oder wenn Sie Schmuggelgut bei sich führen."

„Sie verstehen es ja richtig, einem Mut zu machen. Nun werden wir ja sehen, ob *Sie* schmuggeln. Ich hoffe, Sie haben nichts versteckt", antwortete sie zynisch.

Mittlerweile war das Terminal herangeschwenkt worden und das Metall des Schiffskörpers übertrug deutlich hörbar das schnalzende Geräusch der einrastenden Sicherungsbolzen.

„Wir können von Bord gehen", sagte Ariana. Die Druckanzeige auf ihrem Statusschirm leuchtete grün. Frank erhob sich. Ariana entnahm ihre Reisetasche aus dem Gepäckfach an der Brückenluke, schulterte sie und reichte ihm seinen verschlissenen Rucksack. Über drei Sicherheitsschleusen gelangten sie in die Quarantänekammer der Station. Frank und Ariana setzten die bereitliegenden Schutzbrillen auf, die sie vor dem bevorstehenden UV-Licht schützen sollten. Sie hatten Glück und waren momentan die einzigen Nichtregistrierten, die diverse Bioscans, Ultraviolett- und Kalt-Plasmaduschen über sich ergehen lassen mussten. Ihr Gepäck wurde von zwei mobilen Sicherheitsrobots durchleuchtet und geprüft. Diese notwendige, aber lästige Prozedur gehörte auf jeder größeren Station und auf jedem planetaren Raumhafen im Bündnis zum Standard. Auch hier hatten sie Glück. Sie waren weder biologisch noch chemisch kontaminiert. Andernfalls wären sie für die nächsten Tage oder Wochen in diesem Raum bis zur vollständigen Dekontamination isoliert worden. Frank wartete bis Ariana fertig war. Sie traten durch die endgültig letzte Schleuse in die Halle, wo die nächsten Formalitäten auf sie warteten: die Zoll- und Einreiseschalter. Das ging normalerweise automatisch, jedoch nur für registrierte Individuen.

Die beiden gingen auf den nächsten der vier Schalter zu und stellten sich ans Ende der kurzen Warteschlange. An jedem der Schalter arbeitete ein Bediensteter, der jeweils von zwei bewaffneten Sicherheitsposten flankiert wurde. Ariana holte ihren grauen ID-Chip aus ihrer Brusttasche. Sie gab dem hageren Mann die Karte, der mit dem Handscanner das Hologramm und den Code auf der Karte genau prüfte.

„Ihre Karte ist in Ordnung. Willkommen auf *Dädalus 2*", sagte der Posten. Ariana nickte dankend und trat durch die Barriere.

Frank gab Namen und Dienstgrad an und wies den Bediensteten auf sein ID-Implantat im Nacken hin. Der Beamte warf Dorn einen skeptischen Blick zu, stand auf und hielt sein Prüfgerät in Franks Genick.

„Hm, Sie sind Mister Dorn. Der Rest ist nicht lesbar. Nicht mal der Vornamen. Entweder Sie haben beim Versuch sich eine andere Identität zu geben gepfuscht oder das ID-Implantat ist beschädigt", erwiderte der Bedienstete schroff.

„Habe ein paar harte Schläge abbekommen", antwortete Frank knapp.

„Pech für Sie. Ohne gültige Identität kann ich Sie nicht passieren lassen."

„Bitte sehen Sie im System nach. Meine Einheit erwartet mich bereits. Fünftes Aufklärungsgeschwader", bat Frank. Einige Personen in der Schlange hinter ihm murrten genervt. Der Bedienstete am Einreiseschalter kam Franks Bitte widerwillig nach. Die Sekunden dehnten sich zur

Ewigkeit. Ariana wartete jenseits der Barriere. Frank warf ihr ein verlegenes Lächeln zu.

„Ich habe hier einen Frank Dorn, dessen Ankunft für gestern angekündigt war", sagte der Beamte schließlich.

„Ja, es gab eine leichte Verspätung, aber jetzt bin ich hier."

„Trotzdem haben Sie keine gültige ID. Ich lasse Sie nicht passieren. Sie müssen zur Retinakontrolle und zur Sicherheitsüberprüfung mit einem genetischen Test. Das ist Vorschrift", entgegnete der Beamte unbeeindruckt.

Im selben Moment rührten sich die beiden bewaffneten Posten und bauten sich hinter der Barriere auf.

„Der Sicherheitsdienst wird Sie übernehmen. Treten Sie jetzt durch die Barriere, Hände nach oben!" Frank kam der Aufforderung nach. Die Posten flankierten ihn. Ariana machte einen Schritt auf ihn zu, wurde aber von den blau uniformierten Sicherheitsbeamten auf Abstand gehalten.

„Ich fürchte, ich brauche erst mal eine neue ID-Karte. Hier trennen sich also unsere Wege", sagte Frank zu ihr.

„Offensichtlich, Commander. Soll ich für Sie bürgen?"

„Lieber nicht. Sonst bekommen Sie meinetwegen noch unnötige Probleme. Vielen Dank für alles, was Sie für mich getan haben. Wann sehe ich Sie wieder?"

„Das weiß ich nicht, Frank", entgegnete sie knapp.

„Weiter hier! Sie halten den ganzen Betrieb auf!", fuhr der Einreisebeamte dazwischen.

„Einen Moment noch bitte", erwiderte Dorn mit einer abwehrenden Geste. Ariana zog alle Blicke auf sich, auch die der beiden Posten, was Frank etwas Zeit verschaffte. Sie zog ihre Tasche auf die Schulter und trat noch einen Schritt näher an ihn heran.

„Ich wünsche Ihnen viel Glück", sagte sie und schenkte ihm ein bezauberndes Lächeln. Dann drehte sie sich um und entfernte sich.

Frank blickte ihr nach. Er hätte sich einen längeren,

herzlicheren Abschied gewünscht, aber die beiden Posten verstanden keinen Spaß mehr und schoben ihn vor sich her. Ariana verschwand im Aufzug und Frank blieb nichts anderes übrig, als sich der nervenaufreibenden Bürokratie zu fügen. Die beiden Posten führten ihn in einen Raum, in dem noch drei andere Kandidaten saßen. Jeder dieser Klienten wurde einzeln von einem Sicherheitsbeamten aufgerufen, während die beiden Bewaffneten zum Einreiseschalter zurückkehrten.

Die kommende Prozedur dauerte über eine Stunde. Wieder tasteten Bioscanner Franks Körper nach verborgenen Implantaten, Nanogeräten, Sprengstoff oder Schmuggelgut ab. Nach dem Prüfen seiner Fingerabdrücke und der Netzhautkontrolle beider Augen entnahm ihm ein Medobot etwas Blut und führte einen altmodischen, aber sicheren Gentest durch. Danach entfernte der Medobot das alte Implantat und analysierte es. Nachdem der Plausibilitätscheck seiner Historie und seiner medizinischen Werte mit der Datenbank positiv ausfiel, wurde ein neuer ID-Chip für Frank Dorn ausgestellt. Endlich konnte er den Sicherheitsbereich verlassen. Frank informierte sich an der nächsten Infostation über die aktuelle Stationsbelegung. Das Leitungsbüro des fünften Aufklärungsgeschwaders befand sich nun auf Deck sieben. Frank machte sich auf dem Weg und fuhr mit dem nächsten Aufzug nach oben.

Er erreichte das Vorzimmer des Admirals. Die weibliche Ordonanz war neu und blickte auf.

„Guten Morgen. Ich bin Commander Dorn." Sie prüfte wortlos ihre Tabelle auf dem Monitor und nickte.

„Sie können hineingehen, Commander. Man erwartet Sie bereits."

„Danke", erwiderte er knapp, öffnete die Tür mit einem Knopfdruck und betrat den Raum. Der Sessel des Admirals war zum Fenster gedreht. Frank erinnerte sich, dass er seinen Vorgesetzten häufig so angetroffen hatte. Er nahm

Haltung an so gut es sein Körperverband zuließ und salutierte.

„Commander Dorn meldet sich zum Dienst zurück, Admiral."

Der Chefsessel drehte sich ruckartig. Offensichtlich hatte er den Admiral erschreckt oder aus seinen Gedanken gerissen. Frank staunte nicht schlecht, als sich eine zierliche, athletische Frau daraus erhob. Ihre gelockten rotbraunen Haare trug sie offen, und ihr blauweißes Kostüm der Raumflottenuniform saß, wie eine zweite Haut, faltenfrei und makellos.

„Oh, tut mir leid. Ich dachte, Admiral Jones wäre hier. Ich wollte Sie nicht stören", sagte er, nachdem er sich von der ersten Überraschung erholt hatte.

„Admiral Jones ist zum Generalinspekteur der Flotte ernannt worden. Ich bin Colonel Leslie Draper und leite jetzt das Geschwader", erwiderte sie ruhig.

„Melde mich zum Dienst, Colonel", wiederholte Frank ruhig. Leslie ging um den Schreibtisch herum und musterte ihn genau.

„Nein, so nicht, Commander. Wo ist ihre Uniform? Ihr bejammernswerter Aufzug entspricht voll und ganz meinen Erwartungen. Ich habe ihre Akte genauestens gelesen und ich bin nicht bereit, Ihre Eskapaden auch nur ansatzweise zu dulden."

„Leider habe ich den Transporter nicht rechtzeitig erreicht und die Formalitäten für einen neuen ID-Chip haben mich ebenfalls aufgehalten", entschuldigte sich Frank.

„Damit Sie von vorneherein klarsehen, Commander! Bei mir werden die Vorschriften strikt eingehalten. Sie melden sich anschließend im Sanitätsbereich zur Untersuchung. In einer Stunde finden Sie sich im Simulatorraum ein. Dort werden Sie einen Eingangstest absolvieren."

„Einen Eingangstest? Warum? Ich habe genug Flugstunden, um jedes Schiff der Flotte zu fliegen", sagte Frank verwundert.

„Das mag sein, aber Ihre Lizenz ist seit mehr als zwei Jahren ausgesetzt. Ich will sehen, wie es mit Ihren Flugkünsten seit der Strafversetzung bestellt ist. Wenn Sie diesen Test bestehen, sehen wir weiter. Wegtreten!"

Sie setzte sich wieder. Frank verließ das Büro und das Vorzimmer mit einer gehörigen Portion Wut im Bauch. Leslie Draper hatte ihn wie einen unfähigen Kadetten abgekanzelt, die Ordonanz hatte alles mitbekommen und ihn überheblich belächelt, aber er beschloss erst einmal abzuwarten. Kurz darauf erreichte Frank den medizinischen Bereich und schilderte dem Assistenten an der Patientenaufnahme seine Verletzungen.

„Doktor Rodriguez führt gerade eine Behandlung durch. Es wird noch etwas dauern. Sie können sich aber auch von einem freien Medobot behandeln lassen", offerierte der Assistent.

„Nein danke, ich warte auf den Doc", erwiderte Frank.

„Dann nehmen Sie dort so lange Platz", erwiderte der junge Assistent freundlich und wies Frank einen Stuhl im Gang zu.

Frank nickte und setzte sich. Wenige Minuten später überquerte Doktor Rodriguez eilig den Gang von einem Behandlungsraum zum anderen und winkte seinem Assistenten zu. Dieser nickte kaum merklich und bat Frank in das Sprechzimmer zu gehen. Die Tür war offen und Frank trat ein.

„Hallo Doc. Können Sie mich wieder einigermaßen zusammenbasteln? Ich habe aber nicht viel Zeit. Muss in einer Stunde fit für Colonel Drapers Eingangstest sein."

„Ola, Mister Dorn. Sie sind also wieder hier? In ihrer alten Einheit?", fragte Doktor Rodriguez.

Frank nickte.

„Lassen Sie mal sehen. Am besten machen Sie den Oberkörper frei und legen sich dort auf die Liege."

Frank kam der Aufforderung nach. Doktor Rodriguez klappte den medizinischen Ganzkörperscanner über der Liege herunter und untersuchte Frank genau.

„Madre mio, da haben Sie aber ganz schön was abbekommen. Zwei gequetschte Rippen, eine ist angebrochen. Eine Menge übler Hämatome, hm zwei sollte ich punktieren. Hautabschürfungen und Verbrennungen von oben bis unten…. und vollgepumpt mit Schmerzmittel auch noch. Ai, ai, ai.", zählte Rodriguez auf.

„Ihr Wasserverlust ist beträchtlich hoch und …Dios, Ihr Mikrobiom scheint erheblich in Mitleidenschaft gezogen. Amigo, was haben Sie die ganze Zeit gegessen?"

„Na, mindestens ein Fünf Sterne Menü jeden Tag," antwortete Frank sarkastisch.

„Ja, das kann ich mir denken. Ansonsten sieht es schlimmer aus, als es ist. Das kriegen wir schon wieder hin."

„Ich habe Sie das auch schon zu Toten sagen hören", erwiderte Frank trocken.

Der mexikanische Arzt lachte laut und schüttelte den Kopf.

„Es gab eine Zeit da haben mexikanische Revolutionäre mit solchen Verletzungen noch gekämpft. Aber es freut mich, dass Sie Ihren Humor nicht verloren haben, Commander. Den werden Sie bei Colonel Draper noch brauchen, denn sie befehligt jetzt das fünfte Aufklärungsgeschwader. Ihr Flügelmann, Senhorita Sabrina war neulich bei mir. Sie leidet unter Colonel Draper. Stress und Sorgen. Helfen Sie Ihr. Alleine wird sie nicht mehr lange durchhalten." Frank seufzte nickend.

Rodriguez aktivierte per Knopfdruck den Operationsroboter, der von der Decke herabfuhr. Franks Oberkörper wurde mit einem feinen Netz harmloser Laserstrahlen abgetastet. Mit seinen vier Klauenhänden, die medizinische Werkzeuge führten, löste der Automat den alten Verband, zog das Blut aus den beiden starken Hämatomen, plasmierte die

Wunden zur Desinfektion und besprühte sie mit Heilpaste aus einer Düse. Ein schnell härtender Bio–Kunststoff versiegelte sie schließlich. Dieser Verband bildete einen flexiblen Panzer, der stützte und sicherstellte, dass sich Frank schmerzfrei bewegen konnte. Außerdem absorbierte er alle äußeren Einflüsse und Stöße. Schließlich erhielt Frank noch eine bitterschmeckende Lösung zur Verbesserung des Bioms.

„Ihr Gesicht wurde medizinisch bereits versorgt. Sehr professionell. Alle Achtung. Da bleibt mir nichts mehr zu tun", bemerkte der Doktor.

„Allerdings", erwiderte Frank schmunzelnd und dachte dabei an Arianas berauschenden Duft, welcher ihn in ihren Bann gezogen hatte.

„In zwei bis drei Tagen können Sie den Verband abnehmen. Ich gebe Ihnen jetzt noch ein zusätzliches Aufbaumittel. Die Schmerzen werden nachlassen. Ansonsten sind Sie als geheilt entlassen."

„Danke, Doktor." Dorn richtete sich wieder auf und prüfte die Kunststoffversiegelung. Sie war hart, elastisch, luftdurchlässig und nach der kurzen Zeit auch trocken genug, dass er sich wieder anziehen konnte.

„Sie sind stark dehydriert und sollten schnellstens eine Flasche Mineralwasser trinken, um den Flüssigkeitsverlust auszugleichen. Besser gleich zwei Flaschen. Das gilt auch für die nächsten Tage."

„Mache ich Doc. Ich habe noch eine Bitte. Brauche Ihre Hilfe."

„Wenn es schnell geht?", antwortete Rodriguez.
Frank holte Arianas Haar aus seiner Hosentasche und hielt es hoch.

„Können Sie das kurz analysieren? Das ist sehr wichtig", erklärte Frank. Rodriguez übernahm es mit einer Pinzette, betrachtete es übertrieben staunend, langte einen Objektträger vom Nebentisch und fixierte das Haar darauf. Er öffnete den Analysator, legte die Probe auf die Vorrichtung der Messkammer, verschloss das kleine Gerät wieder und schaltete es ein.

„Wonach suchen Sie genau, Commander?"

„Eine fremde Substanz. Möglicherweise eine Art Droge oder ein Halluzinogen. Ich lasse mich überraschen, Doc." Der Analysevorgang dauerte nur wenige Sekunden. Das Resultat erschien auf dem Monitor neben dem Gerät. Rodriguez überflog die Werte und rümpfte seine Nase.

„Oh, wie unerwartet. Ein einzelnes Haar. Schwarz. Nicht menschlich, aber humanoiden Ursprungs. Eindeutig weiblich, mehr Keratin und kräftigere Wurzeln. Aber nun im Ernst: so etwas ist selten, aber nicht neu. Die Person von der es stammt, dürfte mit zunehmendem Alter nicht so schnell graue Haare bekommen wie das bei uns Menschen der Fall ist. Hm, wenn Sie so wollen, haben Sie hier beinahe ein ideales Haar vorliegen. Wenn die Person von der das stammt ebenso vital ist, würde ich sie gerne mal unter die Lupe nehmen", erklärte der Doktor.

„Sind da keine chemischen oder organischen Substanzen im Haar oder darauf enthalten?", fragte Frank verwundert.

„Nichts, Commander. Das wäre dem Analysator nicht entgangen. Von wem haben Sie es?"

„Von einer Frau. Sie hat mich aus der Wüste geholt", antwortete Frank nachdenklich.

„Ola, ich verstehe. Eine neue Flamme? Sehr gut für Ihre Hormone, Ihr seelisches Wohlbefinden und den ganzen Stoffwechsel", feixte Rodriguez. Frank lachte kopfschüttelnd und verlangte das Haar zurück.

„Ha, schöner Traum", sagte Frank abwinkend, „vielen Dank, Doc. Ich schulde Ihnen was und ich sehe nach Sabrina. Versprochen. Auf Wiedersehen."

Er verließ den Sanitätsbereich und suchte die nächste Infostation. Frank hielt seinen neuen ID-Chip an den

Lesekopf. Das Intercom von *Dädalus 2* zeigte ihm seine Daten.

„Wo liegt mein Quartier?", fragte er über die Sprachsteuerung.

„Deck dreizehn, Block 4, Raum 107", erwiderte das Intercom monoton. Frank ging sofort los und suchte sein neues Quartier auf. Auch hier verschaffte ihm die neue ID-Karte den Zutritt. Auf dem Kommunikationsschirm blinkte sogar ein *Willkommen auf Dädalus 2*. Zufrieden stellte er fest, dass der Quartiermeister seine Arbeit ausgezeichnet gemacht hatte. Seine Privatsachen befanden sich in zwei Containern, die mitten im Raum aufeinandergestapelt und noch versiegelt waren. Er hatte alles zurücklassen müssen und sein altes Quartier war längst wieder vergeben. In den Schränken hingen komplette Uniformen mit der gesamten Ausrüstung eines Piloten. Sogar die Kühlzelle war mit einigen notwendigen Lebensmitteln und Mineralwasser bestückt. Das Aufbaumittel von Doktor Rodriguez begann bereits zu wirken. Er legte seinen Overall ab und ging unter die Dusche. Anschließend folgte er dem Rat des Arztes und trank eine Flasche Wasser. Er rasierte sich so gut es ging und zog mit sehr gemischten Gefühlen eine seiner neuen Uniformen an. Als er fertig war, blieben ihm gerade noch fünfzehn Minuten, um den Simulatorraum aufzusuchen.

Leslie Draper kam gut zwei Minuten zu spät. Er blickte demonstrativ auf seine Uhr, aber sie überging diese Geste wortlos.

„Jetzt sehen Sie wenigstens menschlich aus", sagte Leslie, nachdem sie ihn kurz von oben bis unten gemustert hatte. Frank erwiderte nichts, sondern ging wortlos in die Simulatorkabine.

„Halten Sie sich bereit", wies sie ihn an. Die Tür fuhr automatisch zu. Frank schnallte sich auf dem Pilotensitz fest, setzte den Helm auf und schaltete das Intercom ein. Dies verband ihn mit Leslies Kontrollkonsole.

„Sind Sie fertig?" Frank nickte und Leslie aktivierte das Testprogramm. Er umfasste den Steuerknüppel, während die metallische Stimme des holographischen Simulationsprogramms die Daten herunterleierte.

„Der gewählte Schiffstyp ist *SAC 1 B*. Sie verfügen über Standardbewaffnung und Basisausrüstung. Ihre Aufgabe besteht aus zwei Teilen. Führen Sie zunächst ein Andockmanöver durch, danach fangen Sie einen Eindringling ab." Frank schüttelte ungläubig seinen behelmten Kopf.

„Das darf doch wohl nicht wahr sein. Die *SAC* ist seit fast dreißig Jahren außer Dienst. Bitte geben Sie mir doch reale Bedingungen", verlangte Frank.

„Ihr Test läuft, Commander", erwiderte Leslie trocken.

„Verdammt", fluchte er leise. Er fühlte sich von Leslie verschaukelt. Langsam wurde ihm klar, dass sie gar nicht die Absicht hatte, einen realen und fairen Test durchzuführen. Die Holowand leuchtete auf und die Kabine erwachte zum Leben. Franks Einsatzbefehle erschienen auf dem Bildschirm.

„Colonel, hören Sie doch mit diesem Unsinn auf und geben Sie mir eine richtige Mission", bat Frank erneut.

„Das ist Ihr Test. Die Zeit läuft", antwortete Leslie unbeeindruckt. Die Graphiken des Computers waren täuschend echt und zeigten immer noch das Innere des Startdecks.

„Also gut. Sie sollen bekommen, wonach Sie verlangen", murmelte Frank vor sich hin und umfasste den Steuerknüppel.

Er schaltete die Computerstimme ab und drückte den Schubhebel nach vorn. Augenblicklich erschienen Sterne. Er hatte das Startdeck verlassen. Schon bald war das erste Ziel zu sehen, ein Andockstutzen, der in einiger Entfernung scheinbar stabilisiert im Raum hing. Frank schaltete auf Handsteuerung, flog laut vorschriftsmäßiger Prozedur viel zu schnell an und drehte das alte Schiff gleichzeitig um alle Achsen, bis seine Andockschleuse parallel zur Ebene der Zielschleuse lag. Dann bremste Frank das Schiff scharf ab und nutzte die restliche Drift, um reibungslos anzudocken, als hätte er dies viele hundert Mal so gemacht. Wenig später war ein fremdes Schiff zu sehen. Leslie war es gelungen den Sprachmodus des Computers wieder zu aktivieren. Die Computerstimme meldete sich dazu mit fetten, roten Lettern auf dem Bildschirm.

„Eindringling nähert sich mit einsatzbereiten Waffen." Er flog eine weite Schleife und setzte sich mit dem fremden Schiff in Verbindung.

„Hier ist Commander Dorn. Ich habe den Auftrag, Sie einzuweisen. Bitte folgen Sie mir."

Die Antwort kam prompt in Form eines Torpedos. Frank riss den Knüppel herum und entging dem Treffer nur knapp.

„Empfehle Gegenmaßnahmen", meldete sich der Rechner.

„Super real. Das verlangt einem ja alles ab", flüsterte Dorn sarkastisch, „bin mal gespannt, was Sie von meiner Lösung halten". Das feindliche Laserfeuer ließ die Kabine erzittern. Einige Alarmlichter blinkten auf, aber es kümmerte ihn nicht. Da das Resultat dieses Tests schon seiner Meinung nach ohnehin feststand. Nach einem erneuten Einschlag blökte der Computer los.

„Alarm! Druckverlust!"

Hinter seinem Sitz zischte es irgendwo. Auf diese Art wurde ein Leck simuliert.

„Was ist los mit Ihnen?", fragte Leslie.

Frank antwortete nicht und hielt stattdessen weiter auf den Gegner zu. Mittlerweile blinkte ein ganzer Weihnachtsbaum voller Alarmlämpchen und die Statusanzeige brachte nur noch Meldungen, die unter normalen Umständen katastrophal gewesen wären. Frank störten sie im Moment wenig. Wie ein Kutscher seine Pferde, trieb er die *SAC* auf den

Gegner zu. Dann feuerte er aus allen Rohren. Wieder erzitterte die Kabine. Ein Torpedo hatte eingeschlagen.

„Alle Systeme ausgefallen. Sofort Schleudersitz auslösen!"

Frank ignorierte die Rechnermeldung und hielt weiter auf den Angreifer zu.

„Kollisionswarnung, Achtung Kollisionswarnung!" Irgendjemand hatte der Maschine sogar einen dramatischen Tonfall einprogrammiert. Ein letztes Mal erbebte die Kabine. Die Schirme erloschen schlagartig.

„Verlust der Einheit", meldete die Maschine lapidar, „wünschen Sie eine Wiederholung des Tests?" Dorn nahm seinen Helm ab.

„Ich habe leider keinen Kredit mehr, aber vielleicht will Colonel Draper dieses antiquierte Spiel alleine weiterführen", meinte er verärgert. Er löste die Gurte, legte den Helm auf die Ablage zurück und ging nach draußen. Leslie öffnete gerade die Bewertung auf ihrem Holo-Tablet.

„Folgen Sie mir, Commander", sagte sie kühl, ohne ihn eines Blickes zu würdigen. Während sie zu ihrem Büro gingen, überflog sie die Ergebnisse. Dort angekommen, baute sie sich hinter ihrem Schreibtisch auf und prüfte nochmals die Resultate auf dem Monitor.

„Ich weiß nicht, wo ich anfangen soll", sagte sie kopfschüttelnd und setzte sich, „ein solch miserables Ergebnis habe ich absolut nicht erwartet". Leslie seufzte.

„Sie haben weder einen vorschriftsmäßigen Check durchgeführt, noch um Starterlaubnis gebeten. Ihre Flugmanöver beim Andocken waren in allen Aspekten illegal und Sie wissen das. Von den Kampfleistungen reden wir besser erst gar nicht. Von achtzehn Schüssen haben nur zwei getroffen. Schließlich entspricht es ganz Ihrer Dienstauffassung den Gegner zu rammen. Sie sind durchgefallen."

Frank wartete, bis sie Luft geholt hatte.

„Bei allem Respekt, Colonel. Sie bezeichnen dieses Testprogramm doch nicht als angemessen. Wenn Sie fair wären, dann hätten Sie mir eine reale Mission gegeben. Sie wollen mich doch nur abservieren und dazu sind Ihnen offensichtlich auch die billigsten Mittel recht."

„Sie hatten Ihre Chance, Commander. Es liegt ganz bei Ihnen, wo Sie weiter Ihren Dienst tun. Nach diesem schlechten Ergebnis bleibt Ihre Fluglizenz weiterhin eingezogen. Sie werden als Bereitschaftsoffizier eingesetzt und das so lange, bis Ihre Leistungen besser werden. Und jetzt melden Sie sich umgehend bei Doktor Courtland zur psychologischen Beurteilung. Wegtreten."

Als Frank den Namen der Psychologin hörte, waren seine letzten Zweifel ausgeräumt. Er war sich sicher, dass sie dahinter steckte, und erinnerte sich an die lebhafte Auseinandersetzung beim Militärgericht, die er mit ihr wegen seines psychologischen Gutachtens hatte. Courtland hatte es im Auftrag der Anklage erstellt und es bescheinigte ihm psychologische Instabilität, Risikobereitschaft und Rücksichtslosigkeit. Ihr Gutachten hatte maßgeblich zu seiner Strafversetzung beigetragen. Nun war er zurück und Doktor Courtland hatte wohl in Leslie Draper eine willige Verbündete gefunden. Frank atmete tief ein.

„Wissen Sie was? Sparen Sie sich die Mühe. Ich steige einfach aus. Habe die Schnauze voll", entgegnete er entschlossen.

Leslie Draper glaubte, sich verhört zu haben. Er drehte sich um und ging aus dem Büro.

„Wie bitte?", fragte sie scharf.

„Sie haben schon richtig verstanden. Ich kündige", sagte Frank beim Hinausgehen.

Als sich die Tür geschlossen hatte griff Leslie zur Sprechtaste der Intercomanlage und tippte die Nummer von Elena Courtland ein. Die Psychologin meldete sich.

„Hier Courtland. Was gibt es, Colonel?"

„Ich wollte Ihnen nur mitteilen, dass Commander Dorn soeben gekündigt hat. Seine Unterschrift ist nur noch eine Formalität."

„Ich danke Ihnen, Colonel. Sie haben uns allen das Leben etwas erleichtert." Sie beendeten das Gespräch und Leslie Draper lud ein Kündigungsformular auf ihren Bildschirm, das sie ihrer Ordonanz zur Bearbeitung schickte.

Frank war stinksauer und hätte Leslie Draper am liebsten in der Luft zerrissen.

„Scheißladen. Ihr könnt mich doch alle mal", fluchte er leise vor sich hin.

Allerdings fühlte er sich mit jedem Schritt, den er sich von ihrem Büro entfernte, freier. Dies übertrumpfte seine Wut, bis auf einen Umstand: plötzlich hatte er wieder den bestialischen Gestank des Straflagers in seiner Nase. Deshalb suchte er die Bar im Einkaufs- und Freizeitbereich der Station auf. So früh am Tag war natürlich noch nichts los. Pearl, die schöne, dunkelhäutige Barkeeperin, füllte gerade die Getränkevorräte wieder auf. Frank sah sie und marschierte zielstrebig auf sie zu. Im selben Moment drehte sich Pearl gerade wieder zur Theke.

„Was? Nein! Bei allen Göttern und Dämonen der Galaxis. Dieses Gesicht kenne ich doch. Frank?!", sagte sie freudestrahlend, als sie ihn erblickte. Sie legte ihre Schürze ab, kam hinter der Theke hervor und umarmte ihn.

„Seit wann bist Du wieder hier?"

„Erst seit ein paar Stunden", erwiderte er.

Ihr froher Gesichtsausdruck verschwand, als sie ihn genauer betrachtete.

„Mann, Du siehst aber schlecht aus. Geht es Dir nicht gut?"

„Ich komme schon zurecht", erwiderte er, aber Pearl schüttelte den Kopf.

„Ich habe vor einiger Zeit einen Bericht über das Lager auf *Merope 3* gesehen. Die Doku war echt schockierend.

Muss ja die reine Hölle sein. Hier hatten Dich alle abgeschrieben. Dass da überhaupt noch jemand lebend rauskommt?", sagte sie."

„Das kann man wohl sagen. Und verdammt trocken", bestätigte er.

Pearl verstand den Wink.

„Komm, ich gebe einen aus. Lass uns auf die alten Zeiten anstoßen. Was willst Du haben?"

„Okay, ich habe immer noch diesen fürchterlichen Geruch der Baracken in der Nase. Den bekomme ich einfach nicht weg. Also gib mir bitte einen arkturianischen Schnaps, aber von dem geschmuggelten. Vielleicht hilft der ja dagegen."

Pearl öffnete die Schiebetür unter der Theke und holte eine schlanke Flasche mit türkisfarbenem Inhalt hinter dem Zigarrenvorrat hervor. Sie öffnete sie und goss zwei Gläser voll.

„Auf die alten Zeiten."

„Lieber nicht", seufzte Frank, leerte sein Glas und atmete hörbar aus.

„Mann, der ist verflucht stark."

„Was machst Du jetzt? Bist Du in Deiner alten Einheit?", Frank schüttelte den Kopf und starrte in sein leeres Glas.

„Nein, ich habe gerade gekündigt."

„Was? Oh nein. Und jetzt?", fragte Pearl.

„Keine Ahnung. Nur raus aus dem Verein. Admiral Jones ist nicht mehr hier und diese Leslie Draper brachte das Fass zum Überlaufen. Sie hat mich wie den letzten Vollidioten behandelt. Das lasse ich mir nicht bieten", antwortete er und setzte sich auf einen der Barhocker.

„Ja, sie ist neu und macht sich überall unbeliebt. Frag' mal McGinney und sein Team. Die fluchen nur noch seit sie das Kommando übernommen hat. Ich verstehe nicht, dass der Admiral ihre Art einfach so duldet. Naja, vielleicht gibt sich das auch, wenn sie erst mal weiß wie Euer Laden so läuft", meinte Pearl.

„Kann sein, aber ich bin raus. Und weißt Du was? Das ist ein unbeschreibliches, tolles Gefühl."
Pearl verzog skeptisch ihren rechten Mundwinkel.

„Ich finde Du hast Dich verändert. Hör mir zu, Frank: in vier Stunden habe ich frei. Dann können wir über alles reden, okay?"
Frank nickte. Pearl war so etwas wie eine ehrenamtliche Sozialarbeiterin und für manche der letzte Fels in der emotionalen Brandung. Oft holte sie die hitzigen Gemüter auf den Boden der Tatsachen zurück. Sie war sehr stolz darauf, dass viele Piloten mit ihren Schwierigkeiten, die es auf dieser Kunstwelt im All zuhauf gab, zu ihr kamen. Sie erinnerte sich an Franks Ausbildung. Eine Zeit lang war er einer ihrer besten Kunden an der Bar, und Dauergast in ihrem Appartement. Ihre Beziehung hielt den Belastungen seines ungeregelten und oft gefährlichen Dienstes nicht lange stand und mündete in einer reinen Freundschaft.
Frank spülte noch ein Glas hinunter.

„Trink lieber nicht so viel davon, Frank. Das Zeug haut Dich um", mahnte sie und griff nach der Flasche.

„Der Stoff riecht wie Desinfektionsmittel. Ich glaube das wirkt. Lass Dich bitte durch mich nicht stören. Ich werde hier auf Dich warten. Die Flasche kannst Du ruhig hierlassen.", erwiderte Frank. Er schenkte sich erneut ein. Arkturianischer Schnaps enthielt über sechzig Prozent Alkohol. Der chiliartige Geruch, gepaart mit Phenolen, Salz, Kohle und Rauch, zog in seine Nase.

„Ich werde Dir lieber ein vernünftiges Frühstück machen", schlug Pearl vor.

„Keine Umstände", winkte Frank ab.
Sie schüttelte verständnislos den Kopf, warf ihr Serviertuch über die Schulter und ging zum Spülautomaten, um nach dem Geschirr zu sehen. Frank hob das Glas und starrte

bereits etwas angetrunken in die türkisblau schimmernde Flüssigkeit.

„Wo ist eigentlich Sabrina?", fragte er neugierig.

„Hab sie einige Tage nicht gesehen. Soweit ich weiß, hat Colonel Draper ihr eine Sonderschicht aufgebrummt. Sie fliegt wohl mit Katsuro die Langstreckenpatrouille und müsste heute Nacht zurück sein", rief ihm Pearl zu, während sie die fertig gespülten Gläser in das Regal über der Theke stellte. Einige Schnäpse später bemerkte Frank, dass er betrunken war. Als er sich ein neues Glas einschenkte, goss er die Hälfte daneben. Pearl sah es und ging zu ihm.

„Frank, gib mir jetzt bitte die Flasche. Ich mache Dir einen Kaffee."

„Ach lass mich bitte, Pearl mein Herz. Das wirkt schon", lallte er.

„Das sehe ich. Du kannst ja schon nicht mehr klar sprechen", sagte sie energisch und ergriff den Flaschenhals. Frank hielt die schlanke Flasche ebenfalls fest.

„Hallo, Commander. Ich sehe, Sie haben eine neue Uniform. Steht Ihnen sehr gut", grüßte Ariana und setzte sich auf den Hocker neben ihn. Sie nickte Pearl freundlich zu, die die Flasche abrupt los ließ.

„Guten Morgen. Was kann ich für Sie tun?"

„Ich würde gerne etwas essen", erwiderte Ariana.

„Wir haben noch geschlossen. Ich mache Ihnen das Standardfrühstück des Hauses. Das ist eine Ausnahme. Etwas anderes ist im Augenblick nicht möglich, weil ich die Nahrungszubereiter erst hochfahren muss", erwiderte Pearl, immer noch verwundert darüber, dass Frank die fremde Frau offensichtlich kannte.

„Sehr gerne, danke", gab Ariana mit ihrem alles gewinnenden Lächeln zurück. Sie nahm die Schnapsflasche und las das Etikett. Pearl begann, das Frühstück zuzubereiten.

„Ist es nicht ein bisschen zu früh für ein solches Gelage oder war Ihr Dienstantritt so schlimm?"

„Ach Sie sind es. Sie verstehen ja nicht. Ich betrinke mich doch gar nicht", erwiderte Frank lallend. Er hatte erst jetzt bemerkt, wer neben ihm saß.

„Woher kennen Sie sich? Sind Sie eine Freundin?", fragte Pearl mit einem eifersüchtigen Unterton. Schnell schob sie Teigkugeln für zwei Brötchen in den Backautomaten.

„Soweit würde ich nicht gehen. Ich habe ihn aus der Wüste geholt und hier hergebracht", antwortete Ariana gelassen, „warum betrinkt er sich denn?" Noch bevor Pearl antworten konnte, hob Frank sein Glas.

„Auf die Freiheit." Er leerte es mit einem Zug.

„Er hat gekündigt. Sein vorgesetzter Offizier hat ihn wohl ungerecht behandelt", antwortete Pearl, „aber jeder hier beschwert sich über Colonel Draper."

„Ich verstehe", gab Ariana zurück. Frank lachte leise und schenkte sich erneut ein.

„Was machen Sie denn jetzt? Sie brauchen doch eine Aufgabe oder irre ich mich?"

„Vielleicht haben *Sie* ja einen Job für mich? Fliege auch ohne Lizenz", lallte Frank undeutlich und leise. Pearl brachte das Frühstück und signalisierte Ariana durch ein Kopfschütteln, dass es besser war, ihn eine Weile in Ruhe zu lassen. Der Schnaps zeigte mehr Wirkung. Arianas Gesicht erschien ihm plötzlich verschwommen. Ariana schnitt eines der frisch gebackenen Brötchen auf, und belegte es mit einer Scheibe Schinken. Sie klappte beide Hälften wieder zusammen und biss mit Appetit ab.
Frank setzte ein weiteres volles Glas an und lehnte weit zurück, um es zu leeren. Er kippte mit samt seinem Hocker um. Den Aufprall spürte er nicht mehr. In geradezu stoischer Ruhe und ohne ihren Kopf zu drehen, setzte Ariana ihren Kaffeebecher ab, während Pearl erschrocken ihre Flaschen wegstellte und hinter der Theke hervoreilte.

„Verdammt, ich hätte ihm die Flasche einfach wegnehmen sollen", sagte sie zu sich selbst. Ariana seufzte und stieg von ihrem Hocker. Mit ihrer Hilfe hievte Pearl den sturzbetrunkenen Offizier hoch.

„Was machen wir mit ihm? In diesem Zustand sollte ihn niemand sehen. Der Abstellraum hinter der Bar ist voll. Früher hat er dort manchmal seinen Rausch ausgeschlafen. Oh Gott, ich dachte die Zeiten sind vorbei", sagte Pearl.

„Ich habe eine Suite in der nächsten Etage gemietet. Die hat ein Gästezimmer. Dort kann er sich ausschlafen. Was halten Sie davon?", schlug Ariana vor.

„Gut, wenn es Sie nicht stört. Ich mag ihn ja, aber damit müsste er langsam mal aufhören. Er konnte mit den anderen Piloten nie mithalten, denn er verträgt nicht viel", sagte Pearl mit resigniertem Ton.

„Machen Sie sich keine Sorgen. Es gibt schlimmeres", erwiderte Ariana grinsend. Alles entwickelte sich viel besser, als sie es gehofft hatte.

Die beiden Frauen schleppten Dorn bis zum Aufzug und fuhren aufs nächste Deck. Arianas Suite lag direkt um die Ecke. Sie öffnete den Zugang mit ihrer ID-Karte. Über die Zwischentür betraten die beiden Frauen das Gästezimmer und legten den betrunkenen Commander schließlich auf das Bett.

„Männer können so verdammt anstrengend und schwer sein", sagte Pearl und atmete pustend aus.

„Wem sagen Sie das? Ich habe ihn auf meinem Rücken aus der Wüste getragen."

„Was? Alleine? Das müssen Sie mir unbedingt erzählen. Oh, ich heiße übrigens Pearl und ich brauche jetzt erst mal einen starken Kaffee."

„Ich bin Ariana. Der Kaffee geht auf mich. Dann erzähle ich Ihnen die Geschichte. Kennen Sie Frank schon lange?"

„Ja, schon seit seiner Ausbildung. Tut mir leid, es ist wohl meine Schuld, dass er betrunken ist. Wir haben uns über ein Jahr nicht mehr gesehen. Da habe ich eine besondere Flasche geöffnet. Dieses arkturianische Zeug ist nämlich verdammt stark, wissen Sie. Mein Bruder ist Veterinär in Nairobi und benutzt diesen Schnaps sogar manchmal als Narkotikum", erklärte Pearl.

„Na dann ist er ja eine Weile ruhig. Lassen wir ihn einfach ausschlafen", meinte Ariana lachend. Sie verließen die Suite und fuhren wieder nach unten.

„Sie tragen einen wundervollen Duft, Ariana. Er ist geradezu magisch. So wirkt er jedenfalls auf mich. Wo kann ich den bekommen?"

„Ich fürchte, diese Essenz ist im SOL-Sektor nicht käuflich. Lassen Sie uns lieber über Frank sprechen."

„Ach wie schade. Ihr Duft macht mich regelrecht süchtig, aber gut: zurück zu Frank", erwiderte Pearl.

Admiral Willard Jones hasste seinen neuen Job mehr und mehr. Seine Arbeit wurde zunehmend politischer. Das Ministerium hatte ihn zum Generalinspekteur der Raumflotte ernannt. Jones war nie scharf auf dieses Amt gewesen, aber der Minister hatte ihn mit mehreren Anrufen regelrecht gedrängt, diese Stelle anzunehmen. Sogar Präsident Tamaskie hatte ihn persönlich darum ersucht, die neue Aufgabe so schnell wie möglich anzutreten. Gerade hatte ihn ein Kurier der Regierung durch das Sprechgerät geweckt und stand bereit ihn abzuholen.
Müde sah Jones auf die Uhr. Es war kurz nach drei Uhr New Yorker Ortszeit und er vergewisserte sich, dass seine Frau noch schlief. Leise stand er auf und machte sich so schnell es ihm zu dieser frühen Stunde möglich war, fertig. Schließlich stieg er in den Fond des bereitstehenden Dienstfahrzeugs vor der Haustür. Der Kurier händigte ihm einen Holochip mit den aktuellen Akten aus.

Wenig später saß Jones in einer Sondersitzung der Regierung. Der brutale Überfall auf die *Golden Sun* hatte sich zu einer handfesten Krise entwickelt. Auf der Erde, wie auch auf *Meta* und *Capella* hatte man eiligst Krisenstäbe gebildet. Die Außenministerien standen in dauerndem Kontakt. In Abwesenheit der Regentin hatte der Metanische Senat die Regierungsgewalt, was die Angelegenheit nicht gerade leichter machte. Admiral Jones sah auf die Uhr. Die Stunden verflogen, aber niemand konnte brauchbare Ergebnisse vorweisen. Der Morgen dämmerte bereits, als Jones sich erhob, um die Sitzung zu verlassen. Außenminister West blickte auf.

„Sie gehen schon Will?"

„Ja, Sir. Sie alle kennen meine Meinung."

„Also gut. Wir wollten sowieso zur Abstimmung über den Antrag von Minister West kommen", sagte der Präsident.

Außer drei Stimmberechtigten hoben alle die Hand.

„Damit ist der Antrag angenommen. Die Krise soll auf jeden Fall diplomatisch beigelegt werden. Wir werden mit den Entführern verhandeln. Außenminister West wird mit dem metanischen Senat und den jeweiligen Gremien in Kontakt bleiben. Die Raumflotte wird vorsichtshalber in Alarmbereitschaft versetzt", sagte Innenminister Mendez, der gleichzeitig das Amt des Vizepräsidenten bekleidete.

„Wir machen jetzt eine Pause. In einer halben Stunde geht es weiter", sagte Präsident Tamaskie. Der Raum leerte sich langsam, während der Präsident Admiral Jones zu sich winkte.

„Einen Moment noch, Admiral."

Jones wartete bis auch Außenminister Thordal West aus dem Raum gegangen war und stellte seinen kleinen Aktenkoffer wieder ab. Präsident Sergeij Tamaskie kam mit langsamen Schritten, eine Hand in der Hosentasche, auf Jones zu.

„Was halten Sie davon?", fragte der Präsident.

„Wollen Sie eine ehrliche Antwort oder eine politische, Herr Präsident?"

„Die ehrliche bitte, Admiral."

„Wenn die Sache nicht so ernst wäre, würde ich es für Zirkus halten. Wir haben in drei Stunden absolut nichts erreicht."

„Was können wir tun, Will?"

„Ich habe Ihnen in der Diskussion sämtliche Optionen erläutert, Sir. Wir müssen sofort handeln und es ist unerlässlich, dass *wir* die Geiseln befreien. Andernfalls wird das Bündnis zerbrechen. Das ist meine Überzeugung. Sie haben gesehen, wie weit ich gekommen bin. Ashborne hält meinen Vorschlag für zu gefährlich. Er tut lieber nichts. Das haben Sie ja gehört. Der Rest duckt sich vornehm weg. Wenn Sie mir freie Hand geben, kann ich etwas unternehmen."

„Wir sind eine Demokratie. Das kann ich ohne Zustimmung aller Regierungsmitglieder nicht tun", erwiderte der Präsident.

„Dann haben wir nicht nur eine Krise, sondern eine Katastrophe", schnaubte Jones. Der Präsident nahm die rechte Hand aus der Hosentasche, fasste sich ans Kinn, blickte einen Moment lang auf den Boden und überlegte. Dann sah er dem Admiral direkt in die Augen.

„Es gäbe vielleicht eine Möglichkeit. Immerhin könnten Sie sich über die Entscheidung des Rates hinwegsetzen. Ich würde Ihnen dabei ein gewisses Maß an Rückendeckung geben. Offiziell ist der Präsident an so einer Sache natürlich nicht beteiligt. Wenn Sie umsichtig agieren und nicht viel Staub aufwirbeln, können Sie es schaffen."

„Ich verstehe", sagte Willard Jones.

Sergeij Tamaskie sah die Enttäuschung im Gesicht des Admirals.

„Wissen Sie, Willard, ich habe mich nicht umsonst für

Ihre Verwendung als Generalinspekteur eingesetzt. Sie sind einer der wenigen, denen ich vorbehaltlos vertraue. Wir beide sind in der großen Depression aufgewachsen. Die Schatten der Vergangenheit dürfen nicht wieder Besitz von allem ergreifen, doch die Gefahr ist groß. Glauben Sie mir: ich könnte jeden Tag verzweifeln. Das Syndikat ist überall und die rechtschaffenen, ehrlichen und tüchtigen Menschen sind auf dem Rückzug oder werden zum Schweigen gebracht." Tamaskie atmete hörbar aus und Jones spürte förmlich die bleierne Last seines Amtes.

„Ich bedaure, dass die Regierung schwach ist. Außer Mendez, Anders und West gibt es niemanden, der an der Lösung dieses Problems wirklich interessiert ist", sagte Tamaskie.

„Dann kommen ernsthafte Schwierigkeiten auf uns zu. Ich brauche Ihnen ja nicht zu sagen, wie groß die Kriegsgefahr für das Bündnis ist."

„Genau deshalb bitte ich Sie nun, Will: arbeiten Sie einen Plan aus. Nehmen Sie sich geeignete Leute. Die haben Sie doch, oder?"

„Ich habe da welche im Auge. Einige davon sind aus dem *Future Sky* Programm, das Sie damals initiiert haben", erwiderte Willard Jones. Tamaskie lächelte.

„Oh ja, das war eine bessere Zeit. Wenn ich daran denke, wie uns die Medien und der Haushaltsausschuss wegen der Kosten öffentlich zerrissen haben. Und jetzt kommt es genau auf diese Individuen an. Sehr gut, Will. Zu niemanden ein Wort darüber. Unterrichten Sie mich über die Fortschritte vor der nächsten Sitzung, einverstanden?" Jones nickte wortlos. Er nahm den Koffer und wandte sich dem Ausgang zu.

„Sie sind auf sich allein gestellt und können keine Hilfe von der Flotte erwarten, Admiral. Bedenken Sie das."

„Es war nie anders, wenn es darauf ankam", murmelte Jones, ohne sich umzudrehen. Der Präsident hörte es nicht.

Der Admiral eilte aus dem Sitzungsraum und verließ das Ratsgebäude. Er war froh, als ihm die frische Morgenluft um die Nase wehte. Eines der wartenden Taxis am Eingang brachte ihn zum New Yorker Raumflughafen. Die Zeit reichte gerade noch für einen lauwarmen, ungesüßten Automatenkaffee vor der Raumhafenlounge, bevor er den stündlich fliegenden Shuttle nach *Dädalus 2* bestieg. Während des Fluges zur Raumstation studierte er auf dem Monitor seines kleinen Tablets einige Akten, welche er zu Beginn der Sitzung erhalten hatte. Sie zeigten ihm den aktuellen Sachstand. Nach der Landung ging er aufs Wartungsdeck. Jim McGinney saß am Terminal und aktualisierte Berichte.

„Na, Sie alter Fuchs. Wie geht's?", fragte der Admiral. Der Sergeant Major sah auf und ein breites Grinsen erhellte plötzlich sein kantiges Gesicht.

„Hallo, Sir. Sie hier?"

Willard Jones nickte und zeigte auf die *Hawk 6*, von der immer noch eine große Anzahl Einzelteile herum lag.

„Sieht ja böse aus hier. Wie läuft es?"

„Was soll ich Ihnen sagen, Admiral. Es ist einfach eine Katastrophe seit Sie weg sind. Colonel Draper hat uns bis heute Morgen neun Uhr Zeit gegeben, um diese Maschine fertig zu machen. Sehen Sie auf die Uhr: es ist neun. Die Vorschriften, wissen Sie. Ich muss jede einzelne Schraube persönlich dokumentieren und jede Prüfung ebenfalls nochmal. Wir werden einfach nicht fertig", beschwerte sich McGinney mit sonorer Raucherstimme.

„So etwas habe ich mir schon fast gedacht", erwiderte Jones, „urteilen Sie trotzdem nicht zu hart über Colonel Draper. Sie ist in Ordnung. Ihr fehlt es noch an Erfahrung und die wird sie schon noch bekommen. Wahrscheinlich schneller als ihr lieb ist."

„Gibt es etwa Schwierigkeiten, Sir", fragte Jim neugierig, nachdem er seine Meinung über Leslie Draper hinuntergeschluckt hatte. Jones nickte.

„Es brennt, aber behalten Sie das erstmal für sich." Er drehte sich der *Hawk 6* zu.

„Ein Sondereinsatz. Ich übernehme vorübergehend wieder das Kommando über das Geschwader. Wie sieht es aus? Können Sie die Kiste in zwei Stunden startklar bekommen?"

Der Chefingenieur griff nach einer Zigarre in seiner Brusttasche.

„Wenn Sie wollen, sogar in anderthalb Stunden, Sir", sagte er grinsend.

„Ausgezeichnet. Installieren Sie die ECM-Rüstsätze und bewaffnen Sie den Vogel mit allem was sie haben. Auch mit der Sonderausrüstung aus der alten Serie", befahl Jones.

„Aye, aye. Mit Vergnügen, Sir. Auch die Botanik?", fragte McGinney.

„Yep, die Botanik und alles, was Sie verfügbar haben. Maximale Ausrüstung und bitte Volldampf, Mac. Wir ziehen in den Krieg gegen einen sehr gefährlichen Gegner. Wenn es Probleme gibt wissen Sie, wo Sie mich finden."

„Mit ihrer Erlaubnis, Sir: es war ein Fehler von Ihnen, den neuen Job anzutreten. Sie gehören hier her", meinte der Chefingenieur.

„Da könnten Sie Recht haben", erwiderte der Admiral. Er drehte sich um und verließ das Wartungsdeck. McGinney schob die Tastatur weg und zündete sich die Zigarre an.

„Okay, Leute. Legt die Vorschriften weg. Wir nageln jetzt diese Kiste zusammen. In zwei Stunden muss sie fliegen."

Willard Jones war erst zwei Wochen weg, aber es kam ihm schon wie eine Ewigkeit vor. Die Leute, denen er auf den Gängen begegnete, grüßten ihn alle und er fühlte sich wieder zuhause. Die Ordonanz im Vorzimmer seines ehemaligen Büros war neu und so überrascht, dass sie gar nicht mehr dazu kam, ihn anzumelden. Willard Jones ging einfach hinein. Leslie Draper blickte überrascht vom Bildschirm auf. Sie erhob sich.

„Guten Tag, Sir. Was verschafft uns die Ehre Ihres Besuchs?"

„Stehen Sie bequem, Colonel. Es gibt Schwierigkeiten. Ich übernehme vorübergehend das Kommando über das Geschwader. Trommeln Sie ein paar Leute zusammen. Ich brauche unsere Draufgänger Dorn, Henderson, Wyant, Katsuro, und Sie natürlich auch."

Leslie schluckte. Sie ging um ihren Schreibtisch herum und stellte sich neben ihn.

„Da gibt es allerdings ein Problem, Sir", erwiderte sie.

„So? Was für eins?"

„Mister Dorn ist ausgeschieden. Er hat gestern gekündigt." Leslie lud das fertig ausgefüllte Formular auf ihrem Holochip, der es vor dem Admiral in perfekter Lesedistanz abbildete. Willard Jones sah das projizierte Dokument nicht einmal an, sondern schnippte es mit seinem rechten Zeigefinger in den holographischen Mülleimer.

„Blödsinn", erwiderte er schroff, „ich weiß, dass Dorn hier ist. Klappern Sie die Bars ab und stellen Sie die ganze verdammte Station auf den Kopf, wenn es nötig sein sollte. Ich brauche vor allem Frank Dorn hier. Haben Sie das verstanden?" Der Admiral öffnete seinen überladenen, gesicherten Aktenkoffer, klappte sein Holo-Terminal auf und belegte Colonel Drapers Schreibtisch mit Datenchips, Kommunikatoren und einigen Decodern zum Empfang speziell verschlüsselter Nachrichten. Leslie Draper stand noch immer da und starrte ihn ungläubig an.

„Es eilt Colonel", mahnte Jones.

Sie drehte sich auf dem Absatz um und verließ wütend das Büro, um dem Befehl des Admirals nachzukommen. Pampig wies sie ihre Assistentin an, die anderen Piloten auszurufen. Nach Frank Dorn würde sie selber suchen.

Frank erwachte mit hämmernden Kopfschmerzen und hustete heißer.

„Na, brauchen Sie jetzt einen Drink? Wie wäre es mit einem Scotch?", fragte Ariana.

„Was? Wie bitte? Wo zum Teufel…?" Plötzlich wurde ihm bewusst, dass er nicht im Abstellraum hinter der Bar lag und auch nicht in Pearls Appartement oder seinem eigenen Quartier.

„Guten Morgen, Commander", sagte Ariana provozierend und stellte ihm einen Becher mit dampfendem schwarzem Tee auf die titangraue Nachtkonsole neben seinem Bett. Dabei zog ihre Essenz wieder in seine Nase.

„Morgen. Ich glaube ich könnte mich daran gewöhnen in Ihrer Gegenwart aufzuwachen", erwiderte Frank als er sich aufrichtete. Er fasste sich an die Stirn und hoffte, dass der heiße Tee und die Gesellschaft der schönen Ariana seine Kopfschmerzen vertreiben würden.

„Wie lange war ich dieses Mal weggetreten?"

„Nicht schlimm. Sie haben nur einen ganzen Tag verschlafen", antwortete Ariana sarkastisch.

Frank richtete sich auf und trank einen Schluck vom Tee.

„Unglaublich. Das arkturianische Zeug hat tatsächlich gewirkt. Ich rieche den Tee", bemerkte er. Sie verschränkte ihre Arme und blickte ihn verständnislos an.

„Wieder surreal. Ich habe von Ihnen geträumt", murmelte er.

„Der Alkohol vermutlich. Sie haben fast eine ganze Flasche von diesem Zeug in sich hinein gekippt. Verhalten sich eigentlich alle Terraner so, wenn die Dinge mal nicht laufen wie erwartet?", gab sie zurück.

„Nein, aber ich habe endlich meinen Geruchsinn wieder

und manchmal muss man einen draufmachen, verstehen Sie?"

„Nein, was soll das bewirken?", erwiderte sie.

„Was denn? Haben Sie nie mal ein bisschen über die Stränge geschlagen?"

„Tut mir leid, Commander. Solche Erfahrungen sind mir fremd und wenn ich Sie so betrachte, muss ich das auch nicht haben. Ich finde es abstoßend, geradezu erbärmlich."

„Ach seien Sie doch nicht so hart. Das ist doch menschlich", antwortete Frank.

„Ich bin zwar humanoid, aber kein Mensch. Das sagte ich Ihnen bereits." Sie wandte sich von ihm ab und ging zur Tür. Dort blieb sie stehen, drehte lediglich leicht ihren Kopf.

„Eigentlich wollte ich nur sehen, ob Sie noch leben. Ich lasse Sie jetzt alleine und empfehle Ihnen eine ausgiebige Dusche. Diese Ausdünstungen beleidigen meine Nase." Frank stand auf, rieb sich den Nacken und lief ins Badezimmer. Er duschte zunächst heiß und drehte den Regler der Armatur nach einigen Minuten auf kalt. Ariana machte kehrt, griff nach seiner Uniformjacke und fixierte einen haardünnen Aktivchip, den sie aus ihrer Brusttasche zog, in das Innenfutter. Der Sender im Chip hatte eine Reichweite von einigen Lichtstunden und vermochte einige Tage lang ein schwaches, aber stetig kodiertes Signal zu übermitteln. Äußerlich war er von einem Haar nicht zu unterscheiden. Die Tiefraumscanner der *Centurion* konnten das Signal empfangen, und so würde sie immer wissen, wo Frank sich gerade aufhielt. Plötzlich summte der Türindikator. Ariana drapierte die Jacke so wie sie gelegen hatte, ging zur Tür und öffnete sie indem sie die Kombination auf dem Bedienungsfeld im Türrahmen eingab. Leslie Draper wirkte ziemlich verlegen, als sie Ariana in der Tür stehen sah.

„Was kann ich für Sie tun?", wollte Ariana wissen.

„Ich bin Colonel Draper und suche Commander Dorn. Pearl sagte mir er sei bei Ihnen."

„Ihre Information ist korrekt, bitte treten Sie ein, Colonel. Frank ist noch unter der Dusche, aber er müsste gleich fertig sein."

Widerwillig betrat Leslie das Gästezimmer der Suite. Es war ihr peinlich in Arianas Appartement auf Dorn warten zu müssen.

„Was wollen Sie denn von ihm?", fragte Ariana.

„Das ist rein dienstlich", gab Leslie zurück, ohne sie anzusehen.

Ariana verschränkte die Arme und blieb vor Leslie stehen.

„Ich habe gehört, dass Commander Dorn gekündigt hat", sagte sie spitz.

Leslie atmete hörbar aus. Sie war nicht bereit die Sache zu diskutieren.

„Aha, hat es sich schon herumgesprochen? Bedaure, aber das geht Sie nichts an. Dies ist allein eine Angelegenheit der Raumflotte", antwortete sie schroff mit erhobener Hand.

Einige Augenblicke später erschien Frank, halb angezogen. Er trocknete sich die Haare ab und bemerkte Leslie Draper.

„Sie schon wieder?"

Leslie stemmte ihre Hände in die Hüften und wollte etwas sagen, aber Frank würgte sie mit erhobenem Zeigefinger ab.

„Schlucken Sie es runter. Ich will es nicht hören. Mit Ihnen und Ihrem Verein bin ich fertig", knurrte er laut.

„Wir sind noch lange nicht miteinander fertig. Admiral Jones will Sie sofort sehen. Da Sie das Formular noch nicht unterschrieben haben, unterstehen Sie immer noch meinem Kommando. Ich gebe Ihnen genau zwei Minuten. Wenn Sie dann nicht fertig sind lasse ich Sie verhaften und Sie können dem Admiral in Gegenwart des Sicherheitsdienstes gegenübertreten", bellte Leslie ebenso laut. Frank wusste natürlich, dass sie Recht hatte.

„Verstehen Sie jetzt, warum ich es beleidigend finde, wenn Sie mich als Mensch bezeichnen, Frank?", bemerkte Ariana, die Leslie dabei direkt in die Augen sah. Der völlig unerwartete Beistand war ein gekonnter Seitenhieb, der Frank ein breites Grinsen entlockte, während Leslie krebsrot anlief. Rasch zog er Hemd und Jacke an und trat neben Ariana.

„Ich denke, ich bin Ihnen ziemlich auf den Wecker gegangen."

„Es war jedenfalls nicht langweilig mit Ihnen", entgegnete sie lächelnd.

„Danke für alles. Ich schulde Ihnen was. Das meine ich ernst", ergänzte er.

Ariana küsste ihn spontan und ausgiebig vor Leslie Draper, die schlagartig leichenblass wurde.

Frank war völlig überrumpelt. Ihre Pheromone durchwirkten ihn bis ins Mark. Er stand lichterloh in Flammen und wollte sich nicht mehr lösen, aber sie zog sich sanft und elegant, wie ein verblassender süßer Traum zurück, drehte sich wortlos um und ließ beide stehen.

„Na los, Sie Nervensäge", sagte Frank, benommen von Arianas Kuss, zu Leslie, „ich unterschreibe jetzt den Wisch damit ich endlich meine Ruhe habe." Beide verließen das Appartement.

Frank erreichte das Büro als erster. Leslie Draper hatte Mühe mit ihm Schritt zu halten. Die anderen Piloten waren bereits eingetroffen. Admiral Jones stand am Fenster, seinem gewohnten Platz, und hatte ungeduldig abwechselnd ins All und auf seine Uhr geschaut. Er seufzte erleichtert, als die beiden das Büro betraten.

„Na endlich. Hallo, Commander. Ich freue mich, Sie wiederzusehen", sagte der Admiral. Sabrina saß auf der Ecke des Schreibtischs und fing ihren Flügelmann ab indem sie ihn innig umarmte.

„Hey, mein Flügelmann ist wieder da. Wir haben Dich bereits gestern erwartet. Jetzt sind wir endlich wieder vollzählig", sagte sie und ließ sich zwei Schritte mitziehen. Frank erwiderte ihre Begrüßung und drückte sie an sich, aber Sabrina merkte, dass etwas nicht stimmte. Der Admiral reichte ihm die Hand. Frank drückte sie. Sein Copilot Sam Wyant und Akiro Katsuro begrüßten ihn überschwänglich.

„Sir, ich bin nur hier, um meine Kündigung zu unterschreiben. Ich steige aus", sagte Frank zu Admiral Jones. Sabrina riss den Kopf herum und sah ihren Freund ungläubig an.

„Was? Warum denn?" fragte sie entsetzt und ließ seinen Arm los.

„Ich habe es Ihnen ja gesagt", meinte Leslie leise zu Jones. „Also gut: um welche Probleme geht es denn?", fragte Willard Jones gelassen.

„Das wird Ihnen Colonel Draper bestimmt mit Freuden erklären. Sie hat mir sehr klar zu verstehen gegeben, dass ich hier keinen Platz mehr habe. Als Begründung reichte der Eingangstest mit der uralten SAC", sagte Dorn gelassen.

Jones blickte seine Nachfolgerin an.

„Sir, lesen Sie seine Personalakte. Das ist das reinste Strafregister", fing Leslie an, „er ist disziplinlos und hatte seit über einem Jahr keine psychologische Beurteilung. Außerdem war er nicht vorschriftsmäßig in Uniform, als er hier den Dienst antrat. Darüber hätte ich noch hinweg gesehen, aber der Gipfel war der Eingangstest. Die Leistungen von Commander Dorn waren schlicht katastrophal."

Willard Jones seufzte

„Okay, in Ordnung. Ich hatte geglaubt wir können uns den wahren Problemen widmen. Räumen wir also erst diesen Schwachsinn aus. Wie ist Ihre Meinung, Commander?"

„Das stimmt alles, Sir. Ich hatte Colonel Draper um

reale Testbedingungen gebeten. Auf die uralte SAC hatte ich keine Lust. Warum hat sie mir nicht gleich einen römischen Streitwagen gegeben? Sie hat meine Fluglizenz einfach einbehalten. Um auf die psychologische Beurteilung zurück zu kommen: ich glaube Sie wissen, was Doktor Courtland von mir hält", erklärte Frank. Dann wandte er sich Leslie Draper zu.

„Leider tragen Strafversetzte keine Uniform. Ich hatte Colonel Draper auch erklärt, warum ich einen Tag später hier eingetroffen bin. Ich frage mich mit welchem Schwachsinn hier eigentlich die Zeit verschwendet wird. Warum öffnen wir dem Syndikat nicht gleich alle Türen?" Frank beherrschte sich im Ton, aber er ließ seinem Ärger freien Lauf.

Der Admiral lehnte sich an den Schreibtisch und verschränkte die Arme.

„Also gemessen an den Problemen, von denen ich Ihnen gleich berichte, sind das nicht nennenswerte Kleinigkeiten. Colonel, ich sage Ihnen jetzt etwas, das Sie nicht wissen können: diese Piloten hier kenne ich seit mehr als 15 Jahren. Ich habe sie mit ausgesucht und ausgebildet. Die *SAC* ist mindestens ebenso lange außer Dienst. Kein Mensch fliegt sie mehr und soweit ich mich erinnere haben Commander Dorn und Leutnant Wyant das Simulationsprogramm, das Sie benutzt haben, während ihrer Ausbildung geschrieben. Eigentlich verwendet es niemand mehr. Commander Dorn hat, wie alle hier, über achttausend Flugstunden. Die meisten davon waren unter Extrembedingungen. Haben Sie das bei Ihrer Auswertung berücksichtigt?"

Leslie Draper errötete leicht und holte tief Atem.

„Commander Dorn ist für das Geschwader nicht mehr tragbar. Das Gutachten von Doktor Courtland lässt mir keine Wahl", erwiderte sie kalt.

„Das Gutachten von Doktor Courtland ist ein Witz. Sie sind ihr auf den Leim gegangen, Colonel, und ich werde diesen Zirkus jetzt beenden. Der Commander ist ab sofort wieder voll im Dienst. Seine Fluglizenz ist wieder eingesetzt. Schalten Sie mir bitte Doktor Courtland auf den Hauptschirm", sagte der Admiral zu Leslie Draper. Sie führte seine Anweisung aus. Kurz darauf erschien Elena Courtland auf dem Monitor.

„Hallo, Doktor Courtland. Wie ich höre, gibt es Probleme mit der Beurteilung von Commander Dorn. Was haben Sie dazu zu sagen", fragte Willard Jones sauer.

„Das steht alles in meinem Sondervermerk, den ich Colonel Draper geschickt habe, Sir. Der Commander ist nicht geeignet."

„Verschonen Sie mich mit diesem Blödsinn, Doktor. Da Sie Ihren Job offensichtlich nicht unvoreingenommen machen, entbinde ich Sie mit sofortiger Wirkung als Gutachterin der Flotte. Ich habe die Vollmacht des Präsidenten. Commander Dorn wird in Kürze ein neues Gutachten vom medizinischen Stab bekommen. Einen schönen Tag noch." Elena Courtland wurde aschfahl und bekam keinen Ton heraus. Der Monitor erlosch.

Willard Jones kannte Elena Courtlands Meinung über seine Piloten. Normalerweise hätte er sich mehr Zeit genommen, um diplomatischer vorzugehen. Auch mit Leslie Draper war er ziemlich schroff umgesprungen. Er hatte sie vor untergebenen Dienstgraden zurechtgewiesen, was nach der Dienstvorschrift nicht erlaubt war, aber er konnte sich den Luxus Zeit nicht leisten.

„So, und jetzt kommen wir zu den wirklichen Problemen", knurrte Jones.

„Ich bin nur hier um meine Kündigung zu unterschreiben", warf Dorn erneut ein.

„Warten Sie damit, bis ich Ihnen erzählt habe, worum es geht", antwortete der Admiral genervt und sah ihm direkt in die Augen. Frank ahnte Unheil. Der Gesichtsausdruck von Willard Jones hatte sich plötzlich verhärtet.

„Colonel Draper, bitte aktivieren Sie die zusätzlichen Abhörsicherungen, schicken Sie die Ordonanz in die Pause und verriegeln Sie die Tür. Es geht um eine ernste Sache." Der Admiral nahm einen der Datenchips, die er auf die Arbeitsfläche gelegt hatte, während Leslie Draper zu ihrem Schreibtisch ging und auf der Konsole ihre Ordonanz benachrichtigte und den Raum komplett abschirmte.

„Wir sind gesichert, Sir. Bitte erklären Sie uns, worum es eigentlich geht."
Willard Jones richtete sich auf.

„Die Flotte wird innerhalb der nächsten zwei Stunden in Alarmbereitschaft versetzt. Alarmstufe Eins", erklärte der Admiral.

„Was? Aber, das bedeutet doch Krieg, Sir", meinte Sabrina Henderson entsetzt.

„So weit sind wir glücklicherweise noch nicht. Wir haben einen Code Eins Zwischenfall. Das metanische Flaggschiff *Golden Sun* wurde auf dem Flug nach *Capella* angegriffen. Die metanische Regentin, ihr Mann und der capellanische Botschafter wurden entführt. Das Schiff wurde zerstört. Nur drei Personen der Besatzung haben überlebt. Die politische Situation ist momentan äußerst kompliziert und die Informationen von unseren Bündnispartnern sind sehr spärlich", erzählte der Admiral und machte eine Pause.

„Verdammt", fluchte Frank leise.

„Das ist natürlich ein sehr brutaler Akt, aber es ist doch eine Angelegenheit zwischen *Meta* und *Capella*. Was haben wir damit zu tun?", fragte Leslie Draper.

„Sehr viel, Colonel. Der metanische Senat schiebt uns die Schuld in die Schuhe. Wir sind in den betreffenden Sektoren für die Raumüberwachung zuständig."

„Die Patrouillen sind alle regelmäßig geflogen worden", verteidigte Leslie Draper.

„Das weiß ich, Colonel. Ich habe das persönlich geprüft und der Regierung bestätigt. Die Berichte und die Flugdaten liegen ja vor", entgegnete Jones. Sam Wyant räusperte sich.

„Soweit ich mitbekommen habe ging es da um ein Handelsabkommen zwischen *Meta* und *Capella*. Allerdings waren die Informationen in den Nachrichten äußerst bescheiden", bemerkte er.

„Das ist richtig, Leutnant. Ich bin befugt Ihnen allen mehr Information zu geben. Alles was Sie jetzt hören obliegt der höchsten Sicherheitsstufe und ist streng geheim. Wie Sie alle wissen, bereitet uns die zunehmende Aktivität des Syndikats innerhalb der Bündnissektoren seit Langem ernsthafte Sorgen. Das Handelsabkommen war nur eine willkommene Tarnung für ein Abkommen auf Präsidentenebene: das Projekt *Orions Schwert*. Es sollte unterzeichnet und sofort eingeleitet werden. Die Regierungen der Erde, von *Meta* und *Capella* hatten beschlossen, eine Allianz zu bilden und militärische Aktionen gegen organisiertes Verbrechen zu führen. Unser Geschwader war für den terranischen Beitrag vorgesehen. Eigentlich sollten genau solche Fälle verhindert werden, wie der, der jetzt eingetreten ist. Die Ereignisse haben uns überrollt", erwiderte Jones.

„Das riecht ja geradezu nach Verrat, jedenfalls für mich, Admiral", sagte Sabrina Henderson.

„Sie untertreiben, Captain. Das stinkt. Ganz gewaltig sogar", bestätigte Jones, „wir hatten das ja schon einmal in ähnlicher Art, aber diesmal steckt leider noch viel mehr dahinter. Der Präsidialrat vermutet einen Putschversuch auf *Meta*. Was das für das Bündnis bedeuten würde, können Sie sich alle denken. Es würde auseinanderbrechen. Der Effekt wäre fatal. Andere Sternnationen würden mit größter Wahrscheinlichkeit folgen. Sie wissen ja, wie wackelig die Capellaner in Bezug auf ihre Bündnistreue sind und die Lage auf *Atair 5* beginnt sich gerade erst zu festigen." Frank verschränkte seine Arme.

„Allerdings. Auf *Meta* würde höchstwahrscheinlich ein Bürgerkrieg ausbrechen und wir könnten nicht einmal etwas dagegen tun", bemerkte Frank nachdenklich.

„Ich bitte Sie. Die Angelegenheit wird doch wohl diplomatisch in den Griff zu bekommen sein", empörte sich Leslie Draper. Willard Jones schüttelte seinen Kopf.

„Ich glaube nicht daran, Colonel. In so einer Situation überwiegen die Emotionen. Und wenn erst der Mob auf den Straßen die Meinung macht, wird der Verstand schnell abgeschaltet", antwortete der Admiral.

„*Meta* ist im Begriff die diplomatischen Beziehungen zu uns abzubrechen. Einige metanische Senatoren haben sogar für eine militärische Operation gegen die Erde plädiert. Offenbar gewinnt die Opposition die Oberhand. Die drei Überlebenden der *Golden Sun* konnten noch vor ihrer medizinischen Behandlung vernommen werden. Sie sagten aus, dass das fremde Enterkommando terranische Uniformen trug und eine terranische Sprache sprach. Um ein größeres öffentliches Interesse zu vermeiden, war vereinbart, dass unsere Delegation erst zwei Tage später zur Unterzeichnung auf *Capella* eintreffen sollte. Wir haben somit keine Opfer zu beklagen. Außerdem haben metanische Experten die Trümmer der *Golden Sun* bereits vor Ort untersucht. Die Strahlung der Wrackteile und die gefundenen Triebwerksemissionen deuten auf irdische Schiffe hin. Das Flaggschiff ist eindeutig mit unseren alten Nukleartorpedos zerstört worden. Interessanterweise hatte die *Golden Sun* eine Eskorte aus zwei alten *Badger*. Diese waren leichte Beute und konnten offensichtlich nicht viel Schutz bieten. Für die Medien ist das ein Schlachtfest, das kann ich Ihnen sagen. Wir stehen am Pranger. Schauen Sie sich mal die metanischen Nachrichten an. Der Kas´aari Clan hetzt die Öffentlichkeit auf und steuert die Propaganda. Sie können das alles hier auf den Datenchips, die Sie von mir erhalten, nachlesen. Der vorläufige metanische Bericht lässt keine

Zweifel aufkommen: Terra ist schuld", erklärte der Admiral und händigte allen einen Datenkristall aus.

„Wo ist der Überfall passiert", fragte Leutnant Akiro Katsuro.

„Nahe der Flugroute nach *Atair 5*", erwiderte der Admiral.

„Aber das ist ein absolut sicheres Gebiet", intervenierte Leslie Draper, „ich habe persönlich alle Berichte der Raumpatrouille der letzten zwei Tage nachgesehen. Da gibt es nichts auszusetzen, Sir."

„Wie ich Ihnen schon sagte: das stimmt alles und ich glaube Ihnen, aber wir sind auf der Anklagebank und können das Gegenteil nicht zweifelsfrei beweisen."

„Ich stimme Sabrina zu. Das hat jemand clever eingefädelt", sagte Frank. Er schilderte die Geschehnisse auf *Merope 3* und seinen Zusammenstoß mit Rufus Ball und seine Rettung durch Ariana.

„Rufus Ball und Harry Malik gehören zum Syndikat. Also kann nur Eva Johnson hinter dem Anschlag stecken", schlussfolgerte Frank.

„Die Hinweise des Sicherheitsdienstes gehen noch einen Schritt weiter. Unsere außenpolitischen Experten vermuten eine Zusammenarbeit des Syndikats mit dem Kas´aari Clan auf *Epsilon Arcturus 3*. Möglicherweise versuchen die Kas´aari wieder an die Macht zu kommen. Sie wissen ja selbst, wie schwer es die Regentin mit den alten Strukturen hat", erklärte Jones.

„Wie geht es jetzt weiter, Sir? Was sagt unsere Regierung dazu?", fragte Sabrina Henderson. Willard Jones räusperte sich.

„Leider konnte sich unsere Regierung bisher nicht auf ein aktives Konzept einigen. Der Präsidialrat hat beschlossen mit den Entführern zu verhandeln und mit den Ministerien der Bündnispartner in Kontakt zu bleiben. Ein Sonderbotschafter mit unseren neuesten Erkenntnissen ist momentan nach *Epsilon Arcturus 3* unterwegs, aber ich gebe ihm wenig Chancen, das Ruder herumzureißen. Ich fürchte, die Rechnung der Regierung wird nicht aufgehen, denn ich glaube nicht, dass sich die Entführer auf Verhandlungen einlassen. Warum auch?" Willard Jones verschränkte seine Arme und blickte reihum in die Gesichter.

„So, nun wissen Sie in etwa Bescheid. Wollen Sie jetzt immer noch aussteigen, Commander?"
Alle Augenpaare im Raum richteten sich auf Frank. Sabrinas flehender Blick heftete sich gespannt an seine Lippen.

„Nein, Sir. Unter diesen Umständen ziehe ich meine Kündigung vorläufig zurück und bitte um Starterlaubnis. Ich werde versuchen die Geiseln zu befreien. Michael würde das gleiche für mich tun. Außerdem habe ich noch eine Rechnung mit dem Syndikat offen. Ich hätte nie gedacht, dass ich so schnell die Gelegenheit dazu bekommen würde, sie zu begleichen", entgegnete Frank.

„Ich habe gehofft, dass Sie so entscheiden, Frank", antwortete Willard Jones, zufrieden darüber, dass er seine Piloten immer noch richtig einschätzte. Er ging langsam die Reihe seiner Piloten ab und musterte nacheinander jeden der anwesenden Offiziere.

„Ladies, Gentlemen, nun sagen Sie mir mal Ihre Meinung dazu."

„Ich bin auch dieser Ansicht, Sir. Nehmen wir an, dass das Syndikat tatsächlich für den Überfall verantwortlich ist, dann werden sie die Geiseln mit Sicherheit umbringen oder den Kas'aari übergeben, sobald sie ihre Ziele erreicht haben", erklärte Sabrina zustimmend. Sie stemmte ihre Hände in die Hüften und warf Frank einen schnellen Blick zu.

„Auf uns können Sie zählen, Sir. Ich denke, wir sollten sofort fliegen", sagte sie mit ihrer hellen Stimme. Katsuro nickte zustimmend.

„Unser Team ist mit Frank jetzt wieder vollständig. Bin

dabei, Admiral", bestätigte auch Sam Wyant entschlossen. Willard Jones Gesichtszüge entspannten sich etwas.

„Einen Moment mal", warf Leslie Draper ein, „wollen Sie uns etwa gegen das Syndikat einsetzen? Wir sollen Terroristen bekämpfen? Verstehe ich das richtig?"

„Ja, Colonel. Das haben Sie richtig verstanden", erwiderte der Admiral ruhig.

„Aber das ist doch Wahnsinn und außerdem vollkommen illegal", protestierte Leslie, „wir können doch nicht die Aufgabe der Sicherheitsdienste übernehmen."

Sabrina Henderson verdrehte genervt die Augen und zog ihre schmalen Augenbrauen hoch. Willard Jones blieb gelassen, denn er kannte die Qualitäten von Leslie Draper. Schließlich hatte er sie selbst ausgesucht. Er stellte sich vor Leslie.

„Unter normalen Umständen hätten Sie Recht, Colonel, aber für diesen Verrat ist jemand verantwortlich. Ich bin davon überzeugt, dass es beim Sicherheitsdienst irgendwo eine undichte Stelle gibt. Wie sonst hätte dieses Manöver so glatt und reibungslos ablaufen können. So etwas muss sehr lange und gründlich vorbereitet worden sein. Dazu waren detaillierte und streng geheime Informationen notwendig gewesen. Der Regent hat *Orions Schwert* ins Leben gerufen. Außer ihm und mir waren nur sechs weitere Personen eingeweiht. Wir müssen diese undichte Stelle finden. Das ist entscheidend für unsere Beweisführung."

„Wie kommen Sie gerade auf den Sicherheitsdienst, Admiral?", wollte Frank wissen.

„Ich habe herausgefunden, dass der Leiter des Sicherheitsdienstes, Admiral Thomas Ashborne bei der Planung des Fluges von seinem Stab regelrecht bekniet wurde, das metanische Flaggschiff von einer *Hawk* oder *Intruder* Staffel begleiten zu lassen. Ashborne hat es abgelehnt, da es seiner Ansicht nach viel zu auffällig gewesen wäre. Schließlich stimmte er zu. Wenige Stunden vor dem

Abflug kam eine beiläufige Mitteilung aus dem Hauptquartier des Sicherheitsdienstes. Die Eskorte sei angeblich auf Wunsch der Regentin geändert worden und bestand plötzlich aus zwei metanischen *Badger*-Schiffen, die bei einem Kampf nicht die geringste Chance haben. Das sind reine Aufklärer. Für Schutzaufgaben ist dieser Typ völlig ungeeignet." Sabrina verlieh dem erstaunten Raunen ihrer Kameraden Stimme:

„Das kann doch nicht wahr sein. *Badger*? Mein Gott, das sind wirklich alte Krücken. Veraltet wie die SAC, träge und miserabel bewaffnet. Total verantwortungslos." Willard Jones nickte.

„Deshalb kann ich mir nicht vorstellen, dass diese Änderung wirklich auf Wunsch der Regentin geschah. Ich kenne Thera Ish' dvar als vorsichtige und äußerst gewissenhafte Person, die sich ihrer Verantwortung jederzeit bewusst ist. Außerdem war ihr Mann jahrelang beim terranischen Sicherheitsdienst tätig. Wir kennen Thera und Michael gut genug. Ich glaube nicht, dass die beiden einer ungeeigneten Eskorte zugestimmt hätten."

„Diese Verschwörung werden wir lückenlos beweisen müssen, sonst können wir einpacken", meinte Frank. Willard Jones nickte und wandte sich wieder an Leslie Draper, deren Antwort noch ausstand.

„Nun, Colonel, wie steht es? Sind Sie dabei oder nicht?" Leslie zögerte einen Moment und sah Willard Jones direkt in die Augen.

„Wenn es die Regierung so will", sagte Leslie schließlich, „wir sind doch von der Regierung mit der Sache beauftragt, oder?" Jones wich ihrem fragenden Blick nicht aus, sondern erwiderte ihn mit stählerner Miene.

„Bedaure, Colonel. Leider arbeiten wir ohne Sicherheitsnetz. Die Sache geht auf meine Verantwortung, aber Ihr Geschwader wäre zusammen mit der ersten metanischen *Skywatch Schwadron* sowieso für das Projekt eingesetzt worden", antwortete der Admiral.

„Was? Das kann doch wohl nicht Ihr Ernst sein. Wir haben nicht mal einen Auftrag? Man wird uns alle wegen Meuterei anklagen. Die Gerichte werden uns so auseinandernehmen, dass wir uns lebendig begraben können", sagte Leslie Draper schockiert.

„Sie brauchen nicht mitzumachen", offerierte Jones. Leslie schien einem Kollaps nahe.

„Ich glaube das einfach nicht. Ich bin jedenfalls nicht bereit bei einer illegalen Aktion mitzumachen. Das ist klar gegen die Vorschrift. Normalerweise müsste ich Sie alle jetzt sofort melden."

„Sie und Ihre verdammten Vorschriften. Zur Hölle damit!", fuhr Frank dazwischen, „das Bündnis steht am Abgrund. Ich glaube wir verschwenden mit Colonel Draper unsere Zeit, Sir. Wir versuchen das Regentenpaar auf jeden Fall zu befreien. Colonel Draper soll hier ruhig ihr Büro hüten. Wir brauchen sie nicht." Seine Kameraden stimmten ihm zu.

„Ich verbiete mir diesen Ton, Commander", erwiderte sie scharf. Willard Jones gebot ihnen gestikulierend Einhalt.

„Ich bitte Sie. So kommen wir nicht weiter." Er wandte sich an Leslie.

„Denken Sie daran, dass wir schnell handeln müssen, Colonel. Uns bleibt nicht viel Zeit. Die politische Situation wird jede Stunde schwieriger. Im schlimmsten Fall kommt es zum Krieg. Ich bin sicher, Sie wissen was das heißt. Deshalb ist es von größter Wichtigkeit, dass *wir* alle Geiseln befreien und die Terroristen des Syndikats dingfest machen. Damit wären alle politischen Probleme beseitigt und wir kommen vielleicht noch einmal mit einem blauen Auge davon. Es ist mir gelungen, Präsident Tamaskie von diesem Vorhaben zu überzeugen. Ich sprach heute Nacht während der Sitzung unter vier Augen mit ihm. Offiziell kann er sich natürlich nicht hinter uns stellen. Vielleicht ändert das Ihre Meinung."

„Mit anderen Worten: wir sind so oder so verloren", erwiderte Leslie Draper.

„Ich habe nicht vor zu verlieren", sagte Frank entschlossen, „wir werden diese Eva Johnson mitsamt ihrem Syndikat hochgehen lassen."

„Ja, wie denn?", fragte Leslie abfällig, „Sie haben doch nicht den leisesten Schimmer, wo Sie anfangen sollen. Von einer Spur ganz zu schweigen."

„Und ob, Colonel. Es wimmelt geradezu von Spuren. Eva Johnson hat eine mächtige Organisation. Sie fühlt sich dadurch sicher. Zuerst möchte ich mir Ariana noch mal vornehmen. Dann verlagern wir unsere Suche nach *Merope 3*. Man findet immer etwas", erwiderte Frank. Er rieb mit seiner Hand an seinem unrasierten Kinn und überlegte.

„Was brütest Du aus, Frank?", fragte Sabrina neugierig, „raus damit."

„Nichts, ich denke nur gerade an meine wundersame und surreale Rettung aus der Wüste. Da gibt es einige Ungereimtheiten, die mich schon seit dem Abflug von *Merope 3* beschäftigen. Ich habe Ihnen von Ariana erzählt. Diese Frau hat ein paar Geheimnisse, die ich gerne lüften würde."

„Was meinen Sie, Commander?", wollte Jones wissen.

„Als ich auf *Merope* gefesselt im Sand lag und Ariana mich fand, da sprach sie mich mit meinem Dienstgrad an."

„Was ist daran so besonders?", fragte Sabrina.

„Auf meiner Kleidung waren keine Dienstgradabzeichen und mein Implantat ging bei der Prügelei kaputt. Woher kannte sie meinen Dienstgrad? Während des Fluges zur Erde ist sie meinen Fragen ständig ausgewichen."

„Nach Ihrem Bericht zu urteilen haben Sie einige Stunden in der Sonne gelegen. Da fängt man schon mal an zu phantasieren", bemerkte Leslie Draper.

„Ich bitte Sie, Colonel. Wenn Frank sagt, dass es so war

dann können Sie das auch glauben", protestierte Sabrina energisch. Sie hielt von Leslie Draper genau so wenig, wie die anderen Piloten.

„Was Sie nicht sagen? Der Commander schien mir aber ein sehr intimes Verhältnis zu ihr aufgebaut zu haben. Das war allzu offensichtlich, als ich ihn vorher abholte", konterte Leslie. Sie setzte sich auf die Ecke ihrer Schreibtischplatte und verschränkte ihre Arme.

„Und bei den Verdachtsmomenten, die hier zirkulieren, sollten wir diese skurrile Alien Lady sofort verhaften lassen", schob sie nach, bevor Sabrina erneut aufbrausen konnte.

„Sie werden nichts dergleichen tun. Das kläre ich alleine!", warf Frank energisch ein.

„Sehen Sie, Admiral? Da haben Sie schon die erste Bestätigung des psychologischen Gutachtens von Doktor Courtland. Für mich sieht es so aus, als würde Mister Dorn mit Ariana kollaborieren. Ich denke, Mister Dorn kann nicht mehr unvoreingenommen urteilen", sagte Leslie ernst. Frank wollte explodieren, aber durch Sabrinas mahnenden Blick beherrschte er sich im letzten Moment.

„Nun halten Sie mal die Luft an, Colonel. Sie hat mir geholfen, aber ich glaube, wir sollten uns ihre *Centurion* einmal genauer ansehen. Ich konnte bisher nichts finden, aber mit den Möglichkeiten der Station kommen wir vielleicht hinter ihre Geheimnisse. Wir können die Quarantänevorschriften dafür heranziehen", schlug Frank vor.

„Ja, das ist eine gute Idee. Sie klären das. Ich vertraue Ihnen, Commander. Wir werden die Maschine als erstes überprüfen", stimmte Jones zu und warf Leslie einen unmissverständlichen Blick zu.

„Und, Colonel? Machen Sie nun mit oder nicht?", drängte der Admiral.

Leslie Draper hatte lange mit sich gerungen, gab aber schließlich nach.

„Gut, dieses eine Mal werde ich mitmachen. Welche Aufgabe soll ich übernehmen?"

„Sie begleiten Commander Dorn", befahl Jones.

„Bitte? Was soll ich?", entfuhr es Leslie. Frank trat neben Leslie Draper und hob abwehrend die Hand.

„Admiral, bitte. Das ist doch nicht Ihr Ernst? Sie wissen doch, dass ich mit Wyant fliege."

„Doch, Commander. Das ist mein voller Ernst."

„Dann befürchte ich, dass wir scheitern", erwiderte Frank entschlossen.

„Admiral, es ist mir nicht möglich mit diesem Mann zu kooperieren", sagte Leslie, die entrüstet ihre Arme vor der Brust verschränkt hatte.

„Schluss damit!", knurrte Willard Jones energisch, „Sie werden jetzt endlich zusammenarbeiten. Das ist ein Befehl. Wir sind alle aufeinander angewiesen." Er wandte sich Frank zu.

„Colonel Draper ist Stabsoffizier und hat somit Zugang zu allen Datenspeichern der Regierung und der Ministerien. Überall dort, wo Ihnen der Zugang verwehrt ist. Da unsere ganze Operation mehr oder weniger illegal ist, ist es nur eine Frage der Zeit bis wir auffliegen. Dann sind Sie auf sich alleine gestellt."

„Das sehe ich ein, Sir. Es ist nur so, dass Colonel Draper mir gegenüber ziemlich viele Vorurteile pflegt. Offensichtlich hat sie auch keine Raumerfahrung. Es wird Tage dauern, ihr die Bordsysteme zu erklären. Alleine wäre ich viel beweglicher", übertrieb Frank. Jones winkte ab.

„Es wird Ihnen beiden gar nichts anderes übrigbleiben. Und Ihnen, Colonel, wird die Raumerfahrung gut bekommen. Raufen Sie sich endlich zusammen. Das ist ein Befehl. Ihr Auftrag lautet: Befreiung der Geiseln und Zerschlagung dieser Syndikatsgruppe."

Der Admiral drehte sich Sabrina Henderson zu.

„Captain Henderson und Leutnant Katsuro werden

Ihnen in sicherer Entfernung folgen um Sie im Notfall zu decken. Leutnant Wyant wird mich begleiten. Wir versuchen hier die undichte Stelle zu finden, werden mit Ihnen Kontakt halten und Verstärkung mobilisieren. Sollte eine Einheit von uns ausfallen ist jeder auf sich gestellt."

„Aye, Sir", erwiderte Sabrina drehte sich Frank zu und schenkte ihm ein Lächeln, „wir werden Euch den Rücken freihalten. Wie in alten Zeiten."

„Danke Sabrina. Da wäre noch eine Sache zu klären, Sir", meinte Frank, „wer hat das Kommando?"

„Das Kommando hat Colonel Draper", erwiderte Jones knapp.

„Na wundervoll", murmelte Frank leise, aber jeder hörte es.

„Wir sind geliefert", pflichtete Sabrina mit einer hilflosen Geste bei. Katsuro wandte sich kopfschüttelnd ab, während sich Sam Wyant demonstrativ die Hand vor seine Augen hielt. Leslie Draper warf Frank und Sabrina einen vernichtenden Blick zu.

„Commander Dorn ist jedoch aufgrund seiner Erfahrung weisungsberechtigt. Also hören Sie auf seinen Rat, Colonel. Das ist ein Befehl."
Willard Jones händigte jedem einen zweiten Datenchip aus.

„Hier sind Frequenzen und Kennwörter für unsere Aktion gespeichert. Bedenken Sie, dass das Leben der Geiseln absoluten Vorrang hat. Wann immer möglich, greifen Sie das Syndikat an, aber keine Kreuzzüge, Commander. Wir sind ein Team und ich erwarte, dass persönliche Differenzen ausgeschaltet oder positiv geklärt werden. Verschlechtern wir nicht auch noch selbst unsere ohnehin geringen Chancen." Der Admiral pausierte einen Moment, holte tief Atem und baute sich vor seinem Team auf.

„Ladies, Gentlemen: unser ursprünglicher Plan gegen das Syndikat ist gescheitert. *Sie* allein sind jetzt *Orions*

Schwert. Krieg oder Frieden? Das hängt nun einzig von Ihnen ab. Gibt es noch irgendwelche Fragen?"

Keiner meldete sich.

„Also dann: Hals- und Beinbruch. Ihre Maschinen werden bereits startklar gemacht. Und vergessen Sie nicht: Sie sind unsere letzte Hoffnung", sagte Willard Jones

„Verstanden, Admiral. Ich kümmere mich jetzt um Ariana", sagte Frank entschlossen und wandte sich dann Leslie zu.

„Madam, wir treffen uns in einer Stunde auf dem Wartungsdeck", schob er nach und verließ mit seinen Kameraden das Büro.

„Sir, haben Sie eine Minute für mich unter vier Augen?", drängte Leslie. Willard Jones nickte müde.

„Was gibt es, Colonel? Ist noch irgendetwas unklar?" Leslie Draper machte einen Schritt auf Jones zu und blickte ihm in die Augen.

„Sir, ich bitte um Einsicht in die Akten des *Future Sky* Programms." Willard Jones sah sie nicht an, sondern packte seine restlichen Utensilien wieder in seinen Aktenkoffer.

„Tut mir leid, Colonel. Ich weiß nicht, wovon Sie sprechen", erwiderte er schroff.

„Mir würde es helfen, die Charaktere unserer Piloten besser einzuschätzen", setzte sie nach.

„Ein solches Programm existiert nicht. Wir verlieren Zeit. Haben Sie nicht eine Mission vorzubereiten? Wegtreten", entgegnete Willard Jones kalt. Leslie senkte ihren Kopf und gab auf.

Frank und Sam suchten gemeinsam Arianas Appartement auf, während Sabrina und Akiro ihren Flug vorbereiteten. Frank betätigte den Summer mit gemischten Gefühlen. Die Tür blieb verschlossen. Sam ging zur nächsten Infostation, die drei Meter entfernt war und fragte nach Arianas Aufenthaltsort.

„Die von Ihnen angefragte Person befindet sich nicht auf *Dädalus 2*", meldete der Stationscomputer lapidar. Frank hatte es mitbekommen.

„Was jetzt?", fragte Sam.

„Wir fragen Max. Ich hoffe er ist im Dienst", schlug Frank vor. Wenige Augenblicke später meldete sich Max Henreid von der Flugkontrolle. Frank bat Sam mit einer Geste Max zu antworten.

„Hallo Max, hier ist Sam Wyant. Kannst Du mir sagen, ob vor kurzem eine *Centurion* die Station verlassen hat. Admiral Jones braucht diese Information?"

„Aha, also für den Admiral. Einen Moment, ich checke das", erwiderte Max Henreid knapp. Sam warf Frank einen skeptischen Blick zu. Normalerweise waren solche Daten nicht für Dritte freigegeben. Allerdings war Max Henreid einmal pro Woche mit ihnen zum Essen aus, da er ein Auge auf Sabrina hatte.

„Eine *Centurion* ist vor einer halben Stunde abgeflogen. Kennung: AKA 999, Ziel unbekannt", berichtete Max. Frank schluckte trocken.

„Danke Max, Wyant Ende" sagte Sam knapp.

„So ein Mist. Was jetzt, Frank?"

Frank zuckte mit den Schultern.

„Nichts zu machen. Die ist über alle Berge." Er hoffte inständig, sich nicht in Ariana getäuscht zu haben, auch wenn alle Indizien in eine völlig andere Richtung wiesen.

„Tut mir leid. Das scheint Dich doch irgendwie mitzunehmen", bemerkte Sam.

„Ach, ein bisschen, Sam. Ist schon eine beeindruckende

Frau. Ich habe gedacht, da gäbe es eine Art Verbindung zwischen uns. Sie ist ganz anders als Jessica. Aber das ist vielleicht nur mein Wunschdenken. Ich weiß es nicht. Als hätte sie es kommen sehen. Sie hat offenbar noch mehr Geheimnisse, als ich vermutet habe. Wir müssen besonders vorsichtig sein. Das sagt mir jedenfalls mein Bauch.", erwiderte Frank nachdenklich.

„Gut, ich gehe jetzt zum Chef zurück und informiere ihn. Ich wünschte nur, ich könnte mitkommen und Du müsstest nicht mit dieser arroganten Nervensäge fliegen. Bitte setz Dich nicht selbst unter Druck mit dieser Ariana und lass Dir von unserer neuen Chefin bloß nichts gefallen. Colonel Draper hat absolut keinen Plan." Er wandte sich von seinem grübelnden Kameraden ab und entfernte sich ein paar Schritte. Dann drehte er sich nochmal um, lächelte und hob seinen rechten Daumen.

„Willkommen zurück, Kumpel *Feuerauge*. Gut, dass Du wieder bei uns bist."

„Danke, Sam. Hals und Beinbruch. Haltet uns auf dem Laufenden", antwortete Frank lächelnd, denn Sam hatte sein Rufzeichen verwendet, welches er fast schon vergessen hatte. Sam verschwand im Aufzug und Frank überlegte einen Moment, sich Zugang zu Arianas Suite zu verschaffen. Er verwarf den Gedanken, da sie sicher alle Spuren beseitigt hatte. So suchte er schließlich sein Quartier auf und bereitete sich auf seine Mission vor. In seinen Sachen fand er ein zerknittertes Bild von Jessica, dessen Rahmen kaputt in der Box lag. Er nahm es heraus, strich es glatt, sah es wehmütig an und steckte es in die Innentasche seiner Fliegerkombi.

Fast gleichzeitig erreichten Frank und Leslie das Wartungsdeck. Die *Hawk 6*, das modernste Schiff der European Space Industries, hing verankert am Startterminal des Decks. McGinney legte gerade seinen leichten Druckanzug ab. Er hatte den letzten Außencheck persönlich durchgeführt.

„Ich dachte, Sie brauchen noch zwei Tage mehr Zeit für die Maschine, McGinney. Warum ist sie jetzt plötzlich fertig?", fragte Leslie erstaunt.

„Das Weltall ist voller Wunder. Hin und wieder geschehen sie auch hier, Madam. Und gute Leute können Wunder vollbringen. Ich habe sehr gute Leute, die auch ohne Vorschriften und ständige Kontrolle arbeiten können", erwiderte McGinney mit großväterlicher Überlegenheit. Er freute sich abgöttisch, ihr endlich eins auswischen zu können.

„Sie haben also die ganze Zeit gebremst. Das ist Sabotage, Sergeant Major."

„Sabotage wäre es gewesen, wenn wir alles nach Vorschrift gemacht hätten. Dann könnten Sie leider erst übermorgen abfliegen", versicherte der Chefingenieur.

„Darüber reden wir noch", knurrte Leslie Draper verärgert. McGinney grinste breit, während sie ihn zurechtwies.

„Hallo, Mac, wie geht's?", fragte Dorn.

„Hallo, Commander. Gut geht's wieder seit zwei Stunden. Ihre Maschine ist fertig", erwiderte McGinney und zeigte aus dem Fenster. Frank drehte sich und sah zum ersten Mal die neue *Hawk*.

„Das ist sie also? Mann, was für eine heiße Kiste", staunte er nachdem er sie zweimal über ihre ganze Länge von über sechzig Metern betrachtet hatte.

„Ach, immer noch ein ziemlicher Schrotthaufen, wenn Sie mich fragen, aber Sie werden trotzdem keine Probleme haben, Commander. Sie fliegt so gut, wie die *Hawk 5*. Allerdings wurden wesentliche Verbesserungen vorgenommen. Es gibt nur drei Stück von diesem Typ. Sie sollen als Technologieträger dienen. Ich bin ziemlich hin und her gerissen, denn ich finde diesen Interimstyp furchtbar hässlich. Möchte bloß wissen, wer sich da vergriffen hat. Hoffentlich ist die nachfolgende Generation besser durchdacht."

Frank lachte leise über die Bemerkungen des kauzigen Chefingenieurs.

„Okay, Mac. Lassen wir es darauf ankommen. Weisen Sie uns ein."

Leslie Draper sah auf ihre Uhr und drängelte, aber zu ihrem Entsetzen steckte sich McGinney erst eine Zigarre an und paffte in aller Ruhe ein paar Züge.

„Der Wirkungsgrad der Überlichttriebwerke konnte gegenüber der alten *Hawk* um fünf Prozent gesteigert werden", begann McGinney schließlich.

„Die Stromversorgung wurde endlich verbessert. Der Computer ist ein echter Hammer. Die neueste Generation. Sie haben jetzt die Simulationsmöglichkeiten von denen Sie bisher nur träumen konnten."

Mac deutete auf die extrem breiten und langen, gondelförmigen Flanken der Maschine, die aussahen, als hätte man sie nachträglich an den üblichen Kastenrumpf angesetzt.

„Kommen wir zu der Bewaffnung. Statt der drei 254'er Kaliber Torpedorohre im Bug haben Sie dort jetzt zwei 995'er Rohre. Es sind Rotationsstarter mit je sechs Kammern. Wenn die Dinger losgehen, gute Nacht. Die Kadenz beträgt eine Sekunde. Das Magazin ist mit dreißig Torpedos bestückt. Das sind acht mehr als bei der Hawk-5er Serie. Sie können innerhalb von knapp zwanzig Sekunden ihre gesamten Torpedos verfeuern, wenn es notwendig sein sollte oder Sie einfach mal das Universum in die Luft jagen wollen."

Der Chefingenieur nahm seinen Glimmstengel aus dem Mund.

„Die gesamte Impulsbewaffnung wurde ersetzt. Ein

Hellfireturm befindet sich bekanntermaßen vorne auf dem Haupttriebwerk. Der hintere Massebeschleuniger wurde gegen einen zweiten Hellfireturm ausgetauscht. Zusammen mit dem unteren Hochenergieblaster haben Sie also die Feuerkraft von beinahe drei Hellfiretürmen. Sonst ist alles, wie beim alten Typ. Auf Befehl des Admirals haben wir die Langstrecken- und ECM-Module installiert. Sie haben also bessere taktische Möglichkeiten. Auch die Sonderausrüstung inklusive der *Botanik* aus der alten Serie ist voll eingebaut."

„Botanik?", fragte Leslie amüsiert, „sagen Sie nicht Sie haben ein altes hydroponisches Gewächshaus an Bord? Müssen wir dort unser Gemüse selber ziehen? In die Kiste sollen wir einsteigen?"

McGinney grinste breit und zwinkerte Frank zu.

„Ja, ja, genau sowas in der Art. Insiderwissen, Colonel. Reines Insiderwissen", wiegelte der Ingenieur ab.

„Ich danke Ihnen, Jim. Ein Supervogel", sagte Frank beeindruckt und ging nicht auf Leslies Bemerkung ein.

„Alle technischen Informationen sind im Hauptcomputer gespeichert, falls Probleme auftauchen. Ich habe das Hauptsystem schon hochgefahren und die Navigationseinheit initialisiert. ID-Code und Waffenkontrolle sind verschlüsselt; das Schwerkraftsystem ist aktiv und alle Sicherheitssysteme sind auf Sie beide personalisiert. Geben Sie den Autorisierungscode ein und es kann losgehen."

„Klasse, Mac. Auf Sie ist einfach immer Verlass", erwiderte Frank zufrieden.

„Was mir noch Sorgen macht, sind die Schutzschirme. Wir hatten für ausreichende Tests einfach keine Zeit mehr. Ich habe Ihnen deshalb ein paar Ersatzteile eingepackt, da die Reproeinheit ebenfalls noch ein Prototyp ist. Ich hoffe, Sie werden beides nicht brauchen."

„Wird schon schiefgehen, Jim", gab Frank zurück.

„Dann können Sie jetzt an Bord gehen. Geben Sie bitte

etwas acht auf den Vogel. Viel Glück."

„Danke, das werden wir brauchen. Die Mühle bringen wir schon heil zurück", sagte Frank und stieg ein. Leslie Draper folgte ihm. Er ließ sich auf dem Pilotensitz nieder und wies Leslie den Platz des Navigators zu. Jeder hatte vier Monitore vor sich, sowie ein großes Head-up-Display auf der Frontverglasung. Zwischen beiden Sitzen befand sich die Mittelkonsole mit dem Hauptcomputer und seinem Holoprojektor, sowie einige Anzeigen- und Bedienungsfelder. Etwas weiter hinten und leicht erhöht schloss sich die zweite Reihe mit zwei regulären Sitzen und einem Behelfssitz für die Systemspezialisten an, die je nach Mission mit von der Partie sein konnten. Die *Hawk* 6 verfügte natürlich über Doppelsteuer. Oberhalb der Computerverkleidung und links vom Pilotensitz waren die Schub- und Antriebskontrollen redundant angebracht. Die Besatzung einer *Hawk* war perfekt in die Technik integriert. Alles war optimal angelegt und die *Martin-Baker* Kapselschleudersitze bildeten autonome Rettungseinheiten, die den Insassen nach dem Notausstieg bis zu einer Woche Überleben im freien Raum ermöglichten. Die Sitze erfassten alle biometrischen Daten, überwachten die Körperfunktionen und stimulierten Muskulatur, Gewebe und Kreislauf, was besonders bei langen Einsätzen notwendig war. Sie erwiesen sich derart bequem, dass man eigentlich gar nicht mehr aufstehen mochte, wenn man erst einmal saß. Frank schloss einen Moment lang seine Augen und holte tief Luft. Er genoss das leise, beruhigende Brummen der Bordsysteme und fühlte sich nach langer Zeit wieder zuhause. Dann sendete er per Tastendruck das Bereitschaftssignal zur Flugkontrolle.

„Hier ist *Dädalus* Control an VA P01. Sie haben Startfreigabe auf Korridor eins. Fliegen Sie ab, wenn sie so weit sind, Commander."

„VA P01 hat verstanden. Danke *Dädalus* Control.

Ende", bestätigte Frank.

„Okay Madam, Sie haben den Mann gehört. Ich habe die Startsequenz aktiviert. Beginnen wir gleich mit Ihrer ersten Lektion. Lichten Sie die Verankerung. Plasmatriebwerke achtern auf halbe Schubkraft voraus", wies er sie mit ruhiger Stimme an.

Langsam drehte Leslie ihren Kopf zu Dorn.

„Darf ich Sie darauf aufmerksam machen, dass *ich* hier das Kommando habe?", fragte sie.

„Hören Sie zu, Colonel: ich werde Michael und Thera um jeden Preis befreien. Solange Sie mir dabei nicht in die Quere kommen, dürfen Sie von mir aus kommandieren, wo und wann Sie wollen. Das ist mein Schiff. Ich bin der Pilot und Sie werden mir hier an Bord nicht vorschreiben wie ich meine Arbeit zu tun habe. Ich will, dass Sie ein Gefühl für die Maschine bekommen und das so schnell wie möglich. Also fliegen Sie den Kahn jetzt endlich raus oder gehen Sie von Bord", antwortete Frank unbeeindruckt.

Leslie nahm sich vor diese Insubordination später zu ahnden, sagte nichts darauf und löste mit einem Knopfdruck die Verankerung am Terminal. Dann glitten ihre Finger über das Tastenfeld des Computers.

„Was machen Sie?", fragte Dorn.

„Ich aktiviere das automatische System."

„Nein, vergessen Sie das. Sie fliegen selbst raus", erwiderte er und schaltete auf Handsteuerung zurück. Leslie Draper rang einen Moment mit sich, verzog die Mundwinkel und umfasste den Steuerknüppel. Sie schob den Regler der Manövertriebwerke auf Halb. Ein leichtes Schütteln breitete sich in der Maschine aus. Die Plasmastrahltriebwerke liefen an und ihr abgedämpftes, niederfrequentes Geräusch erschien für Leslie Draper ebenso unangenehm und fremd, wie das der Überlichttriebwerke. Behäbig setzte sich die *Hawk* in Bewegung und glitt langsam aus der gigantischen Station hinaus in den freien Raum.

„Gut so, Madam. Halten Sie den Kurs und gehen Sie bei fünfzehntausend Metern Distanz auf volle Schubkraft", sagte Frank. Leslie Draper kam seiner Anweisung nach. Es gelang ihr nach einiger Mühe, die *Hawk* auf der vorgegebenen Flugbahn zu halten. Die Raumstation *Dädalus 2* wurde auf ihren Schirmen zunehmend kleiner. Frank kam mit den Bordsystemen ohne Schwierigkeiten klar und war froh, endlich wieder eine richtige Maschine zu fliegen. Die meisten seiner Flugstunden hatte er auf einer *Hawk* absolviert. Leslie Draper erhöhte die Schubkraft auf hundert Prozent. Kurz darauf passierte die *Hawk 6* die Mondbahn.

„Geben Sie den Kurs von *Merope 3* ein und machen Sie das Schiff gefechtsbereit. Ich mache einen Rundgang und überprüfe das Rettungsmodul. Mal sehen, ob alles klar ist", sagte Frank, erhob sich aus einem Sitz und verschwand im Rumpf. Im Hauptgang überprüfte er einige bekannte neuralgische Stellen und Leitungen auf Dichtigkeit und ging dann ins Heck der Maschine, wo das Rettungsmodul verankert war. Auch dort fiel die Kontrolle zufriedenstellend aus. Frank überlegte ob er Leslie bei jedem Fehler, den sie ohne Zweifel noch machen würde, zurechtweisen sollte, verwarf diesen Gedanken aber sofort wieder. Er konnte sie zwar nicht leiden, aber er beschloss korrekt zu bleiben, um ihr zu zeigen, dass es auch anders ging als nur streng nach Vorschrift. Seine Wut würde er sich für Eva Johnson aufsparen. Dann ging er ins Cockpit zurück.

„Kommen Sie zurecht, Colonel?"

„Ja, natürlich", blaffte Leslie zurück.
Frank setzte sich wieder und begann die Statusanzeigen abzurufen.

„Okay. Ich sehe, Sie haben den Kurs richtig eingegeben. Sie sollten aber auch Gefechtsbereitschaft herstellen. Der Ventilationsanschluss zum Terminal ist noch offen. Die Schutzschirme sollten mindestens zehn Prozent mehr Kapazität haben, als die Standardprozedur empfiehlt. Das verhindert, dass wir beim ersten Treffer gegrillt werden. Außerdem würde es unsere Verteidigungsbereitschaft enorm steigern, wenn die Torpedorohre geladen und verriegelt wären", erklärte Frank, ohne ihr jedoch einen Vorwurf zu machen.

„Ich halte es nicht für erforderlich, jetzt die Torpedos zu laden. Das Risiko einer Fehlfunktion ist hoch.", gab Leslie zurück, während sie nebenbei die anderen Fehler korrigierte.

„Normalerweise vollkommen richtig, Madam, aber wir sollten besser auf alles vorbereitet sein. Das Syndikat schlägt ohne Vorwarnung zu."

„Es bleibt dabei", erklärte Leslie Draper.

„Sie haben zwar das Kommando, aber ich werde nicht zulassen, dass Sie mein Schiff gefährden", betonte Frank schroff und lud die Torpedos mit einem Tastendruck. Sie passierten die Marsbahn. Frank entschied sich spontan, den Roten Planeten anzufliegen.

„VA P01 an *Dädalus 2* Flugkontrolle: wir drehen eine Platzrunde über Valles Marineris. Ende." Leslie blickte ihn entgeistert an.

„Hier *Dädalus 2* Flugkontrolle an VA P01: verstanden, zurzeit sind über Mars keine anderen Flugaktivitäten. Ende", meldete Max Henreid.

„Was soll das? Wir haben keine Zeit für Spielereien", fauchte Leslie. Wortlos riss Frank den Steuerknüppel herum und zwang die *Hawk* in eine harte Rolle. Er beschleunigte und holte alles aus dem Plasmastrahltriebwerken heraus. Der Mars füllte bald ihr gesamtes Sichtfeld aus. Frank lud ein Simulationsprogramm und drückte die Maschine in die dünne Atmosphäre des Roten Planeten.

„Gut, Lektion Nummer zwei, Colonel: wir drehen eine kleine Platzrunde. Jetzt sind Sie dran. Schütteln Sie unsere virtuellen Verfolger ab. Wir haben keine Schilde in dieser Situation, also vermeiden Sie, dass wir getroffen werden."

Frank nahm seine Hände demonstrativ vom Steuer. Leslie kochte innerlich. Sie steuerte die *Hawk* tiefer und tauchte die Maschine kurz darauf von Osten kommend in das riesige Grabensystem von Valles Marineris ein. Die virtuellen Verfolger kamen immer näher und trafen mit leichten Waffen pausenlos.

„Die haben uns gleich. Erhöhen Sie die Geschwindigkeit oder gehen Sie noch tiefer", sagte Frank. Leslie drückte die Nase erneut und versuchte die Hellfiretürme auf dem Triebwerk zu aktivieren. Plötzlich erschien ein weiterer Angreifer vor ihnen, der wild feuernd auf sie zuflog. Der Kollisionsalarm blökte los. Leslie zog die Maschine aus dem Graben und eröffnete das Feuer. Die Simulation endete schlagartig, als die *Hawk* von allen drei Gegnern gleichzeitig getroffen wurde. Leslie atmete hörbar genervt aus und ließ den Steuerknüppel frustriert los.

„Ich verstehe. Das ist offensichtlich die Retourkutsche für Ihren Eingangstest", sagte sie spitz.

„Keineswegs. Das sind reale Bedingungen. Sie müssen die Maschine beherrschen, denn ich muss mich jederzeit auf Sie verlassen können. Ich zeige Ihnen das jetzt und dann machen Sie das nochmal. Also alles zurück auf Anfang", erwiderte Frank. Leslie flog eine Schleife und brachte die Maschine zurück an den Punkt, an dem sie in das riesige Grabensystem eingetaucht waren.

„Okay, machen wir es noch etwas schwieriger. Nehmen wir an, dass Zielsystem und Waffentürme ausgefallen sind. Nur die beiden Hellfirekanonen längsseits funktionieren noch", schlug Frank vor und modifizierte zügig die Simulation. Er übernahm das Steuer und drückte die *Hawk* mit einem harten Turn wieder in den Graben. Die virtuellen Verfolger hingen bereits an ihnen. Frank nutzte die ganze Breite aus, um den Salven zu entgehen und flog so tief, dass sie trotz der dünnen Atmosphäre einen riesigen Staubkegel hinter sich erzeugten.

„Nutzen Sie alles, was die Natur bietet. Das kann entscheidend sein", sagte er. Dann zog er mit einem halben Looping hoch und drehte die Maschine um die Längsachse bis der rote Marshimmel wieder über ihren Köpfen war. Noch bevor Leslie die beiden Angreifer sah, feuerte Frank eine Salve mit den Revolverkanonen in den Flanken der *Hawk*. Ein Angreifer zerplatzte, der andere stürzte mit einer schwarzen Rauchfahne in den Graben und zerschellte. Im selben Augenblick rollte Frank seine Maschine über die Backbordseite ab und kehrte mit einer Schleife in den Graben zurück. Der dritte Angreifer war nicht auszumachen. Plötzlich flog Frank eine weitere halbe Rolle, die sie oberhalb des Grabenrandes brachte.

„Ich habe eine Reflektion gesehen", sagte er. Der dritte Angreifer tauchte aus dem Graben auf. Im gleichen Moment schoss Frank. Die *Hawk* flog durch die virtuelle Explosion hindurch. Der Computer meldete die Simulation als erfolgreich beendet. Leslie wurde blass, als sie das Ergebnis auf ihrem Monitor sah. Frank flog auf die Ausgangsposition zurück und startete das Programm erneut. Leslie holte tief Atem und versuchte, die Manöver zu fliegen, wie Frank es vorgemacht hatte. Sie bekam es trotz der wackeligen Manöver besser hin als er dachte. Allerdings konnte sie nur einen Angreifer abschießen und erhielt zwei direkte Treffer.

„Gar nicht mal so schlecht", lobte Frank. Er zog die *Hawk* steil nach oben und verließ den Mars mit voller Unterlichtgeschwindigkeit. Als sie die Umlaufbahn um den Roten Planeten verlassen hatten schaltete er die Plasmastrahltriebwerke aus und vergewisserte sich noch einmal, ob der Kurs stimmte.

„Sie können jetzt die Automatik einschalten", sagte er. Dann schob er die Regler der Überlichttriebwerke ganz nach vorne. Augenblicklich erschien das Spektrum des Hyperraumes, das die Schwärze und Weite des Normalkontinuums durch die farbige Dynamik vorbeifliegender Sterne in einem unendlichen langen röhrenförmigen Halo ablöste. Die *Hawk 6* sprang mit maximaler Geschwindigkeit auf ihr Ziel zu.

„Wenn Sie Schwierigkeiten haben, werfen Sie ruhig einen Blick in die Hilfedateien. Dafür sind sie da, oder Sie fragen einfach mich. Je früher wir als Team arbeiten, desto besser", versuchte Frank zu überzeugen.

„Sie meinen, Sie befehlen und ich gehorche", antwortete Leslie schroff.

„Ich spreche von Zusammenarbeit, Colonel. Wieviel Stunden waren Sie im Raum? Zwanzig, dreißig? Ich kenne doch diese Luftkutschen der Akademie. Das, was Sie dort beigebracht bekommen, können Sie getrost vergessen. Das hier ist die Realität. Ich will Ihnen nur helfen. Wenn es hart auf hart kommt, muss ich mich blind auf Sie verlassen können. Sagte ich vorhin schon. Wir sind von jetzt ab aufeinander angewiesen, ganz gleich, ob Ihnen das gefällt oder nicht", erklärte Frank.

Das metanische Regentenpaar wurde vom capellanischen Botschafter getrennt und, eskortiert von vier Wachen, in einen großen, gut erleuchteten Raum geführt. Der untersetzte Capellaner hatte sich verzweifelt gewehrt, aber er kam gegen die muskelbepackten Wachen nicht an und fügte sich schließlich. Michael sah sich im Raum um. Die Einrichtung war luxuriös. An den Wänden hingen Gemälde aller Stilrichtungen. Er konnte nicht feststellen ob es Originale waren, aber er nahm es an. Teppichboden löste den tristen und kalten Stein der Gänge ab. Nirgendwo gab es Fenster. Zwei der Wachen blieben bei ihnen. Vor Michael Gene Tambler und der Regentin Thera Ish'dvar teilte sich eine Schiebetür aus gegossenem Panzerstahl und gab die

Sicht in einen Gang frei. Eine ganz in Schwarz gekleidete Frau kam auf sie zu. Thera schätzte sie auf etwa fünfzig Standardjahre. Sie war für ihre Alter äußerst attraktiv. Michael Gene Tambler kannte das überlegen anmutende Lächeln auf ihren Lippen aus seiner früheren Dienstzeit beim terranischen Sicherheitsdienst. Zwar hatte er ihr nur ein einziges Mal für wenige Augenblicke direkt gegenüber gestanden, aber der entschlossene Blick in ihren braunen Augen war unvergesslich geblieben. Sie stützte ihre Rechte demonstrativ auf dem Pistolenhalfter ab und trat vor das Regentenpaar.

„Mister Tambler, Regentin Thera. Ich freue mich, Sie zu sehen. Wie schön, dass Sie unverletzt sind. Das wird meine Auftraggeber sehr zufriedenstellen."

„Eva Johnson. Nur Sie konnten so etwas wagen. Es ist Ihnen doch klar, dass unsere Regierung diese Entführung nicht tatenlos hinnehmen wird", sagte Michael eisig.

„Ganz im Gegenteil, mein Lieber. Aber dazu kommen wir später noch", erwiderte Eva Johnson, „ich habe übrigens mit Befriedigung festgestellt, dass Sie nicht mehr beim Sicherheitsdienst sind. Sie waren ein sehr gefährlicher Gegner. Ihre Karriere ist wirklich beeindruckend glanzvoll verlaufen: vom Leutnant zum Herrscher über ein wildes Volk."

„Lassen wir doch diese Höflichkeiten. Was wollen Sie von uns?", fragte Michael unbeeindruckt.

„Sagen wir, ich brauche Sie und solange Sie sich kooperativ verhalten, wird Ihnen und Ihrer bezaubernden Frau nichts passieren", antwortete sie. Ihr Lächeln wurde breiter und sie drehte sich der Regentin zu.

„Ich habe gehört, dass Sie eine meisterhafte Kämpferin sind. Ich würde gerne einmal gegen Sie antreten. Vielleicht finden wir in den kommenden Tagen etwas Zeit für eine gemeinsame Trainingsstunde. Und jetzt entschuldigen Sie mich bitte. Ich habe noch viel zu tun und möchte Ihnen noch etwas Ruhe gönnen. Wir setzen unsere Unterhaltung aber sehr bald fort." Eva Johnson wandte sich mit einer eleganten Bewegung wieder der Schiebetür zu.

„Einen Moment", sagte Thera mit kräftiger, schneidender Stimme, „was ist mit meiner Besatzung?"
Eva Johnson blieb kurz stehen, machte sich aber nicht mehr die Mühe sich umzudrehen und beantwortete die Frage beim Hinausgehen.

„Die Besatzung ist ehrenvoll für ihre Regentin gefallen!"
Michael ballte die Faust und rief ihr einen Fluch nach. Dann schloss sich die Tür und die beiden Wachen führten Michael und Thera in eine enge Zelle. Michael ließ sich niedergeschlagen auf eine der harten Liegen nieder, die in der Wand verankert und mit Stahlketten abgespannt waren. Der kleine Raum war nur unzureichend beleuchtet und schlecht klimatisiert. Die Wände und der Boden waren aus Stein, der gleichen Ursprungs war, wie der Belag der Gänge, die Michael und Thera bisher gesehen hatten. Die Luft war feucht und von den Wänden perlte Kondenswasser, das sich unter Tamblers Liege in einer kleinen Pfütze sammelte. Der schmale Lüftungsschlitz in der Decke reichte nicht aus, um das Klima erträglich zu halten, sondern schien eher noch Feuchtigkeit einzubringen. Michael rieb sich seinen Nacken. Er verspürte immer noch ein unangenehmes Ziehen als Nachwirkung des Betäubungsgases.

„Das war sie? Die berüchtigte Eva Johnson?", fragte Thera und setzte sich neben ihren Mann.
Michael nickte.

„Ja und wir sitzen in der Falle. So ein Mist!"
Thera versuchte ihre Gedanken zu sortieren.

„Wie konnte es soweit kommen?", fragte Thera resigniert, „um uns zu entführen muss man schon sehr gut über unseren Sicherheitsapparat informiert sein. Sind wir so stark vom Syndikat infiltriert? Ist es so einfach gewesen?"

„Ich weiß es nicht, aber ich kann mir das vorstellen. Das Syndikat mischt in allen Bereichen mit. Wir sind in eine perfekt gestellte Falle getappt. *Orions Schwert* muss verraten worden sein. Anders kann ich mir den ganzen Schlamassel nicht erklären", sagte Michael aufgewühlt, „vielleicht hätten wir bei unserem letzten Versuch, die Organisation zu zerschlagen, nicht so schnell aufgeben dürfen."

„Aber das Gesetz ließ euch damals keine Wahl", widersprach Thera, „es liegt nicht an Dir. Du bist der Initiator von *Orions Schwert*. Sie sind uns einfach nur zuvorgekommen."

„Ja, genau wie beim letzten Mal. Wir waren so dicht an ihnen dran und es endete in einer Katastrophe. Dieses Mal war das Syndikat besser vorbereitet und wir haben uns naiv in Sicherheit geglaubt". Michael ließ sich auf die harte Pritsche nieder.

„Die Medien haben gegen euch Stimmung gemacht und die terranische Politik ließ Dir für einen weiteren Schlag gegen das Syndikat keine Chance. Jeder neue Versuch hätte eure Karrieren sofort zerstört", schlussfolgerte Thera. Michael nickte.

„Der Verräter muss ganz oben sitzen. Ich bin sicher, dass es einer der Initiatoren von *Orions Schwert* ist. Einer von uns, der mit dem Syndikat paktiert! Wir konnten es nie beweisen. Verdammt noch mal! Und jetzt sitzen wir hier in der Klemme und können nicht das Geringste ausrichten." Michael erhob sich und schloss sie in seine Arme.

„Ich wünschte, ich könnte Dir ein wenig Hoffnung machen, aber im Augenblick können wir nur abwarten und hoffen, dass Hilfe kommt", sagte er.

„Vielleicht steckt auch Mahan Kas'aari dahinter. Meine Mutter hat schon gegen ihren Clan gekämpft. Die Kas'aari zwangen mich die alte Fehde fortzuführen, obwohl ich ihnen mehrere Friedensangebote unterbreitet hatte. Mahan will mich schon lange aus dem Weg haben. Sie hasst die Terraner. Möglicherweise hat sie sich mit dem Syndikat verbündet."

„Kann durchaus sein. Auch ich mache mir große Sorgen. Aber jetzt hat das Bündnis eine wirkliche Gelegenheit sich zu bewähren. Jetzt müssen alle Parteien beweisen, ob die Verträge und Versprechungen etwas wert sind", sagte Michael. Thera löste sich aus seinen Armen.

„Ich wage gar nicht daran zu denken, was zuhause inzwischen alles passiert. Vielleicht ist schon Krieg."

„Nun mal den Teufel nicht an die Wand. Wir dürfen die Hoffnung nicht aufgeben", versuchte Michael seine Frau aufzumuntern.

„Ihr Terraner seid immer so zuversichtlich. Ich hätte der Eskorte niemals zustimmen dürfen. Wir haben es ihnen so leicht gemacht", sagte Thera frustriert und setzte sich.

„Siehst Du eine Möglichkeit hier heraus zu kommen, Michael?" Der Regent blickte vor ihr auf den Boden.

„Nein. An eine Flucht ist nicht zu denken. Wir wissen ja nicht einmal, in welcher Ecke der Galaxis wir sind."

„Das stimmt und wenn unsere Entführer ihr Ziel erreicht haben, sind wir für sie wertlos. Die Erdregierung wird es sich nicht leisten können, den Konflikt durch eine Befreiungsaktion auch noch anzuheizen. Die Bündnispartner werden das so weit wie möglich herunterkochen." Thera lief dabei ein kalter Schauer über den Rücken.

„Wir sind allein. Nur ein Wunder kann uns noch retten und daran glaube ich nicht", seufzte sie.

Die *Hawk* fiel in den Normalraum zurück. *Merope 3* füllte bereits den ganzen Sichtbereich des Cockpitfensters aus. Leslie Draper schloss die Dateien mit den technischen Beschreibungen, die sie die vergangenen Stunden auf der Holoprojektion und auf ihren Monitoren studiert hatte. Sie versuchte, den Eintrittskorridor durch die Atmosphäre des Wüstenplaneten nachzufliegen, welcher auf dem Simulatorschirm zu sehen war. Frank hatte zuvor die genauen Landekoordinaten berechnet. Sie setzte die Maschine etwa hundertfünfzig Meter neben den Steinsäulen beim angrenzenden Dünenfeld auf den steinharten Sandboden. Frank schaltete die Hubtriebwerke aus und erhob sich von seinem Sitz. Das Schiff war durch den Dünenkessel der Oase optisch nicht auszumachen.

„Was wollen wir überhaupt hier", fragte Leslie.

„Sie werden es vielleicht nicht glauben, aber ich habe Freunde hier. Ich wollte sie vor dem Abflug von *Merope* noch besuchen, aber sie wissen ja, was passiert ist. Vielleicht haben sie etwas gesehen, als ich bewusstlos im Sand lag. Auf jeden Fall werde ich nachfragen."

„Freunde also? Und die haben Ihnen nicht geholfen?"

„Das wäre viel zu gefährlich gewesen. Niemand weiß von ihrer Existenz und ich nehme Sie nur mit, wenn Sie absolute Verschwiegenheit bewahren. Sie sind vor vielen Jahren hier gestrandet als noch kein Mensch auf diesem Planeten Erz abgebaut hat. Sie versuchen ihr Schiff zu reparieren", erwiderte Dorn.

„Okay. Ich will sehen, welchen Umgang Sie so pflegen", meinte Leslie erheitert. Frank schluckte seine Bemerkung hinunter.

„Ich habe die Maschine im Überwachungsmodus. Nehmen Sie trotzdem Ihre Kanone mit. Wir müssen auf der Hut sein. Hier herrscht das Syndikat. Man kann nie wissen", sagte er. Er verschwand in seiner Kabine und holte seine Waffe. Sie trafen sich beim Heckschott. Frank öffnete es mit einer Zahlenkombination auf dem Tastenfeld und trat als erster in den Sand. Die Wüstenglut schlug ihnen ins Gesicht. Leslie folgte ihm, schnallte ihren Halfter um und setzte ihre Sonnenbrille auf.

„Was für eine verdammte Hitze", schimpfte sie.

„Regen Sie sich bloß ab. Das können Sie sagen, wenn Sie mal ein Jahr hier waren, aber nicht nach zwei Minuten", lästerte Frank, „los geht's." Er ging auf die Steinsäulen zu. Der stetige Wind hatte die Spuren noch nicht ganz unkenntlich gemacht. Frank zeigte Leslie die Stelle, wo er gefesselt gewesen war. Die zerschnittenen Binder lagen noch im Sand.

„Wir müssen dort drüben einsteigen", sagte Frank und bewegte sich rasch auf das Steiniglu zu. Er kletterte über zwei Steine nach oben und legte mit der Hand eine vom Sand zugewehte Öffnung frei. Er fand den primitiven Taster in der Öffnung und drückte ihn. Die Kuppel des steinernen Radoms fuhr schleifend zur Seite. Sand aus den Fugen rieselte herunter. Dorn stieg auf den Rand während Leslie zu ihm hoch kletterte, ihre Sonnenbrille abnahm und sie in die Brusttasche steckte.

„Steigen Sie runter, Madam. Es sind nur zwanzig Meter nach unten."

Mit gemischten Gefühlen trat Leslie auf die erste Stufe der Metalleiter, die auf der Innenseite des Radoms hinab führte. Frank folgte ihr. Die Kuppel verschloss sich automatisch nachdem auch Dorn ganz im Innern war und das Bodenniveau passiert hatte. Eine spärliche Beleuchtung flackerte auf, die gerade die nächste Sprosse erkennen ließ. Die Luft wurde mit zunehmender Tiefe etwas kühler. Sie erreichten den Grund des Schachts und Leslie war froh endlich wieder festen Boden unter den Füßen zu haben.

„Gibt es denn hier kein besseres Licht?", fragte sie Frank als er neben ihr stand. Er schüttelte den Kopf, während er sich an der Wand entlang tastete.

„Hier geht's lang", flüsterte er. Vorsichtig bewegten sie sich einige Schritte. Der Gang wurde nach einigen Metern breiter und höher. Ein kleiner Seitentunnel mündete von links in den Hauptgang. Dorn blieb stehen. Leslie trat neben ihn und machte noch einen Schritt vorwärts in den Seitengang. Plötzlich spürte sie etwas auf ihrer Schulter.

„Nehmen Sie Ihre Hand weg, Dorn", sagte sie laut. Plötzlich flammte eine Lampe auf. Frank trat vor sie.

„Das ist nicht meine Hand, Colonel." Leslie drehte ihren Kopf und bemerkte eine Art Insektenfuß mit drei zartgliedrigen Klauen. Sie erschrak fast zu Tode, stieß einen Schrei aus, wirbelte herum und riss ihre Waffe aus dem Halfter. Frank griff ihren Arm, drückte ihn nach unten und konnte sie von einem Schuss gerade noch abhalten.

„Halt, es droht keine Gefahr. Hie-Gol wollte Ihnen nur guten Tag sagen", sagte er und konnte sein Lachen nicht mehr zurückhalten. Leslie war kreidebleich.

„Sie verdammter Mistkerl. Das haben Sie doch extra gemacht." Sie steckte die Waffe wieder in den Halfter.

„Sie wollten ja unbedingt mit", erwiderte Frank und begrüßte Hie-Gol.

„Madam, darf ich Ihnen Hie-Gol vorstellen." Das fremde Wesen mit dem spindelförmigen Körper kam auf sie zu und gab einige schnarrende Laute von sich. Mit dem einen Arm reichte es Frank zwei kleine Kristallspindeln. Er nahm sie entgegen und gab eine davon Leslie Draper.

„Das sind Übersetzer. Hier schalten Sie ihn ein", erklärte er und machte es vor. Die ganze Szenerie wirkte gespenstisch und der Insektoid machte auf Leslie nicht gerade einen vertrauenerweckenden Eindruck.

„Hie-Gol begrüßt Euch", blökte der Übersetzer quietschend, „Deine Begleiterin scheint etwas nervös zu sein."

„Das ist meine Chefin, Colonel Leslie Draper", antwortete Frank lachend und reichte dem Insektoid nun auch die Hand.

„Allerdings hatte ich bei unserer ersten Begegnung auch Angst", ergänzte Frank.

Leslie nickte dem Insektoiden zu und beließ es dabei.

„Ich wollte Sie nicht erschrecken, Colonel Leslie Draper", entschuldigte sich Hie-Gol, „leider sind wir nicht so sehr an das Licht gewohnt, wie Sie. Aber nun folgt mir." Hie-Gol schlurfte voran. Sein Gang war entenähnlich. Der Hinterleib mit den Atemöffnungen reichte fast bis zum Boden. Der rundliche Kopf hatte einen ovalen Mund mit einem kurzen Saugrüssel und große Facettenaugen. Das vordere und mittlere Beinpaar hatte sich zu Greifhänden entwickelt, die wesentlich zierlicher, als die Beine waren. Leslie Draper hatte immer noch den Schrecken im Gesicht.

„Ich dachte Sie waren hier strafversetzt. Wie zum Teufel kommen Sie an solche Freunde?"

„Eines Tages mussten wir nach einem großen Beben Messungen in dieser Gegend durchführen. Ich wurde dazu verdonnert einige Sensoren in einem Dünenfeld zu platzieren. Dabei geriet ich in einen alten Klimaschacht dieses Tunnels, der mit Sand verschüttet war. Ich bin sofort eingesunken, fast erstickt und rutschte bis unten durch. Dort stand dann Hie-Gol vor mir. Die anderen suchten zwar nach mir, aber sie fanden nicht einmal den Schacht, da schon wieder eine Menge Sand nachgerieselt war. So verbrachte ich mehrere Tage hier und lernte alles kennen. Für mich war das alles hoch interessant und abwechslungsreich. Nur dumm, dass ich auch hier keine Möglichkeit hatte von diesem Sandhaufen wegzukommen. Dann bin ich schließlich wieder aufgetaucht und erfand irgendeine dämliche Geschichte, die sowieso keiner glaubte. Das war der Gefängnisleitung ohnehin egal. Alles, was zählte war, dass ich wieder da war und die verdammte Arbeit wieder tun konnte. Für jeden Tag den ich fehlte, bekam ich zur Strafe jeweils eine Woche nur eine halbe Wasserration", erzählte Frank.

„Warum sind Sie nicht bei Ihren Freunden geblieben oder von hier aus geflohen?"

„Keine Chance für einen Menschen hier allein zu überleben. In dieser Wüste gibt es keine Ressourcen und das Risiko einer Entdeckung der Insektoiden durch das Syndikat war mir zu groß. Sie können sich nicht vorstellen, was es für mich bedeutet hat in das Lager zurückzukehren. Das war wie eine zweite Verurteilung", erklärte Frank seiner Chefin. Der Gang wurde breiter und noch heller. Sie erreichten schließlich eine Art Röhrenbahn und bestiegen einen Wagen. Hie-Gol fuhr los. Kurz darauf mündete der Stollen, in dem sie fuhren, in einen noch größeren Tunnel und schließlich kam ihnen auch eine Bahn auf dem zweiten Gleis entgegen. Der Wagen war mit vier Insektoiden besetzt.

„Wir sind jetzt im Innern des Berges, den wir bei der Landung gesehen haben. Die Entfernung zum Schiff beträgt etwa vier Kilometer", erklärte Frank Dorn, „das Licht fällt durch geschickt angebrachte Öffnungen, die von außen nicht zu erkennen sind. Gleich kommen wir in den Dom. Dort werden Sie die Nahrungsmittelfabrik und das defekte Raumschiff zu sehen bekommen."

„Das ist beeindruckend. Wie lange sind Sie schon hier?", fragte Leslie.

„Nach Ihrer Zeitrechnung etwa siebzig Jahre," erwiderte Hie-Gol.

„Siebzig Jahre?", wiederholte Leslie betroffen, „warum haben Sie nie um Hilfe gefragt?"

„Die Wesen auf diesem Planeten sind sehr gewalttätig. Das haben wir oft beobachtet. Deshalb hat unsere Königin entschieden, dass wir unsere Schwierigkeiten alleine lösen und einen Kontakt zu anderen Spezies vermeiden müssen. Frank ist eine Ausnahme, da diese Begegnung zufällig und nicht mehr reversibel war. Wir sind langsam, aber wir arbeiten sehr ausdauernd. Viele unserer Art werden das Licht unserer Heimatsonne nicht mehr erblicken. Trotzdem tragen sie mit dem gleichen Eifer zum Gelingen unserer Rückkehr bei", erklärte der Insektoid.

Die Bahn hielt an. Leslie traute ihren Augen kaum. Der ganze Berg war von innen ausgehöhlt. Die Kuppel über ihnen war gut zweihundert Meter hoch. Sie stiegen aus und liefen über eine Gangway, die den Raum quer durchspannte. Unter ihnen war ein riesiger Behälter. Hie-Gol blieb stehen und zeigte auf den Behälter.

„Das ist unsere Nahrungsfabrik. Wir ernähren uns von Plankton und Kleinkrebsen. Leider ist das Wasser auf diesem Planeten sehr knapp." Frank zeigte auf die andere Seite.

„Dort drüben ist das Schiff."

„Ja. Wir haben sehr viel Zeit benötigt, um es hier her zu bringen", erklärte Hie-Gol.

Leslie Draper sah das Heck eines riesigen, fremdartigen Raumschiffs. Die Form war ihr völlig unbekannt. Das Schiff bestand aus einem langen spindelförmigen Zentralkörper. Beide Enden waren abgeplattet. Das Antriebsaggregat saß auf einem Pylon an der Oberseite des Rumpfes und war mit einem langen elliptischen Element verkleidet. Aufgrund der Abmessungen konnte das Schiff eine große Anzahl der Insektoiden aufnehmen, mehr als sie bisher zu Gesicht bekommen hatten. Viele der Insektoiden waren mit Arbeiten am Rumpf beschäftigt. Sie gingen nach einigen Augenblicken weiter und erreichten das Ende der Gangway, die in einen Stollen mündete. Hie-Gol bog rechts ab in eine geräumige Höhle.

„Das ist meine Behausung", sagte er. Er wies den Terranern zwei Steinquader als Plätze zu und setzte sich ihnen gegenüber.

„Wir haben durch unser Warnsystem gesehen, was Dir widerfahren ist, Frank. Leider konnten wir nicht helfen. Die Anweisung unserer Königin ist sehr klar."

„Ich weiß, Hie-Gol. Aber vielleicht könnt Ihr mir jetzt helfen. Ihr beobachtet doch Eure Umgebung. Ich benötige alle Daten, die Ihr zu dieser Zeit aufgezeichnet habt.", bat Frank.

„Wir haben einige Informationen", antwortete Hie-Gol, „die beiden Humanoiden, die Dir den Hinterhalt gestellt hatten, kamen etwa zwei Stunden vor Dir an. Sie waren mit ihrem Schiff hinter den Bergen gelandet und sind mit diesem Geländefahrzeug zum Einstiegsschacht gekommen. Sie versuchten ihn aufzubrechen, aber es gelang ihnen nicht. Während der ganzen Zeit hatten sie Kontakt mit einem anderen Schiff. Unsere Kommunikationsspezialisten konnten zwar die Kodierung nicht entschlüsseln, aber wir haben eine verwertbare Peilung", erläuterte der Insektoid.

„Aber wenn die Kerle hier auf Sie gewartet haben dann wussten sie von Ihren Freunden", bemerkte Leslie Draper.

„Ausgeschlossen", erwiderte Frank, „niemand außer mir weiß von ihrer Existenz. Da bin ich ganz sicher."

„Wir haben noch ein Signal geortet. Du wurdest von den beiden Humanoiden ständig gescannt. Sie haben Dich die ganze Zeit überwacht und offenbar kannten sie immer Deinen aktuellen Aufenthaltsort. Eine Falle zu stellen war leicht", sagte Hie-Gol.

„Wenn das zutrifft, dann haben sie mich hier tatsächlich erwartet. Woher aber wussten sie, dass ich hierher kommen würde?"

„Sie wussten es nicht, denn sie saßen in ihrem Fahrzeug und waren bereit, Dich auf der Verbindungsstraße abzufangen. Als sie merkten, dass Du auf ihr Versteck zugelaufen bist, haben sie Dir aufgelauert und Dich überwältigt", gab Hie-Gol zurück.

„Ich dachte schon ich hätte Euch verraten", erwiderte Frank erleichtert.

„Das ist sehr unwahrscheinlich. Möglicherweise hat Dir irgendjemand unbemerkt im Lager einen kurzlebigen

Sender angeheftet."

Frank nickte zustimmend. Eva Johnson hatte sicher genügend Handlanger auf ihrer Bestechungsliste, die dazu in der Lage waren.

„Wir müssen das unbekannte zweite Schiff finden", sagte Frank, „wie weit war es entfernt?"

„Das können wir nicht sagen. Wir hatten Störungen in unserem System, die durch das Scansignal induziert wurden. Leider haben wir nur die Peilung. Vielleicht könnt Ihr die Daten zurückrechnen."

„Das werden wir versuchen. Kannst Du uns die Daten geben?"

„Natürlich, Frank", meinte Hie-Gol, erhob sich und ging zum Kommunikator, der an der Höhlenwand angebracht war. Eine rote Lampe blinkte in unregelmäßigen Abständen an der linken oberen Ecke auf. Er betätigte ein paar Tasten und sprach so schnell, dass die Übersetzer nicht mehr mitkamen. Einen Augenblick später zog er einen Datenkristall aus dem unteren Schlitz des Kommunikators und reichte ihn Frank.

„Darauf ist alles gespeichert. Ich hoffe, die Daten helfen Euch weiter."

„Danke, Hie-Gol", erwiderte Frank zufrieden. Plötzlich drehte sich der Insektoid zum Kommunikator zurück und bedeutete den Terranern zu schweigen. Hie-Gol griff einen langen runden Stab aus dem Fach an der Seite, den er am oberen Ende aktivierte und zeigte auf die rot blinkende Leuchte auf der Konsole des Kommunikators. Hie-Gol näherte sich den Terranern, die sich fragend ansahen. Der Insektoid scannte zuerst Leslie ab, aber das Blinken veränderte sich nicht. Anders bei Frank, bei dem die Lampe schließlich dauerhaft brannte, als die Sonde in Höhe seiner Brust stand. Frank verstand den Wink seines Freundes.

„Verdammt warm hier", sagte er, zog seine Jacke aus und gab sie Hie-Gol, der damit in den Nachbarraum ging.

Frank und Leslie folgten ihm. Hie-Gol hatte die Jacke in einen durchsichtigen Kasten gelegt, auf dessen Deckel ein holographisches Display zum Leben erwachte.

„Wir können wieder sprechen. Der Analysator ist abgeschirmt. Du trägst einen Sender, Frank", bemerkte Hie-Gol. Das Holodisplay zeigte den haarfeinen Aktivchip vergrößert und mit roter Umrandung.

„Was?", fragte Frank leichenblass, „nun habe ich Euch doch verraten."

„Nein, wir haben Glück. Die Sendeleistung reicht nicht aus, um aus dieser Tiefe durchzudringen", sagte Hie-Gol.

„Wie nett? Ihre Alienfreundin hat Sie am Haken", stichelte Leslie. Ihre Bemerkung traf ihn wie ein Blitz. Tausend Gedanken schossen ihm durch den Kopf. Ariana *konnte* dafür verantwortlich sein.

„Das ist möglich, aber die Uniform könnte auch schon so geliefert worden sein", erwiderte Frank.

„Wie lange wollen Sie noch die Augen davor verschließen? Diese Ariana manipuliert Sie doch nach Belieben. Sie sind ein ernsthaftes Sicherheitsrisiko. Ich muss das melden, Commander."

„Jetzt halten Sie die Luft an. Niemand hat mich am Haken", entgegnete Frank genervt.

„Soll ich den Chip zerstören?", fragte Hie-Gol.

„Nein mein Freund. Ich habe eine bessere Idee. Wer immer uns überwacht: wir lassen sie glauben, dass wir den Chip noch nicht entdeckt haben. Wir machen uns jetzt wieder auf den Weg. Vielen Dank für Eure Hilfe", antwortete Frank.

Hie-Gol holte ein kleines Metallröhrchen aus der Ablage neben der Tür und reichte es Frank.

„Was ist das, Hie-Gol?"

„Etwas, aus einer besseren Epoche dieser Welt. Wir haben diese Samen im Sand auf der Oberfläche gefunden. Sie müssen viele Jahrzehnte überdauert haben. Diese Pflanzen haben wir kultiviert und nutzen sie als Nahrung. Leider wachsen sie sehr langsam. Die Gewalt, die man Dir zugefügt hat können wir nicht ungeschehen machen, aber vielleicht wird Dich eines Tages die Blüte dieser Pflanze erfreuen und den Schmerz mildern." Frank war gerührt.

„Vielen Dank, mein Freund. Ich fühle mich geehrt", erwiderte er und nahm das Röhrchen an sich.

„Ich begleite Euch zum Schacht", erwiderte Hie-Gol und ging aus seiner Höhle. Er brachte Dorn und Leslie auf dem gleichen Weg zum Einstiegschacht und verabschiedete sich von den beiden Terranern. Leslie war die erste auf der Leiter. Sie war froh, als sie wieder im heißen Wüstensand stand. Zwar hatten sie die mächtigen Anlagen unter dem Sand und im Innern des Berges beeindruckt, aber sie hatte kein Verlangen, ein zweites Mal auf eine erneute Begegnung mit den Insektoiden. Als Frank neben ihr stand sah sie ihn nur an und schüttelte verständnislos den Kopf.

„Ich weiß, was Sie denken Colonel, aber ich bin sehr stolz auf diese außergewöhnliche Freundschaft. Außerdem habe ich eine Menge von ihnen gelernt." Frank öffnete das Heckschott der *Hawk* und stieg ein. Leslie folgte ihm.

„Auf jeden Fall haben wir eine erste Spur. Ich werde die Daten sofort auswerten." Wenige Minuten später hob die *Hawk* ab und startete in eine Umlaufbahn um *Merope 3*. Frank deponierte seine Jacke mit dem Sender in seiner Kabine. Er war sich sicher, dass die Gespräche im Cockpit nicht abgehört werden konnten. Dann nahm er den Chip von Hie-Gol und steckte ihn in die Schnittstelle des Analysators, der mit dem Hauptcomputer verbunden war. Währenddessen wurde Leslie Draper auf die Sensoren der Raumüberwachung aufmerksam.

„Ich habe etwas auf dem Schirm, Commander. Ein Objekt nähert sich von achtern", sagte sie.

„Das werden Sabrina und Akiro sein", erwiderte Frank mit sicherer Stimme, „bitte senden Sie unseren vereinbarten Code."

Leslie sendete den eigenen Erkennungscode, während Frank den Datenkristall von Hie-Gol in das Interface des Computers einlegte.

„Es ist Captain Henderson", bestätigte Leslie.

„Gut, Colonel. Wir machen uns jetzt an die Datenauswertung. Ich hoffe, der Computer kann den Kurs zurückrechnen", erwiderte Frank.

„Captain Henderson meldet sich, Commander." Sabrinas Gesicht erschien auf dem zentralen Monitor.

„Hallo, Sabrina, was gibt's?", fragte Frank

„Wir haben die umliegenden Sektoren gescannt. Es deutet nichts auf ungewöhnliche Aktivitäten hin. Trümmer, oder verdächtige Spuren haben wir nicht festgestellt. Falls es hier irgendwelche Triebwerksemissionen gegeben hat, sind sie von den solaren Winden vollständig verwischt worden. Seid Ihr weitergekommen?"

„Möglicherweise haben wir etwas, aber wir müssen erst noch die Daten auswerten. Bleibt auf Position. Ich melde mich, sobald ich ein Resultat habe, Ende", antwortete Frank. Leslie Draper blickte gespannt auf ihren Monitor und wartete auf die ersten Ergebnisse. Dann leuchtete der Bildschirm auf.

„Wie sieht es aus?", fragte sie. Frank studierte das Resultat auf seinem rechten Monitor einige Augenblicke.

„Der Computer hat den Ort berechnet, von dem die Signale abgesandt wurden. Hie-Gols Daten markieren einen Bereich, der etwa vierzig Parsec vom Ort des Überfalls auf die *Golden Sun* entfernt liegt. Die Funksprüche lassen sich leider nicht dekodieren. Sie sind derart verstümmelt, dass die Algorithmen sie nicht mehr vervollständigen können", erklärte Frank, während der Hauptcomputer eine holographische, dreidimensionale Sternkarte mit allen Entfernungen und taktischen Daten erstellte, die der Holo-Projektor im Cockpit vor ihnen generierte.

„Für Hie-Gol und seine Artgenossen ist unsere Sprache sehr schwer. Außerdem sind die Übersetzer nicht perfekt. Daran mag die Dekodierung gescheitert sein", erklärte Frank.

„Wie dem auch sei: ich mache dem Admiral erst einmal Meldung. Ich halte es nicht für ratsam weiter zu machen. Schließlich wurden Sie überwacht. Der Gegner weiß über unsere Schritte offensichtlich genau Bescheid", sagte Leslie nüchtern.

„Tun Sie das von mir aus, aber ich denke gar nicht daran aufzugeben. Wir haben den ersten Hinweis. Jetzt heißt es dranbleiben", widersprach Frank. Während Leslie dem Admiral eine verschlüsselte Nachricht schrieb, sah sich Frank nochmals die Analyse der letzten Datenpakete an.

„Die Störungen gegen Ende der Übertragung sind extrem stark. Möglicherweise wurde die Übertragung absichtlich gestört. Warum aber die große Entfernung?", fragte Frank leise.

„Was ist daran so ungewöhnlich? Das Syndikat wollte nicht entdeckt werden. Ist doch logisch", antwortete Leslie.

„Wenn ich so was durchziehen würde, dann würde ich mich doch nicht durch solche Signale enttarnen. Es gibt zwei Möglichkeiten: entweder ich fühle mich absolut sicher und es ist mir egal oder ich will entdeckt werden", erklärte Frank. Leslie blickte ihn skeptisch an.

„Letzteres ist unlogisch. Da stimmen Sie mir doch zu, oder?"

„Ja, aber genau das und die Entfernung machen mich stutzig. Es hat den Anschein, als wären die Signale aus vierzig Parsec Entfernung gegen Ende der Übertragung von *Merope 3* aus massiv gestört worden. Das ergibt keinen Sinn."

„Vielleicht nur ein Zufall", sagte Leslie.
Frank rümpfte seine Nase.

„Wir könnten den Sendepunkt bei maximaler Geschwindigkeit in weniger als fünf Stunden erreichen.

„Sie wollen den Punkt anfliegen? Was soll das bringen?", fragte Leslie.

„Ja. Vielleicht gibt es dort noch Emissionsreste des anderen Schiffes. Ist nur so ein Gefühl", erwiderte er knapp und übermittelte Sabrina die Koordinaten. Dann aktivierte er die Sprechfrequenz.

„Hallo Sabrina. Wir haben einen neuen Kurs. Folgt uns einfach im üblichen Abstand. Wir halten Funkstille. Im Notfall verständigen wir uns nur auf der bekannten Frequenz."

„Okay, wir haben verstanden. Macht's gut, Ende", bestätigte Sabrina Henderson.

Leslie hatte inzwischen die verschlüsselte Antwort des Admirals erhalten. Frank steuerte die *Hawk* mit den Plasmastrahltriebwerken aus dem Orbit. Wenig später schaltete er den Hyperdrive ein. Dann lehnte er sich in den Sessel zurück und überlegte, wie er der Bitte des Admirals gerecht werden konnte. Sein Verhältnis zu Leslie Draper hatte sich in den letzten Stunden nicht gebessert. Es war unbedingt notwendig als Team zu arbeiten, sonst stand das ganze Unternehmen auf dem Spiel. Die Probleme und Vorurteile zwischen ihm und Leslie mussten schnellstens gelöst werden. Deshalb entschied er sich, die Initiative zu ergreifen.

„Nun, wie hat sich der Admiral entschieden?", fragte Frank. Leslie sah ihn an.

„Er empfiehlt den Punkt anzufliegen. Wir sollen weitermachen", antwortete sie selbstbewusst.

Frank erhob sich aus seinem Sessel.

„Würden Sie mir bitte in die Lounge folgen, Madam? Ich muss etwas Wichtiges mit Ihnen besprechen."

„Das ist gegen die Vorschrift. Das Cockpit darf während des Fluges nicht unbesetzt sein", erwiderte sie.

„Bitte machen Sie eine Ausnahme. Es erfährt ja keiner. Es ist wirklich wichtig", meinte Frank ruhig aber nachdrücklich. Widerwillig folgte sie ihm in die Lounge, die im Kabinenbereich mittschiffs der *Hawk* lag. Frank wies ihr einen der Sessel zu. Er selbst blieb stehen.

„Also, was gibt es?"

„Ich möchte einige Punkte zwischen uns bereinigen. Wir können auf keinen Fall so weitermachen, wie bisher. Sonst sind wir geliefert. Sagen Sie mir jetzt ganz offen, was Ihnen an mir nicht passt, Colonel", schlug Frank vor.

„Also gut, wenn Sie es so wollen? Mir missfällt Ihre ganze Dienstauffassung. Sie biegen sich alles so zu Recht, wie Sie es gerade brauchen. Ihr ganzes Benehmen mir gegenüber war bisher respektlos und beleidigend", lamentierte sie.

„Sie haben damit angefangen. Sie mussten ja unbedingt Ihren idiotischen Test haben. Wenn er wenigstens fair gewesen wäre", konterte Frank.

„Ha, Sie haben von Anfang an meine Autorität untergraben!"

„So ein Blödsinn. Ich kannte Sie doch gar nicht. Nein, nein, der Admiral hatte Recht: Sie haben sich von Doktor Courtland beeinflussen lassen. Außerdem ist Autorität mehr als nur ein Abzeichen. Glauben Sie vielleicht, ich lasse mich so einfach abservieren? Ich bin einen weiten Weg gegangen um zu fliegen und Sie haben mir nicht die geringste Chance gelassen", antwortete Frank verärgert. Beide schwiegen darauf eine Weile. Frank drehte sich weg und sah einen Moment durch das kleine Fenster. Er biss auf seine Unterlippe und wandte sich schließlich wieder Leslie zu.

„Wie auch immer, Colonel: ich schlage Ihnen ein Geschäft vor. Ihre Kooperation gegen meinen Austritt aus der Flotte nach dieser Mission. Was halten Sie davon?"
Leslie Draper sah ihm ins Gesicht, dachte einen Moment nach und fasste sich ans Kinn.

„Ich werde es mir überlegen", meinte sie.

„Wir haben nicht viel Zeit, Colonel. Wenn, dann müssen wir ab sofort zusammenarbeiten", drängte Frank, „so einfach werden Sie mich sonst nie wieder los. Das ist die Gelegenheit."

Nach einem weiteren Augenblick des Nachdenkens willigte sie ein.

„In Ordnung, Commander. Ich akzeptiere Ihren Vorschlag. Allerdings möchte ich Sie auch etwas fragen. Der Admiral erzählte mir unter vier Augen, dass Sie das Regentenpaar persönlich kennen und, dass es einen Zusammenhang mit ihrer Strafversetzung gibt."

Frank drehte sich wieder dem Fenster zu und nickte langsam.

„Das steht doch alles in Ihren geheiligten Akten", erwiderte er eisig.

„Ich will es von Ihnen hören. Vor allem möchte ich auch etwas über das *Future Sky* Programm erfahren. Courtland erwähnte, dass Sie dieses Programm absolviert haben", bemerkte Leslie. Ihre Stimme hatte sich plötzlich gewandelt und spiegelte eine Sensibilität wieder, die er bei ihr nicht für möglich gehalten hatte. Für einen Moment lang tat sich eine unsichtbare Verbindung zwischen Frank und Leslie auf. Sie erschien wie eine Tür, hell erleuchtet im Dunkel der Zweifel und der Antipathie, aber noch ehe die beiden nachdachten, hatte jeder einen Schritt durch diese Tür getan. Frank begann zu erzählen.

„Der Admiral hat ein wenig übertrieben. Ich war mit Michael Gene Tambler zusammen auf der Akademie. Wir waren ganz gute Freunde und ich denke wir sind es noch immer. Nach dem Abschluss ging er zum Sicherheitsdienst. Er wurde aufgrund seiner Sprachkenntnisse zum Verbindungsoffizier ernannt und nach *Epsilon Arcturus 3* versetzt." Frank wandte sich Leslie zu und setzte sich schließlich ihr gegenüber, die Handflächen zusammengepresst.

„Bedauerlicherweise haben Regenten volle Terminkalender. Wir haben uns in den Jahren nur zwei oder drei Mal gesehen. Einmal war er auf der Erde und vertrat seine Frau Thera bei einem Staatsbesuch. Zuletzt haben wir einen gemeinsamen Einsatz gegen das Syndikat und die Organisation von Eva Johnson durchgeführt. Dieser Einsatz ging gründlich daneben. Den Rest kennen Sie", schloss Frank trocken.

„Das ist richtig. Ich frage mich nur wie man es als Verbindungsoffizier zum Regenten bringt", fragte Leslie.

„Naja, für manche ist das Glück, andere sehen es als Schicksal. Was soll ich Ihnen erzählen? Diese Geschichte ist hinlänglich bekannt. Michael traf Thera bei einem Empfang für das terranische Personal auf *Epsilon Arcturus 3*. Das war zur Zeit von Theras Prüfung. Sie verliebten sich und nachdem die Regentin die Prüfung erfolgreich absolviert hatte, heirateten sie. Die beiden hatten es nicht leicht. Der Widerstand gegen einen Terraner innerhalb des Machtapparates und in der Gesellschaft war groß. Die Regentin hat bis zum heutigen Tag große Schwierigkeiten mit den alten Machtstrukturen. Über Jahrhunderte stellten die verschiedenen Clans die Herrscher. Jeder Clan versuchte durch geschickte Intrigen und Manipulationen lange an der Macht zu bleiben. Es gab oft jahrzehntelange Kriege zwischen den einzelnen Clans. Es gelang erst Theras Mutter einen einigermaßen stabilen Frieden zu erzielen. Man einigte sich auf eine Prüfung. Diejenige, die die lange verschwundenen Thronsymbole, welche eigentlich nur eine Legende waren, finden und herbeibringen konnte, sollte herrschen. Thera schaffte es gegen alle Widrigkeiten. Natürlich spielte Michael eine nicht unbedeutende Rolle dabei, aber das ist eine andere Geschichte", erzählte Frank und lächelte voller Bewunderung für diesen Coup.

„Damit war die Macht der Clans endgültig vorbei. Leider schlugen sich nur wenige von ihnen auf Theras Seite.

Die meisten rebellierten. Thera führte viele Neuerungen ein. Sie fand viel Unterstützung bei der Bevölkerung, aber die ehemalige Herrscherschicht war gegen sie. Als *Epsilon Arcturus 3* dem Bündnis beitrat und begann, sich nach außen hin zu öffnen, verlor sie endgültig das Vertrauen der Clans. Es gab vor einigen Jahren schon einmal mehrere Putschversuche. Durch weitere Reformen gelang es Thera und Michael ihre Macht zu sichern. Ohne den breiten Rückhalt in der metanischen Bevölkerung wären sie längst verloren gewesen. Es ist anzunehmen, dass einige der Clans hinter dem Überfall stecken. Möglicherweise nutzen sie Eva Johnsons Organisation um nicht selbst in Aktion zu treten. Und nun ein neuer Putsch. Allerdings betrifft er dieses Mal uns alle. Ich hoffe nur, dass wir Erfolg haben. Wenn nicht, dann steuern wir direkt in einen Krieg, der alle ins Mittelalter zurückwirft", erklärte Frank.

„Das erklärt aber noch nicht Ihre Strafversetzung nach *Merope*", setzte Leslie nach.

„Hören Sie doch auf mich damit zu quälen. Sie kennen die Einzelheiten doch längst."

„Ja, ich kenne die offizielle Version. Nach den Schilderungen von Admiral Jones ist mein Vertrauen diesbezüglich etwas angekratzt. Das verstehen Sie doch sicher, oder? Also würde ich es gerne aus Ihrem Mund hören", sagte Leslie. Frank holte tief Luft und begann zu reden.

„Damals hatten wir Eva Johnson schon fast in der Falle", fuhr Dorn fort, „Michael war gebeten worden an der Vorbereitung der Aktion mitzumachen. Seine Kenntnisse waren von unschätzbarem Wert. Auf sein Betreiben hatte der Sicherheitsdienst einige Jahre zuvor eine Agentin in die Organisation eingeschleust. Bei einem Führungstreffen wollten wir zuschlagen. Die Beweise hätten gereicht: Diebstahl von geheimen Routenplänen für Handel, Patrouillen und der entsprechenden Frequenzen für Subraumkommunikation der terranischen Raumflotte. Natürlich waren die

Daten gefälscht, aber Eva Johnson ist Dank der sorgfältigen und langwierigen Vorbereitungen darauf hereingefallen. Unser Geschwader stand bereit. Wir hatten Befehl abzuwarten. Sie wissen wie es gelaufen ist. Die Agentin wurde bei der Aktion getötet. Eva Johnson hat sie umgebracht."

„Woher wissen Sie das?"

„Ich musste es mitansehen ohne, dass ich etwas dagegen unternehmen konnte". Drei andere Beamte des Sicherheitsdienstes starben mit ihr", erzählte Frank.

„Ich verstehe den Zusammenhang zu Ihnen noch nicht?", sagte Leslie.

„Jessica war meine...", Frank stockte plötzlich.

„Jetzt verstehe ich. Sie war Ihre Geliebte", beendete Leslie.

„Mehr als das", meinte Dorn leise, „wir hatten feste Pläne. Es war ihr letzter Einsatz. Sie sollte danach in den Innendienst versetzt werden. Sie hinterließ mir eine Nachricht an jenem Tag. Irgendwie hatte ich immer die Besorgnis, dass es schief geht und genau so war es. Der Trupp des Sicherheitsdienstes wurde total aufgerieben. Ich werde dieses Chaos, das dort herrschte, nie vergessen. Wir hatten den Befehl abzubrechen, aber ich habe angegriffen. Hätte ich damals eine *Hawk* gehabt, wären wir heute nicht in dieser Lage, aber mit dieser Maschine konnte ich einfach nichts ausrichten. Ich bekam mehrere Treffer und konnte gerade noch notlanden. Dann haben die Behörden natürlich den Tanz mit mir aufgenommen. Ich bin mir sicher, dass wir verraten wurden."

„Und jetzt wollen Sie sich natürlich rächen", sagte Leslie.

„Der Hass auf Eva Johnson hielt mich auf *Merope* am Leben. Insofern haben Sie Recht. Aber jetzt will ich Michael und Thera herausholen. Und das geht nur, wenn wir Eva Johnson ausschalten. Deshalb müssen wir unbedingt zusammenarbeiten, womit wir wieder am Anfang unseres Gesprächs wären", sagte Frank.

„Ihre Äußerungen zwingen mir eine andere Perspektive auf. Damit habe ich nicht gerechnet. Ich muss das erst mal alles verdauen und neu bewerten", sagte sie irritiert.

„Tja, offen zu sein ist schon mal ein Anfang. Es steht eben nicht alles in den gelobten Akten", erwiderte Frank trocken.

„Was ist mit *Future Sky*? Wer war außer Ihnen noch dabei?", fragte sie leise.

„Ein solches Programm hat nie existiert. Daher kann ich auch nicht daran teilgenommen haben."

„Verkaufen Sie mich nicht für dumm. Ich möchte doch nur diese Personen besser einschätzen können. Deshalb bitte ich Sie um diese Information", antwortete Leslie beinahe flehend. Frank überlegte einen Moment. Sein Misstrauen blieb bestehen, aber er war bereit ihr eine neue Chance zu geben.

„Sie versprechen zu kooperieren?"
Leslie holte tief Luft und nickte schließlich knapp.

„Ich überlege es mir. Beweisen Sie mir erst, dass ich Ihnen vorbehaltlos vertrauen kann", sagte Frank fordernd und blickte ihr direkt in die Augen. Sie entließ hörbar ihren Atem.

„Gibt es sonst noch etwas, Commander", fragte sie in ihrem gewohnt kühlen Ton.

„Allerdings, Colonel. Wir werden jetzt in Schichten Dienst tun. Ich übernehme die erste Schicht. Sie lösen mich dann in genau vier Stunden ab. Nutzen Sie die Zeit und ruhen sie sich etwas aus. Es ist vielleicht Ihre vorerst letzte Gelegenheit."

„Okay, Commander. Dann bis in vier Stunden", sagte Leslie, erhob sich und ging in ihre Kabine. Frank kehrte ins Cockpit zurück. Er überprüfte kurz die wichtigsten Funktionen und lehnte sich dann in den Sitz zurück. Seine

Gedanken schweiften in die Vergangenheit zurück. Er erinnerte sich an seinen letzten Urlaub auf *Epsilon Arcturus 3*, der bereits eine Ewigkeit zurücklag. Natürlich hatte er kaum Zeit mit Michael und Thera verbringen können, aber dafür entschädigten ihn erholsame Wanderungen durch die grandiose Landschaft des nordwestlichen Kontinents auf *Meta*. Thera war, ebenso wie Michael eine sehr charismatische Persönlichkeit. Dies und ihre synthetisch anmutende Schönheit rückten sie in den Mittelpunkt, wo immer sie auftauchte. Ihr Stil und ihr Engagement wurden von vielen Politikern und Diplomaten geschätzt und bewundert. Sie war eine sehr kluge Politikerin, die es verstand, auch die zerstrittensten Parteien an einen Tisch zu bekommen und ein Ergebnis zu erhalten, welches fast immer zum Wohle aller war. Frank hatte Angst um seine Freunde. Er seufzte und nahm sich noch einmal die Daten von Hie-Gols Speicherchip vor. Er startete eine Simulation mit den Ergebnissen. Die dreidimensionale taktische Darstellung der Punkte im Raum wurde erneut generiert und Frank prüfte alle Zeitdaten der Simulation auf ihre Plausibilität. Aus welchem Winkel er die Karte auch betrachtete, sie brachte ihm keine neuen Erkenntnisse. Frank widmete sich schließlich den Zugangscodes zum Hauptcomputer der *Hawk* und seinen Abschirmungen und begann sie neu zu programmieren und zu sichern.

Admiral Willard Jones blieb vor dem Terminal des Shuttledecks stehen. Leutnant Sam Wyant blickte ihn fragend an. Sie hatten gewartet bis Sabrina Henderson und Akiro Katsuro abgeflogen waren.

„Was habe ich zu tun, Sir?", fragte Wyant.

„Sie werden sich als erstes um die *Centurion* kümmern. Versuchen Sie alles über das Schiff herauszubekommen. Ich muss jetzt zu einer Sitzung des Krisenstabes. Das kann zwei oder drei Stunden dauern. Wissen Sie, wo das Regierungsgebäude ist?"

Der junge Leutnant nickte.

„Gut. Gegenüber ist ein Café. Da treffen wir uns in vier Stunden."

„Alles klar, Sir. Ich werde da sein und kümmere mich solange mal um die *Centurion*."

Willard Jones beeilte sich und bestieg den Shuttle, der in stündlichem Rhythmus zur Erde pendelte. Sam Wyant wartete nicht bis zum Start des Shuttles, sondern begab sich auf dem schnellsten Weg zur Flugkontrolle. Er fand Max Henreid, der gerade seine Pause antreten wollte.

„Ah, Max. Gut, dass ich Dich treffe. Ich brauche wirklich dringend Deine Hilfe."

Max seufzte hilflos und bat Wyant mit in den Pausenraum, wo sie sich an einen kleinen Tisch in einer Ecke setzten.

„Sam, wann hört das auf? Wie oft muss ich noch meinen Job für euch riskieren?"

„Verdammt, Max. Wir brauchen alle verfügbaren Daten dieser *Centurion*, die uns entwischt ist. Du weißt doch, dass Frank in der Klemme steckt. Der Admiral vermutet, dass das Schiff möglicherweise dem Syndikat gehört."

Max Henreid schluckte betroffen.

„Ja, hab ich gehört. Gut, ich werde mal sehen, was ich ausgraben kann. Ich melde mich bei Dir."

„Danke, Max. Alles über dieses Schiff ist wichtig, auch wenn es Dir noch so unbedeutend erscheinen mag, verstehst Du?", erklärte Sam eindringlich.

„Ja, ja, ich hab's kapiert. Und jetzt muss ich wieder ran. Also bis später. Ich melde mich, wenn ich was erfahren habe."

Leslie Draper hatte die Wache im Cockpit übernommen. Sie blickte fasziniert in die Unendlichkeit. Zu Anfang des zweiundzwanzigsten Jahrhunderts war es erstmals gelungen, ein Raumschiff mit Materie und Antimaterie zu betreiben und schneller als das Licht zu fliegen. Heute benutzte man Quarkantriebe. Quarks und Antiquarks gaben bei der Reaktion ein Vielfaches mehr an Energie ab, als eine Antimateriereaktion. Dabei wurde nicht mehr die Strahlleistung zum Vortrieb genutzt, sondern die Energie wurde für die Erzeugung gigantischer Felder verwendet, die die Struktur des Raumes unterhalb der planck'schen Wellenlänge verzerrten und das Schiff wie auf einer Welle vor sich herschob. Je mehr Energie in das Feld geleitet wurde desto schneller pflanzte sich die kleine lokale Raumverzerrung fort. Dazu war es gelungen die Zeitverschiebungen bei Raumflügen auf wenige Sekunden zu reduzieren. Leslie Draper wollte ihre Aufmerksamkeit wieder den technischen Aufzeichnungen in der Datenbank widmen, aber es gelang ihr nicht. Franks Geschichte ging ihr zum wiederholten Male durch den Kopf. Dabei erinnerte sie sich an ihre eigene Ausbildung. Sie hatte den Abschluss der Weltraumakademie ein Jahr früher als normal und mit einer Auszeichnung für hervorragende Leistungen absolviert. Leslie unterschied sich von den anderen Frauen im Offizierskorps der Flotte. Ihre Mutter war früh verstorben und ihr Vater, der selbst ein hochrangiger Offizier war, hatte sie immer auf Disziplin und Spitzenleistung getrimmt, was ihrer Karriere zuträglich war. Nur in den wenigen, ruhigen Momenten, in denen sie ungestört war, stellte sie fest, dass sie eigentlich keine richtigen Freunde hatte. Von der Familie war ihr nur der Vater geblieben, den sie trotz Ruhestand so gut wie nie sah. Seit seinem Austritt aus der Raumflotte kreuzte er fast nur noch mit seiner Hochseeyacht auf den Weltmeeren herum. Leslie dachte gekränkt daran, wie sie ihren letzten Geburtstag alleine hatte feiern müssen, weil ihr Vater den Südpazifik unsicher machte, obwohl er versprochen hatte, den Tag mit ihr zu verbringen. Mit Unbehagen erinnerte sie sich an die vielen Feste und Bälle, auf die sie ihr Vater immer mitschleppt hatte, als er noch im Dienst war, und sie den grauen, betagten Herren wie eine Mustersoldatin vorführte. Diese verdeckte Kuppelei hatte sie angewidert. Im Simulator und bei den Übungen war sie immer die Beste gewesen, aber sie hatte gleich zu Beginn dieser Mission gemerkt, dass die Wirklichkeit sehr viel nüchterner und unbarmherziger war. Hier im tiefen Weltraum durfte man sich keine Fehler erlauben. Sie gestand sich den unfairen Test mit Frank ein und überlegte sich eine passende Entschuldigung, mit der sie auch ihr Gesicht wahren konnte. Eigentlich war sie Elena Courtland auf den Leim gegangen. Die Psychologin wollte ihn nicht haben und Leslie sollte ihn abschießen. Sie hatte ihm nicht die geringste Chance gegeben. Aus den vielen Tischgesprächen, die sie in den Kantinen von *Dädalus 2* und beim Planungsstab zwangsläufig mitbekommen hatte, wusste sie, dass das Geschwader von Jones, Dorn, Henderson, Katsuro und Wyant ein sehr effizientes Team war. Sie wollte unbedingt dazu gehören. Ihr fiel *Atair 5* ein. Vor einigen Jahren hatte das engagierte Vermitteln von Willard Jones und Frank Dorn einen Bürgerkrieg verhindert. Leslie erinnerte sich an die damaligen Medienberichte. Jones und Dorn hatten einen Zwischenstopp auf *Atair 5* eingelegt. Sie hatten sich auf dem Rückweg von einem Vermessungsflug befunden und waren zufällig in den

Konflikt zweier ethnischer Gruppen geraten. Die beiden Terraner konnten die verfeindeten Parteien schließlich zu einem Kompromiss bewegen. Natürlich hatten sie Glück dabei gehabt, aber diese Tat brachte viel Popularität und Ansehen. Beide Offiziere erhielten Auszeichnungen der atairischen Regierung und wenig später trat *Atair 5* dem Bündnis bei.

Leslie schluckte bitter. Ihre Arbeit hatte ihr bisher alles bedeutet. Sie machte freiwillig länger Dienst, fiel abends todmüde ins Bett und stand tags darauf als erste wieder bereit. Erst jetzt merkte sie, wie monoton und leer ihr Leben eigentlich verlief. Es erschreckte sie, wie sehr sie sich bereits daran gewöhnt hatte. Viel zu lange hatte sie sich nicht vom Einfluss und den Vorsätzen ihres Vaters lösen können. Sie hatte bislang wie sein weibliches Ebenbild gelebt und gehandelt. Das musste aufhören. Plötzlich wollte sie gar nicht mehr zum Planungsstab nach Hawaii, sondern hier ihrem Leben neue, wichtige Impulse geben. Leslie war fest entschlossen, ihr Können bei dieser Mission voll unter Beweis zu stellen und alte Zöpfe abzuschneiden.

Wenige Minuten später betrat Frank das Cockpit. Sein Gesicht wirkte müde und zerknautscht. Leslie blickte verwundert auf ihre Uhr. Sie hatte ihn erst vor gut neunzig Minuten abgelöst.

„Alles okay", sagte sie. Frank nickte zufrieden.

„Nur der Kaffee-Express. Ich kann sowieso nicht schlafen. Wenn Sie wollen, übernehme ich Ihre Schicht", erwiderte er und stellte ihr einen dampfenden Becher auf die Ablage.

„Danke für den Kaffee. Es ist nicht notwendig, dass Sie mich ablösen. Ich bin mit meiner Lektüre noch nicht fertig. Außerdem erreichen wir bald das Zielgebiet", erwiderte Leslie. Sie merkte schnell, dass jetzt nicht der richtige Zeitpunkt war, sich zu entschuldigen.

„Warum können Sie denn nicht schlafen, Commander?"

„Hm, verschiedene Gründe. Mich beschäftigt der haarfeine Sender, den mir Ariana möglicherweise angeheftet hat."

„Möglicherweise? Ich denke, da gibt es keine Zweifel. Ihre Freundin spielt falsch. Was grübeln Sie denn da noch?", erwiderte Leslie verständnislos.

„Ich weiß nicht. Wenn Sie für das Syndikat arbeitet, hätte sie mich doch einfach in der Wüste liegen lassen können? Lange hätte ich nicht mehr durchgehalten", antwortete Frank, „vielleicht haben wir etwas übersehen."

„Übersehen? Was denn?", wollte Leslie wissen.

„Ich habe nicht die geringste Ahnung."

Leslie trank ihren Kaffee aus, während Frank einige Statuswerte der Triebwerke und vom Lebenserhaltungssystem abrief.

„Was machen wir eigentlich, wenn wir das Versteck des Syndikats gefunden haben. Ich meine, wie gehen wir vor?", fragte sie.

„Das hängt davon ab, welche Situation wir vorfinden. Wir werden natürlich versuchen die Geiseln zu befreien. Dann schließen wir den Laden."

„Denken Sie, dass es zu einem Gefecht kommt, Commander?"

„Eva Johnson hat eine Menge riskiert. Wir werden Michael und Thera nur gewaltsam oder mit einer List befreien können", erwiderte Frank.

„Ich war noch nie in einen Kampf verwickelt", meinte Leslie.

„Verlieren Sie mir jetzt bloß nicht die Nerven, Colonel", erwiderte er, trank seinen Becher leer und stellte ihn in die dafür vorgesehene Ablage der Armlehne. Plötzlich beugte sich Leslie zu ihrem Monitor. Frank wurde darauf aufmerksam.

„Was ist?", fragte er, während sie Verstärker und Filter

aktivierte.

„Ich weiß nicht. Der Scanner registriert ein Signal auf einer Notruffrequenz", antwortete sie. Sofort bremste Frank die *Hawk* ab. Das Schiff verließ den Hyperraum und trat in das Normalkontinuum über.

„Schalten Sie es auf Audio und aktivieren Sie zur Vorsicht die ECM-Module", meinte Frank. Leslie betätigte einige Tasten. Dann kam das Signal über die Sprechanlage. Dorn lauschte einen Moment lang.

„Das ist keines von uns und auch kein Bündnissignal", stellte er fest.

„ECM ist aktiviert. Das Signal wiederholt sich ständig. Es scheint ein automatischer Sender zu sein", sagte Leslie.

„Können Sie den Signalursprung orten, Colonel?" Leslie Draper versuchte die Scanner so genau wie möglich zu justieren.

„Das Objekt liegt fast genau vor uns. Dreihundertsechsundfünfzig Komma zwei zu eins Komma drei sieben Grad auf Bordsystem umgerechnet. Die Entfernung beträgt noch etwa fünfzehn Millionen Kilometer. Das Objekt hat keine Geschwindigkeit. Ich kann auch keine Drift feststellen. Es steht einfach reglos im Raum, knapp drei Grad unterhalb der üblichen Flugroute nach *Atair 5*." Frank fasste sich nachdenklich ans Kinn. Dann aktivierte er abermals die Bremstriebwerke um die Maschine zu verlangsamen.

„Distanz jetzt noch zwölf Millionen Kilometer", sagte Leslie.

„Okay, wir werden langsam näher gehen. Scannen Sie die Umgebung und fragen Sie den Computer, ob er das Signal übersetzten kann", sagte Frank.

„Ich werde auch eine Verbindung zum Dädaluscomputer herstellen. Vielleicht sind Flüge für diesen Raumsektor gemeldet", schlug Leslie Draper vor.

„Gute Idee", erwiderte Frank, „wie lange wird das dauern?"

„Einige Minuten. Es hängt davon ab, wie groß der Zugriff im Hyper-Link ist. Ich hoffe, wir kommen dadurch weiter", sagte Leslie, die froh um die ersten Anzeichen vorsichtiger Entspannung in ihrem Verhältnis zu Frank war.

Leutnant Sam Wyant sah auf die Uhr. Er saß im Cafe gegenüber vom Regierungsgebäude. Dort tagte noch immer der Krisenstab. Wyant beobachtete die breite Treppe. Admiral Willard Jones trat im selben Moment durch die Tür der mächtigen Fassade und ging mit zügigen Schritten die Stufen hinunter. Er wartete, bis es der Verkehr zuließ, die Straße zu überqueren. Schwungvoll öffnete er die Glastür des Cafés.

„Die Sitzung hat länger gedauert als erwartet", erklärte Jones und stellte seinen Aktenkoffer auf den Stuhl am Kopf des Tisches, „wie ist es bei Ihnen gelaufen?"

„Ich habe mit Max Henreid gesprochen. Er konnte leider nicht viel in Erfahrung bringen. In der Flottendatenbank war fast nichts gespeichert. Die *Centurion* gehört offensichtlich einer capellanischen Gesellschaft, die eine Vertretung in London hat. Sie befindet sich direkt am Raumflughafen", erzählte Wyant.

„Leider habe ich auch nicht viele Neuigkeiten. Der Präsidialrat hat beschlossen einen zweiten Sonderbotschafter nach *Epsilon Arcturus 3* zu schicken. Er ist zwar mit einer metanischen Frau verheiratet und fliegt in diesen Minuten ab, aber ich fürchte auch das wird die Stimmung nicht zu unseren Gunsten drehen", berichtete Willard Jones.

Sam bestellte bei einem vorbeieilenden Kellner per Handzeichen zwei Kaffee und schob dann das Edelstahltablett mit seiner leeren Tasse zur Seite. Jones nickte ihm dankend zu, da er seit Stunden weder etwas getrunken noch gegessen hatte.

„Vielleicht sollten wir uns diese capellanische Gesellschaft einmal ansehen. Was meinen Sie, Leutnant?"
Sam Wyant stützte seine Ellbogen auf den Tisch und faltete seine Hände.

„Ich habe bereits zwei Plätze gebucht. Unsere Maschine fliegt in einer Stunde", sagte Wyant.

„Ausgezeichnet", lobte Jones lachend.
Der Kellner kam mit dem frisch gebrühten Kaffee und nahm das leere Tablett mit.

„Ich hoffe, dass wir endlich weiterkommen", erwiderte Wyant, „wenn nicht dann stehen wir ganz schön im Regen. Frank und der Colonel benötigen dringend Informationen."

„Wir werden sehen, Leutnant. In vier Stunden ist wieder eine Sitzung."
Willard Jones trank einen guten Schluck von seinem heißen Kaffee.

Zwanzig Minuten später erreichten die beiden Offiziere mit einem Taxigleiter den Kennedy Raumflughafen und bestiegen die Maschine nach London. Der Admiral ließ sich müde in den Sitz der Business Class fallen und atmete hörbar aus. Unter normalen Umständen wäre es für ihn eine willkommene Gelegenheit gewesen, seine Heimat wiederzusehen, aber er sorgte sich um Dorns und Drapers Mission. Jones wünschte sich, zehn Jahre jünger zu sein.
Die Maschine rollte schließlich zur Runway und hob schnell ab. Die Reisezeit von New York nach London betrug knapp vierzig Minuten.
Der Admiral war eingenickt, während sich Sam Wyant mit einigen Akten beschäftigte, die Jones ihm gegeben hatte. Die Flugzeuge erreichten gut zehnfache Schallgeschwindigkeit in der Atmosphäre und wurden durch Magnetkissen getrieben. Eine robotische Flugbegleitung servierte Drinks, aber Wyant lehnte dankend ab. Die Akten, die er vor sich hatte waren eigentlich Verschlusssache, aber Willard Jones vertraute ihm und gewährte ihm so Einsicht in die geheime

Gründung der Orion-Gruppe, die das organisierte Verbrechen bekämpfen sollte. Sam las aufmerksam die Persönlichkeitsprofile der einzelnen Gründungsmitglieder, aber er konnte keine besonderen Merkmale finden, die aus seiner Sicht den Verdacht auf einen potentiellen Verräter erhärten würden. Er blickte über Jones hinweg durch das Fenster. Die Küste der britischen Insel kam in Sicht. Sie überflogen Portsmouth im Unterschall. Die Maschine drehte gleich darauf in eine weite Rechtsschleife ein. Der Leutnant weckte den Admiral.

„Wir sind gleich da, Sir." Willard Jones war sofort wieder wach. Die Maschine schwebte zur Landung auf dem Heathrow Aerospaceport ein. Bei Kontinentalflügen und Erde-Orbit Transfers entfielen die lästigen Zoll- und Einreiseformalitäten. Wenig später waren die beiden Offiziere bereits in der Informationszentrale und suchten den Standort der Charterfirma. Sam Wyant studierte die verschiedenen Hologramme.

„Ich glaube ich habe das Büro gefunden, Sir", meldete Wyant.

Jones sah sich den Wegweiser auf dem Informationsmonitor an.

„Hm, das ist gleich um die Ecke", meinte er, „also an die Arbeit." Admiral Willard Jones genoss das Gefühl, wieder heimatlichen Boden unter den Füßen zu haben und ging zügig voran. Der Weg zu der Charterfirma war nicht weit. Sie überquerten die Straße zum gegenüberliegenden Gebäude. Der Admiral blieb vor der Fassade stehen und sah an ihr hoch.

„Gleich werden wir wissen, ob sich unsere Reise gelohnt hat", sagte er und nahm zwei Stufen der Treppe auf einmal. Jones betrat die Vorhalle. Wyant folgte ihm. Der Admiral hielt auf den Info-Schalter zu, hinter dem eine etwa vierzig Jahre alte Frau mit dunklen Haaren und einem sehr braunen Teint saß.

„Guten Tag, Madam", grüßte der Admiral mit seinem markanten Oxford Akzent, „ich bin Admiral Willard Jones. Das ist Leutnant Wyant. Wir benötigen alle Charterdaten von der Centurionflotte Ihrer Firma."

„Sind Sie dazu befugt", fragte die Dame hinter dem Schalter unbeeindruckt.

„Allerdings. Es geht um eine Sicherheitsangelegenheit", antwortete Jones und zeigte seinen Holo-Ausweis. Die Frau drückte einen Knopf und verständigte ihren Chef. Auf dem Videoschirm erschien ein asiatisches Gesicht.

„Was gibt es, Debbie?", fragte der Mann.

„Mister Singhk, hier sind zwei Offiziere der Raumflotte. Sie möchten Einblick in die Charterlisten der Centurionflotte. Scheint sehr wichtig zu sein", erklärte die Frau. Der Mann blickte kurz auf seine Uhr.

„Okay, schicken Sie sie hoch. Ich glaube ich kann fünfzehn Minuten abzweigen."
Der Monitor wurde wieder dunkel.

„Zweite Etage, Zimmer drei", sagte sie.

„Haben Sie vielen Dank, Madam", erwiderte der Admiral und entfernte sich zum Aufzug.

„Jetzt bin ich aber gespannt", murmelte Sam Wyant. Die beiden Terraner fuhren mit dem Lift nach oben und erreichten das Vorzimmer des Leiters. Die Tür zu seinem Büro stand offen. Der Mann sah den Admiral und erhob sich aus seinem Sessel.

„Kommen Sie herein, meine Herren. Mein Sekretariat ist im Augenblick nicht besetzt." Jones und Wyant betraten das Büro des Filialleiters.

„Guten Tag, Sir. Ich bin Admiral Willard Jones. Das ist Leutnant Wyant." Beide Männer zeigten ihre Dienstausweise vor.

„Ich heiße Ibrahim Mandan Singhk", stellte er sich vor und wies den Offizieren die beiden Holzstühle vor dem Schreibtisch zu. Dann setzte er sich selbst.

„Ich wusste nicht, dass sich der Generalinspekteur selbst um Bagatellfälle kümmert", meinte Singhk.

„Aber sagen Sie mir, wie ich Ihnen behilflich sein kann?"

„Es geht um eine *Centurion* mit dem Kennzeichen AKA 999. Wir müssen unbedingt wissen, wer diese Maschine gechartert hat oder in wessen Auftrag dies geschehen ist", sagte Wyant.

„Das ist kein Problem. Wenn wir dieses Schiff in unserer Flotte haben, finden wir es", erwiderte Mandan Singhk und griff nach dem Terminal auf seinem Schreibtisch. Seine Finger bearbeiteten die Holo-Tastatur außergewöhnlich schnell. Willard Jones schmunzelte, da der Mann, seinen Augenrändern nach zu urteilen, total überarbeitet war.

„Da haben wir es. Bitte sehen Sie selbst: wir führen kein Schiff mit dieser Kennung", meinte er nach einigen Augenblicken. Mandan Singhk drehte den flachen Schirm zu Admiral Jones und deutete auf die betreffende Liste. Die Offiziere überflogen die aufgeführten Kennzeichen. Arianas Schiff war nicht dabei.

„Wie viele Verleiher gibt es im Bündnis und wie viele haben *Centurion* im Angebot?", fragte Wyant.

„Das weiß ich nicht. Wir bekommen nur die Bestellungen und die Rückgabe übermittelt. Das geschieht aus Kostengründen, wissen Sie. Wenn sie mehr erfahren wollen, kann ich gerne auf *Capella* in unserer Zentrale nachfragen", gab der Inder zurück.

„Bitte tun Sie das. Die Regierung übernimmt die Kosten", versicherte Jones. Mandan Singhk machte sich an die Arbeit, stellte die Anfrage und bat die Offiziere um einige Minuten Geduld. Es dauerte jedoch länger als erwartet bis die Verbindung zur Zentrale auf *Capella 2* endlich stand.

„Wir haben leider nicht die Möglichkeiten der Raumflotte", entschuldigte sich Singhk. Der Admiral winkte ab.

„Auf ein paar Minuten kommt es nicht an, Mister

Singhk", erwiderte Jones. Er bereute sein Verständnis schon einen Moment später. Offensichtlich war das Raumrelais derart überlastet, dass die Verbindung für kurze Zeit zusammenbrach. Singhk versuchte es erneut, zuckte müde mit den Achseln und legte eine versöhnende Miene auf. Endlose Minuten später leuchtete schließlich eine grüne Diode an Ibrahim Mandan Singhks Subraummodem auf. Der Datentransfer war erfolgreich.

„Es ist so weit. Hier sind Ihre gewünschten Informationen, Admiral."
Die Offiziere starrten gespannt auf den Bildschirm.

„Wie ich befürchtet habe, meine Herren: wir sind zwar nicht das einzige Charterunternehmen, aber die anderen beiden Firmen haben, soweit ich das im Angebotsbestand prüfen kann, ebenfalls keine Maschine mit der gesuchten Kennung in ihrem Bestand", erklärte Singhk.

„Ja, ich sehe es", gab Jones enttäuscht zurück. Er wollte aufgeben, aber Sam Wyant rümpfte die Nase und hatte eine Idee.

„Einen Moment bitte. Wir brauchen die gesamten Lebensläufe aller *Centurion*. Das gilt auch für die anderen Anbieter", sagte er mit erhobenem Zeigefinger. Bitte fordern Sie die Daten an und kopieren Sie sie auf einen Chip", bat er den Inder.

„Sagen Sie, Mister Singhk, werden die Personaldaten eigentlich bei einer Order geprüft?"

„Teilweise Leutnant. Soweit es die jeweiligen Gesetze zulassen. Sie wissen ja selbst, dass *Capella* in manchen Dingen sehr liberal ist", erläuterte Singhk, „allerdings würde sich beispielsweise ein Diebstahl eines solchen Schiffes nicht auszahlen. Die Kaution für diese Schiffsklasse ist sehr hoch. Eigentlich kommen diese Maschinen nur für große Gesellschaften, Firmen oder Regierungen infrage. Im Übrigen sind wir zum großen Teil auf die Integrität und Seriosität unserer Kunden angewiesen. Bis jetzt haben wir eigentlich noch nie schlechte Erfahrungen gemacht."

„Wir brauchen leider auch alle Daten über die Personen, die *Centurions* gechartert haben. Bildaufzeichnungen, Retinascans oder genetische Fingerabdrücke der betreffenden Personen wären hilfreich", forderte Wyant.

„Oh, nein", wehrte Mandan Singhk gestikulierend ab, „ich glaube nicht, dass Ihre Befugnis reicht, um diese Daten einzusehen."

Willard Jones lehnte sich zurück und blieb gelassen.

„Mister Singhk, wir haben eine interstellare Krise und unsere Befugnisse reichen sogar aus, um Ihre Geschäftsstelle und die Zentrale auf *Capella 2* für die nächsten sechs Monate zu schließen, falls eines Ihrer Schiffe in irgendwelche Machenschaften des Syndikats verstrickt sein sollte. Danach sieht es nämlich aus. Also bitte fragen Sie diskret nach", bluffte Jones überzeugend.

Ibrahim Mandan Singhk schluckte trocken.

„Ich kann Ihnen versichern, dass wir nichts damit zu tun haben."

„Sir, ich glaube Ihnen, aber wir müssen das auch beweisen", erwiderte Jones wohlwollend. Blass vor Schreck forderte Mandan Singhk die Daten bei der Zentrale an.

„Auf einige Dateien habe ich Zugriff, aber ich werde es begründen müssen", erwiderte Singhk.

„Sie können ja sagen, wir wären von der Steuerbehörde und würden eine Routineprüfung vornehmen. Kann doch sein, dass einer Ihrer Kunden mit der Finanzbehörde Probleme hat", riet Jones. Singhk nickte und konnte nach einigen Minuten ein paar Hindernisse wegdiskutieren, aber schließlich führte er ein Gespräch mit dem stellvertretenden Chef der Zentrale und schilderte ihm den Fall mit der Steuerprüfung. Bange Augenblicke verstrichen. Sam Wyant griff ein und erklärte, man suche eigentlich nur nach Beweisen für einen irdischen Kunden, der möglicherweise in Steuerprobleme verstrickt sei und man erwarte nun dies anhand der Daten zu klären. Schließlich übernahm Singhk wieder und erzählte eine erfundene Geschichte in gebrochenem capellanisch.

Eine endlose Stunde später hielt Wyant triumphierend einen Datenchip mit den angeforderten Informationen zwischen zwei Fingern.

„Ich danke Ihnen für Ihre Hilfe. Wir sind dadurch ein ganzes Stück weitergekommen. Bewahren Sie bitte Stillschweigen. Zu niemanden ein Wort. Es geht um die Sicherheit der Erde. Zuwiderhandlungen bringen Sie ins Gefängnis", sagte Jones und reichte Mandan Singhk die Hand.

„Ist gut, Sir. Keine Sorge. Niemand erfährt etwas", erwiderte Mandan Singhk und nahm hastig die elektronische Visitenkarte des Admirals an.

„Schicken Sie die Rechnung an das Büro des Generalinspekteurs. Sie bekommen dann die Kosten für die Datenübertragung erstattet", sagte Wyant und verabschiedete sich. Die beiden Offiziere verließen das Gebäude und machten sich wieder auf den Weg zum Aerospaceport. Kurze Zeit später saßen beide wieder im Flieger nach New York.

„Ich stürze mich gleich in den nächsten Sitzungsmarathon. Versuchen Sie bitte mal die Daten auszuwerten. Sie können meine Zugangscodes für den Zentralspeicher des Sicherheitsdienstes verwenden. Damit sollten Sie die Flugbewegungen abgleichen können", sagte Jones.

„Hört sich gut an. Ich bin schon mächtig gespannt, was ich im Archiv des Sicherheitsdienstes sonst noch finde", erwiderte Wyant.

„Vorsicht Leutnant. Jeder Suchvorgang wird registriert. Konzentrieren wir uns auf die *Centurion* und die Beweise für unseren Verdacht. Das andere müssen Sie kreativ lösen."

Keine Sorge, Sir. Ich habe schon eine Idee wie ich das

angehe."

„Es gibt vielleicht noch eine Möglichkeit wie wir an bessere Informationen herankommen. Ich kenne einen der metanischen Senatoren. Ich könnte mir vorstellen, dass er uns ergänzende Daten über mögliche Charter vom metanischen Sicherheitsbüro beschaffen kann."

„Vorausgesetzt er ist immer noch auf der Seite des Bündnisses", bemerkte Sam Wyant ein.

„Senator Mechet'var ist ein kluger Kopf. Er lässt sich nicht von der Propaganda einnehmen", erwiderte Willard Jones.

Leslie Draper warf einen Blick auf den Monitor des Umgebungsradars.

„Offensichtlich befinden sich einige Asteroiden in der Nähe. Ich kann keine exakte Massenbestimmung des Objekts vornehmen. Die Sensoren sind irgendwie gestört und das trotz ECM."

„Hier gibt es keine Asteroiden und die ECM-Module haben keine Auswirkung auf unsere Sensoren. In erster Linie können wir damit fremde Sensoren stören oder verhindern, dass wir von intelligenten Waffen getroffen werden. Filtern Sie die Störungen raus", erwiderte Frank.

„Die Distanz zum Objekt beträgt jetzt noch eine Million Kilometer. Es liegt immer noch kein Identifikationscode vor."

„Das gefällt mir nicht. Wir müssten bei dieser Entfernung längst ein sauberes Bild haben. Das sieht mehr nach einem Störsender aus", sagte er als er ihre Daten prüfte, „aktivieren Sie vorsichtshalber die Jammer. Schirme voll hochfahren. Mündungsklappen öffnen und Torpedos feuerbereit halten. Ich mache die Hellfiregeschütze klar. Sieht ganz nach einem Hinterhalt aus."

Franks Aufmerksamkeit wechselte zwischen seinen eigenen Bildschirmen und Leslies Bemühen, den Überblick über ihre Instrumente nicht zu verlieren. Zwar war ihm nicht entgangen, dass sie in den letzten Stunden sehr viel dazu gelernt hatte, aber er wagte sich nicht vorzustellen, wie sie in einer extremen Situation reagieren würde.

„Schutzschirme haben volle Kapazität. Energiefluss ist normal. Torpedorohre eins und zwei sind offen und feuerbereit", sagte Leslie mit selbstbewusster Stimme.

„Sehr gut, Colonel", lobte Frank, während er die Plasmaantriebe erneut drosselte, „die Geschütztürme sind ausgefahren. Automatische Zielerfassung auf fünfhunderttausend Kilometer eingestellt. Senden Sie jetzt unseren ID-Code."

Sie suchte den Schalter fand ihn aber nicht

„Rechts oben, zweite Reihe der Gelbe. Nicht nervös werden. Kommunikation ist immer gelb."

„Ich bin nicht nervös", gab sie zurück, „soll ich das Sensorperiskop ausfahren?" Sie hatte die Finger schon am Schalter.

„Ja, und behalten Sie bloß die Umgebung im Auge."

Leslie tat es sofort, während Frank die *Hawk* noch weiter verlangsamte und auf Handsteuerung schaltete. Sie versuchte ihr Glück mit einer Kombination von Interferenzfiltern und Rauschfiltern, um die Störungen noch weiter zu unterdrücken. Frank war überrascht als er das Ergebnis betrachtete, das auf beiden Monitoren zu sehen war. Leslie hatte eine neunzig prozentige Rauschunterdrückung erreicht. Das Bild war fast völlig klar. Sie hatte die Identifikation sofort parat.

„Das ist ein Schiff der Centurionklasse", sagte sie, „aber immer noch kein ID-Code."

„Hm, das Kennzeichen ist noch nicht auszumachen. Wir müssen noch näher heran. Sind irgendwelche Schäden auszumachen?"

„Ich kann nichts feststellen. Die Strahlungsemissionen sind normal. Keine ungewöhnliche Infrarotaktivität und keine Schutzschilde. Bis auf den Notruf ist das Schiff elektronisch tot", las Leslie von ihren Geräten ab.

„Lebt da drüben noch etwas?"

„Nein, Commander, Bioscan negativ", erwiderte sie knapp.

„Verlassen? Das gefällt mir absolut nicht, Colonel. Haben Sie mittlerweile die Computeranalyse der Störungen?"

„Nicht viel: es handelt sich um ein gepulstes Hochfrequenzsignal. Kodierung unbekannt. Der Sender umgeht unsere Jammer mit einer sich stetig anpassenden Phasenverschiebung", erwiderte Leslie. Frank schluckte einen Fluch hinunter. Die *Hawk* hatte sich inzwischen auf fünfhunderttausend Kilometer herangeschoben. Frank schaltete das multispektrale Periskop auf den Hauptmonitor. Die *Centurion* hob sich im Bordteleskop kaum vom alles absorbierenden Schwarz des Raumes ab.

„Ich kann das Kennzeichen noch nicht ausmachen. Schalten Sie bitte den Richtstrahler ein."

Leslie kam der Bitte nach und konzentrierte sich dann wieder auf ihre Schirme. Der Richtstrahler der *Hawk* verlieh dem anderen Schiff einen schwachen, bleiernen Glanz. Sein Spot leuchtete die Oberfläche der *Centurion* Stück für Stück aus. Im letzten Drittel des Rumpfes konnte er schließlich sechs dunklere Flecken erkennen, aber der Restlichtverstärker konnte mit den Filteralgorithmen immer noch keine aussagekräftigen Kennzeichenkombinationen generieren. Zähe Sekunden in angespannter Stille vergingen. Die *Hawk* hatte sich nun bis auf einhunderttausend Kilometer genähert. Endlich reichte die Auflösung der Bordinstrumente aus.

„AKA 999", sagte Frank plötzlich und vergewisserte sich noch einmal, ob er auch richtig gesehen hatte.

„Das ist Arianas Schiff".

„Es stimmt", erwiderte Leslie, „der Flug ist gemeldet. Ich habe soeben die Daten vom Dädalus Stationscomputer erhalten."

„Das wissen wir ja, aber was hat sie hier zu suchen? A-riana bitte melden Sie sich", funkte Frank. Zähe Minuten vergingen. Eine Antwort blieb aus. Leslie saß wie auf glühenden Kohlen, bewegte sich unruhig auf ihrem Sitz, während Frank immer wieder die Daten der Lebensformscanner prüfte. Nur wenige hundert Meter waren die beiden Schiffe noch voneinander entfernt. Frank stoppte die *Hawk*. Er hoffte, irgendetwas hinter den großen Panoramafenstern der *Centurion* zu erkennen. Nichts tat sich auf dem Geisterschiff.

„Hier ist Commander Frank Dorn vom fünften Aufklärungsgeschwader. Ich rufe AKA 999. Ariana melden Sie sich endlich." Die Anspannung wuchs in ihm, je länger seine Funksprüche unbeantwortet blieben.

„Ich möchte nur wissen, was dort drüben los ist", sagte er und drückte erneut die Sprechtaste.

„Ariana, bitte melden Sie sich oder geben Sie ein Zeichen, wenn Sie nicht senden können." Wieder verstrichen einige Minuten ohne, dass etwas passierte.

„Die Störungen kommen jetzt nur noch sporadisch und reichen für eine Analyse nicht aus. Was jetzt?", fragte Leslie.

„Wachsam bleiben. Wir fliegen eine Schleife um das Schiff und sehen nach ob die Rettungsfähren noch an Bord sind", antwortete Frank. Er schaltete die Plasmastrahltriebwerke ein und flog mit Viertelschub einen engen Bogen um die *Centurion*. Der gleißende Lichtfleck des automatisch gesteuerten Richtstrahlers glitt sanft über die triste Haut des schweigenden Schiffes, als hätte er die Fähigkeit, ihm neues Leben einzuhauchen. Er machte alle Details sichtbar.

„Die Startschleusen auf der Steuerbordseite sind noch geschlossen. Also befinden sich die Rettungsfähren noch an Bord", stellte Leslie fest und zeigte auf den Monitor, der dem Bild einen dreidimensionalen Aufriss aus der Datenbank überlagerte. Frank versuchte, die Abschirmung des Steuerungscomputers der *Centurion* zu knacken.

„Ich bekomme keinen Zugriff auf den Bordcomputer der *Centurion*. Es hilft alles nichts. Ich muss da rüber, Colonel."

„Ich halte das nicht für klug", erwiderte sie knapp.

„Wollen Sie hier Wurzeln schlagen? Wir müssen nachsehen was los ist", gab Frank zurück. *Etwas* in seinem Unterbewusstsein trieb ihn an.

„Dann werde ich die Schleuse zum Andocken lokalisieren", sagte sie darauf.

„Moment", warf Frank ein, „ich habe nichts von andocken gesagt. Ich nehme das Rettungsmodul und fliege rüber."

„Was? Jetzt warten Sie mal", protestierte Leslie nachdem sie geschluckt hatte, „soll das heißen, Sie lassen mich hier allein?"

„Wir können nicht andocken, weil wir die Feldparameter von Arianas Schiff nicht kennen. Sonst könnten wir unsere Schutzschirme kombinieren. Wenn wir trotzdem docken, müssen wir die Schilde abschalten. Ein Treffer und wir sind im Eimer, verstehen Sie? Ich nehme das Modul. Wir brauchen so nur die Heckschirme kurz abschalten. Das Risiko ist wesentlich geringer. Sie werden hier schon klarkommen, Madam. Es wird nicht lange dauern", erklärte Frank Dorn.

„Oh nein, Commander! Jetzt schalten Sie mal Ihren hormongesteuerten Verstand auf Normal zurück", sagte Leslie aufbrausend, „wenn, dann gehe ich. Ich habe keine Lust hier alleine zu bleiben. Was soll ich machen, wenn Ihnen dort drüben etwas passiert?"

„Ihr Vertrauen in mich ist wirklich überwältigend. Wird schon klappen", erwiderte Frank spöttisch.

„Verschonen Sie mich mit Ihrem blöden Zynismus", antwortete sie, „ich habe das Kommando."

„Bitte, Colonel. Kennen Sie sich da drüben aus?"

„Nein, aber…"

„Aber ich", sagte Frank entschlossen, „es bleibt dabei: ich gehe." Noch bevor sie sich aus der Überrumpelung erholt hatte, stemmte er sich aus dem Sitz und verschwand aus dem Cockpit. Frank holte seine Waffe aus der Kabine und meldete sich kurz darauf aus dem Rettungsmodul im Heck der *Hawk*.

„Öffnen Sie jetzt das Schott und deaktivieren Sie den Heckschirm."

Leslie war stinksauer, aber sie spielte wortlos mit.

Das rechteckige Schott klappte langsam auf und gab den Weg in den Raum frei. Frank löste das pneumatische Katapult aus. Das kleine Rettungsmodul glitt ins All. Leslie schloss das Schott wieder und reaktivierte die Schildhemisphäre achtern.

„Lassen Sie die Scanner nicht aus den Augen. Diese Störungen sind keinesfalls normal", funkte er. Frank erreichte die *Centurion*, drehte das kleine Schiff um die Hochachse und dockte mit dem Standardschleusenadapter, der sich am Heck des Moduls befand, an. Er machte sich große Sorgen um Ariana. Frank wartete bis die Druckanzeige grün aufleuchtete. Zügig öffnete er die Schleuse und betrat das schweigende Schiff. Die Notbeleuchtung der *Centurion* flackerte auf.

„Ich bin jetzt drin, Colonel", meldete er über das Intercom. Langsam bewegte er sich in Richtung Brücke. Frank spähte vorsichtig in den Seitengang. Der Gang war leer. Er wartete einen Augenblick. Plötzlich vernahm er ein metallisches Knackgeräusch am Ende des Ganges, welches voll im Dunkeln lag. Dort, in der Mitte der *Centurion* teilte sich der ovale Korridor in zwei Gangröhren. Eine führte zum Maschinenraum, die andere zu den Rettungsfähren.

Langsam ging er in Richtung der Fähren. Jetzt flackerte auch hier die Notbeleuchtung auf, die durch Bewegungssensoren in den Gangwänden eingeschaltet wurde. Frank sah sich gründlich um, öffnete alle Türen zu den Kabinen und Wartungskammern, betrat die Räume und suchte nach Anhaltspunkten. Nirgendwo fand er eine Spur von Ariana. Frank vermutete Temperaturschwankungen in den Metallwänden als Ursache für das Geräusch. Er kehrte zurück, um die Brücke aufzusuchen.

„Hallo, Colonel", sprach Dorn leise in sein Armbandfunkgerät, „ich erreiche jetzt gleich die Brücke. Ariana habe ich noch nicht gefunden, Ende."

„Warten Sie, Commander", erwiderte Leslie. „ich bekomme gerade Subraumfunkspruch von Leutnant Wyant. Die Übertragung wird massiv gestört. Ich kann kaum etwas verstehen." Sie hielt einen Augenblick inne.

„Es ist ein Syndikatsschiff! Nichts wie raus da!" Leslie Drapers Stimme spiegelte höchste Anspannung wieder.

„Verdammt", fluchte Frank. Er machte ohne zu zögern kehrt und hastete zur Schleuse zurück. Zwei Meter bevor er sie erreichte, klappte sie zu. Frank griff die Kurbel der Verriegelungseinheit und stemmte sich mit aller Kraft dagegen. Der Mechanismus war stärker. Die Schleuse war endgültig zu und die Druckanzeige erlosch.

„Haben Sie meine letzte Meldung verstanden, Commander?", fragte Leslie.

„Ja, Colonel. Hören Sie zu. Die Schleuse wurde automatisch verriegelt. Ich kann im Augenblick nichts machen. Ich werde versuchen zur Brücke zu gelangen. Vielleicht kann ich sie von dort wieder öffnen."

„Verstanden, aber beeilen Sie sich", antwortete Leslie aufgeregt.

Frank nahm seine Waffe aus dem Halfter und ging langsam den Hauptgang entlang. Die Schiebetür zur Brücke stand ganz offen. Der fahle Schein der Bedienungskonsolen und Bildschirme fiel auf den Gang und wirkte gespenstisch. Frank blickte vorsichtig in den Raum als er die Tür erreicht hatte. Die Brücke war leer. Die einzige Aktivität ging von einigen Instrumenten aus. Er ging zu Arianas Platz und drückte ein paar Knöpfe auf der Konsole.

„Ich bin jetzt auf der Brücke, Colonel."

„Schnell, Commander. Wir bekommen Besuch. Zwei unbekannte Schiffe nähern sich mit hoher Geschwindigkeit. Was soll ich tun?"

Frank hörte Leslies Angst, auch wenn sie versuchte sie zu verbergen.

„Bleiben Sie ruhig. Stellen Sie erst mal den Typ fest. Ich bin im Moment mit dem Hauptsystem beschäftigt. Es scheint codiert worden zu sein. Ich bekomme keinen Zugriff", meinte Frank. Er steckte seine Waffe weg und setzte sich.

„Viper-Klasse. Das sind atairische Zerstörer der Baureihe zwei. Sie haben sich offenbar im Hyperraum versteckt gehalten. Sie sind die Störquelle. Ich habe die Schutzschirme auf hundertzehn Prozent geschaltet."

„Gut so, Colonel", sagte Frank, „sobald wir angegriffen werden erwidern Sie das Feuer. Ich werde hier alles tun um Ihnen zu helfen. Viel Glück."

„Aber die Schiffe senden unseren Flottencode. Wir können nicht schießen", widersprach Leslie.

„Syndikattricks", sagte Frank knapp. Er konnte das Geschehen durch die großen Panoramascheiben der Brücke genau verfolgen. Die Rotte der Zerstörer flog in enger Formation heran und eröffnete ohne Vorwarnung das Feuer auf Leslie Draper. Die Strahlsalven brachten das Deflektorfeld der *Hawk* zum Erleuchten. Frank versuchte die Waffen der *Centurion* zu aktivieren, aber es gelang ihm nicht. Auch dieses Kontrollpult war verriegelt. Die *Hawk* stand immer noch bewegungslos im Raum. Wieder und wieder wurde sie von den gut liegenden Strahlenfächern getroffen. Noch hielten die Schirme den zerstörerischen Energien stand. Frank sorgte sich ernsthaft um Leslie. Wenn sie nicht bald etwas unternahm, hatte sie keine Chance. Er fluchte und schlug in hilfloser Wut mit der Faust auf das Bedienpult. Die gerade getroffene Stelle im Energieschild des terranischen Schiffs glühte heftig nach. Frank wusste, dass der Schutzschirm überlastet war. Jeden Moment konnte er zusammenbrechen. Die Sekunden dehnten sich für Frank zur Ewigkeit.

„Verdammt, Colonel. Unternehmen Sie endlich etwas. Feuern Sie. Die haben es offenbar nur auf Sie abgesehen", rief er in sein Sprechgerät. Leslie Draper antwortete nicht. Die beiden Syndikatsschiffe lösten ihre Formation auf um einzeln anzugreifen. Frank hantierte immer noch am Steuerpult herum. Plötzlich gelang es ihm etwas Schub auf die Kontrolldüsen zu bekommen. Behäbig setzte sich die schwere *Centurion* in Bewegung. Frank hielt genau zwischen die *Hawk* und die Angreifer. Im selben Moment raste die *Hawk* los und fegte über die *Centurion* hinweg. Beinahe hätten sich beide Maschinen gestreift. Leslie Draper hatte offensichtlich einige Probleme Steuerung und Waffen gleichzeitig zu bedienen. Die Angreifer flogen bereits wieder auf Schussweite heran und hüllten die *Hawk* mit ihren Strahlenfächern ein. Im selben Augenblick löste sich ein Torpedo von der *Hawk* und krachte in eines der Syndikatschiffe. Der Antimateriegefechtskopf detonierte und sein tödliches Potenzial hüllte den Angreifer in eine Wolke bläulicher, gleißend heller Entladungsblitze. Das Schiff begann zu schlingern. Sein Backbordtriebwerk explodierte und zerfetzte den gesamten Flugkörper.

„Ja, gut so. Heizen Sie denen ein", rief Frank erleichtert in die Sprechanlage. Der zweite Aggressor drehte ab und flog um die *Centurion* herum. Leslie riss den Steuerknüppel herum, drehte das Schiff gleichzeitig um zwei Achsen und folgte ihm. Der Hochenergieblaster hämmerte los, aber der Gegner tauchte geschickt unter der Salve weg, rollte ab und griff an. Die *Hawk* bekam zwei Treffer, aber der Schirm hatte sich wieder erholt und die Feldgeneratoren lieferten genug Energie um standzuhalten. Leslie Draper gab den Zielsuchern mehr als genug Zeit sich zu fixieren. Sie zog den roten Griff im Steuerknüppel mit ihrem rechten Zeigefinger durch. Die schweren Hellfirekanonen auf dem Triebwerkskomplex der *Hawk* durchschlugen die schwachen Schirme des Syndikatschiffs nahezu mühelos, rissen es auf und verwandelten es in einen Funkenregen. Leslie kehrte auf die alte Position zurück. Frank hatte die Kontrolldüsen der *Centurion* wieder abgestellt.

„Das war eine saubere Leistung, Colonel. Einen Moment lang dachte ich, Sie würden es nicht schaffen", sagte er anerkennend.

„Danke, aber ich glaube der Schirm hat etwas abbekommen. Ich habe die Umgebung nochmals abgetastet. Es ist alles in Ordnung. Die Sensoren arbeiten wieder einwandfrei. Ich schalte den Schirm ab und docke jetzt an."

„Nein. Warten Sie noch. Ich will erst das Schiff durchsuchen."

„Das können wir zu zweit viel schneller", erwiderte sie, „außerdem kommen Sie sowieso nicht mehr von alleine dort drüben weg, oder?"

„Ja, aber ich habe trotzdem kein gutes Gefühl dabei", antwortete er.

„Ach, ich soll wohl die traute Zweisamkeit nicht stören. Wissen Sie was? Sie sind ein Sicherheitsrisiko und *ich* habe das Kommando", antwortete sie spitz.

Frank musste zusehen, wie sie ihren Willen durchsetzte und an der zweiten Schleuse auf dem Rücken der *Centurion* andockte, nachdem sie die Schutzschirme abgeschaltet hatte. Wenig später erschien sie auf der Brücke. Sie setzte sich auf den anderen Sessel und schlug lässig die Beine übereinander.

„Ich habe gerade eine Nachricht über unseren Status an den Admiral geschickt. Leider sind die Subraumkanäle immer noch gestört. Wir hätten gleich an die Notschleuse andocken sollen", kritisierte Leslie.

„Na klar doch. Dann wäre unsere Maschine jetzt im Eimer. Zusammengeschossen von zwei alten Kisten", erwiderte Frank schroff, „wir können diesen Kahn nur ins Schlepptau nehmen. Selbst mit unserem Bordcomputer kann es Tage dauern bis wir die Codierung geknackt haben."

„Zuerst durchsuchen wir noch das Schiff", schlug Leslie vor.

„Das werden Sie nicht, Colonel", sagte eine Stimme hinter ihnen. Frank und Leslie drehten sich um und blickten in die Mündung eines Impulsgewehres. Colonel Drapers Hand fuhr ruckartig zum Halfter.

„Nein, nicht", knurrte Frank und hielt sie mit einer Handbewegung zurück.

„Verdammt", fluchte Leslie leise.

„Ich habe mich schon gefragt, wann Sie endlich auftauchen", schob Frank nach. Ariana zog die Augenbrauen hoch und lächelte flüchtig. Sie stand in der Tür und trug wieder einen hautengen, jedoch roten Overall. Darüber bedeckte ein wabenartiges Geflecht aus einem messingähnlichen Metall ihren ganzen Körper. Sie nahm die Maske, die aus dem gleichen Metallgeflecht bestand, ab und ließ sie zu Boden fallen.

„Ich wusste nicht, dass Sie solche Sehnsucht nach mir hatten. Jetzt legen Sie Ihre Waffen ab, aber schön vorsichtig", sagte Ariana. Leslie und Frank lösten die Schnellverschlüsse ihrer Halfter und legten sie langsam auf das Kontrollpult. Ariana hielt sie mit dem Impulsgewehr in ihrer Rechten weiter in Schach, während sie die beiden Halfter an sich nahm.

„Wie sind Sie unseren Sensoren entgangen?", fragte

170

Leslie.

„Indem ich mit diesem sperrigen und unbequemen Kleidungsstück ihre Sensoren schlicht getäuscht habe", erwiderte Ariana gelangweilt.

„Was sollte der Angriff", fragte Frank mit mühsam zurückgehaltener Aggressivität in seiner Stimme.

„Ein reines Ablenkungsmanöver. Es hatte nur den Zweck Colonel Draper zu beschäftigen", antwortete sie. Frank seufzte enttäuscht.

„Warum arbeitet jemand wie Sie für das Syndikat?"

„Sie würden die Gründe nicht verstehen, Commander."

„Erklären Sie mir das doch. Vielleicht können wir uns gegenseitig helfen", schlug Frank vor.

„Sie verschwenden Ihre Zeit", warf Leslie ein, „sie wird uns bestimmt nicht helfen."

„Sehr richtig, Colonel. Er verschwendet wirklich seine Zeit", meinte Ariana, während sie Leslie mit einfachen Magnetschlaufen an den Sitz fesselte.

„Warum haben Sie mich dann nicht einfach in der Wüste zurückgelassen? Ich glaube Ihnen einfach nicht", sagte Dorn.

„Sie haben immer noch nicht begriffen, dass Sie Teil des Plans sind", antwortete Ariana.
„Schon möglich", gab Frank zurück, „aber ich glaube nicht, dass ich mich in Ihnen so getäuscht habe. Sie sind nicht vom Syndikat. Das sehe ich in Ihren Augen." Ariana zögerte einen Moment und atmete tief ein. Frank hoffte, den wunden Punkt gefunden zu haben und bohrte weiter.

„Mit Ihrer Hilfe hätten wir vielleicht noch eine Chance. Ich spüre wie Sie mit sich ringen. Sie gehören doch nicht zu denen. Bitte helfen Sie uns."

„Da irren Sie sich und jetzt Schluss mit dem Gerede", blaffte Ariana zurück.

„Sie sind nicht so", sagte Frank.

„Dann passen Sie mal auf", erwiderte Ariana. Sie ging

auf Frank zu und fasste an seinen Nacken. Er spürte einen kurzen, stechenden Schmerz und sackte lautlos zusammen.

„Was haben Sie mit ihm gemacht?", schrie Leslie und zerrte an ihren Fesseln.

„Ich habe ihn mit einem Nervengriff aus dem Verkehr gezogen. Sein Gerede ging mir auf den Wecker. Also verhalten Sie sich gefälligst ruhig, sonst ergeht es ihnen genauso", drohte Ariana. Ihr Blick hatte sich verhärtet und Leslie zweifelte keinen Augenblick daran, dass sie es ernst meinte. Ariana bediente die Kontrollpulte in rasender Eile. Die *Centurion* erwachte zum Leben. Die Triebwerke schoben das Schiff in den Hyperraum. Die *Hawk* und das kleine Rettungsmodul waren immer noch angekoppelt. Ariana schleppte Frank in eine der bequemen Kabinen auf dem Achterdeck. Dann löste sie Leslies Fesseln und führte sie mit der Waffe im Anschlag ebenfalls in eine Einzelkabine.

„Machen Sie ja keine Schwierigkeiten", schärfte Ariana ihr ein, „Sie haben ein sehr hitziges Temperament. Zügeln Sie es." Die Tür schloss sich.

„Zum Teufel mit Ihnen", rief Leslie laut und schlug gegen die Tür. Ariana antwortete nicht darauf. Leslie setzte sich niedergeschlagen auf die Liege. Frank hatte leider Recht behalten. Sie säßen wahrscheinlich nicht beide in der Falle, wenn sie mit dem Dockmanöver abgewartet hätte.

Admiral Willard Jones ließ sich seine Frustration über die gerade erhaltene Hyperraumnachricht nicht anmerken. Er hatte mehrfach versucht, Senator Mechet'var vom Mechetmari Clan zu erreichen. Leider waren seine Versuche erfolglos geblieben. Der Senator war nicht zu sprechen. Danach hatte er versucht, Colonel Draper über einen Subraumkanal auf einer vereinbarten Geheimfrequenz zu erreichen. Auch dieser Versuch schlug fehl. Der Admiral trat aus der Kommunikationskabine des Regierungsgebäudes und fühlte sich hundemüde. Leutnant Sam Wyant kam mit hastigen Schritten die Treppe zur ersten Etage hoch und erreichte Jones.

„Sir, gerade wurde es in den Nachrichten durchgegeben. Im metanischen Senat haben die konservativen Kräfte die Oberhand gewonnen. Die Mehrheit ist zwar knapp, aber die Kas'aari sind so gut wie an der Regierung. Sie plädieren bereits für einen Austritt aus dem Bündnis und für Vergeltung an der Entführung der Regentin. Die terranische Botschaft wurde von Anhängern der Kas'aari abgeriegelt", sagte er atemlos, „außerdem habe ich herausgefunden, wem die *Centurion* gehört: sie flog für den terranischen Sicherheitsdienst und wurde mehrfach umregistriert. Die Maschine trug zuvor das Kennzeichen ABK-371. Offensichtlich wurde das Schiff dadurch wieder legalisiert. Es gibt einen kurzen und sehr versteckten Hinweis auf eine Löschung. Das ist der Grund, warum sich das Schiff wieder frei bewegen kann. Was genau dahinter steckt konnte ich nicht herausfinden." Wyant atmete einige Male tief durch.

„Ich habe Frank und Colonel Draper zwar erreicht und sie gewarnt, aber die Verbindung war extrem schlecht. Das hörte sich nach einer aktiven Störquelle an. Möglich, dass sie in eine Falle gelaufen sind."

„Verdammt, das fehlt uns gerade noch", sagte der Admiral leise und biss die Zähne zusammen.
Präsident Sergeij Tamaskie bog um die Ecke. Er wurde von

vier Sicherheitsbeamten begleitet, die dezent Abstand hielten. Sam hatte eine Sitzungspause erwischt. Tamaskie grüßte beide Offiziere mit einem müden Kopfnicken. Die Krise zehrte deutlich an seinen Kräften.

„Ich sehe es Ihnen an, dass Sie die neueste Entwicklung auf *Meta* bereits kennen."

„Der Leutnant hat mich gerade informiert", erwiderte Jones nickend.

„Unserem Sonderbotschafter wurde die Einreise verweigert. Er befindet sich bereits wieder auf dem Rückflug", fuhr Tamaskie mit resignierter Stimme fort und rieb sich die Augen, „ich hoffe, Sie haben bessere Neuigkeiten für mich."

„Unsere Ermittlungen konzentrieren sich auf Admiral Ashborne. Nach allem, was wir bisher ausgraben konnten, ist er der Verbindungsmann zum Syndikat. Uns fehlen aber die rechtskräftigen Beweise", erklärte Jones.

„Wir haben bis jetzt leider nur Indizien und kommen an dringend benötigte Informationen nicht heran. Es handelt sich dabei um capellanische Konten, die auf den Sicherheitsdienst ausgestellt sind", ergänzte Wyant.

„Sehr interessant, aber da werden Sie einen schweren Stand haben, meine Herren. Ashborne ist ein Veteran. Erhaben über jeden Zweifel", antwortete der Präsident und verschränkte seine Arme.

„Der ideale Verbindungsmann für das Syndikat", sagte Wyant leise.

„Schon möglich, Leutnant. Aber wir sind ein Rechtsstaat und können Ashborne nur aufgrund eindeutiger Beweise überführen. Beweise, die Sie nicht haben."
Willard Jones seufzte.

„Ich werde ihn im Rat mit unseren Indizien konfrontieren."

„Ich rate Ihnen davon ab. Wenn das schiefgeht ist Ihre Karriere beendet, Gentlemen. Das ist Ihnen doch klar", erwiderte Tamaskie. Wyant verzog kaum merklich sein Gesicht. Willard Jones nickte.

„Ja, das ist klar, Herr Präsident. Ashborne war einer der wenigen Initiatoren von *Orions Schwert*. Für die anderen lege ich meine Hand ins Feuer. Für Ashborne nicht mehr. Ich will sehen wie er reagiert, wenn das Eis, auf dem er steht, dünner wird. Dafür übernehme ich alleine die Verantwortung."

„Das hat noch weitere Konsequenzen, Will. Wenn Sie *Orions Schwert* in der Sitzung erwähnen, wird man uns über die Hintergründe fragen. Es gibt dann kein Geheimprojekt mehr", bemerkte Tamaskie.

„Ich weiß. Dieses Opfer müssen wir wohl bringen", antwortete Jones entschlossen, „es geht um die Erde und um das Bündnis. Geheim ist diese *Orion-Allianz* sowieso nicht mehr. Es spielt keine Rolle, Sir."

Sergeij Tamaskie seufzte skeptisch.

„Ich halte das für keine gute Idee, Will. Vielleicht sollten Sie eine Untersuchung beantragen." Willard Jones holte tief Luft und sah Tamaskie direkt in die Augen.

„Und wann wird diese Untersuchung dann abgeschlossen sein, Sir? Ich fürchte wir haben nicht die Zeit. Ich brauche Ihre Rückendeckung." Tamaskie blickte zu Boden und nickte kaum merklich.

„Schwierig. Sehr schwierig. Aber lassen Sie uns hinein gehen, Gentlemen."

Der Präsident winkte seine Sicherheitsbediensteten herbei, die nun auch Jones und Wyant in ihren Kreis aufnahmen.

„Haben Sie Dorn erreicht?", fragte Sam Wyant.

„Nein. Ich habe keinen Kontakt bekommen. Es war nur eine Meldung von Colonel Draper im Speicher von Dädalus-Com. Sie haben die *Centurion* lokalisiert, aber das Schiff war offenbar tot. Dorn ist umgestiegen. Danach brach der Kontakt ab. Es gab eine Menge Störungen", entgegnete der Admiral. Die Gruppe setzte sich in Bewegung um den Sitzungssaal aufzusuchen.

„Hört sich nicht gut an, Sir. Ich hoffe, dass Sabrina rechtzeitig vor Ort war", erwiderte Wyant.

„Ich mache mir große Sorgen, Leutnant. Vielleicht ist Dorn wirklich am Ende. Er machte keinen guten Eindruck auf mich, wenn ich ehrlich bin."

Sie erreichten den Sitzungssaal. Nach und nach füllte sich der Raum. Einige Ratsmitglieder standen in kleiner Gruppe zusammen und diskutierten. Dem Rat gehörten neben Tamaskie, dem Innen- und Außenminister noch der Flottenminister, der Leiter des Sicherheitsdienstes Thomas Ashborne, der Stabschef sowie die beiden Präsidentenberater, zwei Staatssekretäre und die Staatssekretärin des Außenministeriums, Heather de Agostini, an. Die beiden Raumflottenoffiziere waren in dieser Runde die Ausnahme.

Sergeij Tamaskie setzte sich auf seinen Stuhl am Kopf des Tisches. Links neben ihm nahmen Willard Jones und Sam Wyant unter den verwunderten Augen der anderen Ratsmitglieder Platz. Nach und nach kehrte Ruhe ein und Präsident Tamaskie ergriff das Wort.

„Was Sie jetzt hören bleibt vorerst außerhalb des Protokolls. Admiral Jones hat Neuigkeiten für uns. Ich bitte sie, aufmerksam zuzuhören." Er machte eine kurze Pause. Jones holte einen Holo-Chip aus seinem Aktenkoffer, dessen Daten er über das Interface auf die Monitore brachte.

„Admiral, Sie haben das Wort."

Willard Jones erhob sich und ging mit sicheren Schritten zur Projektionswand, wo ihn alle sitzenden Ratsmitglieder sehen konnten. Er schilderte das Geschehen und die Ermittlungen in allen Details und sprach sehr ernst über seine Vermutungen bezüglich Ashborne, jedoch ohne ihn namentlich zu nennen.

Jones ging zu seinem Platz zurück. Die meisten Augenpaare richteten sich auf Thomas Ashborne, der neben Außenminister Thordal West und Flottenminister Mel van

Aaden saß.

Ashborne lehnte sich ohne erkennbare Mimik in seinen Stuhl zurück und begann nach einem weiteren Augenblick leise zu lachen und sagte kopfschüttelnd:

„Ich fürchte, da hat sich jemand einen deftigen Scherz erlaubt. Sie glauben doch wohl nicht, was Sie eben gehört haben. Ich kann mir auch nicht vorstellen, dass Admiral Jones das selbst glaubt. Ich bin seit dreißig Jahren Offizier in der Raumflotte. Den Sicherheitsdienst leite ich seit über zehn Jahren. Jeder halbwegs intelligente Mensch kann mit einem Mindestmaß an krimineller Energie so etwas durchführen. Sie alle wissen, dass der Leiter eines Sicherheitsdienstes genügend Feinde hat. Und natürlich bedienen wir uns ziviler Schiffe für geheime Operationen. Das ist nicht illegal."

Willard Jones blieb stehen und antwortete Thomas Ashborne ebenso ruhig.

„Das mag sein Admiral, aber dies ist nicht das Werk von Kleinkriminellen. Es trägt die Handschrift einer großen Organisation und ich habe Sie doch gar nicht beschuldigt. Wir wurden schon einmal verraten als wir das Syndikat und Eva Johnson beinahe in der Falle hatten. Jetzt ist dies erneut passiert. Allerdings taucht Ihr Name bei der Ablehnung einer gut bewaffneten Eskorte für das metanische Flaggschiff auf. Seltsam, oder nicht?"

„Das kann gefälscht worden sein. Muss ich Ihnen hier wirklich das Einmaleins der Ermittlungstechnik beibringen, Jones? Ich höre mir diesen Unsinn nicht länger an, Herr Präsident. Diese Anschuldigungen sind ungeheuerlich. Mein Stab ist gerne bereit die Unterlagen zu prüfen und bei Verdachtsmomenten sauber zu ermitteln. Ich bitte Sie diesen Dilettantismus nicht länger zu unterstützen", erwiderte Ashborne.

Alle blickten gespannt auf Sergeij Tamaskie. Willard Jones setzte sich und befürchtete, dass seine Karriere nun keinen

Pfifferling mehr wert war. Heather De Agostini saß rechts neben Tamaskie. Sie beugte sich vor und flüsterte ihm etwas zu. Der Präsident nickte kaum merklich, faltete ruhig seine Hände, legte sie auf den Tisch und blickte jedem der Anwesenden einen Moment lang ins Gesicht.

„Wir befinden uns in der schwersten interstellaren Krise seit wir denken können und die Indizien sind sehr schwerwiegend. Admiral Ashborne: ich supendiere Sie vom Dienst bis die Sache aufgeklärt ist. Sie werden sich zur Verfügung halten. Dem Antrag der Kollegin De Agostini, einen Untersuchungsausschuss einzuberufen, gebe ich statt."

Ashborne starrte den Präsidenten ungläubig an.

„Ich protestiere in aller Form", rief Innenminister Mendez entsetzt, „der Sicherheitsdienst untersteht meiner Verantwortung. Ich kann nicht glauben, was hier geschieht. Aufgrund solcher lächerlichen Indizien und Beschuldigungen können Sie einen bewährten Offizier nicht entlassen."

„Die Flotte ist in Alarmzustand versetzt. Der Präsident bestimmt die Richtlinien der Politik und in einer Krise habe ich den militärischen Oberbefehl. Das schließt auch den Sicherheitsdienst ein. Außerdem entlasse ich den Admiral nicht. Ich will diese Sache geklärt haben. Meine Entscheidung steht fest. Admiral Jones genießt mein volles Vertrauen. Er wird die Untersuchung leiten. Er wird mir oder Minister West Rechenschaft ablegen. Damit ist dieses Thema vorerst beendet", erwiderte Tamaskie ruhig, aber bestimmt.

„Das Thema ist keinesfalls beendet. Ihre absurden Verdächtigungen werden ein juristisches Nachspiel haben. Ich habe mir nichts zuschulden kommen lassen", fluchte Ashborne und blickte Willard Jones grimmig an.

„Ich fordere restlose Aufklärung über dieses ganze mysteriöse *Orion-Projekt*", sagte Mel van Aaden.

„Ladies, Gentlemen, ich bitte Sie", warf Sergeij Tamaskie ein, „jetzt ist nicht die Zeit für Wortgefechte. Wir werden nach der Krise, Gott möge uns helfen, eine Lösung finden. Jetzt müssen wir kühlen Kopf bewahren. Lediglich Admiral Jones wird mit seinen Ermittlungen fortfahren."

„Mein Team hat die *Centurion* nahe der Flugroute nach *Atair 5* gestellt. Leider ist der Kontakt abgerissen. Wir vermuten, dass meine Leute angegriffen wurden." Der Admiral setzte sich wieder.

„Sie haben eigenmächtig ihre Leute in den Raum geschickt um diese Sache aufzuklären?", fragte der Innenminister empört und blickte den Präsidenten an.

„Ja, das habe ich", sagte Willard Jones selbstbewusst, „die Zeit läuft uns davon. Ich musste etwas unternehmen." Der Innenminister wollte gerade richtig aufbrausen, als Sergeij Tamaskie ihn stoppte indem er das Wort ergriff.

„Was schlagen Sie vor, Admiral?"
Mendez sackte in seinen Stuhl zurück.

„Ich bin sicher, dass wir mehr Aufschluss über die Sache bekommen, wenn man uns gestattet, das Büro von Admiral Ashborne und seine Datenspeicher zu durchsuchen. Die *Centurion* ist das einzige Zivilschiff, dessen Reichweite groß genug ist, die äußersten Sektoren zu erreichen."

„Ich protestiere. Sie überschreiten Ihre Kompetenz", entlud sich Ashborne erneut.

„Das steht wirklich in keinem Verhältnis zu den Anschuldigungen", pflichtete der Innenminister bei, „wenn es dazu kommen sollte, werde ich das Parlament bitten, ebenfalls eine Untersuchungskommission zu bilden. Wir haben bis jetzt nur wilde Spekulationen gehört. So mache ich nicht weiter. Entweder Sie präsentieren hier Fakten oder wir reden über politische Konsequenzen." Heather De Agostini entschuldigte sich und verließ den Raum, während Ashborne seinen Anwalt über sein Sprechgerät verständigte. Sergeij Tamaskie hatte so etwas geahnt. Er wusste, dass Mendez zunächst seinen Rücktritt und dann ein Misstrauensvotum androhen würde.

„Bitte meine Herren, wir haben doch schon genug Probleme. Was uns noch fehlt, wäre eine Regierungskrise. Ich habe meine Gründe für diese Entscheidung." Sergeij Tamaskie machte eine Atempause und hielt es auf seinem Stuhl nicht mehr aus. Er erhob sich und stützte sich mit seinen Händen auf die graue Tischplatte.

„Die Regierung ist schwach und dieser Zustand verfestigt sich seit mehreren Jahren. Niemand weiß das besser als ich. Das Syndikat ist uns immer mindestens einen Schritt voraus. Unsere außen- und handelspolitischen Erfolge sind sehr dürftig geworden. Wir drehen uns im Kreis. Dafür muss es Gründe geben. Das betrifft auch die Beziehungen zu *Capella* und *Meta*. Ich habe mich gefragt, warum es zu dieser Entwicklung gekommen ist. Meiner Meinung nach gibt es einige Personen in Schlüsselpositionen, die Informationen nach außen geben." Der Präsident machte erneut eine Pause und richtete sich auf.

„Darum habe ich vor einiger Zeit veranlasst, dass ein Ermittlungsteam aus loyalen Personen Nachforschungen anstellt. Die bisherigen Ergebnisse sind beunruhigend."

„Würden Sie uns bitte einweihen, Herr Präsident. Ich habe den Eindruck, dass es noch mehr Geheimnisse gibt, die uns vorenthalten wurden. Ich dachte immer, der Präsidialrat wäre zur Unterstützung der Regierungsgeschäfte da. Das ist nur möglich, wenn wir alles wissen", bemerkte Minister Mel van Aaden sichtlich verärgert.

„*Nach* dieser Krise, Mel", erwiderte Tamaskie hart, „Sie alle können dann so viele Untersuchungsausschüsse einberufen wie Sie wollen. Ich gebe Ihnen hier und heute ein Versprechen: ich werde in meiner mir noch verbleibenden Amtszeit das Syndikat mit allen Mitteln bekämpfen! Der Wähler erwartet von uns, dass wir unsere Pflicht tun. Wir waren viel zu lange untätig. Das hat jetzt ein Ende."

Fast erschien es so als wollte sich Tamaskie selbst Mut machen. Offensichtlich hatte er beschlossen, diese Krise zu nutzen um gestärkt daraus hervorzugehen.

Sabrina Henderson erschien im Cockpit, um Katsuro abzulösen.

„Gibt's was Neues?"

„Allerdings", antwortete der Leutnant, „Sam hat sich gemeldet. Sie haben Ashborne in der Mangel, aber sie wissen nicht, ob es etwas bringen wird. Der Präsidialrat muss darüber abstimmen. Wir sollen uns darauf einstellen, dass wir alleine weitermachen müssen."

„Aha? Sonst noch was?"

„Ja, die Triebwerksspur der *Hawk* endet in etwa drei Minuten, bei dieser Geschwindigkeit. Ich erhalte darüber hinaus noch andere Werte. Harte Strahlung und...", unterbrach sich Katsuro und blickte Sabrina an.

„Trümmer!"

„Was?", fragte sie ungläubig und setzte sich auf ihren Platz.

„Es führt nur eine Plasmaspur weg. Ich glaube es ist noch möglich den Kurs zu bestimmen", ergänzte Katsuro. Sabrina runzelte sorgenvoll ihre Stirn und studierte die Werte auf ihren Anzeigen.

„Die Trümmer passen nicht zu einer *Hawk*", meinte sie nach einigen Augenblicken erleichtert, „der Computer hat übereinstimmende Teile festgestellt, die eindeutig nicht terranischen Ursprungs sind. Außerdem weicht die extrapolierte Massenbilanz der Trümmer sehr stark von der Masse einer *Hawk 6* ab. Also ist Frank noch am Leben. Wir müssen versuchen den anderen Schiffstyp festzustellen, der die Plasmaspur emittiert hat."

„Das habe ich schon versucht. Scheint ein ziemlich

großes Schiff gewesen zu sein", gab Katsuro zurück.

„Du meinst es wäre groß genug um die Randsektoren zu erreichen?"

„Ja, die Dichte deutet auf sehr starke Antriebe hin", sagte Katsuro.

„Also kommt auch eine *Centurion* in Frage. Die Partikelkonzentration ist zwar nicht mehr gut erhalten, aber das Muster deutet dennoch auf ein Zivilschiff hin."

„Konntest Du den Kurs herausfinden?"

Katsuro nickte und drehte den Kopf in Richtung seines Navigationsmonitors.

„Die Flugbahn läuft in Richtung *Deerina 12*."

„Okay, dann mal los", sagte Sabrina Henderson, „versuchen wir da mal dran zu bleiben. Alles fertig für Hyperraummanöver? Ich beschleunige."

Die *B-22* raste der Plasmaspur hinterher.

„Ich kann mir nicht vorstellen, dass sie *Deerina 12* angeflogen haben", sagte Katsuro. Sabrina entspannte sich und zog ihren rechten Fuß auf die Sitzfläche.

„Das werden wir schon herausfinden. Sind die Sensoren auf die höchste Empfindlichkeit eingestellt?"

„Klar. Habe sie auf maximale Reichweite bei größtmöglicher Empfindlichkeit, Sabrina."

„Gut so. Ich möchte nur wissen, was da vorgefallen ist. Hoffentlich müssen wir die beiden nicht irgendwo rausboxen." Sabrina Henderson machte sich Sorgen um Frank und um Colonel Draper. Sie konnte ihre Vorgesetzte, wie die meisten aus dem Geschwader nicht leiden, aber das war jetzt egal. Sie übernahm die Bordwache und Katsuro begann seine Freischicht.

Admiral Thomas Ashborne suchte die Herrentoilette auf und wusch seine Hände. Die Sitzung lief noch immer und er überlegte den nächsten Schritt für seine Verteidigung. Sein Anwalt war bereits auf dem Weg und würde ihn direkt nach der Sitzung treffen, um eine Abwehrstrategie aufzubauen.

Plötzlich öffnete sich die Tür. Heather De Agostini kam herein und blieb mit verschränkten Armen hinter ihm stehen. Ashborne zuckte kaum merklich zusammen, als er sie im Spiegel sah. Er überspielte seine Regung gekonnt.

„Hey, das ist das falsche Departement, aber danke, Heather. Warum hast Du nicht gleich meine Exekution bei dem Schlappschwanz Tamaskie beantragt? Du weißt, dass ich jetzt nichts mehr tun kann?", sagte er vorwurfsvoll. Er trocknete seine Hände ab und drehte sich um. Im gleichen Moment sprühte ihm De Agostini aus einer kleinen Flasche, die sie in ihrer Handfläche verborgen gehalten hatte, eine Substanz ins Gesicht. Ashborne erschrak und atmete das Kontaktgift dabei ein. Es lähmte seine Muskeln und verhinderte einen Schrei. Ashborne sackte keuchend vor ihr auf die Knie.

„Viele Grüße von Eva. *Sie* hat Deine Exekution angeordnet", flüsterte De Agostini. Sie trug schwarze Handschuhe und drückte ihm eine Zyankalikapsel in den offenen Mund. Dann packte sie seinen Kopf und seinen Unterkiefer und bewegte sie ruckartig zusammen. Die Kapsel platzte zwischen seinen Zähnen. Sie ließ ihn los und entfernte sich zur Tür, ohne sich umzusehen. Vorsichtig öffnete sie den Schwinger einen Spalt und spähte hinaus. Niemand war zu sehen. Sie streifte ihre Handschuhe wieder ab, steckte sie, zusammen mit dem Giftfläschchen, in die Tasche ihrer Kostümjacke und atmete zweimal tief durch. Dann verließ sie die Toilette, ging ins Foyer und betrat wieder den Sitzungsraum.

Außenminister Thordal West ergriff als erster das Wort,

nachdem sich der Präsident wieder auf seinen Stuhl nieder-gelassen hatte.

„Wie geht es jetzt weiter? Ich denke wir sollten sofort einen Teil der Flotte mobilisieren und auf die Suche nach den Entführten schicken. Vielleicht ist die politische Situation noch zu retten. Stellen sie sich das vor: terranische Patrouille befreit Geiseln. Das würde sich sehr gut in den Medien machen und wir wären aus dieser unglückseligen Lage endlich heraus."

„Ich lehne eine gewaltsame Befreiung ab", sagte Innenminister Mendez energisch, „jede größere Flottenbewegung unsererseits könnte *Meta* in der augenblicklichen Situation provozieren und zu einem Militärschlag gegen uns verleiten."

„Ich stimme Ihnen zu", bestätigte Tamaskie und wandte sich an Willard Jones, „Admiral Jones, ich bitte Sie um Vorschläge. Wie sollen wir weiter vorgehen?"
Willard Jones blieb sitzen und lehnte sich nach vorne.

„Geben Sie meinem Team etwas Zeit. Wir sollten größere Flottenbewegungen vermeiden. Ich schlage vor, dass zwei Geschwader nach der Basis des Syndikats suchen indem wir die Patrouillen in den verdächtigen Sektoren verstärken. Wenn Sie einverstanden sind werde ich alles Notwendige veranlassen. Der Rest ist Aufgabe des Sicherheitsdienstes, aber wie ich sehe, hat sich Admiral Ashborne schon von der Sitzung verabschiedet."

„In Ordnung. Tun Sie das und erstatten Sie uns regelmäßig Bericht. Wir beenden jetzt die Sitzung und treffen uns in vier Stunden wieder hier. Bleiben Sie bitte abrufbereit. Und irgendjemand vom Hausdienst sollte Admiral Ashborne suchen", schloss der Präsident.
Die Mitglieder erhoben sich nach und nach und einige fingen an, beim Verlassen des Saales erregt zu diskutieren. Innenminister Mendez und Heather De Agostini behielten Platz und redeten leise. Sergeij Tamaskie erhob sich und

ging langsam auf Jones und Wyant, die sich ebenfalls dem Ausgang näherten, zu.

„Was wird aus Ashborne, Sir?"

„Er ist suspendiert und steht unter Hausarrest. Machen Sie sich keine Sorgen", erwiderte Tamaskie.

„Ich habe nicht mit Ihrer Unterstützung gerechnet, wenn ich ehrlich sein soll, Herr Präsident", sagte Willard Jones.

„Das weiß ich, Will. Ich habe Ihnen ja auch keine zugesichert, aber mir ist in den letzten Stunden auch etwas klar geworden." Tamaskie machte eine kurze Atempause.

„Zu oft haben wir uns vor der Verantwortung gedrückt. Wir haben es dem Syndikat leicht gemacht. Das muss aufhören. Wer tritt für die Erde und das Bündnis ein, wenn nicht wir?"
Willard Jones verzog die Mundwinkel zu seinem bekannt knappen Lächeln.

„Meine Stimme haben Sie", gab er zurück, verabschiedete sich mit einem Kopfnicken und verließ mit Wyant den Saal.

Sabrina Henderson liebte die Zuverlässigkeit ihrer Maschine. Sie hatte ihr Schiff auf den Namen *Lucky Lady* getauft. Der weiß fluoreszierende, selbst gepinselte Schriftzug ging schräg über den Bug der *B-22* und hob sich deutlich vom tristen Anthrazitgrau der Schiffshaut ab. Er reflektierte das Licht des Doppelsternsystems *Deerina 12*, das die *Lucky Lady* in gebührendem Abstand passierte.
Leutnant Katsuro kam gähnend ins Cockpit ließ sich auf seinen Platz nieder und stellte seinen Becher mit Tee in die Halterung.

„Ah, Akiro. Gut, dass Du kommst. Ich kann der Plasmaspur immer noch ohne Probleme folgen, aber das ist gerade das, was mich beunruhigt" sagte Sabrina

„Wieso denn", meinte Katsuro fast desinteressiert und verschränkte die Hände hinter dem Kopf.

„Weil es hier in der ganzen Umgebung von interstellaren Nebelmassen nur so wimmelt. Ich würde durch die Gasnebel fliegen um die Spur zu verwischen. Wir hätten niemals die Möglichkeit sie noch weiter zu verfolgen. Nicht bei diesem Vorsprung. Stattdessen fliegen sie sauber darum herum. Das passt doch nicht zusammen."

„Die fühlen sich so sicher und rechnen nicht im Traum damit, dass wir sie verfolgen", meinte Katsuro.

„Ja, oder jemand will, dass wir ihnen folgen können", erklärte Sabrina. Der Leutnant wollte gerade etwas darauf antworten als er auf den Monitor aufmerksam wurde. Er betätigte einen Schalter und versuchte das Signal klarer zu bekommen.

„Das ist für uns. Ich empfange eine Hyperraumnachricht auf einer unserer Geheimfrequenzen. Scheint wichtig zu sein."

„Lass hören", bat sie.

„Vom Außenministerium. Das kann nur bedeuten, dass der Admiral und Sam aufgeflogen sind", bemerkte Katsuro. Er schaltete die Nachricht auf die Bordsprechanlage.

„Hier ist das Sekretariat des Außenministeriums. Ich rufe die VA 127. Auf Weisung des Präsidialrates erhalten Sie den Befehl sofort zur Erde zurückzukehren. Zuwiderhandlungen haben schärfste Konsequenzen. Bestätigen Sie diese Mitteilung umgehend."
Sabrina kannte die Signatur von Heather de Agostini nicht, aber der Authorisierungscode auf dem Monitor war zweifelsfrei echt. Jetzt hatten sie ein ernstes Problem.

„Was machen wir?", fragte Katsuro, der für sich selbst bereits eine Entscheidung getroffen zu haben schien. Der Ton in seiner Stimme verriet, dass er keine Lust hatte die

Mission abzubrechen. Sabrina überlegte einen Moment, lehnte sich schließlich in das bequeme Polster ihres Martin-Baker Kapselschleudersitzes zurück und atmete hörbar aus.

„Die kann mich mal", sagte Sabrina leise, „gib ein Breitbandrauschen drauf. Wir haben schlimme technische Probleme mit unserer Funkanlage."

„Habe verstanden. Antennenprobleme Nummer einhundertzweiunddreißig? Kommt sofort", erwiderte Katsuro lachend und machte sich an die Arbeit. Der Funkspruch wurde noch mehrmals wiederholt bis die Nachricht verstummte. Der Leutnant hatte als Antwort ein Rauschen über einen großen Frequenzbereich gesendet.

„Wir werden Ärger bekommen, Sabrina."

„Schon möglich, aber Frank braucht vielleicht unsere Hilfe. Außerdem können wir die Funkanlage vor unserer Rückkehr noch sabotieren. Es ist ja nicht das erste Mal. Wir riskieren nicht das mindeste."

„Nur unser Leben, aber das tun wir ja immer."
Sabrina seufzte und zog eine Grimasse.

„Das ist das Los der Raumfahrer. Sie riskieren jeden Tag ihr Leben und niemand dankt es ihnen", meinte sie und streckte sich in ihren Sitz, während Katsuro den Kurs aktualisierte. Sie folgten immer noch der Plasmaspur. Das Doppelsternsystem *Deerina 12* hatten sie längst hinter sich gelassen.

„Die Spur verliert dramatisch an Dichte. Es scheint als hätten sie die Plasmatriebwerke nur noch in Intervallen betrieben. Der Kurs führt in noch ziemlich unbekannte Sektoren." Sabrina schaltete die Werte auf ihre Monitore.

„Ja", sagte sie nach einigen prüfenden Blicken auf ihre Instrumente, „ich bin fast sicher, dass sie verfolgt werden wollten. Warum sonst lassen sie beim Hyperraumflug die Plasmatriebwerke in Betrieb. Das bisschen mehr an Schub bringt es absolut nicht und jetzt geht ihnen offensichtlich der Treibstoff aus. Entweder sind die zu unerfahren oder..."

„Oder Frank steckt dahinter. Das wolltest Du doch sagen", schlussfolgerte Katsuro. Sabrina nickte.

Wieder quälte ihn dieser verdammte Albtraum. Frank wusste nicht, ob er schlief, träumte oder tot war. Er sah sich durch ein Labyrinth von brennenden Wrackteilen rennen. Wrackteile seines notgelandeten Schiffes. Franks Gesicht war rußverschmiert und oberhalb der rechten Augenbraue rann Blut aus einer Platzwunde auf seine Wange. Ein Laserschuss hatte ihn in Deckung gezwungen. Er war beim Hechtsprung hinter ein Wrackteil mit irgendeinem Gegenstand kollidiert. Strahlensalven zuckten durch die Luft. Er schrie etwas, aber über seine Lippen kam kein einziger Laut. Überall war es still. Nicht einmal die Flammen knisterten. Er sah sich um. Etwas weiter vor ihm stand eine Gruppe von Menschen. Frank ging einige Schritte und stolperte beinahe über den leblosen Körper. Wie angewurzelt blieb er stehen und blickte zu Boden. Er kannte das Gesicht. Er beugte sich hinunter.

„Hey, Jess....steh auf Jessica. Wir müssen sofort hier weg", hörte er sich sagen. Er schob seinen Arm unter sie, versuchte sie hochzuheben und drehte sie zu sich.

„Jess, bitte." Erst jetzt sah er den großen Brandfleck auf ihrem weißen Kostüm. Ein Lachen zerschnitt die Stille. Eva Johnson senkte die Waffe und steckte sie in das Halfter. Sie kehrte in die Gruppe ihrer Leute zurück. Frank fuhr hoch und griff an seine Hüfte. Er war unbewaffnet. Irgendjemand riss ihn zu Boden. Es war sein Freund Michael, der gleichzeitig das Feuer des Syndikats erwiderte. Frank befreite sich aus Michaels Griff. Aus dem Augenwinkel sah er, wie sich Eva Johnson und ihre Leute wild schießend zu ihrem Schiff zurückzogen und schließlich abflogen. Frank hastete los, aber plötzlich war er umringt von Beamten des

Sicherheitsdienstes. Sie brachten ihn zu Boden und legten ihm Magnetschellen an. Niedergedrückt musste Frank tatenlos zusehen wie das Schiff von Eva Johnson im Himmel verschwand, während zwei vom Sicherheitsdienst ihn hoch zerrten bis er wieder stand.

Sein, mit der qualvollen Intensität eines Presslufthammers immer wiederkehrender Horror endete plötzlich. Ein helles, weißes Licht berührte ihn, löste den Schrecken auf und hüllte ihn schließlich ganz ein. Geblendet kniff er seine Augenlider stärker zusammen. Es nützte nichts. Seine Gedanken an Jessica wurden schwächer, so sehr er sich auch dagegen wehrte. Das gleißende Licht verharrte einen Moment. Frank spürte das Muster einer Gedankenstruktur. Er glaubte eine Stimme zu hören, die lauter und lauter wurde, bis sie ihn völlig ausfüllte. Irgendwie kannte er diese Stimme und dennoch klang sie seltsam fremdartig.

„Ich will Dich nicht verletzten. Vertrau mir. Öffne Deinen Geist". Frank wehrte sich innerlich mit aller Kraft und baute eine mentale Mauer auf, die für das Licht undurchdringlich schien. Die fremde Stimme drang nicht weiter vor und respektierte seinen Wunsch, obwohl Frank deutlich spürte, dass sie seine Mauer hätte durchbrechen können. Behutsam zog sich das Licht allmählich zurück bis es schließlich in der Ferne erlosch. Das Licht hatte mit Arianas Stimme gesprochen. Wie konnte das sein? Unsicherheit kam in ihm hoch, aber der Klang prägte sich tief in seinem Gedächtnis ein.

Ariana betrat den großen Sitzungsraum. Sie trug die hochgeschlossene, schwarze Lederkombi. Ihre langen Stiefel und der umgeschnallte Halfter mitsamt Franks Strahlwaffe verliehen ihr zusätzliche Sicherheit, was sie noch selbstbewusster auftreten ließ. Eva Johnson stand am Fenster. Rufus Ball und Harry Malik flankierten sie. Eva wandte sich vom Fenster ab und trat einen Schritt vor. Rufus hatte seine Arme vor seiner athletischen Brust verschränkt, während Harry mit seiner Impulspistole spielte. Die Atmosphäre glich einem Tribunal, aber Ariana zeigte sich gänzlich unbeeindruckt.

„Sie wollten mich sprechen?", fragte sie ruhig. Eva stemmte ihre Hände in die Hüften und verlagerte den Stand auf ihr linkes Bein.

„Allerdings. Ich möchte Ihren Bericht hören. Wie ist es gelaufen?"

„Ich hatte gehofft, dass Ihre beiden Handlanger besser kooperieren. Sie haben von Commander Dorn nicht viel übriggelassen. Er war fast tot, als ich ihn vorfand", sagte Ariana kalt.

„Wir haben uns genau an den Plan gehalten, Zuckerschnecke. Sei bloß vorsichtig", maulte Harry.

„Warum kam Euer Signal dann um mehr als zwei Stunden verspätet? Ich habe Profis erwartet und keine Dilettanten, die ihren persönlichen Hass auf einen terranischen Offizier über die Sache stellen", konterte Ariana.

„Ich lasse mich von Dir nicht anschwärzen, Du Miststück. Hast Du das verstanden?", warf Rufus ein, „wir hatten Probleme mit der Sendeanlage." Ariana sah ihn verächtlich an.

„Schluss jetzt. Rufus, Harry, meine Befehle waren eindeutig. Was habt Ihr dazu zu sagen?", fragte Eva scharf.

„Wir haben unseren Auftrag lückenlos erfüllt. Sonst wäre das Regentenpaar wohl kaum hier. Alles lief nach Plan", erklärte Rufus, der sich nur mit allergrößter Mühe beherrschen konnte.

„Ja, stimmt. Unser Sender machte einige Probleme. Wir hatten Interferenzen. Muss wohl an dieser alten Oase gelegen haben", log Harry. Eva ging an Ariana vorbei, trat die drei Stufen der Fensterempore hinunter und stellte sich an den Tisch.

„In Ordnung. Wir sprechen uns noch und jetzt raus mit Euch beiden und kommt mal wieder runter, verstanden?", sagte Eva verärgert, ohne sie anzusehen. Ariana drehte sich um und verschränkte ihre Arme.

„Die mach ich kalt. Das verspreche ich Dir", maulte Harry leise. Rufus nickte. Ariana und Eva hörten es. Die Tür schloss sich. Eva ließ sich auf den Sessel am Kopf des langen Tisches nieder und schlug die Beine übereinander.

„Setzen Sie sich." Ariana folgte ihr mit langsamen Schritten und baute sich vor ihr auf.

„Danke, aber ich stehe lieber noch etwas nach diesen unglaublichen Lügen der beiden", erwiderte sie ruhig. Eva seufzte amüsiert und zündete sich einen Zigarillo an.

„Wie Sie möchten. Erzählen Sie mir von der Aktion. Haben Sie unseren Commander schon umdrehen können?" Ariana lockerte ihre Haltung, hakte ihren linken Daumen in ihren Gürtel und blickte Eva direkt in die Augen.

„Beinahe. Dafür, dass Rufus und Harry ihn fast umgebracht haben, lief es noch ganz gut. Ich hatte zwar einen anderen Plan, aber ich habe ihn verarztet, was schon mal half, ein wenig Vertrauen aufzubauen. Allerdings bin ich dadurch nicht so schnell und effektiv vorangekommen, wie ich gedacht hatte. Der Typ ist nicht einfach und extrem misstrauisch. Ihr Ratschlag war gut, ihn nicht zu unterschätzen, aber meine Pheromone wirken und ich glaube er steht auf mich. Ich kriege ihn schon rum. Geben Sie mir noch etwas Zeit. Ich denke, dass ich seine Schwachstelle gefunden habe. Dann kann ich seinen Widerstand endgültig brechen und er gehört Ihnen", sagte Ariana mit einem gewinnenden Lächeln.

„Gut gemacht, meine Liebe. So wie Sie aussehen, sind Sie selbst eine Waffe. Ich wusste, dass er Ihnen nicht widersteht. Ich wünschte nur, ich hätte mehr von Ihrer Sorte in meinem Team."

„Danke, aber das Lob gebührt Ihnen allein. Ihr genialer Plan ist aufgegangen. Sie sind fast am Ziel und ich versuche so viel wie möglich von Ihnen zu lernen", antwortete Ariana.

„Ja, aber das ist auch der Zeitpunkt höchster Gefahr. Wir dürfen nicht leichtsinnig werden. Leider läuft auf der Erde nicht alles so wie geplant." Sie nahm einen langen Zug, lehnte sich zurück und blies den Rauch langsam wieder heraus.

„Aber das ist mein Problem. Sie kümmern sich nur um Dorn. Brechen Sie ihn. Schnell. Ich will ihn haben! Heute Abend essen Sie mit mir und unterrichten mich über die Fortschritte", sagte Eva, bevor Ariana nachfragen konnte.

„Mit Vergnügen." Ariana drehte sich zur Tür und verließ den Raum um Evas Anweisungen nachzukommen.

„**Er** kommt zu sich", bemerkte Leslie Draper. Michael Gene Tambler war sofort zur Stelle und kniete sich neben Frank. Der Commander stöhnte und schlug die Augen auf.

„Michael?"

„Willkommen in der Falle mein Freund. Kannst Du aufstehen?", sagte Michael und streckte ihm seine Hand entgegen. Frank nahm die Hilfe an und zwang sich auf die Beine.

„Was ist passiert? Ich erinnere mich nur schwach. Wo sind wir?"

„Eva Johnson hat uns kassiert", sagte Leslie, „und Ihre

Alienfreundin hat Sie offensichtlich mit einer Art Nervengriff lahmgelegt."

„Ah, ok, ja, ja, ich hab's wieder. Mann, das ist ja schlimmer als ein Kater", gab er stöhnend von sich. Er drehte sich Michael zu. Thera, die neben ihrem Mann stand, begrüßte ihn.

„Schön Sie wiederzusehen, Commander. Leider sind die Umstände äußerst widrig."
Frank gewann seine Disziplin zurück und nickte der Regentin zu.

„Übrigens, das ist Colonel Leslie Draper. Meine Chefin", sagte er.

„Lass mal, wir haben uns schon bekannt gemacht. Und sicher werden wir hier auch abgehört. Ist aber egal.", antwortete Michael mit einer knappen Geste. Frank seufzte

„Dann war ich wohl mal wieder lange außer Gefecht?", meinte Dorn.

„Etwa vier Stunden. Scheint ja eine Spezialität von Ihnen zu sein", antwortete Leslie zynisch.

„Verdammt" schimpfte Frank leise, ohne auf ihren Vorwurf einzusteigen, „wo sind wir? Weiß das jemand von Euch?"

„Leider nicht. Ihre Alienschlange hat mich in eine fensterlose Kabine eingesperrt. Ich habe nichts mitbekommen.", erklärte Leslie. Frank blickte Michael und Thera fragend an.

„Wir wissen es nicht. Auch uns hat man jeden Blick nach draußen verwehrt." Thera erzählte Frank alle Einzelheiten der Entführung.

„Wir waren auf dem Weg nach *Capella*, um das Abkommen zu *Orions Schwert* zu unterzeichnen. Etwa auf halber Strecke wurden wir überfallen. Alles deutet auf Terra hin. Ich könnte wirklich schreien vor Wut. Wir haben einer schwachen Eskorte zugestimmt, es dem Syndikat mehr als leicht gemacht und jetzt sitzen wir in der Falle und haben absolut keine Ahnung, in welcher Ecke der Galaxis wir sind. Der Kas´aari Clan und das Syndikat haben gewonnen. Ich fürchte, wir kommen hier nicht mehr lebend raus", sagte Thera niedergeschlagen.

„Colonel Draper hat uns berichtet, was bei uns zuhause vorgeht. Weißt Du mehr darüber, Frank?", fragte Michael.

„Leider nicht viel, Michael. Ich bin erst vor zwei Tagen von meinem *Merope 3* Abenteuerurlaub zurückgekommen und wollte den Kram eigentlich hinschmeißen. Der Admiral hat uns informiert. Wir sind sofort losgeflogen."

„Dann ist es wahr, was Colonel Draper sagt? Ihr handelt auf eigene Faust?", fragte Michael ungläubig.

„So ist es", entgegnete Frank, „was sollte sich schon groß geändert haben? Die Regierung tut in dieser Sache das, was sie immer tut: sie wartet ab. Jones bemühte sich den Präsidialrat zu überzeugen. Der Erfolg war gleich null. Also mussten wir die Initiative ergreifen. Wir haben auf *Merope* angefangen, während der Admiral und Sam versuchen den Verräter zu ermitteln." Frank erzählte die ganze Geschichte und auch die Ereignisse auf *Merope 3*.

„Das haben wir schon vermutet. Also ist es tatsächlich ein neuer Putsch", sagte Michael erschüttert.

„Es ist mehr als nur ein Putsch, Michael. Wir stehen vielleicht am Beginn eines Krieges. Die Flotte wurde mit Sicherheit bereits in den Alarmzustand versetzt", erklärte Frank.

„Ich kann es nicht glauben. Dieses verdammte Syndikat", sagte Michael fassungslos.

„Wir hätten die alten Clans damals restlos verbannen sollen. Auf so eine Gelegenheit haben sie doch nur gewartet", sagte Thera. Sie konnte ihre Gefühle weitaus besser verbergen als Michael, aber jetzt zeigte sie ihre Emotionen. Jeder der sie kannte, wusste wie sehr sie vor Sorge um ihr Volk und um die Einheit ihrer Nation innerlich litt.

„Ihr wart unsere letzte stille Hoffnung", sagte Michael,

194

„jetzt sieht es bitter aus."

„Langsam, Michael. Ich habe nicht vor, hier mein Leben zu beschließen. Wir sind angetreten um das Syndikat zu vernichten. Jones wird alles Erdenkliche tun, um uns zu helfen", sagte Frank energisch.

„Vergiss es, mein Freund. Du weißt wie viel Geiseln wert sind und Du weißt auch wie viel *ein* Admiral in der Regierung ausrichten kann. Die werden dem Alten so zusetzen, bis er freiwillig aufgibt", sagte Michael.

„Vieles ist möglich, aber *wir* dürfen nicht aufgeben. Erste Regel bei Gefangennahme: ausbrechen. Also lasst Euch etwas einfallen", sagte Frank eindringlich.

„Ach ja? Und was bitte?", fragte Leslie spitz.

„Denken Sie nach, Colonel. Haben Sie denn auf der Akademie bei *Verhalten in Gefangenschaft* gefehlt?", antwortete Frank. Alle schwiegen einige Augenblicke lang. Leslie Draper ging mit verschränkten Armen auf und ab und nervte Frank damit.

„Es wird mit Sicherheit zu lange dauern bis Sie den Boden durchgelaufen haben", meinte er seufzend.

„Ach halten Sie die Klappe. Schließlich sitzen wir wegen Ihnen hier drin. Sie mussten ja unbedingt umsteigen. Ihre schwarze Maus hat Sie sauber aufs Kreuz gelegt und jetzt sollen wir uns für Sie einen Ausweg überlegen? Jeder Idiot sieht doch, dass es sinnlos ist. Das ist eine verdammte Festung!", fluchte Leslie.

„Ach, spinnen Sie weiter von mir aus", sagte Frank und winkte ab. Michael nahm ihn am Arm in die andere Ecke der Zelle.

„Ihr beiden versteht Euch ja wirklich prächtig. Wie kommt das?", fragte Michael leise.

„Colonel Draper ist neu und unerfahren, aber sie hat das Kommando. Ich glaube nicht, dass wir jemals einen Draht zueinander finden. Wenn wir hier heil raus kommen schmeiße ich den Job", erwiderte Frank. Michael seufzte, blickte seinen Freund mit ernster Miene an und verschränkte die Arme vor seiner Brust.

„Ohne Hilfe von außen kommen wir hier nicht raus. Soviel ist sicher. Also mach Dir um Deinen Job erstmal keine Gedanken", stellte er fest.

„Was sind das für Geräusche, Michael? Sie klingen wie Schwerkraftgeneratoren, Plasmatriebwerke oder ein Hyperdrive." Überall war ein leises Vibrieren zu spüren.

„Schon möglich, aber was hilft uns das?"

„Das kann nur bedeuten, dass wir auf einem Schiff sind. Ein ziemlich großes, wenn ich die Frequenz richtig einordne."

„Na toll. Und weiter?", fragte Leslie.

„Wir warten auf eine günstige Gelegenheit und brechen aus", meinte Frank.

„Vor Ihrer Ankunft hat sich hier in den letzten vierundzwanzig Stunden keiner mehr blicken lassen", sagte Thera.

„Das haben wir auch schon alles in Erwägung gezogen", erklärte Michael, „Eva Johnson hat uns einen Besuch abgestattet. Sie hatte eine gut bewaffnete Eskorte dabei. Die Verpflegung wird durch die Klappe an der Tür durchgeschoben. Also vergiss es. Wir kommen hier nicht raus." Frank ließ sich an der Wand zu Boden rutschen und winkelte die Beine an.

„Ich gebe trotzdem nicht auf", sagte er leise".

Im selben Moment öffnete sich die schwere Stahltür. Vier schwer bewaffnete Männer betraten den Raum und hielten die Gefangenen mit ihren Impulswaffen in Schach. Dann folgte Eva Johnson elegant und aristokratisch.

„Das ist ja hervorragend. Alle sind versammelt", sagte Eva Johnson. Sie näherte sich Frank bis auf zwei Meter und musterte ihn und Leslie genau.

„Sieh nur, Michael. Die haben so viel Angst vor uns, dass sie mit einer halben Kompanie anrücken", provozierte Frank.

„Schön, dass Sie Ihren Enthusiasmus auf *Merope* nicht verloren haben, Commander. Damit lässt sich ja etwas anfangen", erwiderte Eva Johnson gelassen.

„Was haben Sie mit uns vor?", fragte Leslie.

„Sie haben Pech, Colonel. Von allen hier sind Sie am ehesten entbehrlich. Eigentlich waren Sie gar nicht eingeplant. Also bleiben Sie schön cool, wenn Sie weiterleben wollen." Sie wandte sich wieder Frank zu.

„Folgen Sie mir bitte, Commander. Ich möchte mit Ihnen etwas besprechen", sagte Eva. Zwei der Bewaffneten nahmen Frank in die Mitte und unterstrichen Eva Johnsons Bitte. Frank fügte sich wortlos und folgte ihr hinaus auf den Gang. Hinter ihm schloss sich die Tür mit einem dumpfen Geräusch. Eva Johnson schritt voran und ging kein Risiko ein. Die vier grimmigen Gorillas hatten Frank in ihrer Mitte. Zwei Gewehrläufe schoben ihn voran. Sie passierten zwei weitere Zellentüren, an die sich ein langer Gang anschloss, der schließlich in einen größeren und besser beleuchteten Tunnel mündete. Die Wände bestanden aus feinporigem, basaltigem Fels. Er war mit einer großen Maschine präzise in das Gestein gebohrt worden. Frank versuchte sich den Weg genau zu merken. Der Tunnel stieg an. Nach schier endlos erscheinenden Stufen erreichten sie wieder einen Korridor, dessen Wände mit rostigen Stahlplatten verkleidet waren. Eva Johnson blieb stehen und bog nach rechts ab. Eine Schiebetür teilte sich. Sie betraten den großen Saal mit dem langen Tisch der jetzt festlich gedeckt war. Zwei der Posten bauten sich links und rechts der Tür auf, die anderen verließen den Saal. Frank sah sich um. Die riesige Panoramascheibe hatte er nicht erwartet. Eva stieg die drei Stufen zur Empore hoch.

„Genießen Sie den Ausblick, Commander. Heute dürfen Sie sich als mein Gast betrachten." Frank folgte ihr und versuchte irgendeine bekannte Sternenkonstellation am Firmament auszumachen. Irgendetwas, was Aufschluss über den Ort gab, an dem sie sich befanden. Es gelang ihm nicht. Dann bemerkte er plötzlich den Felsvorsprung unterhalb des Fensters.

„Ein Planetoid", sagte er, „wir sind auf einem Planetoiden, der durch den Bergbau ausgehöhlt wurde."

„Genial nicht wahr?", erwiderte Eva mit einem überlegenen Lächeln, „und jetzt setzen Sie sich bitte. Wir haben viel zu besprechen."

„Ich wüsste nicht, was wir zu besprechen hätten", erwiderte Frank eisig.

Plötzlich betrat Ariana den Raum, gefolgt von zwei Köchen, die eine Abfolge von kalten und warmen Speisen servierten. Ariana hatte sich entsprechend dem Anlass zurechtgemacht und trug ein schlicht geschnittenes, kniefreies schwarzes Kleid zu ihren Stiefeln und blieb neben Eva stehen.

„Ah, perfekt. Ihr Timing könnte nicht besser sein und wie ich sehe, haben Sie sich für unseren Gast besonders in Schale geworfen. Mein Kompliment: Sie sehen umwerfend aus. Finden Sie nicht, Commander?", sagte Eva. Ariana nickte ihm zu und nahm rechts neben ihr Platz. Frank sah sie an. Ihre Blicke kreuzten sich für den Bruchteil einer Sekunde. Seine Augen spiegelten größte Verachtung für sie wider. Ariana vermied es ihn direkt anzusehen. Tausend Gedanken schossen ihr durch den Kopf. Sie hatte nicht damit gerechnet Frank hier zum Dinner mit Eva anzutreffen. Für einen Moment dachte sie an einen Test und, dass Eva sie gegeneinander ausspielen konnte. Es gab kein Zurück mehr. Ariana verdrängte ihre Zweifel und nahm ihre Serviette vom Teller.

„Ich setze mich nicht mit dem Syndikat an einen Tisch", sagte Frank und drehte sich zum Fenster.

„Commander, Sie haben leider keine Wahl. Bitte erlauben Sie mir doch höflich zu bleiben. Es täte mir wirklich leid, wenn ich wegen solch einer Lappalie Ihren Freund

Michael oder Colonel Draper foltern lassen müsste. Harry und Rufus sind wahre Meister darin und sie lieben ihre Werkzeuge. Und glauben Sie mir: das Ergebnis möchten Sie nicht sehen", erwiderte Eva. Frank atmete hörbar aus und gab nach. Ihr Majordomus zog den für ihn bestimmten Sessel zurück. Widerwillig setzte sich Frank zu ihrer Linken.

„Na sehen Sie. Mit ein bisschen gutem Willen geht es doch schon viel besser", triumphierte Eva und ließ sich ein Glas Champagner einschenken.

„Sagen Sie, was Sie von mir wollen und dann bringen Sie mich besser wieder in die Zelle zurück", sagte Frank kaltschnäuzig.

„Vielleicht sollten Sie sich etwas entspannen und erst mal zuhören", warf Ariana ein. Eva lachte amüsiert.

„Nehmen Sie ihren Rat an, Commander." Sie prostete beiden mit erhobenem Glas zu und genoss einen Schluck des eisgekühlten, perlenden Luxusgetränks, während Ariana vom Fingerfood kostete. Frank rührte sein volles Glas nicht an. Er warf Ariana, die nun ebenfalls ihr Glas hob und einen Schluck trank, einen vernichtenden Blick zu. Eva ließ sich dadurch nicht beeindrucken und stellte ihr Glas wieder ab.

„Commander, Sie wissen vielleicht, dass ich eine Geschäftsfrau bin und da Ihnen unsere Gesellschaft offensichtlich nicht zusagt, komme ich gleich zur Sache: ich möchte, dass Sie ab heute für mich arbeiten. Unsere Analyse mittels der modernsten künstlichen Intelligenz möchte Sie auf unserer Seite wissen. Wenn Sie das tun, bleibt das Regentenpaar am Leben", sagte Eva.
Frank glaubte sich verhört zu haben und ihre Offerte entlockte ihm ein verächtliches Grinsen.

„Ich bin nicht käuflich. Daher muss ich Ihr Angebot ablehnen", erwiderte er ruhig.

„Interessant. Ariana deutete mir bereits an, dass Sie

nicht darauf eingehen würden. Aber ich denke Sie wissen, dass es verschiedene Eskalationsstufen bei diesem Deal gibt", erklärte Eva.

„Sie sollten besser annehmen, Commander", riet Ariana.

„Ich fürchte mich nicht vor Folter oder dem Tod. Machen Sie mit mir was Sie wollen", antwortete Frank.

„Ist Ihnen das Leben Ihrer Freunde so wenig wert? Ich biete Ihnen dafür eine neue Existenz im Luxus und Sie werfen das weg?", entgegnete Eva.

„*Sie* haben mir alles genommen. Bieten Sie mir, was Sie wollen: wenn ich nur den Hauch einer Chance bekomme, bringe ich Sie zur Strecke", sagte Frank.

„Da muss ich Sie enttäuschen. Die Analyse, die wir durchgeführt haben, ist eindeutig: selbst wenn wir Sie mental so brechen müssen, stehen unsere Chancen besser als wenn wir Sie beseitigen würden. Wir können Sie mit relativ wenig Aufwand gefügig machen. Dafür steht uns die neueste Technologie zur Verfügung, die allen bekannten Verfahren weit voraus ist. Ein kleines Implantat, das wir Ihnen in weniger als einer Stunde einpflanzen können. Das macht Sie völlig willenlos und abhängig. Sie gehören dann mir allein. Für immer." Evas Züge hatten sich verhärtet.

„Künstliche Intelligenz irrt sich hin und wieder. Dabei ganz sicher!", erwiderte Frank trocken. Eva schüttelte den Kopf.

„Nun gut. Die Situation ist neu für Sie und ich gebe Ihnen eine letzte Gnadenfrist. Ich fände es besser, wenn sie unversehrt kooperieren. Sie haben Zeit bis morgen, um sich zu entscheiden. In weniger als achtundvierzig Stunden treffen die Unterhändler meiner Auftraggeber ein. Sie verstehen also, dass es ein wenig eilt." Eva schnappte sich ein Canapé, lehnte sich zurück und verspeiste es genüsslich.

„Es ist Ihnen doch klar, dass das Bündnis alles unternehmen wird um Sie unschädlich zu machen", sagte Frank.

„Aber ja doch. Man wird nichts gegen uns unternehmen. Garnichts. Die Regierungen haben so viel Angst vor dem Syndikat, dass uns die Erdregierung bereits Geheimverhandlungen angeboten hat. Schließlich kontrollieren wir die meisten Börsen, die wichtigsten Handelsrouten, das gesamte Waffen- und Drogengeschäft im Bündnis und vieles mehr. Sie sehen also, wieviel Ihren Vorgesetzten daran gelegen ist, uns zu vernichten. Ich brauche nur zu husten und schon fallen sie alle um. Tut mir leid, wenn ich meinen jungen Kreuzritter schon wieder enttäuschen muss", erklärte Eva mit einem überlegenen Lächeln. Ariana pflichtete ihr bei.

„Sie können nicht alle kaufen!", sagte Frank mühsam beherrscht.

„Das brauche ich auch nicht. Ein paar wenige genügen und viele arbeiten gerne für uns. Jetzt sichern wir uns die *Meta*. Daran dürfte das Bündnis relativ schnell zerbrechen. Die unfähige Erdregierung unter dem lächerlichen Tamaskie wird zurücktreten und dann übernehmen wir die Erde. Alles ist vorbereitet. Also überlegen Sie sich auf welcher Seite Sie stehen wollen."

„Das mag sein. Mein Widerstand wird dafür umso härter sein. Mich bekommen Sie nicht", wiederholte Frank mit geballter Faust. Er überlegte eine Sekunde lang Eva zu überwältigen und als Geisel zu nehmen, aber in seinem Unterbewusstsein meldete sich plötzlich eine Stimme, die ihn zurückhielt. Sie wurde lauter und lauter. Frank wusste, dass er diese Stimme kannte, aber ihre Identität war noch zu tief in seinen Gehirnwindungen verborgen und sie blockierte ihn. Sein Schädel fing an zu pochen bis es schmerzte.

„Sie wollten doch ohnehin aussteigen. Das haben Sie mehrfach verlauten lassen. Ich biete Ihnen *die* Gelegenheit. Genießen Sie doch die Zeit mit Ariana. Ich lasse Sie nach dem Dinner alleine. Sie können sich hier aufhalten und nachdenken.", schlug Eva vor.

„Ich finde Ihr Angebot sehr verlockend und bin bereit", erwiderte Ariana lasziv. Frank schüttelte den Kopf.

„Das nehme ich Ihnen nicht ab. Mal angenommen, ich gehe darauf ein: wie geht's dann weiter und wer garantiert für die Sicherheit der Regenten? Die Erd-Regierung mag zwar schwach aussehen, aber sie funktioniert und das System ist stabil." Eva Johnson lachte überlegen.

„Commander, das glauben Sie doch selbst nicht. Ich kann Sie gerne mit ein paar Fakten überzeugen. Für uns arbeiten mehr als 200.000 Menschen an entscheidenden Stellen und nochmal so viele Individuen auf den anderen Bündniswelten – und sie tun das gerne. Der Zulauf zu uns wächst stetig. Sie sehen, dass ich bereit bin Ihnen zu vertrauen. Die alte Welt ist praktisch nur noch eine Hülle mit drittklassigen Politschauspielern. Hier bei uns haben Sie alle Möglichkeiten. Sehen Sie sich diese Frau an? Sie beide können alles erreichen. Sie müssen nur noch zugreifen. Aber schnell, denn eine zweite Chance gibt es nicht."

Frank atmete hörbar aus. Sein Kopfschmerz ließ plötzlich wieder nach.

„Warum sollte ich Ihnen glauben? Sie haben Jessica umgebracht und jetzt wollen Sie mich anwerben? Auch wenn ich gerade keinen Job habe: vom Syndikat kaufen lasse ich mich nicht."

Ariana rollte genervt die Augen und blickte Eva Johnson an.

„Ich finde es bedauerlich, dass Sie so unklug sind. Möglicherweise haben wir beide Sie überschätzt. Sie dürfen jetzt in Ihre Zelle zurück. Ich gestehe Ihnen etwas Bedenkzeit zu. Ich hoffe, ich vergeude meine Zeit nicht mit Ihnen. Entscheiden Sie also weise und beziehen Sie Ariana mit ein", sagte Eva eisig und gestikulierte ihrer Eskorte. Die beiden Wachen nahmen Frank in die Mitte, eskortierten ihn aus dem Raum und brachten ihn in die Zelle zu den anderen zurück. Eva Johnson zeigte sich verärgert.

„Ich bin nicht zufrieden. Ganz und gar nicht. Er wird mir gehören. So oder so. Sagen Sie mir klipp und klar ob Sie ihn bis morgen brechen können?", fragte sie Ariana, die ihr halb leeres Glas abstellte.

„Ich habe noch nie einen so harten und sturen Typen gesehen. Das kommt daher, dass Sie ihm das genommen haben, was ihm am meisten bedeutet hat: seine Gefährtin", erwiderte Ariana beherrscht, „ich werde versuchen ihn umzudrehen. Ein Tag ist sehr wenig Zeit, aber ich kann es schaffen. Wir brauchen mehr Anreiz für ihn. Ich fürchte nur, ich allein reiche nicht aus dafür." Eva Johnson stand auf, griff sich ein Kaviarhäppchen, setzte sich, ihr zugewandt auf die gerundete Tischecke direkt neben sie und steckte Ariana den Snack behutsam zwischen die Lippen.

„Das sehe ich vollkommen anders. Er brennt, so heiß ist er auf Sie. Geben Sie ihm alles, was er von Ihnen verlangt und bringen Sie ihn endlich zur Strecke. Sie sind meine Waffe." Ariana ließ es zu. Eva ging um sie herum und legte ihre Hände um ihren Hals, fing an ihren Nacken zu massieren.

„Wenn Sie das schaffen, sind Sie meine Nummer eins. Rufus und Harry werden mit ihrem Stumpfsinn langsam zur Belastung. Ich will Sie und Dorn an meiner Seite." Ariana atmete tief ein und legte den Kopf leicht schräg. Sie genoss die Massage sichtlich.

„Ich liebe Ihre Professionalität. Das Angebot ist verlockend und exquisit."

„Dann sind wir uns ja einig. Erledigen Sie das", sagte Eva.
Die Wachen hatten Frank auf dem gleichen Weg wieder zurück gebracht und stießen ihn mit Wucht in die Zelle. Thera, Leslie und Michael blickten ihn voller Erwartung an.

„Und?", fragte Michael. Frank atmete hörbar aus.
„Unsere Vermutungen sind richtig", erklärte er. „Das Syn-

dikat steckt mit dem Kas'aari Clan unter einer Decke. Eva Johnson sagte, die Erdregierung hätte ihr bereits Verhandlungen angeboten."

„Das heißt also, man gibt klein bei", bemerkte Michael fassungslos.

„Offensichtlich hatte der Admiral mit seinem Plan keinen Erfolg", sagte Leslie Draper.

„Es kommt noch besser", erzählte Frank, „das Syndikat will zuerst *Epsilon Arcturus 3* und dann die Erde übernehmen und Eva Johnson will, dass ich bei ihr mitmache." Michael fasste sich ans Kinn und drehte sich Thera zu.

„Das wundert mich nicht. Die Erdregierung ist seit zwei Legislaturperioden extrem schwach. Das sind acht Jahre. Präsident Tamaskie ist mehr als unbeliebt. Unsere Entführung gibt ihm den Rest."

„Und was jetzt?", fragte Thera, „werden Sie mitmachen, Commander?"

„Ihr kennt mich. Ich bin nicht käuflich und ich werde das Syndikat bekämpfen solange ich lebe. Mehr gibt es dazu nicht zu sagen", erwiderte er entschlossen.

„Dann sind wir verloren", sagte Leslie und senkte zermürbt den Kopf.

„Sie wollen mich auf der anderen Seite sehen? Das glaube ich jetzt nicht, Colonel. Ach ja, hatte ich vergessen: bin ja eh ein Schwerverbrecher in Ihren Augen", antwortete Frank und setzte sich an der Wand auf den Boden.

„Meine Kopfschmerzen sind plötzlich zurück. Irgendwie hat Ariana mich wohl beeinflusst. Es ist, als spukte eine fremde Person in meinem Kopf herum. Ich fühle mich wie unter einem Presslufthammer."

„Aha, sehen Sie endlich ein, dass Sie ein Sicherheitsrisiko sind. Leider zu spät!", maulte Leslie mit krebsrotem Gesicht.

Ariana verließ den Saal und ging nachdenklich zu ihrem Quartier zurück. Nun gab es keinen Aufschub mehr. Sie musste schnell und effizient arbeiten um die Anweisungen von Eva umzusetzen. Ariana überlegte welche Stärke der Gedankenvereinigung sie bei Frank anwenden konnte. Sie bog in den schwach ausgeleuchteten Gang der Quartierebene ein, blieb nach wenigen Schritten vor ihrer Tür stehen und streckte ihren Zeigefinger nach dem Tastenfeld. Plötzlich packte sie eine gewaltige Hand mit brutaler Kraft im Nacken, hob sie hoch und drückte sie mit Wucht gegen die Wand. Ariana war wehrlos.

„Unsere kleine, coole, miese Zuckerschnecke hat uns verpfiffen, was Rufus?", sagte Harry Malik, der mit einer glimmenden Zigarette aus dem Halbdunkel des Gangs kam.

Der *Schlächter* hatte Ariana im Griff und warf sie mit voller Wucht an die gegenüberliegende Wand. Sie schrie vor Schmerz.

„Das mögen wir gar nicht", sagte Rufus, packte sie und zog sie hoch. Mit einem Ruck zerriss er ihr Kleid, würgte sie und drückte sie gegen die Tür ihres Quartiers. Harry baute sich vor ihr auf, zog an der Zigarette und nahm sie zwischen die Finger.

„Hör mal gut zu, Du Schlampe: wenn Du uns noch einmal beim Boss in die Pfanne haust, bereust Du es. Ich werde Dich erst etwas ankokeln und Rufus wird Dir anschließend die Haut bei lebendigem Leib abziehen." Harry fuchtelte mit der glimmenden Zigarette bedrohlich nahe an ihren Augen herum. Ariana hatte Angst, aber sie konnte ihren Kopf nicht zur Seite drehen.

„Also zum Mitschreiben: wirst Du uns nochmal so vorführen?", fragte Harry und schob die Zigarette immer näher an ihre Wange. Sie spürte die Hitze.

„Nein", flüstere sie mit ihrer letzten Atemluft. Rufus schleuderte sie mit voller Kraft in den Gang. Ariana gelang es nicht, abzurollen. Sie schlug hart auf den Boden und blieb liegen. Der Schmerz war enorm, aber sie vermied es zu schreien, auch wenn ihr das alles an innerer Kraft und Disziplin abverlangte.

„Das rate ich Dir auch, denn das nächste Mal machen wir Dich fertig, Miststück. Ich knips Dich aus! Verlass Dich drauf!", schrie Rufus, setzte ihr nach, zog sie wieder hoch und presste sie erneut gegen die Tür.

„Hast Du das auch verstanden?", fragte Harry. In Ariana keimte unbändiger Hass. Sie biss ihre Zähne zusammen, ignorierte ihre Schmerzen und nickte.

„Gut. Dann haben wir ja nun eine Verständigungsebene gefunden. Das freut mich sehr, denn wir dienen Eva schon ein bisschen länger, als Du. Ab jetzt werden wir Dich sehr genau im Auge behalten", sagte Harry gespielt freundlich. Rufus warf sie ein letztes Mal zu Boden. Die beiden machten sich davon. Benommen vor Schmerz blieb Ariana einen Moment liegen bis die Schritte ihrer Peiniger verklungen waren. Dann rappelte sie sich schließlich hoch und öffnete ihr Quartier. Sie trat schnell ein und verriegelte die Tür sofort wieder. Unter Schmerz streifte sie ihre Stiefel und das zerrissene Kleid ab und bestieg die heruntergekommene aber funktionierende Duschkabine. Das Wasser kühlte die Prellungen. Sie verfluchte sich selbst, weil sie einmal naiv und unvorsichtig gewesen war. Nach der Dusche bestrich sie ihre schmerzenden Stellen mit ihrer Heilpaste und versorgte ihre Blessuren so gut es ging. Sie durfte keine Fehler mehr machen. Dann legte sie sich auf ihr Bett und konzentrierte sich auf Frank, um sich mit seinem Geist zu verschmelzen. Sie musste ihn brechen - schnellstens.

McGinney hatte Sam Wyants *B-22 Intruder* startbereit am Andockpunkt gemeldet. Gerade als Willard Jones sich im Cockpit niederließ, summte sein Holotablet.

„Hier ist Jones?", meldete er sich. Der kleine Bildschirm zeigte das Emblem des Präsidentenbüros und das Logo der Regierungspartei. Eine Sekunde später erschien das müde und gezeichnete Gesicht von Präsident Sergeij Tamaskie auf der Anzeige.

„Will, ich muss Ihnen etwas mitteilen: Ashborne ist tot. Er wurde vom Hausdienst im Waschraum aufgefunden. Die Staatsanwaltschaft ermittelt schon und die Gerichtsmedizin prüft, ob es Selbstmord war, oder er umgebracht wurde. Es passierte wohl während unserer letzten Sitzung hier im Haus. Innenminister Mendez verdächtigt Sie und Ihr Team. Er ist der Meinung, Sie hätten Ashborne derart unter Druck gesetzt, dass er sich das Leben genommen hat. Er will, dass ich Sie suspendiere und hat einen Untersuchungsausschuss beantragt. Der Rat hat dem zugestimmt. Außerdem hat mich Mendez zum Rücktritt aufgefordert. In zwei Stunden wird der Rat darüber abstimmen." Tamaskie pausierte einen Moment und holte tief Luft. Der Admiral schluckte trocken.

„Sir, ich weiß nicht...", begann Jones, aber Tamaskie gebot ihm mit einer Geste Einhalt.

„Will, hören Sie mir zu: wir haben nicht mehr viel Zeit. Sie sind jetzt auf sich alleine gestellt, denn ich werde nicht mehr lange standhalten können. Ich bitte Sie nur um eines: führen Sie Ihre Mission fort. Um jeden Preis. Die Beschlüsse des Rates werde ich nicht unterzeichnen. Das gibt ihnen noch eine Galgenfrist. Eine weitere Nachricht werde ich Ihnen nicht senden können. Nur Sie und Ihr Team können uns jetzt noch retten. *Orions Schwert* ist unsere letzte Hoffnung. Tamaskie, Ende." Der Bildschirm erlosch. Die beiden Offiziere brauchten einen Augenblick, um die Nachrichten zu verdauen.

„Verdammt", fluchte Jones leise. Wyant räusperte sich und fuhr nachdenklich mit seinen Startvorbereitungen fort.

„Sir, wie geht es jetzt weiter? Bleibt es bei unserem Plan?", fragte Sam.

„Ja, Leutnant. Wir haben keine andere Wahl. Starten wir", erwiderte Jones. Die *B-22* legte nach wenigen Augenblicken von ihrer Ankerposition ab und glitt durch den Flugkorridor hinaus in den freien Weltraum. Sam schaltete die Plasmatriebwerke auf vollen Schub. Bald darauf passierte die *B-22* die Mondbahn. Die Aufklärer des *Intruder*-Typs waren kleiner als die *Hawk* und nicht so gut bewaffnet. Allerdings waren sie wesentlich wendiger und tarnfähig. Dafür sorgte eine Oberflächenbeschichtung aus steuerbaren Metamaterialien, welche die elektromagnetische Strahlung eines großen Wellenlängenbereichs um das Schiff herumleiten und es so unsichtbar machen konnte. Nach Minuten verzweifelter Nachdenklichkeit über Tamaskies dramatischen Appell, regte sich Sam Wyant:

„Sir, da kommt eine verschlüsselte Nachricht auf unserer Geheimfrequenz rein - von Sabrina."

„Was? Lassen Sie hören", sagte Jones. Sam las den kurzen, dekodierten Text vor.

„Sekretariat des Außenministeriums forderte uns zur Rückkehr auf. Haben Antennenprobleme und konnten nicht antworten. Sind auf der Spur von Frank und Leslie. Koordinaten anbei. Kodierung bekannt. Henderson, Ende."

„Cleveres Mädchen, das ist ja großartig", sagte Jones mit geballter Faust, „können Sie mit den Koordinaten etwas anfangen, Leutnant?" Sam lachte verschmitzt.

„Na klar, Sir. Die Entschlüsselung läuft bereits, dauert aber noch etwas. Es handelt sich ja schließlich um unseren alten Code, den wir für *Future Sky* entwickelt haben. Nur nutzt ihn außer uns niemand mehr", lästerte Sam. Willard Jones lachte erleichtert und war froh und dankbar, dass sie wieder im Rennen waren.

Ariana ging vor ihrem Bett in die Knie, zog ihre Tasche darunter hervor, stellte sie auf die Matratze und öffnete sie. Sie stieg aus ihrer leichten, grauen Kombi, warf sie auf das Bett und schlüpfte so schnell sie konnte in ihre schwarze Bordkombination, die sie der Tasche entnommen hatte. Voller Elan streifte sie die Ärmel zurück und nahm Dorns Waffe aus der Tasche, aber Schmerz durchfuhr sie. Einen Moment lang hielt sie inne. Die Heilpaste wirkte nur langsam. Vorsichtig zog sie die Strahlenpistole aus dem schwarzen Halfter und betrachtete nachdenklich die todbringende Kombination aus Metall und Biokunststoff. Ihre Gedanken wanderten zu ihrer Heimatwelt zurück und plötzlich glaubte sie die Stimme des Gebieters zu hören, des allmächtigen Orakels von Arsaria, das alles dort beherrschte. Mehr als ein Jahr hatte sie beim Syndikat zugebracht und genauso lange hatte sie diese Stimme nicht mehr gehört. Ariana unterschied sich von den anderen ihres Volkes. Die junge Frau aus der Randzone hatte sich in der Vergangenheit mehrfach gegen die Macht des Orakels aufgelehnt und war dafür drakonisch bestraft worden. Irgendwann hatte sie eingesehen, dass die Macht des allwissenden Orakels zu groß war. Sie beugte sich seither seinem Willen. Ariana schob die Waffe langsam wieder in den Halfter zurück und legte ihn auf das Bett. Viele Arsarianer glaubten, dass das Orakel selbst über große Entfernungen hinweg seine Gewalt über die Bewohner Arsarias demonstrieren konnte. Sie hatte sich immer schwer mit diesem Glauben getan, aber sie wollte es nie darauf ankommen lassen. Schnell löste sie den festen Boden aus ihrem Gepäckstück heraus. Darunter befand sich ihr Kurzschwert samt Scheide, das seit vielen Generationen zum Besitz ihrer Familie gehörte. Sie war als einzige noch übrig und hatte das Recht, es zu tragen. Ariana befestigte das Schwert an ihrem Metallgürtel, legte ihn probehalber an, schloss das lederne Fixierband am Ende der Scheide um ihren rechten

Oberschenkel und zog es fest. Noch nie hatte sie die Waffe im Kampf gebraucht. Ariana umfasste den Griff und zog daran. Die Klinge fuhr surrend aus dem Futteral. Sie focht zwei Hiebe durch die Luft und betrachtete einige Augenblicke lang das kalte Metall. Ihr Spiegelbild auf der Klinge brachte sie schließlich wieder in die Realität zurück. Sie führte die Waffe behutsam in ihr Futteral zurück, machte den Gürtel wieder ab und legte ihn aufs Bett neben Dorns Waffe. Dann schob sie ihr Gepäckstück mit dem Fuß unter das Bett zurück und schloss ihre Lederkombi bis zum Hals um die Würgemale von Rufus zu verdecken. Der Anzug war wie eine Rüstung und eine zweite Haut in der sie sich sicher fühlte. Dem Verlangen, die Strahlenpistole zu tragen, widerstand sie. Ariana wollte Rufus und Harry keinen Anlass für einen weiteren Angriff bieten. Dann öffnete sie vorsichtig die Tür und ging zur Kommandozentrale um Eva zu treffen. Vom Kontrollraum aus wurden alle Funktionen auf dem ehemaligen Bergbauplanetoiden gesteuert. Eva überwachte die letzten Vorbereitungen zum Empfang ihrer Auftraggeber persönlich. Das Eintreffen der Kas´aari Delegation sollte in weniger als einem Standardtag stattfinden.

„Nun meine Liebe? Wie weit sind Sie gekommen?", fragte Eva. Ariana verschränkte ihre Arme und unterdrückte ihre Schmerzen. Rufus, der die Vorbereitungen leitete, baute sich einen Schritt neben Eva auf und warf Ariana einen unmissverständlichen Blick zu.

„Ich habe einen kleinen Fortschritt erzielt, aber ich glaube, ich brauche noch einen Tag. Der Commander ist sehr stark und leistet heftigen mentalen Widerstand. Ich habe meine ganze Kraft benötigt um den Kontakt herzustellen. Wenn ich direkten Zugang hätte, ihn berühren könnte, breche ich ihn. Aber ich kann meine Pheromone nicht einsetzen. Sie wirken nicht isoliert oder auf Distanz.", erwiderte Ariana.

„Ich verstehe. Das Risiko gehe ich jetzt nicht mehr ein. Sie müssten ja dazu alleine mit ihm sein. Er ist stur und könnte Sie überwältigen und Sie als Geisel nehmen. Nein, ich brauche Sie noch." Eva ging zur Navigationskonsole. Ariana folgte ihr und sah den etwas größeren Lichtpunkt, der sich von den anderen farbigen Nadelstichen im schwarzen Firmament auf dem großen Bildschirm deutlich abhob. Das war *Epsilon Arcturus*, das Zentralgestirn von *Meta*, auf das sie langsam zusteuerten.

„Wir können nicht länger warten. Sehen wir uns Ihr Ergebnis mal an. Dann entscheide ich wie es weitergeht", sagte Eva und winkte zwei ihrer Wachen zu sich. Sie suchten die Zelle auf. Die beiden Posten vor der Zelle salutierten und sicherten, dann betraten Eva und Ariana mit den anderen beiden Wachen die Zelle.

„Ihre Bedenkzeit ist um, Commander. Wie haben Sie sich entschieden?"

Frank verschränkte seine Arme.

„Sie kriegen mich nicht. Meine Antwort ist *Nein*", erwiderte er ruhig.

„Ich mag es nicht, wenn Sie meine Zeit verschwenden", sagte Eva scharf. Dann wandte sie sich Ariana zu.

„Schade, Ihr Experiment hat nicht geklappt. Ich kenne Menschen wie Frank Dorn. Sehen Sie sich diesen Kreuzritter an. Er würde lieber sterben. Aus Trotz oder auch nur aus purem Stolz. Also werden wir ihn gewaltsam unter Kontrolle bringen." Ariana sagte nichts, sondern biss auf ihre Unterlippe und zwang sich zur Ruhe. *Sie* allein kannte Frank besser als irgendjemand sonst im Syndikat. Ein ganzes Erdenjahr hatte sie ihn genau studiert um ihn entführen zu können. Alle Datenbanken standen ihr dazu offen, auch die geheimen militärischen Informationen hatte sie einsehen können. Nie war eine Falle perfekter gestellt worden. Ariana bekam weiche Knie, das Adrenalin beschleunigte ihren Puls. Franks aggressive Stimme hämmerte auf ihre

Ohren.

„Ich verkaufe meine Seele nicht. Schon gar nicht an das Syndikat", sagte er mit purer Verachtung zu Ariana. Dieses Mal hielt sie seinem Blick stand. Eva Johnson blieb völlig gelassen. Sie winkte die anderen beiden Wachen herein.

„Ich werde trotzdem bekommen, was ich will. Dann eben auf die harte Tour. Wir haben da so unsere Methoden. Das habe ich Ihnen ja schon angedroht. Wir werden Ihnen jetzt ein hübsches Implantat verpassen. Ein besonderer Hirnschrittmacher, auf dessen Entwicklung wir sehr stolz sind. Er wird mit den Nervensträngen an Ihrem Hirnstamm verbunden. Ich habe Sie damit unter ständiger Kontrolle und kann Zuwiderhandlungen sofort unterbinden. Sie *können* dann nur noch gehorchen. Andernfalls treiben die Schmerzen Sie in den Wahnsinn. Glauben Sie mir: wir haben die besten Erfahrungen damit gemacht. Auf *Nitani* gehorcht mir eine ganze Armee dank dieser Technologie. Im Operationsraum erwartet man Sie bereits", sagte Eva und nickte den Wachen zu. Die beiden Männer ergriffen Dorn und zerrten ihn nach draußen.

„Damit wir in Zukunft ihrer Kooperation auch absolut sicher sein dürfen, werden wir jetzt zur Abschreckung ihren verehrten Colonel liquidieren." Die beiden Zellenwachen legten ihre Impulsgewehre auf Leslie an und warteten auf Evas Befehl. Panisch riss Leslie Draper ihre Augen auf. Frank unternahm alles um sich aus dem Griff der beiden Gorillas zu befreien, aber es gelang ihm nicht. Er fluchte lautstark.

„Sie verdammtes Miststück. Wenn Sie schon jemanden umbringen müssen, dann nehmen Sie mich!"

„Sehen Sie? Ein Kreuzritter eben", sagte Eva zu Ariana, „leider ist Colonel Draper eine Zeugin, die wir nicht gebrauchen können. Sofort exekutieren", befahl Eva. Die beiden Männer entsicherten ihre Waffen. Leslie hielt den Atem an.

Plötzlich durchfuhr ein schriller Signalton die bis zum Zerreißen angespannte Atmosphäre.

„Alarm. Boss sofort zur Kommandozentrale", brüllte Rufus im selben Moment plump über die Sprechanlage. Eva trat an den Kommunikator vor der Tür.

„Was ist denn los?

„Bitte komm in die Zentrale. Eine dringende Nachricht von der Erde für Dich", meldete Rufus.

„Ich bin auf dem Weg." Sie drehte sich wieder um und blieb in der Tür stehen.

„Sie haben Glück, Colonel. Ihre Exekution ist erst einmal verschoben. Ich habe eine bessere Idee für ihr Schicksal. Der Commander bekommt jetzt sein Implantat. Führt ihn in den Operationsraum", befahl sie den Wachen. Frank sträubte sich so heftig er konnte, aber ein brutaler Hieb mit einem Gewehrkolben gebot ihm schmerzhaften Einhalt. Sie erreichten den Operationsraum. Ein Arzt und zwei Assistenten erwarteten sie bereits. Frank wurde auf eine Liege gezwungen und an seinen Händen und Fußgelenken festgeschnallt. Einer der Assistenten füllte bereits den Narkoseinjektor und legte ihn neben eine Reihe medizinischer Klammern auf den Ablagetisch des Roboters.

„Wir müssen zurück", sagte einer der Wachmänner.

„Ist gut. Wir kommen hier alleine klar. Unser Patient wird sowieso gleich schlafen", erwiderte der Arzt. Er war hinter dem Operationsroboter hervorgekommen und streifte sich zwei Handschuhe aus Latex über. Die Wachen nickten und verließen den Raum. Frank zerrte mit all seiner Kraft an den Gurten. Es nützte nichts.

„Sie sollten sich jetzt entspannen, Mister", sagte der Arzt mit einem allwissenden Grinsen im Gesicht, „in zwei Stunden werden sie ein ganz neuer Mensch sein." Er nahm den Chip, der aussah, wie eine kleine, mit Gold bedampfte Spinne mit einer Pinzette aus der sterilen Kunststoffbox und betrachtete ihn sorgfältig. Er führte diese Operation nicht zum ersten Mal durch, aber der Anblick seiner Erfindung befriedigte den falschen Mediziner jedes Mal zutiefst.

„Wir sollten zusehen, dass wir ihn endlich verdrahten. Er wird lästig mit seinem Gezerre", meinte einer der Assistenten.

„Wenn ich Sie jemals in die Finger kriege dann...", drohte Frank.

„Beruhigen Sie sich endlich, Mann. In diese Lage werden sie nie mehr kommen. Ihr Arsch gehört jetzt dem Syndikat. Ende der Diagnose!" Der Arzt aktivierte mit einem Knopfdruck den Operationsroboter.

Willard Jones steuerte die *B-22* mit wachsender Begeisterung. Sehr lange hatte er kein Raumschiff mehr geflogen. Sam Wyant hatte ihm das Ruder übergeben um einen aufwendigen Langstreckenscan durchzuführen und Sabrinas Nachricht abschließend zu dekodieren.

Der Admiral hatte das gesamte fünfte Aufklärungsgeschwader in den Einsatz geschickt. Mit ihnen waren vierundzwanzig Maschinen zu den Grenzsektoren des terranischen Raumes bei *Epsilon Arkturus 3*, *Capella* und *Vega* unterwegs, um nach dem Stützpunkt des Syndikats zu suchen. Sie flogen jedoch auf der Route nach *Atair 5* und folgten Sabrinas Kurs. Plötzlich summte der Hyperraumempfänger. Sam rief die verschlüsselte Nachricht ab.

„Was ist los?", fragte Jones.

„Das ist vom Außenministerium. Der Präsidialrat beordert alle Maschinen, die im Einsatz gegen das Syndikat sind, umgehend zurück. Jedem, der sich dieser Anordnung widersetzt, droht ein Strafverfahren", las Sam ab.

„Verdammt, das ging ja schnell. Von wem ist die Anweisung unterzeichnet?", fragte Willard Jones.

„Von einer Heather De Agostini, Staatssekretärin im

Außenministerium. Sehr ungewöhnlich, wenn Sie mich fragen", antwortete Sam. Der Admiral fuhr sich über sein Kinn und dachte nach.

„Die kenne ich aus den Besprechungen. Sitzt immer nur dabei und schweigt. Das kann nur bedeuten, dass Tamaskie endgültig kaltgestellt ist oder es handelt sich um einen Trick."

„Sir, ich erhalte über das Flotten–Intercom bereits die ersten Bestätigungen. Das war es dann wohl", sagte Sam enttäuscht.

„Es lebe der blinde Gehorsam und die Bürokratie. Den Piloten mache ich gar keinen Vorwurf. Die führen schließlich nur Befehle aus.", ergänzte Jones sarkastisch. Nach weiteren Minuten waren alle Schiffe ihres Geschwaders auf dem Rückflug zur Erde.

„Ich hätte nicht gedacht, dass unsere Kollegen einfach klein beigeben und Kameraden im Stich lassen", bemerkte Sam nebenbei, „ich bin jedenfalls noch nicht bereit aufzugeben, Admiral."

„Das habe ich auch nicht erwartet, Leutnant. Jetzt stehen wir wirklich alleine. An Unterstützung durch die Flotte ist nicht mehr zu denken. Es gibt jetzt nur noch das *Future Sky* Team." Plötzlich blinkte die Analyseanzeige des Hauptcomputers. Sam schaltete die Werte auf beide Zentralmonitore.

„Sir, die Dekodierung ist abgeschlossen und ich habe den Kurs anhand der Daten ermittelt. Sabrina und Akiro befinden sich weit außerhalb der Randzone von *Epsilon Arkturus 3*. Im Code war noch eine weitere Nachricht versteckt. Sie haben ein verdächtiges Objekt lokalisiert und liegen voll getarnt etwa zwanzig astronomische Einheiten entfernt davon. Sabrina ist aufgrund der Signalüberwachung davon überzeugt, dass es ein Schiff oder ein Stützpunkt des Syndikats ist", meldete Sam und gab gleichzeitig die Koordinaten an den Computer. Das Schiff drehte sich gleichzeitig um zwei seiner Achsen und wurde von den Steuer- und Kontrollorganen auf den eingegebenen Kurs ausgerichtet.

„Endlich. Dann mal los", sagte Jones und atmete tief ein. Sam schob den Schubregler der Triebwerke ganz an den Anschlag und steigerte den Energieausstoß für das Feld auf ein Maximum. Die gewaltige Transformation des Hyperraumantriebs erzeugte die Raumverwerfung, welche sich, je nach Feldstärke, mit mehrfacher Überlichtgeschwindigkeit fortpflanzte und das Schiff vor sich her trieb. So beschleunigt verschwand die *B-22 Intruder* im Hyperraum und raste den Kameraden entgegen.

Eva Johnson war zurück zur Kommandozentrale des Planetoiden geeilt. Ariana hatte sie begleitet. Sie betraten den Raum.

„Was ist denn so dringend, dass Du Alarm geben musstest?", fragte Eva scharf.

„Einer unserer Kontaktpersonen auf der Erde hat sich gemeldet. Dein Auftrag wurde ausgeführt. Der Feigling Ashborne ist tot. Die Erd-Regierung geht von einem Suizid aus, einige Minister von einem Mordanschlag durch übereifrige, loyale Offiziere der Flotte. Alarm habe ich deshalb gegeben, weil wir über unserem Kontakt einen Hinweis auf terranische Patrouillen in unseren Sektoren bekommen haben. Allerdings wurden diese vor einigen Minuten alle zurück beordert. Wir haben die Umgebung intensiv gescannt und keine terranischen Schiffe lokalisiert", meldete Rufus.

„Gut. Endlich denkst Du halbwegs mit. Macht die Geschütze einsatzbereit und bleibt wachsam. Ich will keine Überraschung erleben", befahl Eva.

„Noch etwas, Boss: unsere Auftraggeber werden vier Stunden früher eintreffen. Sie wollen die Fracht endlich übernehmen", ergänzte Rufus.

„Ich verstehe. Melde den Kas'aari, dass wir einverstanden sind", sagte Eva. Ariana trat neben sie.

„Welche Aufgabe soll ich übernehmen?", fragte sie. Eva trat hinter sie, legte ihre Hände auf Arianas Schultern, massierte leicht ihren Nacken und flüsterte die Anweisung in ihr Ohr:

„Meine Liebe, ich habe in der Tat eine besondere Aufgabe für Sie: Sie haben noch kein Blut für mich vergossen. Das fordere ich nun ein. Schaffen Sie mir Colonel Draper schnell, lautlos und sauber vom Hals. Ich überlasse es Ihnen wie kreativ Sie dabei vorgehen. Der Weltraum ist kalt, luftleer und groß. Erst dann gehören Sie wirklich zu uns." Sie trat wieder vor sie und lächelte eisig.

„Danach halten Sie sich zu meiner Verfügung. Ich will, dass Sie unsere Auftraggeber kennenlernen. Sie werden ihre Gedanken scannen, damit ich jederzeit weiß, ob die Kas'aari ehrlich zu mir sind", sagte Eva und ließ sie los. Ariana nickte und machte sich auf, die Zentrale zu verlassen. Rufus warf ihr einen verächtlichen Blick zu und gab eine Anweisung in den Kommunikator, die sie nicht hören konnte. Bevor sie durch die Tür war, rief Eva ihr eine weitere Anweisung zu. Ariana hielt inne und wandte sich ihr zu.

„Trennen Sie sich mental von unserem Kreuzritter. Er ist nun in meiner Obhut, verstanden?"

„Selbstverständlich. Das ist kein Problem. Ich bedaure nur, dass ich ihn nicht brechen konnte. Das macht mir zu schaffen, denn es ist das erste Mal, dass mir das nicht gelungen ist", erwiderte sie beherrscht und verließ nach einem Augenblick die Zentrale.

Ariana eilte in ihr Quartier. Sie verschloss die Tür hinter sich und sicherte sie mit einer Zahlenkombination. Flink griff sie ihren Gürtel mit ihrem Kurzschwert vom Bett, legte ihn an und fixierte das Futteral an ihrem rechten Bein.

Schließlich schnallte sie sich noch Franks Halfter um. Ihr Herz schlug schneller. Das Blut rauschte durch ihre Adern. Sie öffnete die Tür und trat in den schwach beleuchteten Gang.

Im selben Augenblick bog Harry Malik um die Ecke und verharrte, als er Ariana den Gang entlang eilen sah.

„Da geht es nicht zu den Zellen. Also hatte Rufus doch den richtigen Riecher. Na warte, Miststück. Jetzt hab ich dich endlich.", flüsterte er hämisch grinsend vor sich hin und zog sein Klappmesser aus der versteckten Tasche. Sie bemerkte nicht, dass er ihr folgte und bog schließlich in den Trakt ein, der in die unteren Decks führte. Harry behielt genügend Abstand.

„Du hast dort unten nichts verloren, Zuckerschnecke. Das hat Eva Dir doch am ersten Tag eingebläut", sagte er leise und blieb an ihr dran. Arianas Schritte hallten in den Gängen. Sie verringerte ihr Tempo um nicht aufzufallen.

Akiro Katsuro betrat das Cockpit und reichte Sabrina einen Müsliriegel und einen Becher mit dampfendem Kaffee.

„Oh, ich danke Dir", sagte sie und nahm die Sachen entgegen ohne ihn anzusehen. Sabrina ließ ihre Instrumente keine Sekunde aus den Augen. Sie überwachte einige laufende Scans. Die ersten Ergebnisse, die sie nach wenigen Momenten erhielt, überzeugten sie.

„Die haben uns nicht entdeckt. Gut, dass wir in größerem Zielabstand als sonst aus dem Hyperraum ausgetreten sind. Jetzt können wir uns heranpirschen. Das Zielobjekt weist erhöhte Strahlungswerte auf. Offenbar fahren sie ihre Reaktoren hoch. Die Plasmaspur der *Centurion* endet dort ebenfalls. Die Impulse sind fast verwischt, aber noch messbar. Ich orte auch die passive Signatur der *Hawk*. Die Kennung ist zwar fragmentiert, aber eindeutig vorhanden. Frank ist dort." Katsuro setzte sich, trank einen Schluck Kaffee und studierte die Werte.

„Du hast Recht. Die scheinen ihre Waffen einsatzbereit zu machen. Das würde jedenfalls den Strahlungsanstieg der Reaktoren erklären. Hast Du ihre Kommunikation schon analysiert?"

„Das läuft noch. Ich bin aber sicher, dass wir den Stützpunkt des Syndikats vor uns haben. Sie sind noch weit außerhalb des metanischen Raumes. Das Objekt ist zu groß für ein konventionelles Schiff. Schau Dir mal die Massenschätzung an. Ich tippe auf einen Asteroiden."

„Könnte sein. Dann wird es aber schwer, da rein zu kommen. Hast Du schon einen Plan?", fragte Katsuro.

„Nein. Alleine dürfte das ziemlich aussichtslos sein. Wenn wir Frank nur kontaktieren könnten", erwiderte Sabrina ratlos und schob ihren in Kaffee getunkten Müsliriegel in den Mund.

Ariana bewegte sich mit der Geschmeidigkeit einer jagenden Raubkatze. Sie nutzte jeden Vorsprung, jede Ausbuchtung des felsigen Tunnels als Deckung und verharrte kurz. Alles war still. Sie überquerte die Kreuzung mit einem Sprung und begann zu laufen. Die schwache Beleuchtung des selten benutzten Tunnels war jetzt ihr Vorteil. Am Ende des Ganges wurde es heller. Ariana verlangsamte ihre Schritte und blieb stehen. Sie blickte kurz zurück und wartete, bis sich ihre Atemfrequenz wieder normalisiert hatte. Wieder stand sie vor der Kreuzung eines Ringkorridors, welcher alle Räume der unteren Sektion verband. Auf der anderen Seite war die Tunnelröhre mit den üblichen Stahlplatten verkleidet und war bestens ausgeleuchtet. Noch verschmolz ihre schwarze Kleidung mit dem dunklen Gestein an dem sie jetzt lehnte und vorsichtig in die anderen Gänge spähte. Niemand war zu sehen. Sie war im Zentrum der unteren Sektion angekommen. Das Tunnelstück mündete im Kern. Sie konnte bereits eine Tür auf der gegenüberliegenden Seite ausmachen. Ariana trat ins helle Licht, blickte sich kurz um, ging geradeaus weiter und bog in den letzten Ringkorridor ab. Sie kam an eine zweite Tür, die ein Sichtfenster hatte. Ariana presste sich mit dem Rücken an die Wand. Gegenüber der Tür war ein Aufzug. Sie sah auf die Anzeige. Er war im Augenblick unbesetzt. Dann riskierte sie vorsichtig einen Blick durch das kleine Fenster in der Tür. Sie zählte drei in weiß gekleidete Männer mit Mundschutz. Einer ließ den Arm des Operationsroboters herunterfahren, ein anderer hielt eine Narkoseladung bereit. Als sie die Tür öffnen wollte packte sie plötzlich etwas von hinten, ein kräftiger Arm legte sich um ihren Hals und drückte ihr die Luft ab. Eine Hand griff ihren linken Arm. Harry Malik zog sie an sich und hatte sie fest im Würgegriff.

„Was habe ich Dir gesagt, Miststück? Du hast hier unten nichts zu suchen. Keine Bewegung, sonst verpass ich

Dir eins. Jetzt ist es aus mit Dir!", schrie Harry hasserfüllt, „Rufus freut sich schon auf Dich!" Er zog sie im Griff mit sich. Ariana hörte das Klappmesser aufspringen, fluchte lautlos, spannte ihre Muskeln, trat mit ihrem Absatz auf seinen rechten Fuß und rammte ihm ihren rechten Ellbogen mit aller Wucht in den Magen. Harry brüllte vor Schmerz, während sie sich vollends aus seinem Griff drehte und blitzschnell ihr Schwert zog.

„Du dreckiges Miststück. Ich werde Dich platt machen!" Er holte aus. Sie wich instinktiv zurück und die rasiermesserscharfe Klinge verfehlte zweimal nur um Haaresbreite Arianas Körper. Kalt stieß Ariana zu, bevor das Messer ein weiteres Mal nach ihr lechzte. Harry Malik schrie tödlich getroffen auf.

„Das ist für die Opfer meines Volkes. Rache für Arsaria", sagte sie eisig, trieb das arsarianische Schwert bis zum Heft in seinen Bauch. Sie hielt ihn einen Moment aufrecht, bis sein Schrei in einem schmerzverzerrten Gurgeln endete. Dann zog sie ihre Klinge rasch zurück. Harry sackte zusammen. Im gleichen Moment flog die Tür auf und einer der Männer in Weiß stand vor ihr.

„Was ist hier denn…?" Ariana nutzte erbarmungslos ihr Überraschungsmoment und stieß erneut zu, bevor er den Satz beenden konnte. Der Mann fiel durch ihren schnellen Stich schreiend in den Raum zurück. Sie setzte nach und war mit einem Schritt im Operationsraum. Der Arzt riss, blank vor Entsetzen, seinen Mundschutz ab und befahl seinem Assistenten panisch, sie aufzuhalten. Der Assistent langte sofort nach dem unbenutzten Armelement des Roboters, in dessen Aufnahme ein einsatzbereiter Laserschneider eingespannt war und griff damit an. Der Arzt stand immer noch neben Frank, der alles mit angesehen hatte. Der Commander bekam ein Stück Stoff vom Arztkittel in seine festgeschnallte Hand und hielt ihn fest. Ariana eröffnete eine Finte, setzte zwei Schritte zurück, wich dem plumpen Angriff des Assistenten nach links aus, wechselte flink ihre Klinge in die andere Hand, und stieß ihrem Gegner in seiner Bewegung das Schwert tief in die ungeschützte Seite. Er fiel schreiend, während der Arzt auf Frank eindrosch, sich los riss und zum Kommunikator an der Wand stolperte um Alarm zu schlagen. Arianas Kurzschwert surrte durch die Luft und traf den verbrecherischen Mediziner in den Rücken. Tödlich getroffen krümmte er sich unter einem grausamen, ungläubigen Aufschrei und rutschte an der Wand zu Boden. Ariana holte tief Luft, ging an Frank vorbei ohne ihn anzusehen, zog ihr Schwert kaltblütig aus dem Toten und reinigte die Klinge an dessen Kittel. Dann sah sie Frank direkt in die Augen, durchschnitt die Bänder, die ihn auf der Liege fixierten und ließ ihre Waffe in das Futteral zurück gleiten.

„Sind Sie okay?"

„Ja, danke", sagte Frank, rieb sich seine Handgelenke und schwang sich auf die Beine, „Ihre Hilfe kommt spät, aber gewaltig. Also haben Sie es sich doch anders überlegt? Freut mich, dass ich mich nicht in Ihnen getäuscht habe."

„Meine Geschichte ist länger als Ihre und wir haben keine Zeit. Helfen Sie mir bitte den Toten vom Gang zu holen. Und dann müssen wir schnellstens verschwinden", sagte sie nüchtern. Frank kam ihrer Bitte nach. Sie zogen den leblosen Körper von Harry Malik in den Operationsraum. Erst jetzt sah Frank sein Gesicht und staunte nicht schlecht.

„Wissen Sie wie viele der auf dem Gewissen hat? Sie haben einen der miesesten Typen im Universum erwischt. Warum haben Sie nicht geschossen?"

„Das ist ein Bergbauplanetoid und die Schürfgesellschaft hat ein Sicherheitssystem für alle Entladungen, magnetischen Anomalien, Schlagwetter und Ausgasungen installiert. Es ist dank Eva Johnsons paranoidem Sicherheitswahn immer noch aktiv. Mit einem Schuss hätte ich sofort einen Alarm ausgelöst", erwiderte sie, schnallte den Pistolenhalfter ab und reichte ihn Frank.

„Die gehört Ihnen."

„Ah, meine Kanone. Danke. Eines verstehe ich aber nicht. Wenn Sie auf unserer Seite waren, warum haben Sie mir dann nicht schon auf *Merope* die Wahrheit gesagt und mich um Hilfe gebeten? Dann hätten wir uns sicher viel Ärger erspart", sagte Frank und schnallte sich seinen Halfter um.

„Das konnte ich nicht riskieren. Ich wusste nicht, ob man auch mir einen Aktivchip angeheftet hatte. Das war mir viel zu gefährlich. Das Syndikat überwacht alles und es gibt nur wenige sichere Orte. Trotzdem habe ich versucht mit Ihnen in Kontakt zu treten", erklärte sie. Frank überlegte.

„Die Träume und die Kopfschmerzen?", fragte er überrascht. Ariana nickte.

„Ja, aber es waren keine Träume. Ich habe versucht mich mit Ihren Gedanken zu vereinigen. Niemand hätte uns abhören können, aber leider haben Sie mich nicht gewähren lassen und sich zur Wehr gesetzt", erklärte Ariana. Frank seufzte.

„Wo befinden sich Colonel Draper und die anderen?"

„Noch in der Zelle. Ich hatte eigentlich die Anweisung den Colonel zu töten. Bald wird auffallen, dass das nicht geschehen ist und dann gibt es hier keinen sicheren Winkel mehr für uns. Also wie ist Ihr Plan?"

Frank überlegte einen Moment lang und wandte sich dann Ariana zu.

„Wir schließen diesen Laden. Dazu legen wir den Reaktor lahm und dann holen wir meine Freunde raus."

„Ja, ich dachte mir, dass Sie die Energiezentrale als Ziel ins Auge gefasst haben. Das wird nicht einfach. Die Besatzung dieses Planetoiden besteht aus zweiundachtzig Personen. Zu viele für uns. Noch haben wir das Überraschungs-

moment auf unserer Seite. Also beeilen wir uns besser.",
erwiderte Ariana.

„Okay, ich vertraue Ihnen. Machen Sie weiterhin mit?"

„Was denn sonst?", fragte sie, erstaunt.

„Wo ist der Reaktorraum?", fragte er.

„Der Reaktorraum liegt siebzehn Decks unter dieser
Sektion. Ich führe Sie hin", erwiderte Ariana. Frank nickte
zustimmend. Sie ging voran und vergewisserte sich, dass
die Luft im Gang rein war. Frank folgte ihr zum Aufzug
und drückte den Liftknopf. Die Türen fuhren auf und die
beiden stiegen ein.

„Warum kämpfen Sie gegen Eva Johnson?", fragte der
Commander neugierig.

„Meine Heimatwelt heißt *Arsaria* und liegt sehr weit
jenseits Ihrer erforschten Zone. Vor nun fast zwei Jahren
ihrer Zeitrechnung landete Eva Johnson mit einem großen
Trupp auf unserer Welt. Sie waren auf dem Rückflug von
einer langen Mission in die unerforschten Bereiche, wie ich
später erfuhr. Zuerst waren sie friedlich, aber als sich niemand von uns für das Syndikat anwerben lassen wollte, fingen sie an zu foltern. Ihre Leute gerieten außer Kontrolle.
Schließlich mordeten und plünderten sie, nahmen sich alles
mit Gewalt. Ich erhielt vom Orakel die Anweisung mich
anwerben zu lassen, um die Gewalt zu stoppen. Sie nahmen
mich in das Syndikat auf. Einen Tag lang ging das gut, aber
bevor sie abflogen, zerstörten sie unsere Kommune. Viele
wurden dabei getötet. Ich verlor den Rest meiner Familie.
Das Orakel erweiterte meine Anweisung. Ich muss die Angreifer vernichten auch wenn ich ein, zwei oder mehr Zyk-
len dafür brauche. Ich habe mich mit dem Syndikat arran-
giert und brauchte mich nicht einmal zu verstellen, denn
ich habe mich auf Arsaria nie besonders wohl gefühlt. Als
ich dann von dem bevorstehenden Plan erfuhr, den Eva entwickelt hatte und sie begann, mit dem metanischen Clan
der Kas'aari zu paktieren, sah ich meine Chance gekom-

men, denn ich hatte ja mit Ihnen einen schlafenden Verbündeten", erzählte Ariana und verschränkte ihre Arme.

„In den Datenbanken des Syndikats und in Evas Kontrollzentrum war alles Erdenkliche an Informationen gespeichert. So konnte ich Ihre Geschichte genau studieren. Das war notwendig, denn ich musste Ihnen ja eine perfekte Falle stellen."

„Ich verstehe. Sie hatten sehr viel Geduld. Schade, dass ich Sie nicht früher kennengelernt habe. Vielleicht hätten wir das Syndikat dann längst besiegt", sagte Frank.

„Das glaube ich kaum", erwiderte sie, „die Macht des Syndikats reicht weiter, als Sie sich vorstellen können." Der Aufzug hielt an. Frank und Ariana blickten einander entschlossen an und stiegen aus.

„Wie stark ist die Besatzung des Reaktorraumes?"

„Zwei oder drei Techniker in wechselnder Schicht, glaube ich. Mir war der Zutritt zu den unteren Sektionen verboten", sagte sie.

„Okay", meinte Frank, „wir machen jetzt Nägel mit Köpfen. Wird Zeit, dass wir zurückschlagen. Lassen Sie uns diesen Verein in die Luft jagen", erwiderte er entschlossen nahm seine Waffe aus dem Halfter und entsicherte sie. Ariana blickte ihn entschlossen an, zog ihr Kurzschwert und öffnete mit einem Knopfdruck die Tür zum Reaktorraum. Sie hatten Glück. Zwei Techniker standen am Schaltpult. Frank und Ariana kassierten sie.

„Keinen Mucks Leute. Wie viele sind noch hier?"

„Noch einer", sagte der Techniker kreidebleich. Ariana lief einige Schritte weiter und sah den dritten Mann an einem anderen Kontrollpult. Er hatte noch nichts bemerkt, weil er eine Art Kopfhörer als Interface für die Reaktorüberwachung trug. Sie näherte sich ihm vorsichtig und tippte ihn schließlich mit ihrer Schwertklinge an, bereit sie zu benutzen. Der Techniker drehte sich um, erschrak und nahm widerwillig die Hände hoch.

„Ich habe ihn", sagte Ariana. Frank nickte und sah sich um. Er erblickte eine Kammer mit Strahlenschutzanzügen, deren linke Türhälfte halb offen stand.

„Los, alle rein da", sagte Frank und wies auf die Kammer. Die beiden Techniker gehorchten mürrisch aber widerstandslos. Ariana verschloss die Tür und verriegelte sie.

„Was jetzt?", fragte Ariana.

„Was für ein Anlagentyp ist das? Sieht wie ein alter Antimateriereaktor aus", meinte Frank und deutete auf den großen Behälter im Zentrum des Raumes, der über vier Etagen reichte.

„Ja, genau das", bestätigte Ariana.

„Dann ist es einfach. Wir zerstören die Spulen der Magnettanks und die Sicherungen. Danach haben wir zehn, maximal fünfzehn Minuten, um von hier zu verschwinden. Die Felder werden zusammenbrechen und dann fliegen hier die Fetzen."

„Das ist sehr wenig Zeit, um die Gefangenen zu befreien und die Schiffe zu erreichen. Ich habe Ihre *Hawk* und die *Centurion* zwar auf Stand-by-Modus, aber ich weiß nicht, ob wir sie rechtzeitig erreichen und flottkriegen", bemerkte Ariana skeptisch.

„Das stimmt, aber wir haben keine Wahl. Wenn wir die Spulen zerstören ist Eva Johnson zum Handeln gezwungen. Vertrauen Sie mir. Wird schon schief gehen.", sagte Frank.

„Na gut. Versuchen wir es", stimmte sie zu.

„Okay, Sie halten die Stellung und passen auf, dass hier keiner reinkommt. Ich kümmere mich inzwischen um die Spulen", sagte er und reichte ihr seine Waffe.

„In Ordnung. Bitte beeilen Sie sich.", antwortete sie. Frank rannte die Stahltreppe hoch. Sie führte auf die nächste Etage, wo die Spulen angebracht waren, welche die Felder der Magnettanks erzeugten in denen die Antimaterie gespeichert war. Mit einem Brecheisen aus der Werkzeugbox bei der Feuerlöscheinrichtung sabotierte Frank die Verteiler der Stromzufuhr zu den Energiespeichern. Nun mussten sie nur noch die Sicherungen abschalten, um den Kollaps herbeizuführen. Schließlich würde die vorhandene Menge Antimaterie in einer gewaltigen Kettenreaktion alles zerstrahlen, sobald sie Kontakt zu Materie bekam. Frank kehrte nach einigen Minuten zurück.

Das Annäherungssignal ließ Sabrina Henderson aus ihrem Sekundenschlaf hochschrecken.

„Ich werd' verrückt. Das ist Sam mit dem Admiral. Sie haben es geschafft", sagte Katsuro freudig und aufgedreht. Er hatte sie noch vor Sabrina identifiziert. Die *B-22 Intruder* von Sam Wyant und Willard Jones näherte sich voll getarnt von achtern im Schatten der *Lucky Lady*. Sabrina war sofort wieder hellwach und bestätigte das Signal über die Richtantenne im Heck.

„Schön Euch zu sehen", funkte sie über den abhörsicheren Kanal. Wenige Augenblicke später waren Wyant und der Admiral auf den Bildschirmen zu sehen.

„Sichere Schiff zu Schiff Verbindung steht", meldete Sabrina.

„Hallo Captain. Wir sind froh Sie beide wohlauf zu sehen. Wie ist die Lage?", fragte Willard Jones knapp.

„Sir, das Zielobjekt liegt vor uns. Wir gehen von einem ausgedienten Bergbauplanetoiden aus. Die Plasmaspuren der *Centurion* sind mittlerweile komplett verwischt, aber wir haben die Signaturen aufgezeichnet. Die Geiseln, der Colonel und Frank befinden sich dort. Das ist ganz sicher. Wir haben in den letzten Stunden eine umfassende Signalaufklärung vorgenommen. Vom Objekt auf den Zielkoordinaten gingen Hyperraumfunksprüche nach *Epsilon Arcturus 3*. Wir haben vor einiger Zeit einen Strahlungsanstieg auf dem Planetoiden registriert. Es scheint als hätten sie Antrieb oder Waffen einsatzbereit gemacht. In den letzten zwei Stunden haben wir uns von zwanzig auf siebzehn astronomische Einheiten herangearbeitet. Aus Sicherheitsgründen haben wir auf den Start von Aufklärungsdrohnen verzichtet. Unsere Infrarotsysteme haben aber einige Geschützpositionen auf der Oberfläche lokalisiert. Leider haben wir keinen Kontakt zu Frank oder dem Colonel", berichtete Sabrina. Willard Jones nickte anerkennend.

„Saubere Arbeit", lobte er, „das ist mehr als ich erwartet habe. Was schlagen Sie vor, Captain?"

„Das Objekt befindet sich noch im neutralen Raum an der Grenze der Sektoren von *Epsilon Arcturus 3* und zu den Systemen *Morganthus* und *Nitani*. Taktisch gesehen können sie schnell in eine der beiden Zonen wechseln. Laut den Bündnisverträgen sind *Morganthus* und *Nitani* für uns tabu", sagte Sabrina. Wyant pfiff überrascht durch seine Zähne.

„Unsere Optionen sind ausgeschöpft, Sir. Noch haben wir die Überraschung auf unserer Seite. Deshalb plädiere ich für einen Angriff. Wir sollten die Feuerkraft des Planetoiden schwächen. Damit bringen wir den Gegner höchstwahrscheinlich in Zugzwang. Wir können leider keine Torpedos einsetzen, da sie den Planetoiden komplett pulverisieren würden, aber vielleicht gibt das unseren Leuten dort drüben eine Chance", fuhr Sabrina fort. Willard Jones rümpfte sich die Nase und warf Wyant einen Blick zu. Sam nickte zustimmend. Der Admiral überlegte eine Sekunde und seufzte.

„Okay, Captain, Gentlemen. Alles bereit machen. Wir greifen an. Unsere Möglichkeiten sind sehr begrenzt. Vielleicht locken wir das Syndikat damit aus der Reserve. Auf jeden Fall lassen wir sie nicht mehr vom Haken, ganz gleich was passiert und zeichnen Sie alles auf. Wir brauchen Beweise. Das ist unsere einzige Chance.", befahl

Jones. Die beiden Maschinen setzten sich fast synchron in Bewegung und pirschten sich immer weiter an den Planetoiden heran.

Die *B-22* von Wyant flog nur wenige Meter entfernt, noch immer im Schatten der *Lucky Lady*.

„Ich habe soeben die letzten Messwerte erhalten", meldete Sabrina, „sie bestätigen unsere Annahme. Der Planetoid ist hohl, denn das gravimetrische Potenzial weicht von der Massenberechnung ab. Die ungewöhnliche Strahlungsintensität deutet auf einen alten Antimaterie–Linearantrieb hin. Die Oberfläche ist gespickt mit Waffen. Das wird heikel."

„Danke, Captain. Tarnung auf jeden Fall aufrechterhalten", erwiderte Willard Jones.
Die beiden Schiffe hatten nur kurz ihre Plasmastrahlantriebe aktiviert um Geschwindigkeit aufzubauen und flogen nun antriebslos auf das Ziel zu.

„Mach einen AM-Cluster fertig und schalte alle Waffen auf automatische Zielerfassung. Maximale Feuerkraft und Schilde auf Gefechtsstärke" sagte Sabrina zu ihrem Copiloten. Katsuro nickte.

„Längst geschehen", antwortete er lächelnd. Sabrina erwiderte sein Lächeln. Nach einer halben Stunde hatten sie sich bis auf eine Astronomische Einheit – das entsprach der mittleren Entfernung zwischen Erde und Sonne – herangeschoben. Sam hatte ebenfalls Waffensysteme und Schilde aktiviert. Beide Piloten schalteten auf Handsteuerung um.

Ariana hatte die in der Zwischenzeit die Schaltpläne auf den Bildschirm eines Diagnosecomputers geladen. Frank trat an ihre Seite.

„Alles erledigt. Jetzt noch die Sicherungen deaktivieren. Dann ist die ganze Sache irreparabel. Und wenn ich den Hauptschalter umlege, läuft unser Countdown."

„Wir sollten auch die anderen Stromkreise isolieren. Sonst können sie uns doch noch lahmlegen in dem man uns die Luft absaugt", schlug Ariana vor.

„Das ist eine gute Idee", meinte Frank, „sagen Sie, gibt es hier noch andere Eingänge?"

„Ja, noch zwei in der unteren Etage. Wenn wir die Lifte hier herauf blockieren, droht uns aber keine Gefahr."

„Gut, übernehmen Sie das bitte. Wie kommen wir am schnellsten zum Startdeck?"

„Ich fürchte wir müssen durch die Klimaschächte. Die anderen Wege sind zu gefährlich", erwiderte Ariana. Sie lud den Plan von der Datenbank, während sie die Stromkreise für die Aufzüge, die Luftabsaugung und die Sicherungen blockierte. Augenblicke später zeigte sich das verzweigte Netz der Klimaanlage auf dem Schirm. Frank sah auf die elektronische Darstellung. Ariana markierte den Weg zum Hangardeck.

„Sollte klappen, solange wir schnell vorankommen", meinte Frank, „Eva Johnson wird versuchen uns mit allen Mitteln hier festzusetzten." Ariana schwieg. Frank merkte, dass sie leicht zitterte.

„Was haben Sie?" Ariana wandte sich vom Monitor ab und senkte den Kopf.

„Nichts, ich habe nur einen Moment lang über unsere geringe Chance nachgedacht von hier weg zu kommen. Außerdem fühle ich mich nicht besonders wohl, weil ich Lebensformen ausgelöscht habe."

Frank nahm sie sanft in seine Arme.

„Ja, das haben Sie. Aber ich sage Ihnen was: Sie haben

mich nicht nur vor dem Tod, sondern vor der Sklaverei bewahrt. Dafür bin ich Ihnen sehr dankbar, und ich bin froh, dass ich mich doch nicht in Ihnen getäuscht habe. Ich verstehe Ihre Gefühle, aber ich brauche jetzt Ihre Hilfe. Das Syndikat hat viele Leben auf dem Gewissen. Sie haben meine Freundin getötet und die hätten auch Sie noch umgebracht. Ein Leben ist für diese Verbrecher ohne Bedeutung. Verstehen Sie?"

Sie blickte ihn an und er sah die Sorge in ihren Augen.

„Es ist schön, dass Sie mir Mut machen wollen, Commander, aber ich fürchte, wir werden hier sterben."

Frank vertiefte sich in ihre grünen Augen.

„So weit sind wir noch nicht. Sie baten mich bei den Gedankenvereinigungen, Ihnen zu vertrauen. Jetzt müssen Sie mir vertrauen. Ich verspreche Ihnen, dass wir hier herauskommen werden. Aber dazu müssen wir erst mal zu unseren Schiffen. Und jetzt sollten wir wieder an die Arbeit gehen, okay?"

Ariana erwiderte seinen Blick einige Sekunden lang, löste sich aus seinen Armen und nickte.

„**Wir** nehmen den Alpha Korridor nach dem Angriff. Ihr solltet über Gamma fliegen. Wir formieren uns nach dem ersten Überflug neu im Planquadrat Delta sieben", funkte Sabrina und übermittelte die taktischen Daten an Sam.

„Die Oberflächenabtastung zeigt jede Menge Waffentürme, Sir. Wir haben bisher dreißig geortet. Sie sind zwar alt, aber wir haben nur zwei Clusterbomben im Magazin. Ich glaube mehr als zwei direkte Anflüge sind nicht drin", bemerkte Sabrina.

„Wir haben nur einen konventionellen Cluster. Also sehen wir zu, dass wir so viele Waffentürme wie möglich erwischen", erwiderte Sam.

Sabrina ließ dem Zielerfassungssystem mehr Zeit als üblich. Auf ihr Kommando lösten sie die enge Formation auf und jede *B-22* flog auf ihren Korridor den Zielen entgegen. Die Clusterbomben verließen die Abschussrohre. Sie verfügten jeweils über sechs autonome Sprengköpfe, von denen jeder eine Geschützposition anflog. Die Hellfirekanonen beider Schiffe nahmen weitere Waffentürme ins Visier. Totenstille herrschte in beiden Cockpits. Sabrina spannte ihre Muskeln instinktiv an. Als das Feuerwerk begann, hatten die beiden *B-22* den Scheitelpunkt in tausend Kilometern Höhe über dem Planetoiden längst passiert und flogen ab.

Plötzlich hämmerte alles, was an Syndikatsartillerie noch nicht getroffen worden war, wild los. Obwohl die *Lucky Lady* getarnt war, musste sie einige Treffer einstecken. Einer hatte sie so gewaltig erwischt, dass Katsuros Navigationsschirm abrauchte.

„Scheiße", fluchte Sabrina und blickte ihn erschrocken an, aber ihr Copilot nickte nur zurück.

„Wir verlieren die Tarnung", meldete Katsuro unverletzt.

Sabrina beschleunigte die *B-22* um eine sichere Distanz zu erreichen, während Jones und Wyant ihren Angriff ohne Treffer überstanden hatten.

„Ihr habt ein paar erwischt", meldete Wyant nach einer Oberflächenabtastung

„Ja, aber wir haben auch was abgekriegt. Tarnung und Navigation sind ausgefallen. Wir haben hier einige Kurzschlüsse und sortieren noch ein paar andere Probleme. Das wird einige Minuten dauern. Ich sende euch die Daten zur Auswertung rüber, Sam. Wir sollten vorerst in sicherer Entfernung bleiben bis wir die Schäden einigermaßen repariert haben", erwiderte Sabrina angespannt.

„Okay, bleibt außerhalb ihrer Schussweite. Wir greifen

nochmal an", gab Sam entschlossen zurück. Die Tarnung seiner Maschine war noch aktiv und er drehte seine *B-22* erneut auf einen Angriffskurs. Auch dieses Mal schaltete Sam mit waghalsigen Manövern ein paar der Geschütze mit seinen Hellfirekanonen aus.

Ein Geschützturm explodierte derart heftig, dass der ganze Planetoid erschüttert wurde und Frank und Ariana sich am Kontrollpult festhalten mussten.

„Das kann nur die Kavallerie sein", bemerkte er voll neuer Hoffnung.

„Ich habe Spuren auf dem Flug hierher hinterlassen. Mit ein bisschen Glück sind das Ihre Freunde. Offenbar greifen sie den Planetoiden an", erwiderte Ariana.

„Oh, ich liebe Sie dafür", sagte Frank enthusiastisch, „dann wollen wir mal zusehen, dass wir auf die Zielgerade kommen. Bitte stellen Sie eine Verbindung zur Zentrale her. Wir werden uns jetzt mit unserer charmanten Gastgeberin unterhalten", antwortete Frank entschlossen. Arianas Finger huschten über die Tastatur. Frank umklammerte den Spulenhauptschalter für die Magnettanks auf der Kontrollkonsole.

„Sie können sprechen, Commander", sagte Ariana. Sie blieb absichtlich im toten Winkel der Kamera. Der Bildschirm vor ihnen erwachte zum Leben und plötzlich bekamen sie das Geschehen in der Zentrale mit.

Eva Johnson reagierte sofort. Sie rappelte sich nach den heftigen Einschlägen der Sprengköpfe als Erste wieder hoch

„Ein Schiff der terranischen Flotte. Wie zum Teufel haben die uns gefunden", fluchte Rufus laut.

„Terranischer Aufklärer. Ein Schiff der Hawk-Klasse. Es ist außerhalb der Schussweite", bestätigte Evas Navigator.

„Zerstört es. Sofort! Scannt die umliegenden Sektoren. Aufklärer operieren so weit draußen meist nicht alleine.

Und holt mir die Geiseln hier her. Vielleicht brauchen wir sie um zu verhandeln", befahl Eva Johnson zornig. Rufus führte ihren Befehl aus, während sich der Navigator Eva zuwandte.

„Unser Schiff wird startklar gemacht, aber das wird einige Minuten dauern." Eva lief genervt auf und ab und überlegte. Im selben Moment erschien Sabrinas Gesicht auf dem großen Bildschirm in der Zentrale des Planetoiden.

„Hier spricht Captain Henderson von der terranischen Raumflotte. Ich befehle Ihnen sich sofort zu ergeben. Ich habe Anweisung Sie sonst zu vernichten." Eva kochte vor Wut und stemmte ihre Hände in die Hüften.

„Stellt Kontakt her", befahl sie. Im gleichen Moment ging eine weitere schwere Erschütterung durch den ausgehöhlten Himmelskörper. Sam hatte wieder einen Geschützturm ausgeschaltet. Sie blickte zur Tür.

„Verdammt, Rufus. Schaff' endlich die Geiseln herbei", sagte sie leise zu sich selbst. Der Navigator gab ihr ein Zeichen. Der Kontakt zum terranischen Schiff war hergestellt.

„Terranisches Schiff: Sie beschießen eine metanische Bergbaukolonie. Ihr Angriff verletzt alle interstellaren Konventionen. Wir fordern Sie auf, die Aggression einzustellen. Die metanischen Behörden sind bereits verständigt." Eva spielte auf Zeit, aber Sabrina blieb hart.

„Sie sind keine metanische Bergbaukolonie. Eva Johnson, ergeben Sie sich. Eine weitere Aufforderung wird es nicht geben", erwiderte Sabrina kaltschnäuzig und blickte Katsuro an, „Leutnant, die Torpedos feuerbereit machen." In der gleichen Sekunde betrat Rufus, begleitet von zwei Wachen mit den Geiseln die Zentrale. Eva atmete auf und zog ihre Pistole.

„Jetzt hören Sie mal zu, Sie Göre: entweder Sie verschwinden sofort aus diesen Sektoren oder ich liquidiere eine Geisel nach der anderen. Mit ihrem Colonel fange ich an. Haben Sie mich verstanden?" Sabrina verstummte als sie auf ihrem Monitor sah wie Rufus den Colonel auf die Knie zwang und Eva den Lauf ihrer Waffe auf Leslie Drapers Kopf richtete.

Plötzlich erschien Frank auf dem großen Bildschirm der Zentrale.

„Das würde ich nicht tun", sagte er mit einschneidender Stimme. Evas Gesicht verlor augenblicklich jede Farbe.

„Wie Sie sehen ist Ihr chirurgischer Eingriff fehlgeschlagen", sagte Frank, „und jetzt hören Sie mir genau zu: ich bin im Reaktorraum und habe die Spulensicherungen zerstört. Sie werden augenblicklich meine Forderungen erfüllen. Wenn nicht, lege ich den Hauptschalter um. Ich denke, Sie wissen was das heißt. Und jetzt will ich mit Colonel Draper sprechen." Eva zeigte keinerlei besondere Regung. Immer war es ihr Vorteil gewesen, auf neue und unerwartete Situationen sofort zu reagieren. Nur so hatte sie es an die Spitze dieser Organisation geschafft, während das kleine Fünkchen Hoffnung in Leslie voll entflammte und ihr wieder ihr ganzes Selbstvertrauen zurück brachte.

„Jetzt geht es Ihnen an den Kragen. Ich würde aufgeben, wenn ich Sie wäre", sagte Leslie leise, aber noch laut genug, dass Eva es hören konnte.

„Halten Sie Ihr vorlautes Mundwerk", maulte Eva zurück. Einer von Eva Johnsons Männern trat neben sie.

„Boss, es ist wahr. Die Stromkreise zum Reaktorraum wurden unterbrochen."

„Wir schnappen sie uns. Ich bringe die Zuckerschnecke höchstpersönlich um", schlug Rufus wütend vor. Eva antwortete ihm nicht, sondern packte Leslie am Arm und zerrte sie vor die Kamera des Bildschirms.

„Hallo, Colonel. Sind Sie okay?" fragte Frank

„Ja, Commander. Wir sind alle unversehrt", erwiderte sie.

„Gehen Sie mit den anderen sofort zum Startdeck und machen Sie beide Schiffe startklar. Haben Sie mich verstanden?" Dorn drehte den Kopf zu Ariana.

„Wo ist der capellanische Botschafter. Ich sehe ihn nicht", fragte er flüsternd.

„Er muss noch in seiner Zelle sein", gab sie ebenso leise zurück. Eva Johnson nickte Rufus kaum merklich zu. Daraufhin verschwand der *Schlächter* mit zwei Männern aus der Zentrale.

„Bringt den capellanischen Botschafter zum Startdeck. Keine Tricks", wandte sich Frank wieder an Eva Johnson.

„Ich kann Ihre Freunde nicht gehen lassen, Commander. Das werden Sie doch sicher verstehen. Sie sollten sich jetzt ergeben, sonst lasse ich einen nach dem anderen erschießen!", konterte Eva gelassen. Ein Posten entsicherte seine Waffe und richtete sie auf Leslie. Michael und Thera wurden von den anderen Wachen neben Colonel Draper gedrängt, sodass sie im Blickwinkel der Kamera waren. Michael trat noch einen Schritt weiter vor, um Eva Johnson ins Gesicht sehen zu können.

„Außerdem gehen Sie auch drauf, wenn Sie den Schalter umlegen. Wir werden Sie niemals zum Startdeck durchkommen lassen", bemerkte Eva mit ruhiger Stimme. Noch bevor Frank antworten konnte, schaltete sich Michael ein.

„Wir verhandeln nicht mit Kidnappern. Also bring es zu Ende, Frank. Wir sind alle bereit dazu", sagte er und die eisige Entschlossenheit in seiner Stimme jagte Leslie einen kalten Schauer über den Rücken.

„Ich gebe ihnen genau fünf Sekunden. Dann schalte ich die Spulen aus", sagte Frank und fing an zu zählen. Eva Johnson rührte sich nicht. Er war bei null. Frank sah kurz auf den Schalter und bewegte ihn einige Millimeter. Es war ihm klar, dass sie auf Zeit spielte. Wahrscheinlich war Rufus mit einigen Leuten bereits zum Reaktorraum unterwegs

„Also, was soll nun werden Du blöder Kreuzritter? Das Spiel ist aus. Du hast verloren", sagte sie und langsam kehrte die Überheblichkeit ihrer Stimme zurück. Mittlerweile war es in der Kommandozentrale totenstill geworden. Jeder schien den Atem anzuhalten.

„Lass sie gehen", sagte Frank leise, aber jeder konnte ihn genau verstehen.

„Erschießt den Colonel", schrie Eva zu dem Posten. Der schwerbewaffnete Posten legte an.

Plötzlich heulten alle Alarmsirenen los. Unzählige Warnleuchten blinkten auf. Frank hatte den Schalter umgelegt. Zum ersten Mal in ihrem Leben war Eva Johnson sichtlich schockiert.

„Er hat es getan! Dieser verdammte Bastard hat es getan", schrie sie. Michael und Thera nutzten den Moment der Verwirrung aus und überwältigten zusammen einen der beiden Posten, die neben ihnen standen, während Leslie dem anderen Bewacher einen satten Haken verpasste, der ihre gesamte angestaute Wut entlud. Der Posten ging zu Boden. Dabei entriss sie ihm das Impulsgewehr und richtete es auf Eva Johnson. Auch Michael hatte jetzt das Gewehr seines Bewachers in der Hand. Leslie schoss neben Eva in den Boden.

„Jetzt drehen wir den Spieß um. Sie werden uns zum Startdeck führen und keiner von Ihren Leuten sollte auf die dumme Idee kommen uns daran zu hindern. Seit ich hier bin habe ich einen sehr nervösen Zeigefinger", sagte Leslie laut, während sie Eva entwaffnete. Frank hatte alles mitbekommen.

„Verlieren Sie keine Zeit, Colonel. Ich gebe diesem Schrottreaktor höchstens zehn Minuten. Dann fliegt uns hier alles um die Ohren."

„Wir treffen Sie auf dem Startdeck", antwortete Leslie und packte Eva Johnson am Arm. Sie schob sie vor sich her und die Gruppe verließ die Zentrale. Eva leistete keinen Widerstand. Thera sicherte nach hinten. In der Zentrale brach Panik aus, nachdem sich die Tür hinter ihnen geschlossen hatte. Für Eva Johnsons Leute gab es nur noch die Flucht. Einer verständigte Rufus und schilderte ihm die Situation.

„Wir schnappen sie uns beim Startdeck. Legt alle bis auf die Regentin um", befahl Rufus. Er gab den Versuch auf, die Tür zum Reaktorraum aufzubrechen und fuhr mit dem Aufzug wieder nach oben. Vor lauter Rage lief er rot an und brüllte fanatisch.

Frank kniete im Klimaschacht und zog Ariana hoch, bis sie den Rand des Rohres selbst greifen konnte. Sie nahm Schwung und hievte sich hoch, noch bevor Frank nachfassen konnte. Eine Minute war bereits vergangen. Ariana hatte sich den Plan der Klimaanlage genau eingeprägt und rutschte auf den Knien voran. Sie erreichten eine Vertikalabzweigung, die sich als Wartungsschacht entpuppte. Hier waren Sprossen angebracht.

„Wir müssen vier Decks nach oben und dann links", erklärte Ariana. Sie kletterte flink nach oben. Dorn hatte etwas Mühe, ihr so schnell zu folgen. Der restliche Lichtschein aus dem Reaktorraum war längst verblasst. Hier fiel nur durch die Lüftungsgitter der Korridore etwas Licht herein. Ariana war oben. Dorn war hinter ihr.

„Wissen Sie was? Ich werde für diesen Job viel zu lausig bezahlt", keuchte er fluchend, als auch er oben ankam.

„Sie haben vielleicht Sorgen", erwiderte Ariana verständnislos. „wir fliegen hier gleich in die Luft und Sie machen sich Gedanken über Ihre Bezahlung? Wir müssen jetzt da rein." Der Querschnitt dieses Rohres war so eng, dass sie sich nur noch kriechend hindurch bewegen konnten. Ohne zu zögern, schlüpfte Ariana in die stockdunkle Klimaröhre.

„Hoffentlich wird es nicht noch enger", sagte Frank.

„Nein, wir sind gleich da. Beim nächsten Schacht müssen wir eine Etage tiefer und dann beim ersten Lüftungsgitter hinaus auf den Hauptkorridor." Franks Zeitgefühl sagte ihm, dass sie viel zu lange brauchten.

„Was würde ich dafür geben, wenn uns Doktor Courtland jetzt sehen könnte?", sagte er leise zu sich und kroch weiter durch die Finsternis.

„Wer ist Doktor Courtland?", fragte sie. Noch bevor er antworten konnte, kam ein Schmerzlaut von ihr.

„Was ist los? Sind Sie okay?"

„Ja, ich bin irgendwo angestoßen. Das hat weh getan. Irgendetwas versperrt uns den Weg." Sie tastete nach dem Widerstand.

„Ich glaube es ist ein Gitter."

„Verdammt, ja das ist bestimmt ein Rattengitter", meinte Frank. Er kroch ein Stück zurück, biss die Zähne zusammen und drückte seinen rechten Arm am Körper vorbei bis er seine Strahlenpistole fassen konnte. Er wusste, dass es für Ariana unmöglich war, ihr umgehängtes Impulsgewehr zu benutzen.

„Kommen Sie ein Stück weiter zurück und ziehen sie den Kopf ein. Ich versuche es mit einem Schuss wegzuschmelzen." Frank hatte es nicht leicht in der engen Röhre seinen Arm wieder nach vorn auszustrecken. Er biss die Zähne zusammen. Mit der Waffe in der Hand war noch weniger Platz. Ariana presste sich an das Metall. Schließlich hob er die Hand bis er oben ans Rohr anstieß und feuerte. Der gebündelte Energieimpuls verdampfte das Gitter. Tröpfchen verbrennenden Metalls spritzten durch den Klimakanal.

Er sicherte seine Waffe wieder.

„Sind Sie okay?"

„Ja, aber das war verdammt knapp."

„Dann schnell weiter, aber passen Sie auf, dass Sie sich

nicht an dem heißen Metall verbrennen."

Ariana bewegte sich vorsichtig weiter. Endlich erreichten sie den nächsten Schacht. Der Ausstieg kopfüber war nicht einfach, aber sie schafften es und kletterten eine Etage tiefer. Die Röhre war wieder größer und mehr Licht fiel durch kleinere Schlitze. Sie gelangten schließlich an das erste große Lüftungsgitter. Frank blickte durch die Schlitze in den Korridor. Niemand war zu sehen. Er stützte sich an der gegenüberliegenden Röhrenwand ab und trat das Gitter in den Gang. Mit einem Satz sprang Frank in den Korridor. Dann winkte er Ariana. Sie sprang und er fing sie auf. Ihre Blicke trafen sich. Frank hätte sie in diesem Moment am liebsten geküsst, aber Ariana löste sich von ihm und ging wieder voran.

„Wir sind da", sagte sie, „links geht es zum Startdeck." Frank entsicherte seine Waffe. Jetzt mussten sie besonders vorsichtig sein. Er entdeckte Leslie, Michael und Thera die sich auf die *Hawk* zubewegten. Leslie hatte ihr Gewehr noch immer auf Eva Johnson gerichtet. Frank und Ariana rannten auf sie zu. Thera erblickte sie zuerst.

„Michael, sie haben es geschafft", sagte sie.

„Na endlich", erwiderte er."

Ariana und Frank erreichten sie.

„Wieviel Zeit bleibt uns noch, Commander", fragte Leslie.

„Ein paar Minuten höchstens. Was stehen Sie denn hier rum? Machen Sie die Maschine klar", knurrte Frank.

„Sie wissen es nicht genau?"

„Bei diesen alten Reaktoren würde ich für nichts garantieren", erklärte Frank, „wir müssen schleunigst hier weg."

„Wo ist der capellanische Botschafter?", fragte Ariana. Leslie sah sie und Frank verwundert an.

„Ich dachte, den hätte man längst hierher gebracht.", antwortete sie.

„Mist", fluchte Frank, „warum kann nicht ein einziges

Mal etwas glatt gehen?" Eva Johnson lachte leise.

„Ihr habt keine Chance", sagte sie kalt lächelnd. Leslie drückte ihr den Lauf des Impulsgewehres in den Rücken.

„Auf Ihre Meinung verzichten wir. Also halten Sie endlich die Klappe." Frank nickte Leslie anerkennend zu.

„Ich hole ihn. Sie wissen, was zu tun ist, Colonel."

„Ja, Commander, aber beeilen Sie sich bitte."

„Ich komme mit", sagte Ariana.

Plötzlich stürmten Eva Johnsons Leute die Plattform. Sie eröffneten das Feuer. Leslie suchte mit den anderen bei der *Hawk* Deckung.

„Ich übernehme sie", sagte Thera und nahm Eva Johnson am Arm. Michael erwiderte das Feuer, während Leslie das Heckschott der Maschine öffnete. Die gegnerische Übermacht wurde immer größer. In dem heillosen Durcheinander feuerten Evas Kämpfer auf die Terraner, während andere von ihnen die wenigen Schiffe startbereit machten. Dann erschien Rufus mit seinem Trupp auf dem Startdeck. Leslie hastete die Rampe am Heck der *Hawk* hinauf. Sie ging vor dem verankerten Rettungsmodul in Stellung und feuerte auf den Trupp.

„Schnell an Bord", rief Leslie Thera zu. Ein Laserimpuls fegte knapp an Michaels Kopf vorbei. Der *Schlächter* stürmte mit zwei Leuten los. Michael stand jetzt auf der Rampe und reichte Thera die Hand. Gleichzeitig schoss er und traf einen von Rufus' Helfern. Im selben Moment schlug Eva die Waffe aus der Hand der Regentin und riss sie zu Boden. Reflexartig sprang ihr Michael nach doch Rufus war zur Stelle, schlug ihn mit voller Wucht nieder und versuchte ihn in seine Gewalt zu bekommen. Leslie rannte die Rampe hinunter und feuerte, was ihre Waffe nur hergab. Ein Impuls traf den *Schlächter* in den linken Arm. Er schrie vor Schmerz, ließ sofort von Michael ab und machte einen Satz zu Eva. Rufus packte Thera, zwang sie auf die Beine und zog sie erbarmungslos mit. Gemeinsam mit Eva schleppte er sie hinter der *Centurion* in Deckung. Einige seiner Leute gaben ihnen Feuerschutz. Michael wollte Rufus nachsetzen, aber Leslie hielt ihn mit aller Kraft zurück. Sie sahen, wie Thera sich verzweifelt aus Rufus' Griff zu befreien versuchte, aber es war vergeblich.

„Nein, nicht Sie auch noch", schrie Leslie, „kommen Sie zurück ins Schiff. Wir werden sie später befreien."

„Wir müssen Sie zurückholen", rief Michael verzweifelt, „sie ist verloren!"

Leslie hielt ihn mit all ihrer Kraft zurück. Irgendwie gelang es ihr den Regenten ins Schiff zu bewegen, während Eva Johnsons Befehle durch den riesigen Raum hallten.

„Evakuieren und bei Stützpunkt drei sammeln. Sind unsere Schiffe bereit?"

„Ja, Chef. Wir nehmen die *Centurion*. Es ist das schnellste Schiff und wir haben gegen die *Hawk* eine Chance", erwiderte Rufus.

„Gut, dann weg von hier. Sorge dafür, dass unser Gast nicht wieder entwischt. Wir brauchen sie als Sicherheitsgarantie. Danach kümmerst Du Dich um Dorn und dieses Miststück aus der Randzone. Schicke ihnen ein paar Männer entgegen", erwiderte sie und ging an Bord.

Rufus nickte grimmig.

Leslie Draper fuhr die Rampe hoch und verschloss damit das Schott.

„Wir befreien Ihre Frau, Sir. Sie werden ihr nichts tun. Da bin ich ganz sicher, weil sie sie jetzt als Faustpfand brauchen."

„Ich brauche Ihnen ja wohl die Überlebenschancen eines Faustpfandes nicht zu erläutern", erwiderte Michael niedergeschlagen.

„Wir müssen jetzt die Maschine startklar machen. Ich brauche ihre Hilfe", antwortete Leslie. Sie ging ins Cockpit und Michael folgte ihr. Leslie setzte sich auf ihren Platz und wies Michael den Sitz des Operators zu.

„Behalten Sie die Eingänge im Auge. Es kann sein, dass wir Dorn Feuerschutz geben müssen." Sie schaltete die Bedienung des Hochenergie–Blasters auf sein Pult.

Im gleichen Augenblick erreichten Frank und Ariana die Zelle. Zwei Posten stürmten hinter einer Ecke hervor und griffen sie wild brüllend mit Metallspitzen bewehrten Schlagstöcken an, aber Ariana parierte die Attacke blitzschnell und schaltete beide mit ihrem Schwert aus. Frank öffnete die Zelle mit einem Schuss. Der untersetzte Mann blickte ihn ängstlich an und war fahl in seinem Gesicht.

„Commander Frank Dorn. Fünftes terranisches Aufklärungsgeschwader. Wir bringen Sie nach Hause. Kommen Sie schnell mit." Der Botschafter erhob sich von der Gefängnisliege und trat auf den Gang. Ariana nickte ihm zu und sicherte weiterhin die Umgebung ab.

„Nehmen Sie die Beine in die Hand. Der Planetoid fliegt gleich in die Luft", meinte Frank. Der kleine Mann wurde aschfahl vor Schreck und rannte los.

„Wieviel Zeit haben wir noch?", fragte Ariana.

„Die ist abgelaufen", erwiderte Frank, „ich kann nur hoffen, dass sich der Hersteller der Anlage bei seinen Berechnungen zu unseren Gunsten geirrt hat."

Das Trio erreichte das Startdeck und wurde vom Sperrfeuer durch Rufus Trupp eingedeckt. Frank schob Ariana und den Botschafter in den Korridor zurück. Michael verfolgte das Geschehen auf dem Bildschirm im Cockpit.

„Oh nein. Sie öffnen die Außenschotte", bemerkte Leslie und wurde kreidebleich. Beide Reihen der mächtigen Stahltore des Außenschotts schoben sich langsam auf. Normalerweise wurden sie nacheinander geöffnet und immer wurde zuerst die kostbare Luft abgesaugt. Michael drehte im selben Moment den Geschützturm und drückte den Auslöser. Der Blaster hämmerte los, zerfetzte den Heckbereich des kleinen Syndikatkreuzers und zwang die Schützen in Deckung. Der Weg für Frank, Ariana und den

Botschafter war frei.

„Sie kommen. Schnell jetzt!", rief Michael. Leslie Draper öffnete das Heckschott. Begierig saugte das Vakuum des Weltalls die Atmosphäre aus dem Planetoiden. Ariana erreichte die Rampe, war mit zwei Sätzen im Schiff, hielt sich am Sicherheitsgriff fest und half dem Botschafter an Bord.

„Die *Centurion* startet", sagte Michael aufgeregt. Ariana war im sicheren Rumpf der *Hawk* und schob den Botschafter in Richtung Lounge. Der Sog riss längst alles mit sich, was nicht fest verankert war. Frank sprang mit letzter Kraft auf die Rampe. Ariana drehte sich ihm zu, hielt sich am Schottrand fest und streckte ihm die Hand entgegen. Er ergriff sie und sie zog ihn mit Schwung ins Innere der Maschine. Leslie verfolgte das Geschehen auf Schirm zwei und zögerte keine weitere Sekunde. Noch bevor das Schott ganz geschlossen war, hob die *Hawk* unter der donnernden Wucht ihrer Aufstiegsmotoren ab, fuhr die Landebeine ein und verließ den Planetoiden als letztes Schiff. Frank und Ariana hasteten gerade noch rechtzeitig in den sicheren Zentralgang der *Hawk*, dessen Schott sie vor dem Vakuum schützte. Endlich leuchtete die Druckanzeige grün auf. Die hintere Öffnung der *Hawk* war sicher zugefahren und der Bereich des Rettungsmoduls war damit druckdicht.

„Danke", sagte Frank und atmete hörbar aus. Ariana nickte wortlos. Sie eilten ins Cockpit.

„Saubere Arbeit, Leute", meinte er lobend, während Leslie alles aus den Plasmatriebwerken herausholte. Die *Hawk* ließ den Planetoiden hinter sich.

Plötzlich erhellte sich das Universum. Gleich einer Supernova explodierte der Planetoid. Die immense Energie schleuderte Myriaden Tonnen von Urgestein wie eine wütende Faust durch den Raum. Die erste Schockfront holte die *Hawk* ein. Die Schutzschilde ächzten unter der Last von tödlicher Strahlung und Trümmerfragmenten. Sie hielten gerade so stand, bevor die Gesteins- und Erzfragmente zu interstellarem Staub zerplatzten. Das terranische Schiff wehrte sich mit all seinen Systemen gegen die Energiemassen, die es peitschten und herumwarfen. Die *Centurion* hingegen war mit der kleinen Syndikatsflotte bereits in sicherer Entfernung und raste in die Tiefen des unbekannten Raumes. Dann schaffte es die *Hawk* aus der Gefahrenzone heraus und sprang in den Hyperraum

„Das war knapp", sagte Leslie schweißgebadet. Frank sah den sorgenvollen Blick in den Augen seines Freundes.

„Was ist los, Michael?"

„Sie haben die Regentin", sagte Leslie, bevor Michael antworten konnte.

„Verflucht? Wie zum Teufel konnte das passieren?"

„Eva Johnson hat ihr die Waffe aus der Hand geschlagen und der Schlächter hat sie überwältigt", erklärte Michael, „ich wollte ihr zur Hilfe kommen, aber...."

„Wir konnten nichts tun, Commander. Beinahe hätte sie uns auch noch erwischt."

Frank nickte mit enttäuschter Mine und lehnte sich in seinen Sitz.

„Wir werden sie nicht entkommen lassen", sagte er. Frank folgte dem Kurs der *Centurion*. Leslie hatte alles aufgezeichnet und aktivierte jetzt den Intercomschirm. Sabrina Hendersons Gesicht erschien.

„Unsere *B-22* voraus", meldete Leslie. Die beiden terranischen Aufklärer hatten sich längst an die Fersen der Syndikatsschiffe geheftet.

„Sabrina, wie ist Euer Status?", fragte Frank.

„Die *Lady* ist etwas angeknackst, Tarnung, Schilde und Navigation sind ausgefallen, aber wir sind noch im Rennen. Katsuro arbeitet daran", entgegnete sie.

„Hört zu. Sie haben die Regentin immer noch in ihrer Gewalt. Wir haben Michael und den Botschafter an Bord und nehmen jetzt die Verfolgung auf. Sie dürfen nicht entkommen. Wir müssen die *Centurion* unter allen Umständen daran hindern endgültig zu entkommen, verstanden?"

„Alles verstanden, Frank. Wir sind schon dran. Wenn es brenzlig wird, brauchen wir Euren Schirm."

„Ja, geht klar", bestätigte Frank. Er erhöhte die Triebwerksleistung. Das Summen der Maschinen wurde lauter und er schaltete auf automatische Steuerung. Die *Hawk* folgte der *Centurion* und verkürzte stetig die Distanz zu ihr. Michael saß unruhig auf seinem Sitz. Frank spürte die Angst seines Freundes um Thera. Er drehte sich um.

„Warum gehst Du nicht in die Lounge und versuchst dich zu entspannen. Außerdem wäre der Botschafter sicher froh über etwas Gesellschaft."

Michael schüttelte den Kopf.

„Hör bloß auf damit. Ich bleibe hier", winkte er ärgerlich ab. Frank verzog einen Mundwinkel und nickte.

„Dann übernimm die Controler–Funktion. Wir können jede Hilfe gebrauchen und Du hast das noch drauf."

„Okay", erwiderte Michael tonlos. Er war froh, dass er nicht mehr in den Raum starren musste und seine Gedanken etwas ablenken konnte, so schwer es ihm auch fiel.

„Dann werde ich den Botschafter informieren", schlug Ariana vor.

„Ja, danke", sagte Frank mit einem Lächeln zu ihr und drehte sich wieder seinen Instrumenten zu.

„Distanz noch zehn komma drei astronomische Einheiten", meldete Leslie, „wir holen auf."

Frank steigerte die Leistung der Triebwerke und schaltete die Notleistung frei. Gegenüber dem Nominalwert liefen sie jetzt auf 110 Prozent. Rufus saß am Steuerpult der *Centurion*. Eva lehnte neben ihm und starrte auf die drei leuchtenden Punkte, die der Navigationsschirm mit roten Rechtecken markiert anzeigte.

„Sie kommen ziemlich schnell näher. Diese Kiste ist

doch zu langsam. Was jetzt?"

„Wir fliegen *Morganthus* an. Dort steht unsere *TC-313* bereit. Gib den anderen beiden Schiffen Befehl zur Umkehr. Sie sollen Dorn abfangen und alarmiere sicherheitshalber unsere Spezialeinheit auf *Nitani.*" Rufus führte die Anweisung sofort aus.

Sam Wyant rief Frank.

„Hey, zwei Schiffe der Konkurrenz auf Gegenkurs. Sie kommen schnell auf uns zu. Sie sind noch drei astronomische Einheiten entfernt."

„Danke, Sam, wir haben sie auch auf dem Schirm. Der Tanz beginnt."

„Sollen wir sie übernehmen? Ihr könntet dann die *Centurion* weiter verfolgen."

„Sabrina hat keine Schirme. Es ist zu gefährlich. Wir müssen die *Centurion* auf dem Langstreckenscanner halten damit sie uns nicht entwischt", erwiderte Frank.

„Welches Manöver schlägst Du vor, Frank", fragte Sabrina Henderson.

„Lasst euch zurückfallen."

„Okay, wir haben verstanden", meinte sie und nickte. Sie wusste, welche Taktik anzuwenden war.

„Alles gefechtsbereit. Torpedos sind klar", warf Leslie Draper ein. Ariana kam aus der Lounge zurück und setzte sich. Das holographische Head-up-Display zeigte die beiden Objekte auf der Frontscheibe. Der Zielcomputer markierte die Punkte mit leuchtend roten, viereckigen Rahmen, die ihrer Bewegung folgten.

„Distanz zum ersten Schiff noch dreihunderttausend Kilometer. Sie lösen die Formation auf", meldete Leslie. Frank drosselte die Triebwerke.

„Sie greifen an", schrie Michael angespannt.

Der Schutzschirm von Wyants Maschine hielt die ersten Treffer mühelos ab. Das andere Gegner beschoss die *Hawk*. Frank und Sam drehten sofort ab. Damit war das

Schussfeld für Sabrina frei, die sich hinter den beiden Schiffen verborgen gehalten hatte. Sie löste den Torpedo aus. Das Syndikatschiff konnte nicht mehr ausweichen, der Torpedo schlug achtern ein und die Maschine explodierte durch den Volltreffer. Das zweite Schiff stürzte sich auf die *Lucky Lady* und ließ sich nicht abschütteln. Frank verfolgte die Flugbahn auf seinem Schirm. Sabrina war in Gefahr. Ihre *B-22* war den gegnerischen Waffen schutzlos ausgeliefert. Frank riss die *Hawk* in eine enge Schleife und näherte sich der Steuerbordseite des Gegners, bis sie nur noch wenige hundert Meter entfernt waren.

„Was machst Du? Der rammt uns gleich", fluchte Michael.

„Verdammt, Commander", fragte Leslie mit entsetztem Blick. Sie hatte die Kollision bereits vor ihren Augen

„Ich versuche ihn abzudrängen. Ein Treffer und Sabrina und Katsuro sind erledigt."

Dann prallten die beiden Deflektorfelder aufeinander. Die Besatzung der *Hawk* wurde durchgeschüttelt. Der infernalische Lärm der magnetischen Entladungen ging durch die *Hawk*. Nicht anders erging es auch der Besatzung des gegnerischen Schiffs. Der Schutzschild des relativ alten capellanischen Zerstörers, der vermutlich während einer Patrouille vom Syndikat gekapert worden war, zeigte die ersten Ausfälle. Frank drückte den Steuerknüppel nach Backbord bis zum Anschlag. Es gelang ihm, mit der *Hawk* den Gegner von der *Lucky Lady* abzulenken.

„Wir brechen gleich auseinander", schrie Michael. Die Energieentladungen erzeugten einen höllischen Lärm, der wie Hammerschläge auf aufgespannte Blechbahnen klang. Blitze zuckten über den gesamten Schiffskörper.

„Unser Vorteil, Michael. Die brechen zuerst auseinander", erwiderte Frank schroff.

Leslie atmete unterdessen wieder.

„Ihre Einstellung ist verheerend und vergessen Sie

248

jegliche psychologische Beurteilung. Sie sind mehr als gefeuert. Verdammter Psychopath.", fauchte Leslie zornig.

Unbeeindruckt zog Frank die *Hawk* vom anderen Abwehrfeld weg und rollte die Maschine über die Steuerbordseite ab. Der capellanische Zerstörer war nun aber weit genug von der *Lucky Lady* entfernt.

„Hören Sie auf zu jammern und schießen Sie endlich", schnauzte er seine Chefin an.

Leslie konnte nicht. Die Chance war längst verpasst. Aus dem Hintergrund raste die *B-22* von Wyant und Jones heran. Die Geschütze spuckten ihre Strahlen aus, aber auch sie gingen ins Leere. Der Gegner kippte ab und entkam der vernichtenden Ladung.

„Verdammt hartnäckig sind die", sagte Sam und entließ hörbar seinen Atem.

„Und verdammt gut", gab Willard Jones zu, "treiben wir ihn vor die *Hawk.*"

Wyant führte einige Manöver durch.

„Gute Idee, Sir." Gleichzeitig schoss er einige Strahlsalven hinter dem Gegner her. Das Syndikatsschiff wich erneut aus und kreuzte in gut vierzigtausend Kilometern die Flugbahn der *Hawk.* Jetzt feuerte der Zerstörer aus allen Rohren. Ohne Schutzschirm hätten die Strahlen das Cockpit der *Hawk* direkt getroffen. So aber leuchtete das Deflektorfeld auf und die wabernden Energiemassen wurden in den umgebenden Raum abgeleitet. Der Zerstörer kam näher und die *Hawk* war damit in Reichweite seiner gefährlichen Massebeschleuniger, welche die Schirme mit ihrer hohen Impulsrate durchschlagen konnten. Schon begannen sie zu schießen. Im gleichen Moment drückte Frank den Abzug seines Steuerknüppels. Der Torpedo verließ den Abschusskanal der *Hawk* und traf sein Ziel mit unglaublicher Präzision. Die Antimaterie zerfetzte das Schiff mit einer gewaltigen Explosion. Leslie Draper verschlug es fast die Sprache. Niemals wollte sie in einen solchen

Feuersturm geraten. Eine schreckliche Erfindung, eine verheerende Waffe, aber sie hatte ihnen das Leben gerettet. In diesem Moment fragte sie sich, ob sie nicht doch hinter einem Schreibtisch besser aufgehoben wäre.

„Danke, Leute", kam endlich das erlösende Wort von Sabrina Henderson, „die hätten uns fast gehabt." Frank atmete tief durch und nickte ihr wortlos zu. Oft schon hatten sie sich gegenseitig aus gefährlichen Situationen herausgeholfen. Die *Hawk* schwenkte wieder auf den Verfolgungskurs. Die *Centurion* hatte unterdessen viel Distanz gewonnen. Leslie schaffte es gerade noch das Schiff mit den Langstreckenscannern zu orten. Frank setzte alles auf eine Karte und umging mit einer Alphapriorität die elektronische Sperre der Triebwerke. Sie war als Sicherheit gedacht und sollte den Antrieb vor Überlastung schützen. Er regelte den Schub auf volle Überlast hoch. Die Maschinen steigerten sich im Geräuschpegel bis ihre Frequenz zunehmend bedrohlich klang.

„Sind Sie wahnsinnig?", fragte Leslie, die Dorns Taten fassungslos zusah. Die *Hawk 6* raste der Centurion hinterher während die beiden *B-22* mehr und mehr zurück fielen. Sabrina konnte nicht mithalten. Die angeschlagene *Lucky Lady* bildete die Nachhut. Auch Sam fuhr die Leistung seiner Intruder–Triebwerke höher als es zulässig war. Die *Centurion* war mehr als doppelt so groß, wie die *Hawk*, besaß eine größere Reichweite und mehr Energiereserven. Frank besann sich auf seine Vorteile. Die *Hawk* war wendiger und besser bewaffnet. Das Vielfache seiner taktischen und raumfahrttechnischen Erfahrung vermochte Eva Johnson durch Skrupellosigkeit und Brutalität zu kompensieren.

Auf Michaels Bildschirm erschien ein ganzer Katalog alarmierender Meldungen.

„Alle Belastungsindikatoren zeigen Maximalwerte an", sagte er laut. Frank bewunderte immer wieder die ungeheure Dramatik seiner Stimme, die so sehr überzeugend sein konnte. Schon auf der Akademie hatten sie, dank dieser Eigenschaft, manches Problem gelöst.

„Danke, Michael. Ich hoffe nur, dass McGinney alle Schrauben angezogen hat", erwiderte er trocken. Frank wusste genau, was im Kopf seines Freundes vorging. Die Sorge um Thera wuchs von Minute zu Minute.

Leslie Draper konzentrierte sich auf die Instrumente und ignorierte die Überlastung des Kühlsystems.

„Wir holen sie ein", sagte sie, „noch fünfunddreißig astronomische Einheiten."

„Du musst unbedingt den Schub zurücknehmen Frank. Wir fallen gleich auseinander. Die Stressindikatoren der Triebwerksaufhängung sind alle jenseits des roten Bereichs. Strukturkollaps in weniger als einer Minute. Dann sind wir Raumschrott! Kapierst Du das endlich?" Michael war mit den Nerven am Ende. Er machte sich selbst Vorwürfe darüber, dass er die Entführung von Thera nicht verhindert hatte. Leslie hatte ihn zurückgehalten und er hatte sich noch nicht eingestanden, dass dies richtig gewesen war.

„Ist gut, Michael. Ich nehme zwanzig Prozent weg", erwiderte Dorn mit ruhiger Stimme. Leslie atmete erleichtert auf.

„Was machen die Werte?", fragte Frank eine Minute später.

„Die bleiben konstant, aber sie sind immer noch zu hoch", erwiderte Michael. Das Maschinengeräusch hatte sich entschärft.

„Entfernung beträgt noch fünf astronomische Einheiten", meldete Leslie. Frank reduzierte den Schub auf den zulässigen Maximalwert.

„Commander, die Langstreckensensoren registrieren vor der *Centurion* ein Asteroidenfeld. Das könnte der Asteroidengürtel von *Morganthus* sein. Es sieht ganz so aus als wollten die direkt da durchfliegen. Total verrückt", sagte Leslie.

„Wie groß ist die relative Dichte des Haufens, Colonel?", fragte Michael.

„Klasse drei.", las sie vom Monitor ab, „Dichter als alles was ich kenne."

„Wird vielleicht ruppig, aber sie kommen durch und wir auch", erwiderte Michael. Frank drosselte die Triebwerke. Jetzt trennte sie noch eine astronomische Einheit von der der eleganten *Centurion*.

"Trotzdem Wahnsinn mit dieser Kiste", stellte Michael fest.

„Nicht, wenn man so abgebrüht ist, wie Eva Johnson. Aber ich gebe dir Recht. Wir können kein Risiko eingehen und werden ihnen notfalls den Weg freischießen. Die haben nicht die Feuerkraft um die großen Brocken zu verdampfen", antwortete Frank.

„Wie sollen wir das anstellen?", wollte Leslie Draper wissen.

„Programmieren Sie einen Geschützturm auf die Centurionkoordinaten um und stellen sie die Zielsucher auf fünfhundert Kilometer. Alles, was ihr näher kommt, wird eingeschmolzen", erklärte Frank.

„Die Energiespeicher werden diesen Waffeneinsatz nicht lange mitmachen", bemängelte Leslie.

„Hab gedacht, wir erwischen sie vorher. Wir haben keine Wahl. Es geht um die Regentin.", erwiderte Frank. Die *Centurion* führte bereits die ersten scharfen Ausweichmanöver durch. Frank nutzte die Gelegenheit und schloss weiter auf, da der Computer genau die gleiche Flugbahn wie die *Centurion* benutzte. Rufus war den größeren Brocken gekonnt ausgewichen. Nicht ein einziges Mal mussten die Hellfiretürme der *Hawk* Gesteinsmassen pulverisieren. Während der heiklen Passage war Leslie voll auf ihre Schirme konzentriert. Sie hielt den Atem an, als sie einem der Asteroiden bis auf einen Meter bedrohlich nahe kamen.

„Die kennen sich hier aus, wie mir scheint", bemerkte sie.

„Natürlich, Colonel. Sie fliegen den Planeten dort an. Das ist *Morganthus*", bestätigte Ariana. Plötzlich summte der Frequenzindikator.

„Sie versuchen Kontakt mit uns zu bekommen, Commander.""

„Wir werden nicht antworten, Colonel", erwiderte Frank knapp.

Im gleichen Sekundenbruchteil in dem Michael seinen Warnruf ausstieß, riss Frank den Steuerknüppel reflexartig herum und rollte die Maschine über die Backbordseite ab. Die Gravitationsmine, die die *Centurion* ausgestoßen hatte, war den Sensoren der *Hawk* entgangen, aber Michael hatte den metallischen Körper kurz im Sonnenlicht aufblitzen sehen. Die heimtückische Ladung explodierte, ausgelöst durch das geringe Schwerkraftpotential der *Hawk*. Die Detonation zwang Frank auf eine andere Flugbahn, wo er mehreren kleineren Brocken mit brutalen Manövern ausweichen musste. Trotzdem hatten sie Geistesgegenwart und Reflexe der beiden *Future Sky* Absolventen erneut vor der Vernichtung bewahrt.

„Das war sehr knapp", kommentierte Ariana trocken.

„Seit wann besitzen Schiffe vom Typ *Centurion* Gravitationsminen?", fragte Frank verärgert.

„Ich hatte keine an Bord. Das versichere ich Ihnen. Das geht eindeutig auf das Syndikat", erwiderte Ariana.

„Okay, ich glaube Ihnen ja. Colonel, revanchieren wir uns für die Mine. Wir werden nicht zulassen, dass die von *Morganthus* nochmal starten können. Visieren Sie die Triebwerke der *Centurion* an", sagte Frank. Leslie modifizierte die Zielerfassung entsprechend, während die *Hawk* den tückischen Asteroidengürtel endlich hinter sich ließ. Der blauweiße Himmelskörper vor ihnen war einer der seltenen zweiten Erden. Allerdings galten *Morganthus* und sein Nachbarsystem *Nitani* als Sperrgebiet für alle fremden Kulturen, besonders für Terraner. Die Bewohner beider Planeten hatten noch keine Raumfahrt entwickelt. Die Drei-Völker Gesellschaft auf *Morganthus* war mit der irdischen um etwa 1900 vergleichbar, die Diktatur von *Nitani* war, durch eine vom Syndikat installierte Sekte, technisch gegenüber ihrem Nachbarsystem gut hundert Jahre zurück. Das Syndikat wurde von beiden Welten als Heilsbringer gesehen und durfte unbeschränkt einfliegen und verkehren. Flint hatte über geschickte Manipulation durch kleine Medikamenten- und Technologielieferungen die Spezies auf *Morganthus* beeinflusst, sie auf seine Seite gezogen und gegen die Terraner und das Bündnis aufgehetzt.

Währenddessen hatte die *Lucky Lady* die Maschine von Sam Wyant und Admiral Jones endlich eingeholt. Beide *Intruder* schlossen langsam wieder zur *Hawk* auf. In diesem Moment eröffnete Frank das Feuer auf die *Centurion* und wich gleichzeitig deren Abwehrsalven aus. Frank folgte dem Schiff hartnäckig. Immer näher schob sich die feuerspuckende *Hawk* an den Syndikatskreuzer heran. Augenblicke später traten die drei terranischen Schiffe in die Atmosphäre von *Morganthus* ein. Die *Centurion* zog eine leichte Rauchspur hinter sich her. Ihr hinterer Schutzschild war ausgefallen und rund um die Triebwerksgondeln war sie erheblich beschädigt. Leslie Draper hatte sich seit dem Start keine Minute Ruhe gegönnt. Sie schaltete die Geschütztürme ab und sicherte sie. Gleichzeitig überwachte sie den Eintrittskorridor durch die Lufthülle des Planeten, den Frank von Hand flog. Er folgte der Berechnung des Computers, die auf dem Simulatorschirm graphisch animiert zu sehen war. Der automatische Flug durch die Atmosphäre hätte bestimmt eine Minute länger gedauert, da die Sicherheit größer war. Frank bewegte sein Schiff oftmals über dem zulässigen Limit. Sie konnten sich die

Minute einfach nicht leisten.

Die Schutzschirme verhinderten, dass die große Hitzeentwicklung der Wiedereintrittsphase bis zur Außenhülle durchdrang. Die enorme kinetische Energie der Flugkörper brachte die Luftteilchen zur Dissoziation und Ionisation. Nach weiteren Minuten waren sie durch und der Höhenmesser zeigte schließlich zwanzig Kilometer an. Frank senkte die Nase der Maschine leicht ab. Die Filter in der Cockpitverglasung öffneten sich und ließen das Licht von *Morganthus'* Sonne hindurch. Leslie atmete leise auf. Sie war froh, endlich wieder blauen Himmel und weiße Wolken zu sehen. Dennoch behielt sie den roten Punkt, welcher von einem großen grünen Rahmen umgeben war, im Auge. Es war die *Centurion*, die mitten über einem dicht bewaldeten Gebiet tiefer ging.

„Kennen Sie sich hier aus?", fragte Frank, seinen Kopf zu Ariana gewandt, „ich kann weit und breit weder ein Dorf noch eine Stadt ausmachen."

„Nein, leider nicht. Ich bin nie hier gewesen", erwiderte Ariana kopfschüttelnd, nachdem sie die topographische Abbildung des Oberflächenscanners angesehen hatte.

„Die *Centurion* landet auf einem riesigen Platz. Ich orte einige Gebäude und unterirdische Anlagen, aber keine Lebensformen. Scheint eine Art Bergbauanlage zu sein. Die Instrumente messen einen hohen Eisenanteil im Gestein", korrigierte Leslie. Für einen Moment erinnerte sich Frank an die Hüttenindustrie auf *Merope*, aber er verdrängte den Gedanken sofort.

„Könnte doch ein Versteck des Syndikats sein. So eine dünn besiedelte Welt eignet sich hervorragend dafür", funkte Sabrina.

„Sie haben aufgesetzt", meldete Katsuro nach. Die *Lucky Lady* überholte die *Hawk* und setzte zum Überflug über das offenbar verlassene Areal an.

„Das taktische Szenario gefällt mir gar nicht. Wir holen

die Regentin so schnell wie möglich raus. Klar zur Landung", erklärte Frank, „Ihr bleibt oben und sorgt dafür, dass uns niemand überrascht."

„Geht klar", bestätigte Sabrina knapp.

Die *Hawk* schwebte heran und die Hubtriebwerke senkten sie langsam auf den riesigen Platz ab. Er war mit einer Art Betonplatten gepflastert. Das Gestein glühte unter den Triebwerken rot auf und bekam Risse. Als die Landebeine Kontakt hatten stellten sich die Hubmotoren automatisch ab. Michael sprang, wie von einer Tarantel gebissen auf und hastete in den Hauptgang.

„Halt Michael, warte doch", schrie ihm Frank nach. Im Bereich der Lounge holte Frank ihn ein.

„Moment mal. Wir werden nichts überstürzen. Ich habe diesen Fehler einmal gemacht", mahnte Frank und sein Freund wusste, dass er damit auf Arianas Falle anspielte. Sein Blick fiel zufällig auf den capellanischen Botschafter, der angeschnallt im Sessel tief und fest schlief.

„Mir wäre es lieber, wenn Du hier im Schiff bleiben würdest", meinte Frank.

„Das kannst Du abhaken, mein Freund. Sie haben meine Frau und ich will verdammt sein, wenn ich nicht irgendwie versuche, sie da heraus zu boxen. Und jetzt los. Wir müssen sie beim Umsteigen erwischen. Das ist die einzige Chance für Thera."

„Also gut. Aber Du wirst Deinen royalen Hintern gefälligst aus der Schusslinie halten, verstanden? Ich habe den Auftrag Euch lebend nach Hause zu bringen. Wehe, Du vermasselst das", sagte Frank. Michael antwortete mit dem Entsichern seiner Waffe, die er sich aus dem Magazin geholt hatte. Leslie und Ariana betraten den Raum.

„Ich werde Sie begleiten", warf Ariana ein.

„Ich auch. Schon um auf Sie aufzupassen", sagte Leslie entschlossen zu Ariana und zog ihre Waffe. Die Arsarianerin quittierte ihre Bemerkung mit einem abfälligen Blick.

Die *Hawk* war so gesichert, dass sie von einem Fremden nicht gestartet werden konnte, außer man verfügte über die Autorisierungscodes. Die *Centurion* stand etwa dreihundert Meter von ihnen entfernt. Die *Lucky Lady* raste im Tiefflug über den Platz hinweg.

„Sie sind bereits in der Halle. Ich orte ein verstecktes Schiff darin. Könnte eine TC-313 sein. Außerdem neun Lebensformanzeigen. Also höchste Vorsicht.", meldete Sabrina.

„Verstanden, Sabrina. Wir gehen jetzt raus", antwortete Frank über das Intercom–Mikrophon, das in den Anzügen auf Kragenhöhe eingewoben war. Sie gingen weiter ins Heck des Schiffes wo Frank das Heckschott öffnete. Er stieg als erster aus.

„Von Norden und Osten bewegt sich eine große Anzahl Personen mit primitiven Fahrzeugen auf euch zu. Auch Infanterie. Wahrscheinlich einheimische Verstärkung für das Syndikat. Ihr müsst euch beeilen," schob Sabrina über Funk nach.

„Okay, behalt sie im Auge. Wir sind unterwegs," erwiderte Frank.

„Hey, Moment mal", sagte Michael und blieb spontan im Rumpf stehen. Er gab der vorbeieilenden Leslie Draper sein Impulsgewehr und wartete bis Ariana mit ihr ausgestiegen war. Sein Blick haftete auf dem mobilen Impulsgeschütz, das an der Innenwand, gegenüber dem Rettungsmodul hing. Er löste es von der Halterung an der Bordwand, montierte mit einem Handgriff das Dreibein ab und trat ins Freie. Frank drehte sich um und sah seinen Freund fragend an.

„Willst Du das ganze Gebiet einäschern? Du sollst Deinen königlichen Hintern…" Frank konnte seinen Satz nicht vollenden, denn plötzlich pfiffen die ersten Strahlenschüsse wie wild um ihre Köpfe.

„Da rüber in Deckung", schrie Frank. Michael feuerte

mit dem mobilen Geschütz auf offenstehende Hallentore, hinter denen sich einige von Evas Leuten verschanzt hatten und auf sie schossen. Die andere *B-22* war in normalem Sicherheitsabstand zu Dorns Maschine gelandet. Leutnant Wyant und Admiral Jones stiegen aus. Sie hielten ihre Handfeuerwaffen im Anschlag. Sam gab dem Admiral Deckung als er zur *Hawk* rannte. Im selben Moment stürmte Michael los und schoss, was die schwere Waffe hergab. Frank fluchte leise und spurtete hinter seinem Freund her. Das Gelände war offen, bis auf ein paar niedere Büsche und flache Mulden, die miserable Deckung boten. Michael hatte gute hundert Meter überwunden, als eine Strahlensalve vom Dach der großen Schiffshalle vor ihm einschlug. Frank riss ihn mit einem Hechtsprung aus der Schusslinie.

„Verdammt, wir brauchen Dich noch."

„Ja, schon gut. Nichts passiert. Reg Dich ab", wiegelte Michael lapidar ab. Er schnappte sich das Geschütz, das eine halbe Armlänge neben ihm lag, während weitere heftige Salven zwischen ihnen und rund um sie einschlugen. Noch bevor sich der Staub gelegt hatte zielte Michael auf die Stelle des Daches, von der aus sie beschossen wurden und feuerte. Das mobile Geschütz verfehlte seine Wirkung nicht. Das Dach zerbarst unter blechernem Getöse. Die beiden Schützen fielen schreiend zu Boden. Mittlerweile hatten Leslie, der Admiral, Sam und Ariana zu ihnen aufgeschlossen. Michael sprang auf und rannte weiter. Frank hastete hinterher. Im Zickzack schafften sie weitere hundert Meter.

„Schnell, Frank. Da ist Thera. Sie steigen in das andere Schiff um! Nein!", schrie Michael. Sam Wyant holte sie ein. Plötzlich züngelten Strahlensalven aus dem Halbdunkel der Halle. Michael schlug Haken, Frank stolperte, rollte ab und war wieder auf den Beinen, während Sam als erster die Hallenmauer erreichte und seinen beiden *Future Sky* Kameraden Deckung gab. Ariana folgte ihnen dichtauf.

Leslie bildete mit Jones die Nachhut. Sam hatte seine Position am Hallentor eingenommen und sah durch den Spalt zwei weitere Schützen, die bei den Landebeinen der TC-313 in Stellung gingen. Sie hatten ein ideales Schussfeld auf Frank und Michael. Eine andere Gruppe bewegte sich weiter hinten im Schutz der Halle von der *Centurion* langsam zur TC-313. Sam sammelte sich eine Sekunde, holte tief Luft, sprang in das offene Tor und schoss. Dann rollte er blitzschnell ab und hastete auf die andere Seite. In der gleichen Sekunde stießen Frank und Michael zu ihm.

„Ich glaube ich habe zwei erwischt, aber die anderen schleichen sich hinten zum Schiff", bemerkte Sam.

„Das werde ich verhindern", erwiderte Michael entschlossen und rannte mit der schweren Waffe im Anschlag durch das offene Tor. Er wurde von Strahlenfächern empfangen, denen er nur Haaresbreite entging und die ihn in Deckung zwangen. In der gleichen Sekunde jagte Sabrinas *Intruder* heran.

„Zieht den Kopf ein, ich mache ein bisschen Krawall", gab sie durch. Kaum hatte sie ihren Satz beendet hämmerte die Hellfirekanone der *B-22* los und perforierte das Gebäude. Dabei achtete Sabrina anhand der Sensorinformationen peinlich darauf, dass sie Eva Johnsons Gruppe nur den Weg abschnitt. Das gab den Terranern Zeit und Raum. Die letzten Trümmer von Sabrinas Angriff fielen zu Boden als Frank, Sam und Ariana dem Regenten durch die staub- und rauchgeschwängerte Luft hinterher hasteten. Michael hielt Eva Johnson und ihren Trupp mit dem mobilen Geschütz fest in beiden Händen in Schach. Seine Waffe lud sich bedrohlich surrend neu auf.

„Hier ist Endstation! Geben Sie meine Frau sofort frei", forderte Michael. Eva lachte verächtlich.

„Ich habe das letzte Ass." Sie nickte Rufus zu. Der *Schlächter* zog eine scharfe, kurze Klinge und drückte sie Thera an die Kehle. Rufus biss auf die Zähne. Sein Gesicht spiegelte den Schmerz seiner Verwundung aus dem Feuergefecht im Planetoiden wieder. Die anderen beiden Männer des Syndikats eilten unterdessen zur *TC-313* um sie startklar zu machen.

„Nein. Hier ist Endstation für Ihre antiquierte Regentschaft! Waffen weg, sonst verliert Ihre bezaubernde Frau gleich den Kopf!" Michael rang mit sich.

„Nicht, Michael", sagte Sam Wyant, der sich mit Frank und Ariana näherte. Der hünenhafte Rufus überragte die Regentin um anderthalb Köpfe und zerrte die zierliche Thera noch stärker an sich.

„Ich werde sie nicht gehen lassen", erwiderte Michael. Eva trat einen Schritt vor, während Sam einige Meter links von Michael stand. Frank näherte sich vorsichtig gebückt hinter Sam. Ariana bezog zwischen Sam und Michael Position.

„Lassen Sie uns verhandeln", forderte Sam.

„Es gibt nichts zu verhandeln. Rufus, lasse sie bluten", befahl Eva. Rufus drückte die Klinge in Theras Hals. Blut rann aus ihrer Haut auf den Stahl. Die Regentin wagte nicht zu atmen. In der gleichen Sekunde feuerte Frank gezielt aus dem Hintergrund über Sams Schulter. Die Strahlnadel des Präzisionsschusses brannte sich mit einer heftigen Stichflamme erneut durch die rechte Schulter des *Schlächters*. Rufus verlor sein Messer, taumelte schreiend und wand sich vor Schmerz am Boden.

„Hier *ist* Endstation und zwar für Sie!", sagte Frank entschlossen vortretend. Er nahm Eva ins Visier. Thera nutzte den Augenblick. Ariana war mit einem Satz bei ihr und zog sie mit sich.

„Das Schiff fährt seine Systeme hoch. Seht zu, dass ihr dort raus kommt", rief Sabrina über das Intercom. Michael feuerte seine Kanone auf die *TC-313* ab und zwang Eva hinter einem Stapel Paletten in Deckung. Dann zog er sich schießend zurück. Die *TC-313* erwachte vollends zum

Leben und startete ihre Maschinen. Der Hallenboden begann zu beben. Ihre Geschütztürme richteten sich auf die Terraner und spuckten die ersten Salven aus. Frank kam nicht rechtzeitig aus der Halle und hechtete von der anderen Seite hinter den gleichen Palettenstapel in Deckung. Michael, und Thera rannten über das Vorfeld aus dem Schussbereich, während Sam am Hallentor Stellung bezogen hatte und sie sicherte. Ariana kehrte um, nachdem Michael und Thera bei Leslie und Willard Jones in Sicherheit waren.

„Sabrina, lass es krachen. Feuer frei auf die Halle. Du musst das feindliche Schiff ausschalten. Frank sitzt in der Klemme", schrie Sam ins Intercom.

„Okay, geht in Deckung. Ich mache den Laden dicht", erwiderte sie. Die *Intruder* kippte über ihre rechte Fläche ab, stürzte aus der Sonne heraus in Richtung Halle herunter und feuerte aus allen Rohren. Ein großer Teil des schwachen Mauerwerks verglühte und der Rest der maroden Dachkonstruktion brach krachend ein. Trümmer stoben in alle Richtungen davon. Sabrina fing ihre Maschine ab und zog steil hoch.

„Frank? Sam? Seid ihr okay?", funkte Katsuro. Nach einigen Sekunden hörte er Sam husten.

„Ja, ja, ich bin okay, aber ich glaube Frank hat etwas abbekommen." Sam rappelte sich hoch, aber Ariana war schon bei Frank. Sam steckte seine Waffe in den Halfter zurück und befreite seinen Kameraden von Holz und Blechteilen der Dachkonstruktion.

„Hey Kumpel, alles in Ordnung?", fragte Sam und rüttelte Frank an der Schulter, während Ariana ihn vom restlichen, zersplittertem Palettenholz befreite. Frank hustete keuchend und rührte sich zaghaft.

„Er lebt.", sagte sie erleichtert.

„Los, Frank. Jetzt raus hier. Die pulverisieren uns gleich. Der Reaktor der *TC* hat gleich volle Leistung.", sagte Sam und griff unter seine Arme um ihm aufzuhelfen. Frank kam benommen auf seine Beine. Sie bemerkten nicht, dass sich Eva Johnson langsam hinter den gestapelten Paletten hervorbewegte. Der schlanke Wurfpfeil, dessen Spitze eine Giftkapsel enthielt, glitt aus dem eingewobenen Etui ihres Ärmels in ihre rechte Hand. Sie sah nach Rufus und ihr Blick bedeutete ihm sich ins Schiff zu begeben. Er biss auf seine Zähne und rappelte sich mühsam hoch. Eva umfasste den schlanken Körper ihres Projektils und brachte sich in Wurfposition. Frank rieb sich seine Stirn vor Schmerz. Ariana sah das Aufblitzen der tödlichen Pfeilspitze, als Eva ausholte. Einen Augenblick später flog das Projektil auf Frank zu. Sam bemerkte Eva ebenfalls, aber sein Warnruf blieb ihm im Hals stecken während Rufus sich an Bord schleppte.

„Du wirst mit Deinem Leben bezahlen", schrie Eva hasserfüllt. Sam sah den Pfeil vor seinem geistigen Auge schon in Franks Kopf einschlagen. Geistesgegenwärtig hatte Ariana ihr Schwert gezogen, sprang in die Flugbahn des Projektils und fing es mit ebenso tödlicher Präzision ab, indem sie das heimtückische Wurfgeschoss mit einem Hieb zerschlug. Die Attacke verschaffte Eva aber genug Zeit die offene Einstiegsrampe der *TC-313* zu erreichen. Als sie an Bord war hob das Schiff sofort ab und stieg über der Halle empor. Als die Reste des Gebäudes komplett in sich zusammenfielen, zog Ariana den noch halb paralysierten Frank gemeinsam mit Sam ins Freie. Sie nahmen die Beine in die Hand und spurteten zur *Hawk* zurück. Willard Jones war längst wieder an Bord der *B-22* und Leslie hatte Michael und Thera sicher an Bord der *Hawk* gebracht. Die beiden *Intruder* konnten maximal drei Personen aufnehmen, daher blieb nur die *Hawk* für das Regentenpaar und Ariana.

„Sabrina, hefte Dich an ihre Fersen. Wir sind gleich bei Euch", funkte Frank keuchend.

„Okay, bin schon dran, aber haut jetzt schnell ab. Die Verstärkung für das Syndikat ist da.", erwiderte Sabrina.

„Verstanden. Sind gleich an Bord." Sie erreichten die *Hawk*.

„Na, geht's wieder, Kumpel?"

„Danke, Sam. Ich bin okay", erwiderte Frank nickend. Ariana und Frank bestiegen ihr Schiff, während Sam sich von ihnen trennte, zur *Intruder* zurückeilte und ebenfalls einstieg. Im selben Moment stürmten die beiden Stoßtrupps der einheimischen Armee die Lichtung und schossen auf die terranischen Schiffe, deren Schutzschilde unbeeindruckt von den Projektilen blieben. *Hawk* und *Intruder* hoben ab. Sam Wyant drehte sein Schiff, drückte die Nase und zerstörte die lädierte *Centurion* mit einem konzentrierten Feuerstoß der Hellfirekanone, um sie nicht in die Hände der Bevölkerung fallen zu lassen. Dann stieg die *Intruder* steil, durch den Rauchpilz der Explosion, in den Himmel und Sekunden später verrieten nur noch zwei schwache Kondensstreifen von der terranischen Präsenz im Luftraum von *Morganthus*. Ariana kam ins Cockpit zurück. Die Arsarianerin nahm hinter Frank ihren Platz ein. Thera saß hinter Leslie und Michael hatte in der Mitte wieder den Platz des Controlers eingenommen.

„Ich habe dem capellanischen Botschafter eine weitere Dosis des Sedativums gegeben. Er hat darum gebeten", sagte Ariana. Frank drehte seinen Kopf am Sitz vorbei und musterte das Trio hinter sich.

„Danke, Ariana. Das ist gut. Hey, alles klar bei Euch da hinten?", fragte er. Michael nickte ihm mit erhellter Miene zu.

„Ich habe Thera wieder. Das ist im Moment alles was zählt", antwortete er, beugte sich zu ihr und nahm ihre Hand.

Eva Johnson betrat die Brücke der *TC-313* und vergewisserte sich, dass Rufus den richtigen Kurs eingestellt hatte.

„Wir können das Blatt immer noch wenden. Wo ist unsere Spezialeinheit?"

Rufus drehte ihr sein schmerzverzerrtes Gesicht zu, während ein Medobot seine schwere Schulterverletzung medizinisch versorgte.

„Sie warten am vereinbarten Treffpunkt", erwiderte der Schlächter knapp. Am Platz neben ihm regte sich der Navigator,

„Boss, die sind immer noch hinter uns, aber sie halten sicheren Abstand. Ich habe gerade einen verschlüsselten Hyperfunkspruch von unseren Auftraggebern erhalten. Sie haben unseren Planetoiden nicht mehr in der Ortung und wollen wissen, was los ist."

„Gut, darum kümmere ich mich. Leg das Gespräch in meine Kabine", befahl Eva und wandte sich zum Schott.

„Du hättest mich den Hurensohn Frank Dorn auf *Merope 3* kalt machen lassen sollen. Inklusive der Zuckerschnecke. Ich hatte den richtigen Riecher, aber Du musstest diesem Miststück ja den Vorzug geben", fluchte Rufus vorwurfsvoll.

„Reg dich ab. Die Chance bekommst Du ja jetzt. Also versau es nicht. Gib Befehl an unsere Spezialeinheit. Sie sollen unsere Verfolger in einen Hinterhalt locken. Wir kriegen sie bei *Nitani* und machen sie fertig", antwortete sie eisig und verschwand aus dem kleinen Kommandostand.

Sabrina bildete die Vorhut und ließ das Syndikatsschiff auf ihren Instrumenten keine Sekunde lang aus den Augen. Die andere *Intruder* war zusammen mit der *Hawk* einige Lichtminuten hinter ihr. Frank erschien auf ihrem Intercomschirm.

„Sabrina, wir sind gleich bei Euch. Hast Du sie?", fragte er ungeduldig.

„Ja, sie steuern *Nitani* an, aber wir können die Geschwindigkeit nicht mehr lange halten. Ich muss drosseln. Der Hyperdrive hat beim Angriff auf den Planetoiden offenbar doch etwas abbekommen. Katsuro inspiziert das gerade. Sieht nicht gut aus. Wir schaffen es ohne Reparatur nicht nach Hause.", sagte sie und wandte sich wieder der Triebwerkskontrolle zu.

„Commander, ich denke wir sollten die Mission hier abbrechen und das Regentenpaar in Sicherheit bringen. Vergeuden wir nicht unseren Erfolg durch ein sinnloses Gefecht. Die Verschwörung können wir jetzt lückenlos beweisen und den Krieg damit verhindern. Bei einem Waffengang riskieren wir alles", sagte Leslie mit ernster Miene.

„Außerdem, erzeugen wir den zweiten diplomatischen Zwischenfall, wenn wir ihnen weiter folgen. *Nitani* ist neutral und die dortige Regierung duldet kein Eindringen fremder Mächte in ihre Raumsektoren. Die TC-313 ist kein leichter Gegner. Sie ist so gut mit Geschützen bestückt wie eine *Hawk*, ebenso wendig wie die *Intruder* und hat noch jede Menge Lenkwaffen. Die wird uns allen gefährlich", setzte sie nach.

„Das ist mir bewusst, aber ich lasse Eva Johnson nicht wieder entkommen. Klarmachen zum Gefecht.", gab Frank entschlossen zurück. Leslie atmete hörbar aus. Sie war dankbar, nicht mehr auf dem schrecklichen Planetoiden gefangen zu sein und sie hatten sogar das Regentenpaar befreien können, aber sie war aufgekratzt wie nie zuvor und ihr Herz raste.

„Ich habe das Kommando und ich befehle den Abbruch der Mission. Wir gehen auf Heimatkurs."

Willard Jones schaltete sich ein. Sein Gesicht erschien auf Franks und Sabrinas Schirm.

„Ich bin geneigt Ihnen zuzustimmen, Colonel, aber der Commander hat Recht. Jetzt haben wir endlich die Chance das Syndikat empfindlich zu treffen. Mit diplomatischen Spielchen können wir uns nicht aufhalten. Überlassen wir es den Schreibtischhengsten und Paragraphenreitern der Erdregierung sich hinterher zu entschuldigen", meinte der Admiral. Beide Maschinen holten die *Lucky Lady* von Sabrina im selben Moment ein und nahmen sie in die Mitte.

„Sir, meiner Meinung nach sollten wir schnellstens alle Beweise sichern und die Regenten nach Hause bringen. Die Regierung wird sicher sofort handeln. Alles andere halte ich für fahrlässig", widersprach Leslie. Bevor Jones etwas erwidern konnte, ergriff Thera das Wort.

„Colonel Draper, wir finden es sehr edel, dass Sie uns umgehend in Sicherheit bringen wollen, aber Sie sollten unsere Meinung dazu mit einbeziehen. Wir müssen nicht nur nach *Epsilon Arcturus 3* zurückkehren, sondern dort wieder regieren und leben. Dazu reicht es nicht, einfach zurück zu fliegen. Um die Krise zu bewältigen und die Mehrheit der Bevölkerung wieder zu gewinnen, brauchen wir einen Sieg. Wird das Syndikat geschwächt, sind auch die Kas'aari am Ende. Ihre Niederlage muss nachhaltig sein, sonst stehen wir in ein paar Monaten wieder vor dem gleichen Problem." Leslie suchte Michaels Blick und hoffte wenigstens auf seine Unterstützung. Der Regent atmete tief ein, beugte sich vor und pflichtete Thera bei.

„Selbst wenn wir jetzt sofort auf Erdkurs gehen, müssen wir dabei *Nitani* passieren. Ganz gleich also wie wir uns entscheiden: wir werden nicht ohne Kampf nach Hause kommen. Ich finde, es wird Zeit, dass wir dem Syndikat einen gebührenden Schlag versetzen. Jetzt oder nie. Unser Schicksal entscheidet sich hier und heute bei *Nitani*", sagte Michael mit geballter Faust.

In diesem Augenblick erschien Katsuro auf dem Monitor. Sein Gesicht war von einigen dunklen, rußschwarzen Streifen gezeichnet. Schweißperlen spiegelten die harte Arbeit, die er in den Eingeweiden der *Intruder* verrichtet hatte.

„Wir müssen den Hyperraum verlassen. Der Synchronisator für die Injektoren ist hinüber und wird jeden Augenblick ausfallen. Bis ich ein Ersatzteil eingebaut und konfiguriert habe, brauche ich einige Zeit und ich muss den Antrieb vom Netz nehmen. Das heißt, keine Energie für die Waffen. Ich glaub nicht, dass die uns solange in Ruhe lassen.", meldete er.

„Ein Gefecht halten wir nicht lange durch. Wir brauchen ein Versteck, damit wir mit der Reparatur beginnen können.", ergänzte Sabrina. Sie bremste ihre Maschine ab und verließ den Hyperraum im *Nitani*-System.

Thera ergriff wieder das Wort.

„Admiral, wir tragen jede Entscheidung mit. Wir bitten Sie alles zu tun, das Syndikat aufzuhalten."

Jones nickte mit versteinertem Gesichtsausdruck und räusperte sich.

„Ist lange her, dass ich einen solchen Befehl geben musste: Also gut. Schlagen wir zu. Alles auf Gefechtsstation. Commander, Sie führen uns! Captain Henderson, Sie suchen Deckung und reparieren, was möglich ist. Wir schützen Sie so gut es geht", sagte er energisch.

„Aye, Sir", erwiderte Frank knapp.

„Laut taktischer Simulation ist uns die *TC-313* klar überlegen. Sie kann bis zu zwanzig Ziele synchron angreifen und verfügt über ein immenses Spektrum an Lenkwaffen. Das wird selbst mit drei Schiffen schwer", zitierte Leslie aus der Datenbank.

„Danke, Colonel, ich kenne diesen Schiffstyp. Behalten

Sie die Umgebung im Auge und suchen Sie ein Versteck für die *Lucky Lady*", bat Frank abweisend. Er wusste um die Gefährlichkeit des Gegners. Leslie seufzte leise und schluckte ihren Unmut widerwillig hinunter. Sie hatte eine Höllenangst.

Die terranischen Schiffe drangen in die *nitanischen* Raumsektoren ein. Die fünf Planeten des ungewöhnlichen Systems lagen alle sichtbar vor ihnen. *Nitani-5* war der äußerste und ein neptunartiger Gasplanet. *Nitani-4* war ebenfalls ein Gasriese größer als Saturn und mit einem sehr dichten und beeindruckenden Ringsystem. Ein Juwel des *nitanischen* Sonnensystems. Seine Ringe galten den Bewohnern von *Nitani-2*, der einzigen Welt in der habitablen Zone, als Heiligtum. *Nitani-3* war größer als Mars, aber eine unbewohnbare Steinwüste. *Nitani-1* ähnelte der heißen und atmosphärenlosen Gluthölle des Merkur und zog seine Bahn retrograd innerhalb der einzigen bewohnten Welt. Auch dieser Planet galt als heilig bei den *Nitaniern*. Die Bevölkerung von *Nitani-2* stand auf der Seite des Syndikats, hatte weder Luft- noch Raumfahrt und wies einen Entwicklungsstand ähnlich dem vorviktorianischen Zeitalter der Erde auf. Allerdings regierte dort eine mysteriöse Sekte absolutistisch. Eine Aufklärungsepoche hatte die Gesellschaft dieser Welt bislang nicht durchlebt. Das Syndikat sorgte dafür, dass dieser Zustand aufrechterhalten blieb. Jegliche Rebellion wurde erbarmungslos erstickt. Die Schiffe passierten den äußersten Gasplaneten in gebührendem Abstand.

„Ich habe sie noch in der Ortung, aber ich erhalte massive Störsignale. Sie sind überall um uns herum!", meldete Sabrina aufgeregt.

„Formation auflösen!", erwiderte Frank.

„Frank, das Signal ist weg. Ich hab sie verloren!"

Im gleichen Moment explodierte ein Geschoß und entließ wabernde Energie in die vorderen Schilde von Sabrinas

Intruder. Bevor Sabrina reagieren konnte, traf es auch die anderen beiden terranischen Schiffe.

„Verdammt, wo kam das her?", fragte Wyant.

„Keine Ahnung", erwiderte Sabrina gehetzt. Kaum hatte sie ausgesprochen, prasselte ein ganzer Hagel der unbekannten Geschosse auf die Terraner ein und schüttelte die beiden *Intruder* und die *Hawk* gewaltig durch. Die Schilde hielten der Gewalt gerade noch stand.

„Die Ringe sind ein Heiligtum. Sie könnten uns Schutz bieten", bemerkte Thera.

„Ich halte das für keine gute Entscheidung. In den Ringen schießen die uns problemlos ab. Ein tödliches Versteck. Wir sollten sofort zur Erde zurückkehren", sagte Leslie eindringlich.

„Colonel, eine Flucht steht nicht zur Debatte. Das haben wir doch geklärt. Wir müssen Zeit gewinnen", antwortete Michael.

„In die Ringe!", befahl Frank. Die drei Schiffe beschleunigten in Richtung *Nitani-4*, den Ringplaneten. Kurz vor dem Ziel fiel Sabrinas Schiff weiter zurück. Sam Wyant erreichte das majestätische Ringsystem als erster. Er suchte nahe einem recht bizarr geformten Ringfragment Schutz, welches gut zehnmal so groß war wie sein Schiff. Frank hatte bemerkt, dass Sabrina offenbar noch größere Probleme hatte und verlangsamte ebenfalls.

„Leute, wir sind auf Plasmaantrieb. Wir verlieren die Schutzschirme und brauchen Deckung." Frank reagierte sofort, setzte sich mit der *Hawk* vor die *Lucky Lady* und dehnte die Schilde entsprechend auf die kleinere Maschine aus.

Nur Sekundenbruchteile später traf eine ganze Salve mit Projektilen die *Hawk*, die nun das Feuer anstelle von Sabrinas *Intruder* abbekam.

Im gleichen Augenblick feuerte Sam Wyant seine Geschütze ab. Er hatte den Mündungsblitz gesehen. Seine

Salven trafen und für einen kurzen Augenblick war der Umriss eines Schiffes zu erkennen. Sam feuerte einen Torpedo hinterher, der zwei Sekunden später eine gewaltige Explosion auslöste und das fremde Schiff plötzlich komplett sichtbar werden ließ.

Trotzdem schlugen weitere Geschosse auf den Schirm um Sabrinas und Franks Schiff ein.

„Da muss noch einer sein", schrie Leslie. Sabrina zwang ihre *Lucky Lady* in eine Wolke dicht stehender Ringfragmente, die zum größten Teil aus Eis bestanden. Sie suchte in der Mitte des etwa vierzig Kilometer dicken Ringsystems um den Planeten Schutz, nahe einem riesigen, etwa fünf Kilometer großen Brocken. Die Triebwerke der *Intruder* verstummten und sie sicherte die Maschine so gut es ging. Katsuro war bereits im Heck der Maschine verschwunden, um die Reparatur zu beginnen. Sabrina isolierte Probleme und unterstützte Katsuro.

Die *Intruder* von Wyant und Jones wehrte sich gegen heftiges Feuer. Sam Wyant drückte die Maschine in einer Schleife von der nördlichen Hemisphäre unter den Ring, um den Geschossen zu entgehen. Frank entfernte sich von Sabrinas Position, um die Verfolger wegzulocken. Dabei steckte die *Hawk* eine immense Zahl von Treffern ein und tauchte ebenfalls in die Ringe ein. Frank suchte ein gutes Versteck. Niemand wagte zu atmen, so eng steuerte Frank sein Schiff an den bizarren Fragmenten aus Eis und Gestein vorbei. Schließlich waren sie von der Nordhemisphäre durch eine dichte Zone vieler kleiner Brocken in einem Bereich etwa drei Kilometer vor der Südhemisphäre. Von hier aus war die Sicht auf den Planeten sogar ganz akzeptabel. Frank atmete hörbar aus, nachdem er die *Hawk* neben einem gut fünfhundert Meter langen Felssplitter parkte.

„Wir brauchen schnellstens eine taktische Analyse", schlug er vor, „wir müssen wissen mit wie vielen wir es zu tun haben." Frank wandte sich zu Michael.

„Hast Du die Position von Sabrina und Sam?", fragte er. Michael rümpfte sich die Nase und schaltete die Werte auf seinen Monitor während Leslie die Daten der Scanner prüfte.

„Nicht sehr präzise. Ich habe die ungefähre Position an der Sabrina in die Ringe tauchte. Die Position von Sam und dem Admiral ist abgeschätzt. Sabrina liegt gut zwölftausend Kilometer backbord. Sam etwa siebzigtausend Kilometer steuerbord. Das gegnerische Schiff, das er beschossen hat, lag etwa zweitausend Kilometer vor ihm. Er muss es getroffen haben, aber ich habe es nicht in der Ortung. Mehr kann ich nicht sagen", erwiderte Michael.

„Ok, wo ist die *TC-313*?", schob Frank nach.

„Die steht scheinbar bewegungslos über dem nördlichen Pol. Entfernung etwa 280.000 Kilometer", sagte Leslie.

„Frank, ich erhalte auf unserer Geheimfrequenz eine schwache Meldung von Sabrina. Sie beginnen mit der Reparatur", bemerkte Michael.

„Gib unsere Dreiercodes als Antwort, aber verzögert. Wer weiß, ob man uns nicht doch abhört. Möglicherweise kennt das Syndikat ja auch unsere Frequenzen", antwortete Frank. Er hatte kaum ausgesprochen, da schlugen Strahl- und Geschoßsalven in die Planetenringe. Gierig griffen die Energieimpulse nach den versteckten terranischen Schiffen. Sie kamen näher und näher und das gegnerische Feuer lag viel zu gut um nur zufällig zu sein.

„Na, wie findest Du das, Du Saukerl?", schrie Rufus in den Kommunikator. Tatsächlich benutzte er eine der Geheimfrequenzen. Leslie wurde leichenblass, aber Frank ließ sich nicht provozieren.

„Treibt sie raus. Die *metanische* Verstärkung wird bald eintreffen. Wir überstellen die Zerstörer der heiligen Ringe dann der *nitanischen* Inquisition," hörten sie Eva im Hintergrund befehlen. Die Einschläge kamen noch näher und

Sabrina meldete einige Kollisionen durch Eis- und Fels-
fragmente des Ringsystems.

„Das müssen mindestens noch vier Schiffe sein", sagte
Michael, dessen Blick auf den Monitor vor ihm gebannt
war. Gerade war ein großer Eisbrocken vor ihnen durch einen Treffer zerplatzt. Eine große Partikelwolke ergoss sich
aus der Ringebene in die südliche Hemisphäre. Nicht wenige der Fragmente trafen die *Hawk*. Plötzlich durchpflügte
ein dunkles, verschwommen wahrnehmbares *Etwas* die
Wolke, einige Kilometer unter der Ringebene und fast
senkrecht zu ihrer Position.

„Ziel voraus", sagte Michael plötzlich.

„Ich seh' es. Dann wollen wir Sabrina mal etwas Zeit
verschaffen", erwiderte Frank und schaltete auf Handsteuerung.

„Haltet euch fest." Er aktivierte den Antrieb. Die *Hawk*
verließ die Deckung und folgte dem unsichtbaren Schiff in
seinem Kielwasser. In der gleichen Sekunde löste Frank
alle Hellfirekanonen aus. Einen Augenblick vor dem Zerbrechen, wurde der Gegner sichtbar, aber die Silhouette
ging in eine dreifache Explosion über.

„Die sehen aus wie schwere Jäger der *Badger-Klasse*,
aber modifiziert", bemerkte Michael, der die Analyse des
Computers vor sich hatte. Frank wich der Trümmerwolke
aus und hielt auf die *TC-313* zu.

„Ziel erfasst. Torpedos feuerbereit. Schilde haben volle
Kapazität", meldete Leslie. Frank zog die *Hawk* durch die
Ringebene in Richtung nördlichen Pol, um sich der *TC-313*
zu nähern.

„Feind hinter uns", schrie Ariana plötzlich. Reflexartig
feuerte Frank mit dem unteren Geschützturm, während die
oberen Türme zurückschwenkten und ebenfalls schossen.
Leslie wunderte sich, denn sie hatte nichts geortet, ebenso
wenig wie Michael, der sie fragend ansah.

Im selben Augenblick erhellte ein nuklearer Feuerball die

Dunkelheit, zerfetzte die zweite *Badger* und fraß eine riesige Lücke in den Ring um *Nitani-4*.

Leslie atmete wieder. „Wie haben Sie das gemacht? Ich habe kein Schiff auf dem Scanner gehabt."

„Nur Instinkt, Colonel", erwiderte Ariana lapidar.

„Ok, Hut ab vor Ihrem Instinkt. Zwei haben wir", sagte Michael, „die *Badger* sind ziemlich veraltete Muster, aber sie haben eine Tarnung. Diese Technologie ist streng geheim und extrem geschützt. Wie ist das möglich?" Im selben Augenblick ging das Bombardement auf die terranischen Schiffe weiter. Die *TC-313* schoss aus allen Rohren. Frank wich mit harten Manövern aus, so gut er konnte. Nur Sekunden später kam das Feuer plötzlich auch von hinten. Frank kurvte einige Salven aus, aber Sabrina geriet mehr und mehr in Bedrängnis. Die Einschläge einiger Geschosse rund um ihre Maschine ließen eine Menge Eis- und Gesteinsbrocken mit der *Intruder* kollidieren. Sie wurden so heftig durchgeschüttelt, dass Katsuro hart gegen die Innereien des kleinen Maschinenraums schlug und seine Arbeit einstellen musste. Sabrina stabilisierte die Maschine so gut es ging und sendete mit letzter Kraft einen Notruf über die Geheimfrequenz. Wyant und Jones waren zu weit entfernt und hatten ihre Deckung durch das konzentrierte Feuer verlassen müssen. Jetzt wehrten sie sich heftig gegen einen der getarnten Angreifer. Frank schwenkte die *Hawk* in einen harten Turn und hielt auf Sabrinas Position zu. Dann konnten sie das staccatoartige Mündungsfeuer der unsichtbaren *Badger* sehen. Frank drückte den Abzug am Steuerknüppel. Die beiden schweren Revolverkanonen in den Flanken der *Hawk* spuckten ihre verheerende Energieladung auf den Gegner. Die Schirme des Syndikatsschiffes flammten hell auf, aber sie hielten. Der gegnerische Kreuzer drehte leicht und nahm nun die *Hawk* selbst unter heftiges Feuer. Die Kaskade an hochenergetischen Geschossen traf die rechte Flanke der *Hawk* und rupfte sie so heftig, dass das

Bordnetz ausfiel. Frank reagierte instinktiv und aktivierte das redundante System. Die Sekunde dauerte eine gefühlte Ewigkeit. Leslie wischte sich den kalten Schweiß von der Stirn. Endlich funktionierte der Monitor wieder. Die rot umrandeten Dreiecke bewegten sich schnell darauf und ließen vor Schreck beinahe das Blut in ihren Adern gefrieren.

„Lenkwaffenangriff! Fünfundzwanzig, dreißig…oh Gott, vierzig Projektile!", warnte sie laut. Frank schlug den Schubregler nach vorn. Das Schiff machte einen Satz und stieg aus der Ringebene empor. Die *TC-313* hatte sich unbemerkt hinter sie gesetzt und ihre Lenkwaffen abgefeuert, die die *Hawk* rasend schnell einholten. Frank bemerkte, dass die *Badger* nicht mehr schoss. Sabrina mochte für den Moment sicher sein, aber die *Badger* selbst war seiner Schätzung nach unter dem Ring hindurchgetaucht um die Flanke der *Hawk* anzugreifen. Tausend Aktionen gingen Frank durch den Kopf. Er berechnete, schätzte ab, flog und drückte die Nase der Maschine wieder in Richtung der Ringebene.

„Frank, die haben uns gleich", mahnte Michael, „ich hoffe Du hast einen Plan."

„Sucht die *Badger*", gab er kaltschnäuzig zurück.

„Einschlag in vier, drei zwei….", zählte Leslie laut herunter. Thera hatte Michaels Arm umklammert. Frank legte im selben Moment einen Schalter um. Der Heckbereich der *Hawk* wurde in ein grelles orangerotes Licht getaucht, das wie eine Corona hell aufleuchtete, einen Augenblick später erlosch und von einem bizarren und brutalen Feuerwerk abgelöst wurde.

Die *Teufelskralle* war ein Teil von McGinneys *Botanik*, die in den Pylonen des Haupttriebwerks untergebracht waren. Sie bestand aus Myriaden kleiner, explosiver Partikel, die sphärisch in drei Wellen über den Heckbereich der *Hawk* ausgestoßen worden waren und die anfliegenden Geschosse zerstörten. Nur eine Rakete war dem etwas antiquierten, aber effektiven Nahkampfmittel entkommen und entließ ihre tödliche Sprengkraft in die Magnetschilde der *Hawk*. Die Besatzung wurde in ihren Sitzen heftig durchgeschüttelt. Michael hielt Thera mit seinem rechten Arm zurück und stieß mit dem Kopf selbst gegen die Frontkonsole. Leslie funktionierte nur noch und versuchte einen Überblick über die zahlreichen Alarme zu bekommen, während Frank die Maschine auf einen Ausweichkurs zwang. Schon lechzten die mit eingefrorenem, magnetaren Fluss aufgeladenen Geschosse der beiden Massebeschleunigerkanonen nach den Terranern. Rufus schoss wütend.

„Schirme erheblich geschwächt und auf sechzig Prozent Kapazität abgefallen. Zielsystem komplett ausgefallen", meldete Leslie. Wieder schaltete sich Eva Johnson auf die Monitore der *Hawk*.

„Du entkommst uns nicht, Kreuzritter. Aber zuerst holen wir uns Deinen Flügelmann. Sabrina und Katsuro werden schon gegrillt. Es ist angerichtet." Frank antwortete mit einem Flip-Manöver, richtete die Bugspitze auf die *TC-313* und feuerte mit den Hellfirekanonen. Rufus fluchte lautstark und tauchte unter den Salven weg.

„Da ist die andere *Badger*, Sie bearbeiten Sabrina und Katsuro", bemerkte Michael, der nur die Strahlsalven in Eisringe einschlagen sah.

„Verdammt, wie erwischen wir die nur", schimpfte Leslie. Auf der gegenüberliegenden Seite des Planeten kämpften Wyant und Jones erbittert gegen mittlerweile drei Verfolger.

„Notruf vom Admiral. Sie verlieren die Schutzschirme und haben kaum noch Energie", meldete Michael, „die haben uns alle gleich. *TC-313* hinter uns und in Schussweite." Wortlos drückte Frank die *Hawk* und erhöhte die Geschwindigkeit. Er erahnte die getarnte *Badger*, sah sie vor seinem geistigen Auge und feuerte mit allem was die Hellfirekanonen hergaben. Der konzentrierte Waffeneisatz zerschlug die gegnerischen Schilde. Eine kleine Detonation enttarnte das Schiff gänzlich und ließ es taumeln, als sie die Ringebene passierten. Frank zog wieder hoch und steuerte auf Gegenkurs zu Wyant und Jones. Rufus schickte ihnen einige Salven hinterher und traf, was die Schilde weiter schwächte.

„Torpedos klar und gebt Sam kodiert durch, dass er auf Fluchtgeschwindigkeit gehen soll", sagte Frank. Michael übermittelte Franks Anweisung an Wyant und Jones verschlüsselt, während Leslie den Kopf schüttelte.

„Die Torpedos nützen doch ohne ein funktionierendes Zielsystem gar nichts. Wollen Sie auch noch den heiligen Planeten pulverisieren?"

„Ich brauche kein Zielsystem. Passen Sie mal auf", gab Frank abgebrüht zurück, während er ein einfaches Head-up Display auf die Cockpitverglasung schaltete.

„Sabrina meldet, dass sie wieder Plasmaantrieb und etwas Energie haben. Kontakt brach ab. *TC-313* greift die *Intruder* an", informierte Michael.

„Okay, haltet mir die Typen vom Hals, dann helfe ich Sabrina", erwiderte Sam Wyant kodiert. Sie hatten die Kommunikation auf eine andere Geheimfrequenz umgestellt. Die *Hawk* raste am oberen Rand des Rings entlang, auf Gegenkurs zu Wyant und Jones.

„Ariana, können Sie die Verfolger irgendwie lokalisieren?", fragte Frank. Sie regte sich aus ihrem tranceartigen Zustand.

„Nein, aber ich spüre eine dunkle Kraft. Etwas schweres, das vielleicht tausend Kilometer Distanz zur *Intruder* hat", erwiderte sie angestrengt.

„Danke, das ist die normale Feuerdistanz nach Lehrbuch", murmelte Frank darauf und betätigte den Abzug am Steuergriff.

Der Warnruf des *Schlächters* an die Verfolger von Wyant und Jones kam zu spät. Die beiden Torpedos der *Hawk* detonierten einige Kilometer vor den Syndikatsschiffen. Frank hatte aus seiner Erfahrung heraus mit dem richtigen Vorhalten die beiden Geschosse auf die perfekte Flugbahn gebracht. Zwei der angreifenden *Badger* zerplatzten und verschmolzen mit dem gewaltigen Feuerball der Torpedos. Das dritte Schiff trudelte lädiert in die Ringebene, während Frank die *Hawk* in einem großen Bogen aus der Gefahren- zone heraus manövrierte und unter die Ringe tauchte. Wyant kreuzte die Flugbahn der *Hawk* und stürzte sich auf Sabrinas Peiniger, der sie immer noch beschoss. Willard Jones hielt die Luft an, denn Sam Wyant kurvte ein paar Eisbrocken aus und wich gleichzeitig den Salven der *TC-313* aus, die sich ebenfalls auf Sabrina stürzte. Das kurze aber konzentrierte Feuer der Hellfirekanonen zerfetzte das rechte Triebwerk der *Badger*, die schließlich von Sabrina abließ und sich mit der *TC-313* formierte. Sabrina verließ ihre Position in den Ringen mit dem Plasmastrahltrieb- werk. Die trudelnde *Badger* hatte sich wieder gefangen und schloss ebenfalls zur *TC-313* auf, während Sam Wyants *In- truder* in einem weiten Bogen über den Pol von *Nitani-4* flog, um Sabrina aus erhöhter Position zu sichern.

Die *TC-313* wurde von den beiden *Badger*-Schiffen flan- kiert. Sie schwenkten auf Sabrina ein.

„Langstreckenscanner orten ein ganzes Geschwader", meldete Leslie aufgeregt, „das schaffen wir nicht." Ihre Nerven waren bis zum Zerreißen gespannt und Franks scheinbare Ruhe steigerte ihren Unmut noch.

„Sabrina, wie ist Euer Status?", fragte Frank.

„Wir haben wieder etwas Energie und das Plasmatrieb- werk funktioniert halbwegs. Unsere Magnetschirme sind hinüber. Wir halten keinen Treffer mehr aus. Katsuro ar- beitet noch an den Problemen, aber wir sind quasi kampf- unfähig. Die geringe Energie reicht noch für ein paar Tor- pedos, mehr nicht", erwiderte Sabrina nüchtern.

„Achtung Sabrina, Frank! Neuer Lenkwaffenangriff.

Offenbar ist diese *TC-313* doppelt bestückt!", warnte Sam Wyant.

Plötzlich erschien Eva Johnson auf den Monitoren.

„Nun Kreuzritter, hier ist Endstation. Unsere Verstärkung ist da. Es ist aus mit Euch. Schade, dass es so enden muss mein Lieber, aber jetzt werdet ihr abtreten", sagte sie siegesgewiss. Ariana war in Trance und unbemerkt in Franks Gedanken.

Die *TC-313* spie eine neue Salve von Lenkraketen aus, die auf *Intruder* und *Hawk* zurasten.

„Das wars. Aus und vorbei. Was jetzt?", fragte Leslie schockiert. Frank reagierte instinktiv, fasste einen Entschluss und betätigte einen Schalter.

„Nein, eine Chance gibt es noch. Teufelsstern abfeuern!", befahl Frank. Die alte Waffe war ihre letzte Option.

„Wir haben das System noch nie eingesetzt und auch kein Zielsystem mehr. Ohne das wird der Teufelsstern nicht klappen", bemerkte Michael aufgeregt.

„Sam und Sabrina müssen das Zielen übernehmen. Wir richten uns per Handsteuerung aus. Los, Leute, das ist unsere letzte Chance. Starte die Sequenz! Schnell!", erwiderte Frank, richtete den Bug seiner Maschine so genau wie möglich auf die *TC-313* und folgte ihrer Bewegung.

„Ich habe die Geschütztürme auf Handsteuerung geschaltet. Versucht so viele Raketen wie möglich zu erwischen."

Blitzschnell gab Michael die Anweisung kodiert an Sabrina und Wyant durch. Beide bestätigten.

„Ein Verband mit dreißig metanischen Zerstörern tritt aus dem Hyperraum", meldete Leslie kreidebleich, „was immer ein Teufelsstern ist. Jetzt oder nie." Michael und Leslie steuerten je einen der Hellfiretürme der *Hawk* und versuchten die agilen Raketen über Sperrfeuer abzuschießen. Ohne Zielsystem war das bei der großen Entfernung nahezu aussichtslos, da ihnen das schwache Leuchten der

Triebwerke kaum einen Anhaltspunkt bot. Wyant erschien auf den Monitoren von Sabrina und Frank: „Frank, Sabrina, das Ziel ist eingestellt, die Uhr läuft *jetzt*. Auslösung synchronisiert. Frank, Du musst manuell korrigieren." Da sich die Positionen der Terraner in unterschiedlicher Entfernung zum Syndikatsschiff befanden, mussten die Torpedos der drei Schiffe zu unterschiedlichen Zeitpunkten ausgelöst werden. Bei Sabrina und Sam übernahm dies das Feuerleitsystem. Frank richtete sein Schiff manuell aus. Wyant zählte Franks Countdown.

„Für Jessica," sagte Frank leise.

„Ja, Vergeltung für Jessi," stimmte Sabrina zu und schoss zuerst ihre Salve, dann löste die *Intruder* von Jones und Wyant ihre Torpedos aus und schließlich schoss das Teufelssternprogramm der *Hawk* zwölf Projektile auf die TC-313 und ihre beiden *Badger*. Kaltschnäuzig und wie in Trance holte Frank mit Michael und Leslie jetzt die gegnerischen Raketen, kurz vor dem Einschlag in Sabrinas und seine Maschine, vom Himmel. Die schweren Hellfirerevolverkanonen in den Flanken bereinigten den Fluchtkurs von Sabrina. Dann drehte Frank ebenfalls ab. Dennoch trafen zwei der Raketen die *Hawk* und schleuderten sie so gewaltig umher, dass der Strom an Bord ausfiel. Eine Sekunde später war das Notsystem aktiv und Frank brachte seine Maschine wieder unter Kontrolle, während Leslie die Schäden analysierte.

Vierundzwanzig Torpedos trafen das Syndikatsschiff in zwei konzentrischen Kreisen zu einem Stern formiert, zur gleichen Zeit. Zusammen mit einem letzten Fluch von Rufus und einem ungläubigen *Nein* von Eva Johnson verglühte die knapp über der Ringebene anfliegende *TC-313* mit den beiden *Badger*-Jägern, einer Sternengeburt gleich, im nuklearen Inferno, das mindestens ein Viertel des prächtigen Rings von *Nitani-4* verdampfte.

„Volltreffer", rief Michael mit geballter Faust. Die

Tonnenlast der ständigen Niederlagen gegen Eva Johnson und das Syndikat, gewachsen in seiner Vergangenheit beim Sicherheitsdienst, fiel von ihm ab. Gleichzeitig formierte sich das metanische Geschwader.

Wo war die *Intruder* von Wyant und Jones? Sie hatte den gefährlichsten Job gehabt, denn alle waren auf ihr Zielsystem angewiesen. Frank blickte Leslie an, die emotionslos den Kopf schüttelte. Frank rief sie über den kodierten Kanal. Sorgenvolle Sekunden vergingen. Auf dem Intercomschirm, der zeitweise ausfiel, erschienen Wyant und Jones. Leslie seufzte erleichtert.

„Wir hatten einige Probleme. Die Strahlung hat einige Schaltkreise zerstört. Wir sind ziemlich lädiert", erwiderte Wyant lapidar.

„Wir müssen uns neu formieren. Captain Henderson in unsere Mitte", ergänzte Willard Jones.

„Das Ziel ist zerstört. Sir, aber wir werden ein neues Gefecht nicht mehr durchstehen," meldete Leslie.

Die *Hawk* und die beiden *Intruder* entfernten sich jetzt weiter aus der Kampfzone und nahmen eine Formation mit Sabrina in ihrer Mitte ein, als das metanische Kampfgeschwader auf Schussweite heran war und sie einkreiste.

Bevor der Admiral antworten konnte, ergriff Michael die Initiative und schaltete Thera und die Cockpitkamera auf den gemeinsamen Intercom–Bündniskanal.

„Hier spricht die Regentin. Die terranischen Kameraden haben uns befreit. Wir befinden uns in Sicherheit. Der Putschversuch ist gescheitert. Sie alle haben gerade miterlebt was passiert, wenn man uns angreift. Die Rädelsführer des Syndikats wurden vernichtet. Ich befehle Ihnen uns zu eskortieren. Bestätigen Sie und erwarten Sie weitere Befehle."

Frank konnte keinen ID-Code der metanischen Schiffe ausmachen. Die Atmosphäre im Cockpit glich einer Dynamitladung mit glimmender Lunte. Sekunden des Horrors vergingen. Leslie wagte es nicht, die Geschütztürme auszurichten oder irgendetwas anderes zu unternehmen. Plötzlich löste sich ein metanisches Schiff aus der Formation und stoppte einige Meter vor der *Hawk*. Auf den Monitoren erschien das Gesicht einer jungen Frau.

„Hier spricht Captain Suah Mehet'dvari, erstes metanisches *Skywatch* Geschwader. Wir sind froh, Sie wohlauf zu sehen. Willkommen zurück. Wir begleiten Sie und werden Sie schützen."

Suah setzte ihr Schiff elegant längsseits und befahl ihrem Geschwader ebenfalls beizudrehen.

„Suah ist doch ist die Schwester von Commander Indra," bemerkte Michael hoffnungsvoll zu Thera.

„Ja und die Mehet'dvari waren bisher loyal," erwiderte sie zuversichtlich.

„Captain Suah: hier spricht Commander Dorn, fünftes terranisches Aufklärungsgeschwader. Vielen Dank, wir freuen uns Sie an unserer Seite zu haben. Ich habe Ihnen eben unsere Schiffs-ID übermittelt. Wir müssen noch ein Schiff an uns koppeln da es beschädigt ist." Leslie entspannte sich erstmals und rief Sabrina über das Intercom.

„Captain Henderson, docken Sie bei uns an? Dann nehmen wir sie mit nach Hause."

Sabrina folgte der Anweisung, denn der Hyperdrive der *Lucky Lady* war nicht mehr einsatzbereit und das Plasmastrahltriebwerk konnte sie nicht zur Erde zurückbringen. Sabrina bewies erneut ihre exzellenten Flugkünste und dockte an.

„Geschafft", meinte Frank schließlich und zeigte sich erleichtert. Erst jetzt bemerkte er, dass er schweißgebadet war. Leslie Draper erging es ebenso. Der Stress in ihrer ersten Krisen- und Kampfsituation kostete enorme Kraft und Nerven. Sie zeigte zum ersten Mal wieder den Anflug eines Lächelns als sie ihm in die Augen blickte. Frank nickte anerkennend.

„*Lucky Lady* an alle: Andockmanöver abgeschlossen. Verbindung für den Hyperraumsprung gesichert. Wir können nach Hause.", schaltete sich Sabrina ein.

Die drei terranischen Schiffe, eskortiert vom *Skywatch* Geschwader der Regentin, beschleunigten und leiteten den Hyperraumtransfer ein. Nach einer Weile erhob sich Frank von seinem Sitz.

„Entschuldigt mich bitte einen Moment. Ich habe noch etwas zu erledigen." Erst jetzt verspürte er rasende Schmerzen, die das angebrochene Schlüsselbein und die Wunde hervorriefen. Das Schmerzmittel wirkte nicht mehr, aber dieser Umstand war ihm jetzt gerade egal. Er war am Leben und hatte den Kampf nach all den Jahren gewonnen. Frank verschwand im Gang und betrat seine Kabine. Aus der noch nicht ausgepackten Reisetasche nahm er ein Bild. Dann ging er ins Heck der Maschine und schlüpfte mühsam in einen Raumanzug, der im Magazin hing. Zuletzt verschloss er den Helm und sicherte das Schott zum Verbindungsgang mit einem Tastendruck ab. Er hakte sich in die Sicherheitsleine ein, evakuierte den Raum und öffnete die Heckluke. Leslie Drapers Anzeige blinkte auf.

„Commander, was machen sie? Das Heckschott ist offen."

Sie erhielt keine Antwort. Michael beugte sich vor und sah Frank auf ihrem Monitor.

„Keine Sorge, Colonel. Er wird nicht rausspringen", meinte sein Freund und lehnte sich wieder zurück.

Frank blickte das ebenmäßige, elfenhafte Gesicht mit den blonden Haaren lange an und schloss die Augen einen Moment.

„Leb wohl, Jessica", sagte er leise und entließ das Bild in die Unendlichkeit. Sein Tastendruck ließ das Schott wieder zufahren. Nach einigen Minuten betrat er wieder den Zentralgang mittschiffs und ging ins Cockpit. Michael erwartete ihn schon stehend und blickte ihm in die Augen.

„Ist etwas, Michael?", fragte Frank. Der Regent streckte ihm die Hand entgegen.

„Allerdings. Ich danke Euch allen für die Hilfe", sagte Michael aus der Seele. Frank erwiderte den Händedruck nickend.

„Wir haben es gemeinsam geschafft", gab er zurück. Er schüttelte auch Ariana und Leslie Draper die Hand. Frank wandte sich an Leslie und Michael. „Der Admiral hat recht Leute. Wir sind noch nicht über den Berg. Ihr solltet die Regierungen und den metanischen Senat kontaktieren. Ich werde mich um den Schutzschirm kümmern. Mal sehen, ob ich ihn reparieren kann.", sagte er zu seinem Freund. Michael nickte. Frank verließ das Cockpit. Ariana folgte ihm.

„Ich werde mal nach dem Botschafter sehen", sagte sie. Der Commander erreichte die Energieverteilung auf dem Achterdeck in der Kammer über dem Rettungsmodul. Der enge Raum ließ bei all den Verbindungsrohren der Lichtkabel und den Schaltblöcken gerade genug Platz für einen Menschen. Er hatte den defekten Schaltkreis relativ schnell mit dem Diagnosegerät lokalisiert. Ursache für den Ausfall des Schirms war ein durchgeschmolzener Stabilisator. Er sorgte für ein nahezu homogenes Abwehrfeld und war starken, hochfrequenten Belastungen ausgesetzt. Bei extremen Energieschwankungen, etwa durch häufige Treffer, konnten diese Schaltkreise versagen. Zum Glück hatte McGinney die Ersatzteile eingepackt. Dorn holte sie aus dem Magazin und baute sie ein. Er verließ die Kammer und schloss das Panzerschott wieder. Niemand durfte sich darin aufhalten, wenn die Schilde aktiviert waren. Die hier erzeugten Magnetfelder hatten lebensgefährliche Auswirkungen. Er bat Leslie über Intercom, die Schirme wieder in Betrieb zu nehmen.

„Kapazität auf dreißig Prozent. Feld bleibt stabil", antwortete sie, nachdem sie die Messwerte abgelesen und das

Diagramm auf dem Monitor geprüft hatte.

„Okay, Colonel. Das wird reichen. Der Stabilisator war hinüber. Ich habe ihn ausgewechselt, aber McGinney muss die gesamte Anlage neu einjustieren, wenn wir zurück sind", erwiderte Frank. Er wollte gerade wieder zu seinen Freunden zurückkehren als Ariana auf den Gang trat und auf ihn zuging.

„Ich habe den Botschafter von der Lounge in die Kabine gebracht und ihm ein Beruhigungsmittel gegeben." Frank sah sie an und nickte. Sie lehnte sich mit dem Rücken an die Wandung des Verbindungsganges ihm gegenüber und verschränkte lässig ihre Arme.

„Unsere Mission ist beendet. Wir haben es geschafft", bemerkte sie zufrieden.

„Ja, aber nur mit Ihrer Hilfe. Sie haben uns ganz schön an der Nase rumgeführt. Ich habe wirklich geglaubt Sie arbeiten für das Syndikat, als wir bei Eva Johnson am Tisch saßen." Sie löste sich von der Wand und trat einen Schritt auf ihn zu.

„Hm, das tat ich aber nicht", erwiderte sie leise.

„Dafür habe mich noch nicht bedankt", sagte Frank, zog Ariana sanft an sich und küsste sie leidenschaftlich. Sie ließ es zu und seine Berührung elektrisierte sie gewaltig, auch weil ihre immer noch vorhandenen Pheromone bei ihm bis ins Mark wirkten. Atemlos löste sie sich schließlich von seinen Lippen.

„Ah…emotionale Rückkopplung…was machst Du nur mit mir?", fragte sie leise.

„Hm, das wollte ich Dich auch gerade fragen." Er küsste Sie ein zweites Mal.

„Wenn das ein neuer surrealer Traum ist, will ich nicht mehr aufwachen." Sie lachte.

„Das ist kein Traum. Was jetzt, Frank?"

„Hast Du Lust mit mir ein paar Tage Urlaub zu verbringen? Wir haben uns etwas Erholung verdient."

„Ach, ich rate dann mal: Moon City…und Bali?", fragte sie lachend.

„Ja, warum nicht? Wird Dir gefallen. Was meinst Du?" Sie dachte einen Moment nach, spannte ihn auf die Folter. Ihre schön geformten Lippen zeichneten im nächsten Augenblick ein breites Lächeln in ihrem Gesicht. Sie sah wieder in seine Augen. Er legte seinen Arm um ihre Taille und küsste sie erneut. Sie erwiderte seine Zärtlichkeit.

„Ich habe nie sowas gemacht und lasse mich einfach überraschen," flüsterte sie leise in sein Ohr.

Die Raumstation *Dädalus zwei* glänzte majestätisch im Sonnenlicht. Die terranischen Schiffe und ihre metanische Eskorte hatten Landeerlaubnis erhalten und näherten sich dem mächtigen Stützpunkt im Lagrangepunkt auf einem Leitstrahl der Flugkontrolle. Die Meldung über die gelungene Befreiungsaktion und die Vernichtung von Eva Johnson und ihrer Einheit hatte sich rasend schnell im Bündnis verbreitet und die Diplomatie wieder in Gang gesetzt. Alle Bündnispartner waren bemüht den politischen Schaden zu begrenzen. Ministerien und Botschaften verfielen in geradezu rekordverdächtige Betriebsamkeit. Der metanische Senat hatte die Rückkehr der Regentin gefordert und die Initiative hatte bei der Bevölkerung mehr und mehr Zustimmung gewonnen. Der Putsch war gescheitert. Die Kas´aari waren nicht einmal geflohen, da sie ebenfalls starken Rückhalt in einem Teil der Bevölkerung hatten. Die Situation konnte sich durchaus innerhalb der folgenden Wochen, ohne Konsequenzen für die Drahtzieher, einfach in Wohlgefallen auflösen. Die Politik und die Diplomatie waren wieder im Spiel, zumindest bis zur nächsten Krise dieser Art. Die wenig stabilen Bedingungen auf *Meta* gaben stets Anlass zur Sorge um das Bündnis.

Der Alarm für die terranische Flotte war aufgehoben. Präsident Segeij Tamaskie verfolgte von einem abgesperrten und gesicherten Teil des Aussichtsdecks, zusammen mit Innenminister Mendez, Thordal West und einer Regierungsdelegation den Anflug der metanischen Eskorte. Danach folgte Sabrinas *Lucky Lady* mit ihren beträchtlichen Schäden. Die *Intruder* von Wyant und Admiral Jones sicherte die Landung der *Hawk* und setzte wenig später neben ihr auf der Landeplattform auf. Der Misstrauensantrag gegen Tamaskie war Geschichte. Die Erfolgsmeldung von Jones' Team hatte ihn regelrecht pulverisiert und jetzt genoss er die Ankunft seiner Leute. Trotz seines immensen Arbeitspensums, das jetzt durch die wieder laufenden diplomatischen Drähte zunahm, wollte er es sich nicht nehmen lassen, Willard Jones und sein Team persönlich, aber ohne großes Protokoll zu empfangen. McGinney sah ebenfalls durch das Fenster, schlug die Hände über seinem Kopf zusammen und fluchte leise, bei aller Sorge um das Wohl der Insassen, als er die zahlreichen Gefechtsspuren auf der Außenhaut seiner Schiffe sah. Er hatte keine Zigarre, auf die er hätte beißen können, denn der Zustand der Maschinen bedeutete für sein Team zahlreiche Überstunden.

Frank öffnete das Heckschott und blicke aufs Deck. Die metanischen Pilotinnen und Piloten bildeten ein Spalier bis zur wartenden Delegation. Captain Suah grüßte militärisch als Frank ausstieg.

„Commander, wir sichern die Regentin." Frank grüßte zurück und reichte ihr die Hand. Sie erwiderte seinen Händedruck zögerlich.

„Willkommen auf Dädalus, Captain. Ich danke Ihnen für die Hilfe. Einen Moment lang dachten wir, Sie wären auf der Seite des Syndikats."

„In der Tat hatten wir den Befehl von Mahan Kas'aari Sie abzufangen, Commander. Aber ich habe der Regentin einen Treueeid geleistet, wie alle in meinem Geschwader," erwiderte Suah aufgewühlt über seinen Verdacht, „und außerdem wollen wir die Freiheit, die uns Regentin Thera gebracht hat nicht mehr missen. Sie hat unsere Gesellschaft geöffnet."

„Das ist sehr ehrenwert. Gut, Sie auf unserer Seite zu wissen, Captain Suah. Auch wir schulden Ihrer Regentin viel. Wir werden immer an Ihrer Seite sein. Wir stehen in Ihrer Schuld und Sie haben etwas gut bei uns", versicherte Frank. Im gleichen Moment erreichten Sabrina, Akiro Katsuro, Sam Wyant und Admiral Jones die beiden. Frank wandte sich um und half der Regentin über die Stufen der Heckluke. Michael und Leslie folgten ihr. Ariana begleitete den mittlerweile wieder auferstandenen capellanischen Botschafter von Bord und gesellte sich neben Frank. Die kleine Gruppe nahm das Regentenpaar mit Captain Suah in ihre Mitte. Jim McGinney erreichte sie durch einen Seitengang und empfing alle mit einem Willkommensgruß.

„Hallo, willkommen zurück. Commander, meine Güte, wo sind Sie denn reingeraten und wer hat die Maschinen so zugerichtet? Aber wenigstens bringen Sie keine Einzelteile zurück.", sagte McGinney besorgt.

„Wir haben diesmal eine Menge einstecken müssen. Mehr als jemals zuvor. Das ist eine exzellente Maschine und Ihre perfekte Vorbereitung hat uns wahrhaft den Hintern gerettet. Klasse gemacht. Danke dafür.", lobte Frank.

„Das ist unser Job, Commander. Dafür sind wir da. Ok, ich schau mir die Sache gleich an.", versprach McGinney und drehte seinen Gang zu den gelandeten Schiffen. Die Gruppe erreichte die Regierungsdelegation, die sich vor der Abschirmung versammelt hatte.

„Bleibt bitte an unserer Seite, während des ganzen Rummels hier", bat Michael. Frank nickte.

„Wir stehen bei Euch.", sagte er. Willard Jones löste sich aus der Gruppe, trat vor Tamaskie und erstattete dem Präsidenten Bericht: „Herr Präsident, der erste Einsatz der Operation *Orions Schwert* ist erfolgreich abgeschlossen." Tamaskie umfasste Jones' Rechte mit seinen beiden Händen. Jetzt war er in seinem Element.

„Wie in alten Zeiten, Willard. Wie in alten Zeiten. Ich danke Ihnen und Ihrem Team von Herzen. Gut gemacht." Willard Jones reihte sich wieder bei seinen Leuten ein, während Tamaskie und die Ministerriege das Regentenpaar, den capellanischen Botschafter und alle anderen begrüßten.

Die *Dädalus*-Station war nun Mittelpunkt der Medien und viele davon hatten sich irgendwie Zugang zum Landedeck verschafft. Michaels Prognose hatte sich bewahrheitet. Die zahlreichen Sicherheitskräfte konnten sie nur mit Mühe auf Distanz halten, aber trotzdem gelangen den meisten gute Bilder für die Nachrichtensendungen. Michael und Thera gaben kurze Stellungnahmen ab.

Doktor Rodriguez war ebenfalls mit einem Team auf dem Wartungsdeck. Er kümmerte sich um die einzelnen Verletzungen und den capellanischen Botschafter, der dadurch besser von den Medien abgeschirmt war.

Tamaskie nutzte die Medien geschickt, indem er wartete bis das ganze Team von Jones vor ihm versammelt war und das Regentenpaar in ihre Mitte genommen hatte. Ihm war bewusst, dass die Gefahr keineswegs gebannt war. Spannung lag in der Luft, denn das Syndikat hatte seine Augen und Ohren überall. Anschläge waren jederzeit möglich. Nach einigen Augenblicken wurde es still am Terminal, als sich Tamaskie mit offener Geste den Kameras zuwandte.

„Meine Damen und Herren, wir erleben gerade einen glücklichen Moment in der Geschichte unseres Bündnisses, den wir voller Demut und mit Dankbarkeit annehmen. Durch eine minutiös geplante und gemeinsam choreographierte Aktion konnten terranische und metanische Pilotinnen und Piloten das Regentenpaar befreien. Eine teuflische Verschwörung des Syndikats, die uns alle an den Rand eines Krieges gebracht hat, wurde im letzten Augenblick aufdeckt und vereitelt. Ich freue mich sehr Regentin Thera und Ihnen Mann hier gesund und in Freiheit auf *Dädalus* willkommen zu heißen." Applaus, zuerst zaghaft, dann schließlich überbordend, wogte über sie hinweg. Tamaskie übergab an Thera, die wartete bis wieder Ruhe einkehrte:

„Herr Präsident, verehrter Sergeij, ich danke Ihnen für den warmherzigen Empfang. Es ist ein Privileg wieder in Freiheit zu sein. Früher und anders als gedacht, hat sich unsere Allianz und unsere gemeinsame Operation *Orions Schwert* nun bewährt. Der Putsch des verbrecherischen Kas'aari Clans, die sich mit dem Syndikat gegen Freiheit und Recht verschworen und Kriegsvorbereitungen geschürt haben, ist gescheitert. Für den heldenhaften Einsatz möchten wir Admiral Jones, seinem Team und unserer *Ersten Skywatch* Schwadron danken. Wir werden jetzt heimkehren und unseren Einsatz für Frieden und Freiheit fortsetzen." Der Applaus setzte erneut ein, wurde von Jubelrufen verstärkt und wollte nicht enden.
Tamaskie genoss das Bad in der Menge, schüttelte viele Hände, drehte sich aber schließlich seinen Leuten zu.

„Damen und Herren der metanischen und terranischen Flotte: ich bin gekommen um Ihnen allen im Namen der Regierung zu danken und Ihnen zu diesem großartigen Erfolg zu gratulieren. Sie haben uns gerettet und uns vor einem sicheren Krieg mit all seinen fürchterlichen Folgen bewahrt. Sie alle sind ein leuchtendes Beispiel, was wir gemeinsam erreichen können, um die Dunkelheit und die Gefahren von Diktatur und Verbrechen zu überwinden. Nun, Sie alle sind sicherlich von ihrem lebensgefährlichen Einsatz erschöpft und deshalb werden wir für Sie erst in einigen Tagen einen Empfang geben, um Sie alle gebührend zu ehren." Thordal West und Minister Mendez schlossen sich mit Glückwünschen an. Leslie Draper drückte die vielen Hände, todmüde und stolz, aber die Stimmung war trotzdem gedrückt. Frank tat es ihr gleich und ließ die ganze Angelegenheit unbeeindruckt ohne sichtliche Emotion über sich ergehen. Lediglich Sabrina Henderson brachte nach Katsuro und Wyant ein gelöstes *Danke, Sir* mit ihrer hellen Stimme hervor.

Tamaskie wandte sich an Jones, aber alle konnten seine Worte hören: „Willard, wir haben Hinweise, dass das Syndikat auf Sie alle ein sehr hohes Kopfgeld ausgesetzt hat. Vielleicht sollten Sie Ihr Team eine Weile aus der Schusslinie nehmen. Wir können Sie alle nicht dauerhaft über Monate schützen. Tauchen Sie einfach unter. Oder deklarieren Sie eine geheime Mission, in einen abgelegenen Bereich der Galaxis, wenn es geht. Wenigstens solange, bis die Sache etwas abgekühlt ist." Jones nickte zustimmend.

Michael löste sich aus der Gruppe und zog Frank zwei Schritte mit sich.

„Frank, wir müssen jetzt nach Hause und dort wieder Flagge zeigen. Ich schicke Dir eine Nachricht mit Koordinaten, wo wir uns treffen. Du hast Jones gehört. Seid bloß vorsichtig.", mahnte er.

„Ok, sollen wir zu Eurem Schutz mitkommen?"

„Nein, das ist in der momentanen Situation viel zu gefährlich für Euch. Das Syndikat hat sicher noch seine Handlanger bei den Kas'aari. Unser Elitegeschwader an unserer Seite sollte genügen. Ich hätte nie gedacht, dass Suah und ihr Team so loyal sind. Du siehst: auch Regenten lernen jeden Tag neu. Das gibt Hoffnung, oder?" Frank nickte knapp und klopfte seinem Freund auf die Schulter.

„Wir werden da sein. Passt auf Euch auf."

Die Delegation verließ das Terminal, eskortiert von den metanischen Pilotinnen und Piloten und Willard Jones begleitete sie zum Shuttleschiff des Präsidenten. Frank schaute ihnen nach und stellte sich wieder zu Ariana.

Doktor Rodriguez hatte eben Leslies und Katsuros Blessuren versorgt. Sein Team war fertig und zog sich zurück.

Rodriguez schaute Frank mit neugierigem Blick an und musterte Ariana von oben bis unten.

„Ola, ist das die Quelle Ihrer Analyseanfrage? Sie wissen schon.", fragte er leise und verstohlen.

„Hallo Doktor, darf ich Ihnen Ariana vorstellen. Dank ihr bin ich noch am Leben," erwiderte er nickend.
Rodriguez verneigte sich charmant.

„Senhorita, als Mediziner und Exobiologe darf ich Ihnen zu dieser außergewöhnlichen Leistung gratulieren. Es ist eine Kunst solche engagierten Piloten am Leben zu erhalten." Sein Spruch nötigte Frank ein aufgesetztes Grinsen ab, während Ariana amüsiert lachte und ihm freundlich zunickte. Sabrina befreite ihren Flügelmann indem sie sich bei Rodriguez einhakte: „Kommt jemand mit in die Bar? Ich denke etwas Ablenkung mit einem kleinen Schluck würde uns allen guttun. Ihnen, lieber Doktor spendiere ich einen Drink. Den haben Sie sich nämlich redlich verdient."

„Mamma Mia, Senhorita Sabrina, da sage ich nicht nein. Ich bin eigentlich schon außer Dienst." Die allgemeine Entspannung der politischen Lage war jedem anzumerken. Einmal mehr brach sie das Eis, erfuhr Zustimmung von den anderen und zog sie mit sich. Sabrina hakte sich mit ihrem anderen Arm bei Ariana ein und führte die Gruppe in die Bar. Frank blickte Ariana nach, wollte sich anschließen, aber Leslie hielt ihn zurück.

„Einen Moment bitte, Commander", bat sie. Er drehte sich ihr zu. Sie wartete bis alle gegangen waren und lehnte sich dann locker an die Wand des Terminals.

„Ach ja richtig", erinnerte sich Frank. „Unser kleines Geschäft. Sie haben ihren Teil getan. Jetzt bin ich dran. Ich werde mein Austrittsgesuch unterschreiben. Dann sind sie mich endgültig los."
Sie hob die Hand und unterbrach ihn. Nach einer kurzen Pause holte sie tief Luft und blickte ihm direkt in die Augen.

„Ich möchte mich bei Ihnen entschuldigen. Ich habe Sie unfair behandelt. Es tut mir leid. Bitte bleiben Sie bei uns."

„Hm, ich denke nicht. Ich habe keine Lust mehr auf diesen ganzen Vorschriftenmist. Für mich gibt es hier nichts mehr, was mich hält. Ich bin fertig.", antwortete Frank gespielt unbeeindruckt. Leslie baute sich auf und stellte sich direkt vor ihn.

„Aber Sie machen Ihren Job verdammt gut. Wir wären ohne Sie schlicht gescheitert. Soviel ist klar,", meinte sie leise und ebenso entschlossen. „Ich brauche Sie hier."
Frank blickte langsam kopfschüttelnd zu Boden und überlegte.

„Das glaube ich nicht. Sie sind doch bestens klar gekommen. Noch zwei oder drei Einsätze und Sie fliegen perfekt, Colonel. Ich steige aus. Nicht mehr mein Verein."
Leslie Draper stemmte ihre Hände in die Hüften und atmete hörbar aus. Oft stand sie so da. Es gab ihrem zierlichen, aber durchtrainierten Körper mehr Autorität. Sie entfernte sich einen Meter von ihm und fing mit einer Geste wieder an.

„Commander, mir ist auf diesem Einsatz erst richtig klar geworden, dass das Leben nicht nur hinter dem Schreibtisch und in den Stabsebenen stattfindet. Ich habe mich allen hier gegenüber falsch verhalten. Bitte glauben Sie mir. Ich brauche Sie wirklich hier." Frank drehte seinen Kopf weg.

„Bitte.", wiederholte sie eindringlich; fast flehend.

„Wenn nicht für mich dann für Ihre Kameraden. Die würden Sie sehr vermissen und sind auf Sie angewiesen. Ich habe nie ein Team gesehen, das so gut zusammenarbeitet."
Er seufzte, hob gestikulierend die Hand und gebot ihrer Lobhudelei Einhalt.

„Ein neuer Anfang, hm? Das hat seinen Preis. Der ist ziemlich hoch. Ich will freie Hand, denn wir sind da draußen auf uns allein gestellt." Ihre Miene erhellte sich hoffend.

„Sie werden aber sehr oft mit mir fliegen müssen", sagte sie. Er blickte einen Moment in ihre Augen. Dann runzelte er die Stirn und verzog den Mundwinkel.

„Wenn Sie dabei von uns lernen und nicht alles zu Tode diskutieren, ist das halbwegs akzeptabel."

„Danke", sagte Leslie zufrieden.

„Wir werden sehen wie sich das entwickelt. Kommen Sie, Colonel. Ich gebe Ihnen jetzt einen Single Malt aus. Ich denke den können Sie vertragen. Sie haben ihren ersten Einsatz hinter sich gebracht und da ist es Tradition mit den Kameraden darauf anzustoßen. Außerdem haben Sie mich jetzt am Hals und ich werde mich nicht um die Vorschriften scheren. Das garantiere ich ihnen. Über den Rest reden wir noch."

Es war das erste Mal, dass er sie lachen sah und sie tat es ganz spontan. Er hielt diesen Anblick in seinen Gedanken fest; löschte sein altes Bild von ihr.

„Commander", sagte sie und ging nach einem Augenblick auf ihn zu. „Willkommen zu hause."

Frank drückte ihre Hand.

„Danke, Colonel."

Sie verließen das Deck um in die Bar zu den anderen zu gehen.

„War ich wirklich gut?", fragte sie ungläubig.

„Ja, für den ersten Einsatz ziemlich gut", erwiderte Frank knapp und aufrichtig.

Willard Jones kehrte vom Terminal zurück und erreichte mit Leslie und Frank die Bar. Sie gesellten sich zu den anderen Offizieren am runden Tisch, die etwas enger zusammenrückten. Pearl kam mit einem Rondell neuer Gläser und Flaschen, die sie zügig verteilte.

„Ladies, Gentlemen, Achtung hier kommt Whisky von Präsident Tamaskie."

„Na endlich Leute. Wo wart Ihr denn so lange?", fragte Wyant.

Leslie räusperte sich: „Hören Sie bitte kurz zu: ich habe eine gute Nachricht. Commander Dorn hat seine Kündigung zurückgezogen und nimmt ab sofort seinen Dienst im Geschwader wieder auf. Leider haben wir wohl den ersten Drink versäumt.", erklärte Leslie gelöst.

Frank stieß mit Leslie und allen an; trank den fingerbreit Whisky im Glas langsam und mit Genuss. Wortlos wandte er sich von seinen Kameraden ab, nahm Ariana sanft am Arm und verließ mit ihr die Bar. Willard Jones prostete ihm lächelnd zu. Sabrina Henderson stieß Wyant in die Seite und nickte mit dem Kopf in Franks Richtung.

„Ich weiß nicht, ob ich das gut finde", meinte sie. Wyant setzte sein Glas ab und gab den Stoß an seine Kameradin spielerisch und sanft zurück.

„Lass sie bitte. Hier endet Deine Zuständigkeit als Flügelmann", sagte er.

„Genau, Mama", bestätigte Katsuro. Jones lachte leise und Wyant stimmte mit ein.

Alle hänselten Sabrina wegen ihrer manchmal übertriebenen Fürsorglichkeit mit dem Spitznamen Mama.

„So etwas ist mein Flügelmann und meine lieben Freunde sind alle gegen mich", schmollte sie eifersüchtig.

„Na klar. Wir sind doch immer gegen Dich bei solchen rein privaten Angelegenheiten", kommentierte Katsuro ironisch. Sam Wyant legte seinen Arm um Sabrina.

„Keine Sorge. Ariana ist nicht Jessica."

Leslie stellte ihr Glas ab und blickte Willard Jones an.

„Sir, ich nehme an, dass hier an diesem Tisch alle aus dem *Future Sky* Programm sind, richtig?" Der Admiral lächelte generös und schenkte ihr einen neuen Drink ein.

„Colonel, ein solches Programm hat nie existiert. Mehr gibt es dazu nicht zu sagen." Sabrina, Wyant und Katsuro prosteten ihrer Chefin ebenso lächelnd zu. Willard Jones wechselte das Thema und referierte begeistert über Tamaskies einzigartige, politische Winkelzüge, die sie nur Minuten zuvor in der Rede des Präsidenten selbst erlebt hatten. Ein neuer Toast folgte.

Epilog

Flint warf sein leeres Glas in den prächtigen Spiegel, der mit einem fürchterlichen Klirren zerbarst. Nichteinmal der unbezahlbare Cognac vermochte seine Aggression zu dämpfen. Die Bruchstücke flogen bis auf den ovalen Tisch und zur Fensterfront des Besprechungsraums in der obersten Etage seines Hochhauskomplexes. Er tobte vor Wut auf Eva Johnson. Das Gremium um ihn hatte ihn niemals so erlebt. Heather de Agostini war erschrocken und bekam Angst.

„Dieses unfähige und machtgierige Subjekt hat unsere ganze Unternehmung gefährdet. Eva Johnson war eine inkompetente und wahnsinnige Idiotin. Damit ist Schluss. Ich werde nie wieder ein solches Verhalten dulden. Dieses unfähige Miststück hat uns durch ihr totales Versagen über eine Billion Währungseinheiten gekostet. Sie kann froh sein, dass sie dabei draufgegangen ist, denn so einfach wäre sie bei mir nicht davongekommen. Wir werden jetzt aufräumen. Mister Soerensen wird sich um diese Störelemente kümmern. Das Team von Admiral Jones muss schnellstens liquidiert werden. Diese sogenannte Spezialistin aus der Randzone will ich mir persönlich vornehmen. Sie soll büßen. Also bringt sie mir." Der greise Oligarch machte eine Atempause.

„Agostini, ich erwarte von Ihnen alle Daten dieser terranischen Piloten. Wir haben sie wohl unterschätzt. Nun werden wir sie in einer konzertierten Aktion schnell und sauber ausschalten. Und von jedem hier will ich uneingeschränkte Unterstützung. Mister Hyato ist Ihre Kontaktperson und wird alles koordinieren. Ich werde mich hier persönlich kümmern. Aber zuerst muss ich unsere Geschäftspartner beruhigen, um unser wichtigstes Projekt nicht zu gefährden." Er trat in den Lichtkegel und musterte jeden der Anwesenden mit grimmigem Blick.

„Wagen Sie es nicht mir mit schlechten Nachrichten unter die Augen zu treten. Und jetzt raus hier und an die Arbeit!"

Frank blieb mit Ariana am Lift zur oberen Sektion der Raumstation stehen.

„Was ist denn los", fragte sie mit getragener Emotionslosigkeit.

„Mir ist gerade nicht so recht nach Feiern zumute", erwiderte er knapp. Die Türen öffneten sich als er nur noch einen Schritt von der Schwelle entfernt war. Er trat ein und sie folgte ihm.

„Wohin fahren wir?"

„Auf das Aussichtsdeck.", erwiderte er und aktivierte den Lift. Der Aufzug setzte sich in Bewegung.

„Warum denn? Willst Du denn nicht bei Deinem Team

sein?"

„Ich brauche mal ein paar Minuten Ruhe und ich hätte Dich gerne bei mir", sagte Frank. „Wir können uns ja später immer noch zu den anderen gesellen. Glaub mir: die Party wird noch länger dauern. Für die anderen war es nur eine Mission, aber für mich war es viel mehr."

„Ja, für mich auch", pflichtete sie ihm bei, „ein langer und schmutziger Kampf ging heute zu Ende. Wir hatten beide unsere Rache."

„Hm, aber wir hatten eine Menge Glück dabei. Eva Johnson hätte uns mehrfach ausschalten können. Auf dem Planetoiden stand es auf Messers Schneide. Ich frage mich, warum sie es nicht getan hat?", fragte Frank leise. Ariana blickte ihn an und nickte sanft.

„Das stimmt. Ich war einige Male in ihren Gedanken. Normal ist uns dies verboten. Ich musste sehr vorsichtig sein dabei. Sie wollte an die Spitze des Syndikats und wir beide sollten ihr dabei helfen. Flint ist extrem gefährlich. So unglaublich und banal sich das anhört: sie hat in Dir den Sohn gesehen, den sie nie hatte und wollte Dich gewinnen. Zudem glaubte sie unbeirrt an die KI-Analyse und war von ihrem System des Terrors überzeugt. Ich wollte am Anfang nur Rache für Arsaria. Das war meine Aufgabe. Nach einigen Monaten zweifelte ich allmählich, aber das Universum ist gerecht: es hat Dich ins Spiel gebracht und so konnten wir gewinnen."

Frank schwieg einen Moment und dachte über Evas Motive nach, die ihn überrascht hatten.

„Ja, aber trotzdem fühlt es sich nicht wirklich gut an. Ich gebe zu, dass ich am Anfang auch so dachte. Auf *Merope 3* erhielt mich der Gedanke an Vergeltung am Leben und verhinderte, dass ich aufgab. Aber jetzt geht es mir um die Zukunft. Nach langer Zeit tut es gut wieder nach vorne zu schauen. Das Kapitel Eva Johnson ist nicht mehr von Bedeutung. Allerdings mit einer Ausnahme", erklärte

Frank. Ariana zog ihre Augenbrauen hoch und sah ihn fragend an.

„Die Ausnahme bist Du. Ohne den Kampf gegen das Syndikat wären wir uns wahrscheinlich nie begegnet."

„Das ist richtig", erwiderte sie kühl, verschränkte die Arme und lehnte sich gegen die Wandung der Aufzugskabine.

Die Türen teilten sich. Das Aussichtsdeck war menschenleer. Er nahm ihre Hand. Ariana folgte ihm zur Sitzreihe, die in einigem Abstand entlang der Fensterfront angebracht war. Durch die transparente Kuppel waren Myriaden von Sternen der Milchstraße zu sehen. Der Mond, der in seiner Viertelphase am pechschwarzen Himmel stand, spendete zusätzlich sein fahles, kühles aber sanftes Licht.

Frank holte tief Luft und begann sich zu entspannen. Ariana merkte es, setzte sich und lehnte sich gegen die Polster der Sitzgruppe.

„Ein überwältigender Blick," bemerkte sie leise.

„Nicht so überwältigend wie Du.", flüsterte er ihr zu. Er nahm ihre rechte Hand, zog sie behutsam hoch, schmiegte sie fest mit seinem rechten Arm an sich und küsste sie mit der ganzen Glut, die er für sie empfand. Sie löste sich nach dem Kuss langsam, sah ihn mit ihren großen grünen Augen an und legte ihre Arme um seinen Hals. Dann erwiderte sie seine Zärtlichkeit sanft und lange. Frank drehte seinen Kopf leicht, um ihrer Bewegung zu folgen. Dabei erspähte er aus dem Augenwinkel Sirius und Rigel. Er hatte plötzlich das Gefühl, dass sie und die anderen Sterne der Milchstraße heute irgendwie heller und schöner funkelten als sonst. Sogar die gute alte Erde lächelte ihnen jetzt zu. Ein neuer Morgen brach an.

Ende dieses Abenteuers, aber...

...das nächste wartet bereits.

Das Syndikat scheint empfindlich getroffen und die Situation auf *Epsilon Arkturus 3* normalisiert sich scheinbar. Plötzlich gerät alles aus den Fugen, als Ariana den Kontakt abbricht, überraschend nach *Arsaria* zurückkehren will und Frank plötzlich einen mysteriösen Passagier an Bord hat.

Begleiten sie Commander Frank Dorn und Captain Sabrina Henderson nach *Arsaria*, der geheimnisvollen Heimatwelt von Ariana, die jenseits der von den Menschen erforschten Zone liegt. Die nächste Mission führt sie zu den:

Gedankensklaven *

Eine Mission, jenseits aller Vorstellung, konfrontiert die Terraner mit einer ultimativen Macht, die ihnen alles abverlangt.

* Erscheint ebenfalls in Neuauflage als Space Explorers Edition

Vorstellung: **David Moretto** Creative Digital Art

Meine Freundschaft zum Autor besteht viele Jahre. Da wir zahlreiche gemeinsame Interessen wie Filme, Science-Fiction, und Fantasy haben, lag es nahe, das Cover für seine Neuauflage von *Orions Schwert* zu gestalten. Inspirierend war die mitreißende Science-Fiction Geschichte auch beim Re-Design des Starfleet-Emblems.

Aber es ging nicht einfach nur darum, den Inhalt seiner Geschichte abzubilden, sondern vielmehr sollte es eine Hommage an die Science-Fiction Filmplakate der 70er Jahre sein. Das ist es, was dieses Cover zu etwas ganz Besonderem macht.

David Moretto
Kreativer, Digital Artist und Trainer für digitales Zeichnen
"Was du liest, musst du dir vorstellen. Was du siehst, ist deine bildgewordene Vision!"
In den 70ern erblickte ich in Südtirol das Licht der Welt. Früh machte sich die Faszination für Computer bemerkbar. Kurz nach meinem Abitur 1994 entwickelte ich bereits Werbespiele für die Schweizerische Bank und 1998 krönte der „Animago Award" meinen digitalen Weg mit dem dritten Preis für einen kompletten 3D Animation-Film.

Ich erstelle als Concept Artist für Filmproduktionen, Shows und TV-Beiträge spannende Designs, Entwürfe, Ideen. In den USA nennt man diese gezeichneten Ideen je nach den Anforderungen Environment-, Hardware-, Creature- oder Costumedesign.

Hierzulande würde man sagen: ich zeichne das, was später in Filmen, Spots gedreht oder für Bühnenbilder gebaut wird. Ganz gleich, ob es sich um Fahrzeuge, Landschaften oder auch Kostüme oder Werkzeuge und dergleichen handelt.

Fortbildungen in den USA zeigten mir, wie verschieden

Filme für TV oder Kino in Deutschland und USA hergestellt werden. Doch Filmschaffende in Deutschland könnten durchaus von den Amerikanern lernen.

Ganze Creative-Artists Teams arbeiten Monate vor Dreh-
beginn an Zeichnungen, die zum Beispiel den Protagonis-
ten in verschiedenen Roben, mit unterschiedlichen Utensilien sowohl von vorne wie auch von hinten, aber auch in
der Bewegung zeigen.

Fremde Wesen werden den Entscheidern beim Film mit
unterschiedlichen Fähigkeiten durch zunächst grobe, später
auch sehr ins Detail gehenden Zeichnungen vorgestellt.

So können Zeichnungen bereits zu Beginn eines Films er-
ahnen lassen, wie im späteren Film der Held gekleidet ist
und mit welchem Fahrzeug er davonfährt.

Der Produzent oder der Regisseur kann seine Idee, die er
zunächst nur in seinem Kopf hat, so dem gesamten Team
zeigen und dann in der finalen Version dem 3D-Departe-
ment als Arbeitskopie zur Verfügung stellen.

Concept Art ist also eine einfache Möglichkeit, viel Geld
einzusparen, weil Fehler in einem sehr frühen Stadium der
Filmproduktion behoben oder erst gar nicht gemacht werden.

Anwendbar ist diese Art der Pre-Production natürlich auch
im Showbereich von TV-Sendern oder auch im Bühnen-
bau.

Ich gründete eine Zeichenschule, um zunächst nur profes-
sionellen Zeichnern zu vermitteln, wie Concept Art funktioniert. Bedingt durch die Corona-Pandemie fanden die
Workshops zunächst nur online statt.

Heute werden in ansprechenden Seminarräumen Workshops für alle Zeicheninteressierte angeboten. Hobby-
zeichner erfahren hier, mit den Grundlagen aus dem Concept Art wie sie ihre Zeichnung glaubhaft machen können.
Meine Schüler tauchen mit mir in die Geheimnisse der digitalen Leinwand ein und lernen, wie sie kreative Visionen

zum Leben erwecken können.
Willkommen in meiner kreativen Welt.